El día que España derrotó a Inglaterra

Pablo Victoria

El día que España derrotó a Inglaterra

De cómo Blas de Lezo, tuerto, manco
y cojo, venció en Cartagena de Indias
a la otra «Armada Invencible»

ALTERA

Primera edición: mayo de 2005
Segunda edición: diciembre de 2006
Tercera edición: julio de 2008

Ilustración de la cubierta: Combate de una fragata española mandada por Blas de Lezo contra el navío ingles *Stanhope* (1710). (Museo Naval, Madrid.)

ISBN: 978-84-89779-68-6
Depósito legal: B-35.189-2008

ÁLTERA
Trafalgar, 10, 2.º 1ª
08010 Barcelona
Tel. 934 519 537
Fax 934 517 441
editorial@altera.net

Impreso en España por Novagráfik, S. L.

A los héroes peninsulares y neogranadinos
que dieron su vida por España, la Patria común;
a la lealtad de los vascos, que así también lo entendieron;
a España, que tras ciento ochenta y cuatro años de impensada separación,
me devolvió la nacionalidad perdida.

Índice

Introducción

Me vino a la mente escribir la biografía de Don Blas de Lezo cuando, recién llegados a España en octubre de 2001 —después de una larga trayectoria política y académica en Colombia, mi tierra de origen y antiguo Virreinato de la Nueva Granada—, quise buscar su biografía para deleitarme leyendo lo que desde joven conservaba en la memoria como uno de los episodios más apasionantes de la historia colombiana y peninsular. Me movía la impresión de que, siendo España su tierra natal, aquí habría más información sobre este heroico marino que tanto lustre dio a las armas españolas; sobre todo, pretendía encontrar algo más que el simple registro enciclopédico de unos hechos históricos.

Blas de Lezo es un héroe muy conocido y querido por los colombianos pues, contra todo pronóstico, defendió Cartagena de Indias promediando el siglo XVIII, cuando una flota invasora puesta a la mar por Inglaterra pretendió conquistar la ciudad y estrangular el Imperio Español en América. En efecto, el 13 de marzo de 1741 asomaba sobre las costas de Cartagena, en el antiguo Virreinato de la Nueva Granada, la mayor Armada invasora que Inglaterra había lanzado contra España. La comandaba el almirante Sir Edward Vernon. Los planes de los ingleses eran apoderarse de todo el Imperio Español de ultramar, estrangulando la yugular de la ruta del tesoro americano por Panamá, sometiendo la plaza amurallada, «Llave» de las Antillas, y penetrando hacia Santa Fe de Bogotá hasta alcanzar los ricos reinos del Perú. Era esta una nueva *Armada Invencible* que, compuesta de 180 navíos, superaba la de Felipe II, y quizás la mayor de todos los siglos, después de la Armada que atacó las costas de Normandía en la II Guerra Mundial. El ejército invasor estaba constituido por 23.600 soldados (entre ellos, 2.700 hombres de las colonias norteamericanas, comandadas por el hermano de George Washington, futuro libertador de los Estados Unidos) y cerca de

3.000 piezas de artillería. Frente a ellos, las posesiones españolas sólo estaban defendidas por 2.800 hombres y seis navíos. Estaba Inglaterra tan segura de su victoria, que hasta mandó acuñar monedas conmemorativas del triunfo. En ellas se leía: «*La arrogancia española humillada por el almirante Vernon*» y «*Los héroes británicos tomaron Cartagena, 1.º de abril de 1741*». En dichas monedas aparecía el Almirante inglés recibiendo la espada de Blas de Lezo, quien, arrodillado, la entregaba a su conquistador. Pero Inglaterra no pudo lograrlo. Se lo impidió este heroico general de la Armada, que tuerto, manco y con una pierna amputada —por todo lo cual era llamado *medio-hombre*— demostró que quien los ingleses tenían enfrente era a todo un *hombre y medio*. Finalmente, el envalentonado agresor se retiró con su Armada desmantelada y sus hombres diezmados por los combates y las enfermedades. La derrota fue la mayor humillación que nación alguna hubiese sufrido, particularmente dada la superioridad de las fuerzas y las celebraciones anticipadas de la victoria, amén de las conmemoraciones numismáticas que se habían hecho. Por ello Inglaterra escondió su derrota; ocultó las monedas y medallas; enterró en el olvido su desmantelada Armada, aunque a la muerte de Vernon se enterró a éste en el panteón de los héroes nacionales, la Abadía de Westminster, con un falaz epitafio que rezaba: «*Sometió a Chagras, y en Cartagena conquistó hasta donde la fuerza naval pudo llevar la victoria*».

Por todas estas circunstancias, en Colombia Blas de Lezo forma parte constitutiva de nuestro orgullo y glorias nacionales, casi como si lo hubiésemos adoptado como propio aun en tiempos de la República. Pero al no encontrar ningún libro sobre su vida, decidí que debía escribir alguno, pues todo lo que había podido reunir eran referencias de enciclopedias y escritos que, más bien, describían, aunque sucintamente, los acontecimientos en torno a la guerra librada en Cartagena contra la Armada inglesa. Desde entonces, pocos historiadores han hablado del suceso. Las enciclopedias más importantes lo mencionan en pocos párrafos y hacen una muy breve descripción de los hechos. Es incomprensible, pero nadie ha puesto de relieve la importancia que tuvo para España aquel acontecimiento, ni el grave peligro que para ella significó; la monumental obra *Historia de España*, compilada por Menéndez Pidal, apenas lo menciona; tampoco le hace justicia la obra de Martínez Campos, *España bélica*, y casi la pasa por alto en dos páginas; mejor tratamiento le da Eduardo Lemaitre en su *Historia general de Cartagena*, pero, aunque enjundiosa, es una *historia* muy local, de interés casi puramente colombiano y, por tanto, de poca relevancia internacional; Enrique Marco Dorta trata el tema y hace un importante estudio sobre las fortificaciones de la plaza en su libro *Cartagena de Indias, puerto y plaza fuerte*; también narra el episodio Juan Manuel Zapatero en *La Guerra del Caribe en el siglo XVIII*, y describe las fortalezas que defendían a Cartagena en su libro *Fortalezas españolas en América*, pero, en general, la historia también quedó sepultada en España, que no la guardó debidamente en su memoria, quizás porque también la olvidó Inglaterra. Los mencionados son libros eruditos, de circulación restringida, que sólo se consiguen en bibliotecas especializadas. Esto sucede, tal vez, porque los vencedores, que a la larga fueron los ingleses —y lo digo en el sentido más amplio que pueda dársele— nunca se ocuparon de la difusión del tema por la vergüenza que en su momento les produjo. Esto nos confirma que la historia, por desgracia, casi siempre es escrita por los vencedores. Es un hecho cierto que, en términos generales, ningún español, y por supuesto, ningún inglés o estadounidense, ha oído hablar de este tema ni de lo que allí se jugaba; tampoco ningún hispanoamericano, salvo si es colombiano. Ello significa que si Inglaterra hubiese vencido en el sitio de Cartagena, y aun en el supuesto de que el Imperio Español no hubiese caído en sus manos, el mundo hoy tendría una más completa noción de aquellos acontecimientos y su relevancia militar, porque todo ello se hubiese contado en los libros de historia patria de los colegios y hubiese recibido ampuloso tratamiento académico.

Volvamos a mis pesquisas. Lejos de amilanarme ante las dificultades encontradas, me puse a investigar con redoblado entusiasmo en distintas fuentes, cartas, manuscritos y documentos, hasta ir armando el rompecabezas para construir una especie de historia coherente, más fácilmente entendible del lector desapercibido; del cuidadoso análisis del Diario de Guerra del general Blas de Lezo, así como del diario del coronel Carlos Desnaux, pude intuir la trama que se va desenvolviendo a lo largo del libro y que culmina en la ruptura final acaecida entre el virrey Don Sebastián Eslava y el heroico marino.

He intentado ajustarme lo más posible a la evidencia histórica; pero allí donde han faltado datos, o éstos han sido incompletos, he juzgado oportuno llenar el vacío con diálogos y representaciones posibles, analizadas las circunstancias de ciertos hechos e indicios. Así, para separar lo estrictamente histórico de lo aproximadamente novelesco, he puesto en *letras cursivas* aquello que corresponde a lo extraído directamente de los diarios y documentos, dejando en letra normal lo que ha sido de forzosa conclusión y que corresponde a lo más lógico y probable, aunque dicho y concluido así por el autor. Los únicos sitios en donde no se emplea esta regla son las oraciones en latín y algunas otras en castellano donde no se tiene conocimiento de las que, en realidad, se emplearon. No obstante, he querido mantenerlo todo dentro de una sana coherencia, en atención a que la historia es también una novela que trasciende, por mucho, la simple cronología de ciertos hechos y acontecimientos humanos.

Por ejemplo, es históricamente desconocido quién era el llamado *paisano* que espiaba para los españoles en Jamaica, ignorándose asimismo cómo obtuvo la información que fue conocida de la Corona sobre las intenciones de Inglaterra. Allí me he tomado la libertad de no sólo darle nombre propio, sino de especular sobre la idea de que tal información fue conocida por una delación de *alguien*, y ese alguien lo sitúo en cabeza de un hombre de confianza (ése sí ficticio) de Lawrence Washington, el medio hermano del libertador de los Estados Unidos, quien participó en la guerra contra España y luchó en Cartagena de Indias al lado del almirante Vernon. Pero no por esto se debe creer que tal sujeto no existió, pues es bien sabido que por aquellas épocas los personajes de relevancia andaban con criados y asistentes de cámara. Luego, tampoco es torcer demasiado la historia; ni resulta torcerla en exceso ubicar la entrevista de Washington y Vernon en Jamaica, pues, aun si no hubiese sido allí, lo cierto es que en alguna parte, no conocida de la Historia, este par de hombres tuvieron que haberse entrevistado, dada la admiración que Washington le profesaba y que se materializó con el bautizo de su casa en Virginia como *Mount Vernon*. Licencias como éstas, o como que el virrey Eslava increpara al general Blas de Lezo por llevar un diario de guerra, no hacen violencia a la historia, pues, al final, resulta cierto que el Virrey escribe a las autoridades españolas dando cuenta que el General padecía *«achaques de escritor que le inducía el país o su situación»*. También me he tomado la libertad de corregir, en muchas ocasiones, la versión original de los textos documentales, dada la dificultad lingüística y, en ocasiones, la mala redacción de los mismos. He creído más conveniente traducir al lenguaje moderno lo que de suyo resultaría pesado, antiguo y hasta incomprensible. Empero, en algunas ocasiones he dejado el texto sin retocar allí donde he juzgado que es suficientemente claro.

Dada, pues, la circunstancia de que Inglaterra escondió la derrota sufrida por la más grande armada puesta en aguas desde la *Invencible* de Felipe II, la escasa documentación, los informes fragmentarios e ignorancia histórica que existen sobre el personaje, me he permitido licencias que enriquecen los episodios y dan explicación a lo que, de otra manera, permanecería en la oscuridad. El mismo tratamiento que doy a la estrategia inicial del ataque contra Cartagena y al cambio de planes —hechos, por lo demás, históricos— constituye una más lógica explicación de un extraño comportamiento que no ha sido explicado por los historiadores que ya se han ocupado, aunque de manera superficial, del tema. De modo parecido, las desavenencias entre el virrey Eslava y Blas de Lezo no tendrían explicación alguna, a menos que se vieran dentro del contexto desarrollado en el libro. Y esto tiene una tremenda importancia, pues a tales discrepancias no se les ha dado el tratamiento merecido, quizás por el afán de presentar la imagen de dos hombres que impidieron, como pudieron, que el Imperio cayera en manos de una potencia enemiga.

He creído firmemente que Blas de Lezo no murió por las leves heridas sufridas en el combate de Cartagena. No parece verosímil que unas astillas clavadas en su humanidad hubiesen podido terminar con la vida de nuestro héroe, si se toma en consideración el largo tiempo transcurrido entre las heridas y el desenlace fatal: del 4 de abril, fecha en que las recibe, al 7 de septiembre, fecha en que muere; es decir, cinco meses. Porque, si las astillas se hubiesen infectado, creemos que la infección se habría desarrollado más velozmente y hubiese dado cuenta del marino con mayor anticipación. Creemos más factible que fue la fiebre tifoidea, desarrollada por las condiciones del propio asedio, lo que terminó con su vida. Es un hecho histórico que la peste cayó sobre los ingleses con una severidad extrema y es sumamente probable que fue la misma enfermedad la que afectó a Lezo. En esto, pues, discrepo de los demás historiadores que dan por sentado lo otro como causa cierta.

Haciendo estas salvedades, el lector podrá confiar en que el relato es perfectamente verídico y ajustado a los hechos históricos. Ha sido, si se quiere, el fruto de armar la trama a partir de situaciones y frases tomadas de los documentos históricos y de recrear un pedazo de la historia de España, de sus hombres y de su Imperio.

Por último, debo dar mis agradecimientos a las personas que colaboraron para que esta obra fuese posible; en primer término, a Cristina, mi esposa, a quien robé interminables horas familiares y que, pese a ello, fue parte en el estímulo recibido a buscar los manuscritos originales de los protagonistas; a Carmelo López-Arias Montenegro, quien mostró su entusiasmo por la idea y hasta se tomó el trabajo de leer el borrador y sugerir oportunos cambios; al padre Ernesto Cardozo, asiduo lector de la historia de América, quien preparó en diapositivas una primera conferencia sobre el tema; al teniente de alcalde de Pasajes, Guipúzcoa, Jesús García Garde, quien nos ayudó a mejor comprender el pueblo de Lezo y sugirió que Cartagena y Pasajes se hermanaran, estrechando aun más el vínculo espiritual que las une.

PABLO VICTORIA

Terminado en Madrid el 29 de junio del 2003,
festividad de San Pedro y San Pablo

Capítulo I
El amanecer de las velas

—*Dadme seis barcos y me tomaré a Portobelo.*

—*¡Tomad once y someted a Cartagena!*

Diálogo entre el almirante Edward Vernon
y el Parlamento inglés

—*Hoy no es día de mojar pólvora.*

Capitán Sánchez Barcáiztegui en la fragata Almansa,
2 de mayo de 1866

Amanecía en Cartagena. Las nubes dispersas en el horizonte de aquel lunes 13 de marzo de 1741 hacían presagiar otro día caluroso, aunque a esas horas el cielo plomizo, entrelazado con destellos de arreboles, podía indicar la llegada de alguna tormenta tropical. Pero era marzo y la gente miraba las nubes con escepticismo porque el «riguroso de las aguas» iba de mayo a noviembre, ya que de diciembre a marzo los vientos soplan del nordeste y se llevan las nubes amenazantes.

Los lunes en Cartagena de Indias eran días especiales porque existía la superstición de que ese día de la semana sucedían hechos inexplicables; decían que a veces salían ranas y pescados con números dibujados en la piel o en las escamas, y mucha gente se apuntaba a una especie de lotería que se jugaba en la ciudad; los administradores de aquel juego tenían pánico cuando un rumor de éstos corría, porque se comenzaba a apostar a aquellos extraños jeroglíficos con rasgos de dígitos conocidos. Los premios solían coincidir, pero no se sabía si por trampa o casualidad, ni tampoco si las ranas o los pescados habían sido tatuados por humanos o si el tatuaje provenía de alguna predistigitación de orden genético. Ese día mucha gente ganaba y los dueños de la lotería perdían. Las autoridades gastaban ingentes cantidades de tiempo tratando de averiguar si, finalmente, eran los administradores los que «cargaban» los números extraídos, o si era una combinación que los propietarios del juego hacían con los avivatos de la calle en orden a enriquecerse más de lo debido.

Los lunes, la gente notable y adinerada aprovechaba para dormir un par de horas más que de costumbre, pues trataba de reponer la «levantada» o la «trasnochada» de la Misa de las tres de la mañana del domingo —a la que se iba para escapar del calor aumentado por las aglomeraciones—; la pereza de los lunes se hizo proverbial y no había quien, de alguna distinción, no la exhibiera para ser asimismo reconocido. Este trópico producía tales cosas extrañas. Y ese domingo no había sido una excepción en aquella catedral que tenía ya más de siglo y medio de haber sido construida; la ceremonia había sido particularmente larga porque se conmemoraba, con un día de anticipación, el primer aniversario de la incursión que el almirante Vernon había hecho a la Ciudad Heroica y se temía que, aparte de la segunda efectuada el 3 de mayo del año anterior, hubiese una tercera. De allí que aquella Misa tuviese tanta significación en la mente de los cartageneros; es más, en todas las iglesias de la ciudad se estaban celebrando rogativas para que se librara a aquel puerto de tan terrible flagelo, pues era cosa sabida que ya España estaba en guerra con Inglaterra.

Los cartageneros recordaban que el ataque de Pointis a la ciudad se había efectuado un día 13 de abril; 13 también había sido el día del primer asalto de Vernon cuarenta y tres años después; ¡y este domingo de rogativas en la Catedral era vísperas de otro fatídico lunes 13! Para colmo de males, la ciudad había sido fundada por un «pleitista», Don Pedro de Heredia, quien en lance a espada con seis adversarios, había quedado mutilado de su nariz; o por lo menos le quedó tan maltrecha, que fue menester su reconstrucción por parte de un famoso médico que ensayó hacerle injertos de su antebrazo:

Hablándole, miraba la juntura,
y al fin me parecían contrahechas
según manifestaba su hechura
por ser amoratadas y mal hechas.

Tal era la coplilla que desde 1536 se cantaba del fundador. Por eso alguien también había espetado en la Catedral a algún vecino y próximo de banca:

—¡Vivir en esta ciudad es una locura!

—¡Cómo no —le contestó el vecino—, si el «mocho» la fundó por las capitulaciones de Doña Juana la Loca! ¡Qué locura! ¡Qué riesgo! —dijo sacudiendo la mano como subrayando el acontecimiento.

Y entre aquellos dos anónimos personajes, en medio de la solemnidad del ritual tridentino, se fue desarrollando una conversación a manera de sordo susurro:

—¡Qué salación, sí señor! Pero yo he tomado precauciones y he despachado lo poco que tengo a Mompox; mi padre lo hizo a lomo de recua cuando lo de Pointis y logró salvar buena parte de lo suyo. Hay mucha gente que ya lo ha hecho como aquella vez...

—Bueno sí, pero al jesuita Genelli le sacaron veinte mil coronas de oro, Pointis se alzó con nueve millones y los piratas sacaron millón y medio más; así que no todos fueron precavidos. Yo también he hecho lo propio, por si acaso... Las monjas han organizado varias caravanas hacia Mompox con los caudales de la ciudad...

En la ciudad, pues, se respiraba ese aire de intranquilidad que llegaba hasta las puertas de la Iglesia. La catedral de Cartagena había sufrido grandes daños porque, en uno de los tantos asaltos, el pirata Drake destruyó tres de sus arcos para conminar el pago de rescate de la ciudad y sólo en 1612 concluyeron las obras de restauración que fueron iniciadas merced a una limosna de dos mil ducados del propio rey, Don Felipe III. Pero aquella Misa había sido particularmente larga, tras la homilía y procesión solemne del Obispo, Don Diego Martínez Garrido, por también estarse celebrando aquel día la fiesta de San Gregorio Magno, a quien Inglaterra, ahora en guerra con España, debía su conversión. El obispo Martínez se había detenido extensamente en los detalles de la conversión de tan impía nación y se dolía de que su obra se hubiese perdido «por la lujuria de Enrique VIII, que el Diablo tenga en su cueva»; ahora, decía, la amenaza sobre este importante puerto de los dominios españoles en ultramar debía convocar a sus gentes a no bajar la guardia y a rogar a San Gregorio, Papa —por cuya intercesión se esperaba escapar a la amenaza—, a derramar sus bendiciones y protección sobre la ciudad.

En el sermón, el Obispo fue prolífico en mencionar los más abultados pecados de los cartageneros, por los cuales podrían ser castigados; mencionó, de paso, los incidentes acaecidos a finales del siglo anterior por la desunión del pueblo en torno a la figura de su Obispo, Don Miguel Benavides y Piédrola, y cómo la ciudad había sido castigada con el saqueo a que fue sometida por el marqués de Pointis. También mencionó la inmodestia de sus mujeres, cuyos livianos ropajes causaban escándalo. Tronó el prelado contra la «pollera» que llevaban las españolas, una especie de falda que pendía de la cintura hecha de tafetán y sin forro, que en los días luminosos dejaba transparentar las formas femeninas. ¡Y no se diga cuando algún aguacero las cogía en la calle! Entonces, sí que la pollera se pegaba al cuerpo y producía más escándalo, porque hasta la ropa interior se transparentaba. Reconoció, sin embargo, que el calor que se sentía compelía a usar aquellas faldas sin forro ni fondo, pero que no era excusa válida para que las mujeres anduvieran semidesnudas por las calles. Recomendó el prelado usar sobre la pollera —si era que se quería prescindir del forro o no usar el fondo— la basquiña de distinto color que, como una especie de malla, mejor encubría las transparencias sin sofocar a las damas. Don Diego recabó también en los zapatos y recomendó que para ir a la Misa no se hiciera en chinelas con el pie desnudo, así se llevara tacón, sino que se usara el zapato cerrado como en Europa. Para eso la Misa se decía a las tres de la mañana, hora en que la brisa soplaba más fresca.

Una encopetada dama que estaba allí presente, volteándose a su marido, le dijo en voz baja, mientras se abanicaba:

—En la Epístola se ha dicho: «No hagáis pesada vuestra autoridad sobre los que os han cabido en suerte», y este cura no parece reparar en que las chinelas son más cómodas y que todo el mundo las usa. Además, en la Catedral la brisa no sopla.

—Sí —contestó el marido—, pero en el Evangelio de hoy también se ha dicho: «todo cuanto ates en la tierra, será atado en los cielos», así que no cuestiones al Obispo, que no es cualquier cura; ven a Misa con zapatos y ya está. Y en cuanto a la brisa, ventílate con el abanico.

Luego, el Obispo la arremetió contra la promiscuidad de los varones que no perdonaban doncella e irrespetaban sus hogares teniendo queridas en los arrabales y concubinas en los despoblados y villorrios de la zona. Finalmente espetó:

—¡Cartagena será castigada —dijo— si no enmendáis vuestras licenciosas costumbres! ¡Ampárenos aquel santo Papa de tales infortunios!

Y concluyó:

—Ave María Purísima.

—Sin pecado concebida —respondió el pueblo, a lo cual siguió el *Credo* que, cantado en el idioma universal del catolicismo, resonó en aquellas paredes de gruesa mampostería como el himno de la cristiandad contra los infieles.

—Eso de sacar los caudales está bien, pero la plata hay que custodiarla con tropas que se necesitan para la defensa —continuó uno de los interlocutores.

—¡Ajá, y qué le vamos a hacer! —respondió el contertulio—. ¡No me dirás que vamos a quedarnos aquí como maricas esperando a que los ingleses nos jodan!

—¡Shhh... que viene la elevación! —dijo mientras sonaba la habitual campanilla.

La gente tomó la comunión de rodillas y en la lengua, como correspondía a aquellos tiempos menos profanos, aunque el ánimo espontáneo y desprevenido de estas gentes caribeñas se hacía notar en el desenfadado lenguaje empleado aun en las más solemnes ocasiones; en efecto, los cartageneros, como buenos hijos de las más cálidas tierras del norte de la que es hoy Colombia, hacen toldo aparte de los más solemnes y circunspectos habitantes del interior del país; en ese interior donde los Andes forman sabanas y mesetas de alturas insospechadas para los europeos, quienes todavía se quedan admirados que en semejantes fríos y remotos parajes pueda existir la vida humana. Tal era la ambición que por aquel entonces tenía el nuevo virrey, Don Sebastián de Eslava, quien pretendía estar al frente de una administración más sosegada que, sin duda, estaba en aquellos páramos donde se asentaba la muy noble Santa Fe de Bogotá, tan distante en tiempo de Cartagena de Indias como ésta lo estaba de España. Deseaba estar allí porque le habían dicho que el clima era más favorable y benigno, aunque habían omitido contarle las noches gélidas sabaneras y las heladas de enero bajo los cielos despejados del altiplano.

—¡Ah..., quien pudiera largarse de este calor y humedad infernales que todo lo maltrata! Hasta la carne se daña, ¡joder!, no importa cuanta sal se le eche... ¡La única que dura es la que viene en salmuera de España, pero con esta guerra de mierda, ni eso llega! —había dicho una y otra vez el Virrey.

Así, la primera autoridad del Virreinato, constantemente se quejaba de todo, desde la escasez de carne hasta la escasez de siembras y esterilidad de la tierra. «*Aquí no hay pastos*», decía, «*ni siquiera para mantener cuarenta reses. El maíz, que es el alimento común, no abunda porque estas gentes no siembran ni hacen más cosecha que la que necesitan sus esclavos y familias. Además, la venida de la escuadra de Torres nos ha puesto en la mayor estrechez y miseria, porque ha sido menester proveerla de todo lo que había aquí para abastecerla de tres meses…*».

—*Domine, non sum dignus…* —repetían tres veces los fieles y se daban los correspondientes golpes de pecho...

—¡Hombre, y de paso los españoles nos mandan a este cojo cabrón para que nos defienda! —susurró el más parlanchín de los contertulios.

—¿El patepalo?

—Sí. ¡Y de contera manco y tuerto! —remató.

—¡Esta ciudad es muy salada! ¡Quién sabe qué estarían pensando esos maricas peninsulares! ¡Que esta ciudad se defiende con un lisiado! ¡No joodaa! —exclamó, alargando la última sílaba con ese peculiar acento caribeño que siempre aspira las *eses* finales de las letras, aunque con menos corte que los andaluces. Y en cuanto a lo de *maricas*, en la costa de lo que es hoy Colombia, desde hace siglos se emplea ese vocablo con la acepción de tonto o imbécil.

—El Felipe V ése... ¡es un «güevón»! —respondió de manera coloquial, con la misma acepción.

—Es un tipo raro. Eso dicen. Parece que está loco.

—De remate. Que se deja crecer las uñas como una vara y no se baña. Que anda todo desgreñado y se caga en la cama...

—Y eso no es todo. Dicen que el Rey comienza a aullar a partir de la medianoche hasta la madrugada... Estamos bien jodidos.

Y alguien más terció en la conversación en voz baja:

—Podrá ser un rey *maluco*. Pero no se dejó joder de Carlos, el otro pretendiente al trono. Se defendió *teso*... Por algo habrá mandado al cojo Lezo —contestó en un tono más alto, empleando aquella palabra «*teso*», favorita, para los lugareños, que significa con tesón, con ahínco.

—Señores —dijo una señora incómoda —aunque el Rey no aúlle, sino que ladre... por favor, respeten, que estamos en Misa.

—*Dominus vobiscum* —exclamó el obispo Don Diego Martínez.

—*Et cum spiritu tuo* —contestaron los feligreses y se pusieron de pie, dándole una mirada de pocos amigos a quien había osado interrumpir aquella viva conversación.

Después del *Ite, Missa est* hubo solemne procesión alrededor de la Catedral y, entre lo uno y lo otro, los fieles se fueron a sus casas alrededor de las cinco y media de la mañana de aquel domingo 12 de marzo. Había sido, en realidad, una larga jornada.

—Oye, *cuadro* —dijo algún feligrés a la salida de Misa en su habitual lenguaje—, aquel Vernon es un cobarde, ¡no jooodaa! ¡Salió corriendo cuando le mandaron la Armada! ¿Tú sí crees que vuelva por aquí?

—Mientras esto tenga de lo que ellos quieren, claro que volverán —respondió el aludido.

Por eso, aunque todo el mundo sabía el *qué,* nadie sabía el *cuándo,* pero todos se aprestaban a recibir una tormenta que pronto, más pronto de lo esperado, llegaría a aquellas fortificadas costas.

*

Cuando a las nueve de la mañana del lunes 13 apareció la primera vela por Punta Canoas como un punto casi irreconocible en la lejanía de un mar también plomizo, los catalejos de la ciudad de dirigieron a identificar la nave que se acercaba, con la ansiedad que por aquel entonces suscitaba el que fuera un navío pirata, o una nave de guerra, y no un navío comercial. Era moneda corriente que Inglaterra había declarado las hostilidades a España dos años antes y que las dos incursiones de Vernon, aunque causaron estupor, no habían sido más que bravuconadas a las que Blas de Lezo había salido al paso demostrando que con su pequeña escuadra de seis buques podía ser un meritorio defensor de la ciudad amurallada. Confiaban en que los ingleses habían aprendido la lección. Algunos pocos, sin embargo, pensaban que aquellas incursiones, iniciadas el 13 de marzo de 1740 y el 3 de mayo del mismo año, podían ser tanteos de las defensas para caer sobre Cartagena con una fuerza aun mayor. Entre ellos estaban Don Blas de Lezo y el virrey Eslava.

En efecto, en el primer ataque Vernon se había mantenido a una prudente distancia de la Plaza, desde donde estuvo bombardeando sus defensas exteriores entre el 13 y el 21 de marzo de 1740; pero fue obligado a retirarse cuando Lezo desmontó de su nave capitana un cañón de dieciocho libras que, emplazado en tierra, alcanzó con varios disparos a los ingleses. Vernon había probado que sus cañones, disparados desde el Mar Caribe contra la ciudad, no llegaban ni a la playa; el mar era demasiado pando como para acercarse mucho. Cartagena, pues, presentaba una defensa natural insalvable, a menos que se la atacara penetrando la bahía interior. Pero dos formidables fuertes cuidaban a ambos lados su boca de acceso.

En la segunda intentona de mayo, ya con efectivos más considerables —Vernon traía trece navíos de línea y una bombarda, a diferencia de los ocho de línea, dos brulotes y un paquebote de la vez anterior—, el osado almirante también se había visto precisado a la retirada ante una emboscada marítima tendida por el almirante español y en la cual su flota recibió serios daños. Don Blas de Lezo había permitido que los barcos enemigos se acercaran temerariamente a la primera línea de defensa y, sorprendiéndolos por la retaguardia, emplazó dos líneas de navíos en cuyo campo se tendieron fuegos largos y cortos; Vernon intentó penetrar en la bahía interior a través de Bocachica, pero las cadenas que allí había mandado a colocar Don Blas de Lezo se lo impidieron. El primer buque quedó encallado contra las cadenas submarinas, obligando al segundo a virar y a esquivar el choque, pero yendo a parar de proa contra las cadenas. Allí los dos buques recibieron el castigo fenomenal de los fuertes San Luis y San José, a ambos lados del estrecho. Alguno giró como un trompo. Se zafaron como pudieron y echaron marcha atrás, pesadamente, encajando muchos tiros que desarbolaron buena parte de sus velámenes, hasta el punto en que tuvieron que ser remolcados a alta mar. De los buques que los precedían, otro más fue desarbolado por la artillería naval; otro sufrió daños en el mastelero de gavia y otro más se fue haciendo agua por los impactos recibidos muy cerca de la línea de flotación con los fuegos cortos.

Pero este marino no albergaba dudas de que, por erróneo que hubiera sido el cálculo británico sobre las defensas de la ciudad, Inglaterra se precipitaría con una mayor fuerza para conquistar la estratégica Cartagena, entonces llamada la «llave» de los reinos del sur del continente. Vernon se retiraba, esta vez con el rabo entre las piernas, pero volvería, y con muchas más fuerzas, ahora que ya sabía de lo que se componían las defensas.

Desde la casa del Marqués de Valdehoyos, situada en la Calle de la Factoría, se divisaba mejor aquella primera vela de lo que parecía ser un bergantín, por lo que varios representantes del gobierno local, al percatarse de la todavía lejana visita, se dirigieron a la casa del Marqués a solicitar paso franco; pretendían subir al mirador que descollaba sobre el tejado y dirigir los catalejos al horizonte revelador. Estos miradores habían tenido su origen en las culturas del Cercano y Medio Oriente y con ellos se obtenía un gran dominio visual, además de brisa fresca. En Cartagena, tales miradores habían llegado de Cádiz y éste, en particular, contaba con un tejadillo que resguardaba a sus visitantes de un sol canicular.

La casa del Marqués, conservada hasta el día de hoy, tenía en la planta alta un amplio balcón de madera que daba sombrío y frescura a un gran salón adornado con un rico artesonado mudéjar; era su portada regia, de piedra lisa, coronada con un precioso dintel; abríase la portada a un espacioso zaguán flanqueado por escaños de piedra, cuyo techo era un corredor que comunicaba los entresuelos de lado y lado donde se guardaban las mercancías. Pasado el zaguán se entraba al vestíbulo a cuya derecha estaba la escalera que conducía a la planta alta y la puerta de entrada a las habitaciones del portero. A la izquierda se alzaba sobre el vestíbulo la balconada de los entresuelos. Posteriormente estaba el patio interior enclaustrado con arcos de medio punto; por uno de sus lados corrían balconadas abiertas a la brisa fresca del mar. Más allá del patio principal se encontraban las habitaciones de los sirvientes y esclavos de la casa y, tras éstas, un enorme traspatio que comunicaba con una huerta. En el vestíbulo de la planta alta, según se sube por la escalera, se alzaba la alacena que con rejillas de madera, a guisa de puertas, albergaba las tinajas con agua siempre fresca. El Marqués vivía opulentamente de las rentas que le dejaba el negocio de esclavos y mercaderías, especialmente harinas.

Valdehoyos confiaba en que la vela catada en el horizonte no procedería de una tercera incursión de Vernon, sino que la Flota de Galeones se había adelantado a visitar el puerto; ya entretenía cábalas sobre la cantidad de harina, aceite de oliva, vino, ropa, telas, hierro y otros suministros con los que esperaba abastecer sus mercados locales y los de la distante Santa Fe de Bogotá. Y nada había más irregular que aquella flota que, sin fecha fija de partida ni llegada, zarpaba de España por primavera y otoño, cruzaba el atlántico en unos cuarenta días, hacía escala en Puerto Rico o Santo Domingo, y luego se dividía en dos; una mitad hacía escala en Portobelo, en el Istmo, y luego se abrigaba en Cartagena, adonde permanecía a veces meses esperando el aviso de la llegada a la ciudad de Panamá, por el Pacífico, de las naves procedentes del sur, particularmente de Chile y del Perú. Llegado el «Navío de Aviso», esta mitad de la flota partía de Cartagena hacia Portobelo, cargaba las mercancías allí transportadas por tierra desde la ciudad de Panamá, al otro lado del Estrecho, regresaba a Cartagena, se reabastecía de víveres y levaba anclas hacia España, no sin antes hacer otra escala en La Habana. La otra mitad de la flota, durante el tiempo de espera, se iba hacia el puerto de Veracruz, y aguardaba a volverse a encontrar en La Habana con los galeones de Cartagena para luego, así reunidas, marchar escoltadas hacia la Metrópoli antes de surcar los mares por la ruta que los ingleses conocían como el *Spanish Main*, la cálida corriente marina —una especie de vía en el *Mare Nostrum* hispánico— que los peninsulares aprovechaban para llegar más pronto a la lejana Cádiz.

—A lo mejor —también pensó Valdehoyos— es el bajel de las Danaides que se aproxima con otro cargamento.

Éste era el nombre por el cual los españoles habían bautizado el «Navío del Asiento» inglés que, según se convino en el Tratado de Utrecht, no debía sobrepasar las seiscientas toneladas y cuya mercancía no debería venderse sino en tiempo de feria, una vez cada año. El nombre hacía referencia al mitológico tonel de las Danaides, que no se llenaba nunca, y este navío, llamado también de «Permiso», el permiso de traer negros a América, al revés del tonel, tampoco se vaciaba, dado el volumen de contrabando que traía.

Así, los ingleses habían ideado un sistema por medio del cual se introducía el contrabando a los dominios españoles; consistía en que el barco del *Asiento* hiciera escala en Jamaica so pretexto de refrescar a los hacinados negros, para luego reembarcarlos en pequeños lotes y, confundidos con mercancías de todo tipo, distribuir el cargamento por los puertos de Veracruz, Caracas, La Habana, Portobelo, Panamá y Buenos Aires. De esta manera burlaban lo dispuesto por las autoridades españolas de que el puerto único de desembarque fuese Cartagena, lugar donde se llevaba un estricto control de la mercancía humana; el mayor temor de España era que Inglaterra pu-

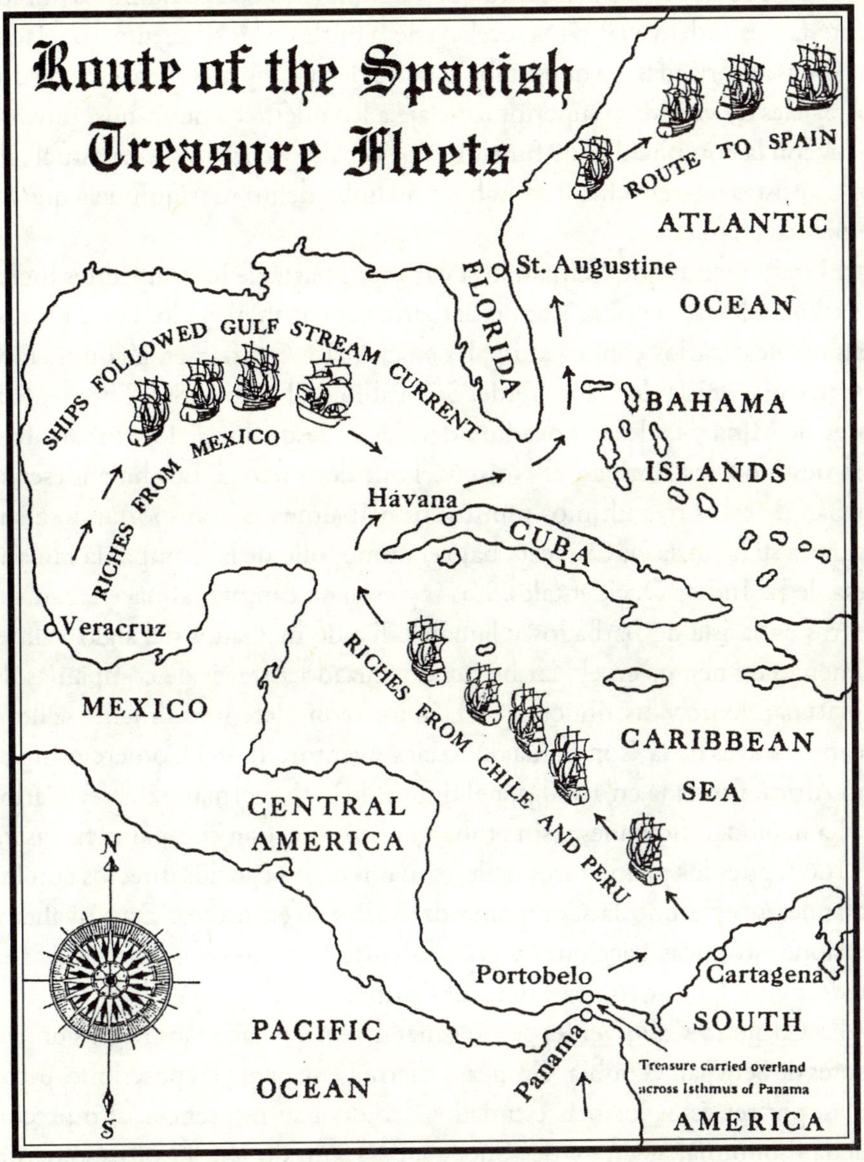

La ruta de «Los Galeones». Muestra la posición importante que Cartagena tuvo durante el régimen colonial como puerto de escala y abastecimiento de la célebre Armada de Galeones. (Tomado de *The story of St. Augustine*, 1975.)

diese introducir negros a América que ya hubiesen sido catequizados por los protestantes. Además, España recelaba de la burla de las seiscientas toneladas máximas autorizadas, ya que estaba al tanto de que Inglaterra enviaba distintos bajeles de variado y superior tonelaje a los puertos americanos, muchas veces con la complicidad de funcionarios venales y corruptos. La astucia de los asentistas negreros fue inimitable y no hubo delito ni triquiñuela que no se ensayara o tolerase.

El tratamiento que recibían los negros por parte de los traficantes ingleses y holandeses no podía ser más bárbaro; venían aherrojados con cadenas, después de cazarlos como a animales en el África Central; eran conducidos a Cacheu, a la isla de Cabo Verde, San Pablo de Loanda, São Thomé, San Jorge de Mina y la desembocadura del Zaire, desde donde los embarcaban con destino a las Antillas, el Norte y el Sur de América. Los holandeses se surtían de estos tres últimos puntos, principalmente, transportando a sus negros a su factoría en Curaçao, bajo el monopolio de la Compañía Holandesa de las Indias Occidentales. Los ingleses, en cambio, almacenaban sus negros en la isla de Barbados y Jamaica. Desde mediados del siglo XVII, el comercio de negros en el Caribe fue organizado a través de compañías de almacenamiento y distribución, y el circuito completo inicialmente se llevó a cabo a través de la Compañía de Reales Aventureros del Comercio Inglés con África, fundada en 1660 por el duque de York, hermano del rey Carlos II. La habilidad holandesa, sin embargo, hizo que esta compañía fracasara en 1667, pues los plantadores ingleses mantenían negocios directos con los holandeses, evitando la Compañía de Reales Aventureros. Esta rivalidad ocasionó no pocas fricciones y guerras entre holandeses e ingleses por el predominio del tráfico negrero en el Caribe.

En Cacheu y Cabo Verde, por lo general, se negociaban los negros procedentes de Senegal, Gambia, Guinea, y Sierra Leona para las posesiones españolas, por ser éstos los más estimados debido a su resistencia, alto precio, buena fisonomía, alegres y de «buena ley», según decían. El proceso de un esclavo se completaba con el marcado de la carimba. Consistía en marcar al individuo en distintas partes del cuerpo, usualmente en el pecho, la espalda, o la molla del brazo, con un sello de metal calentado al rojo vivo que llamaban carimba. Los esclavos recibían dos marcas: el monograma de los asentistas, lo cual indicaba su procedencia, y la coronilla real, que indicaba que había sido legalmente introducido y los impuestos pagados. Por lo general, esta marca no se hacía sino pasados treinta días, para evitar pagar el impuesto por aquellos que morían. En comparación, de Loanda venían los batús (angoleses y congoleses), que eran menos resistentes, más baratos y los que más fácilmente perecían a causa de enfermedades y a quienes se marcaba con la coronilla muchos días después de pasados los requeridos treinta.

Los esclavos negros eran luego echados en las terribles prisiones de los puertos de asiento, abandonados a su propia miseria, mal alimentados, en medio de una suciedad inverosímil y amarrados de seis en seis, con argollas por los cuellos y de dos en dos con grillos en los pies. Así eran embarcados debajo de cubierta, sin que pudieran ver ni el sol ni la luna, ni recibir la suave brisa del mar; allí hacían sus necesidades y era tal la hediondez, cuando abrían las compuertas, que no había español que no se conmoviera ante el espectáculo. Lo único que garantizaban los ingleses era que aquellos infelices no estaban contagiados de viruelas.

*

Los fatigados y sudorosos funcionarios cartageneros, impulsados por el sobresalto que les producían las velas en el horizonte, subieron las empinadas escaleras que los conducían al mirador de la casa del marqués, que ya por la época mantenía un esplendoroso patio interior con frondosos árboles que eran la delicia para todo aquel que entrase de las usualmente soleadas y calurosas calles de Cartagena de Indias. Al llegar al mirador, se sintieron liberados del húmedo calor por la fuerte brisa que allí soplaba. Era el mismo golpe de brisa que se experimentaba al subirse a las altas y gruesas murallas que protegían la ciudad, pero que, al mismo tiempo, la sofocaban impidiendo la libre circulación del viento marino por sus calles. Por eso, al caer la tarde, muchos habitantes accedían las escaleras de las murallas y se sentaban a conversar o daban agradables paseos por los sitios que las autoridades permitían y que eran, usualmente, aquellos que no comprometían sus defensas.

No habían terminado los funcionarios de disfrutar el primer golpe de brisa cuando los catalejos ya divisaban la segunda vela que, con viento de popa, se hinchaba en la distancia y parecía seguir en fila india el primer buque, sin banderas que revelaran su origen. Aun con ellas, hubiera sido

13 de marzo de 1741
La flota inglesa es avistada

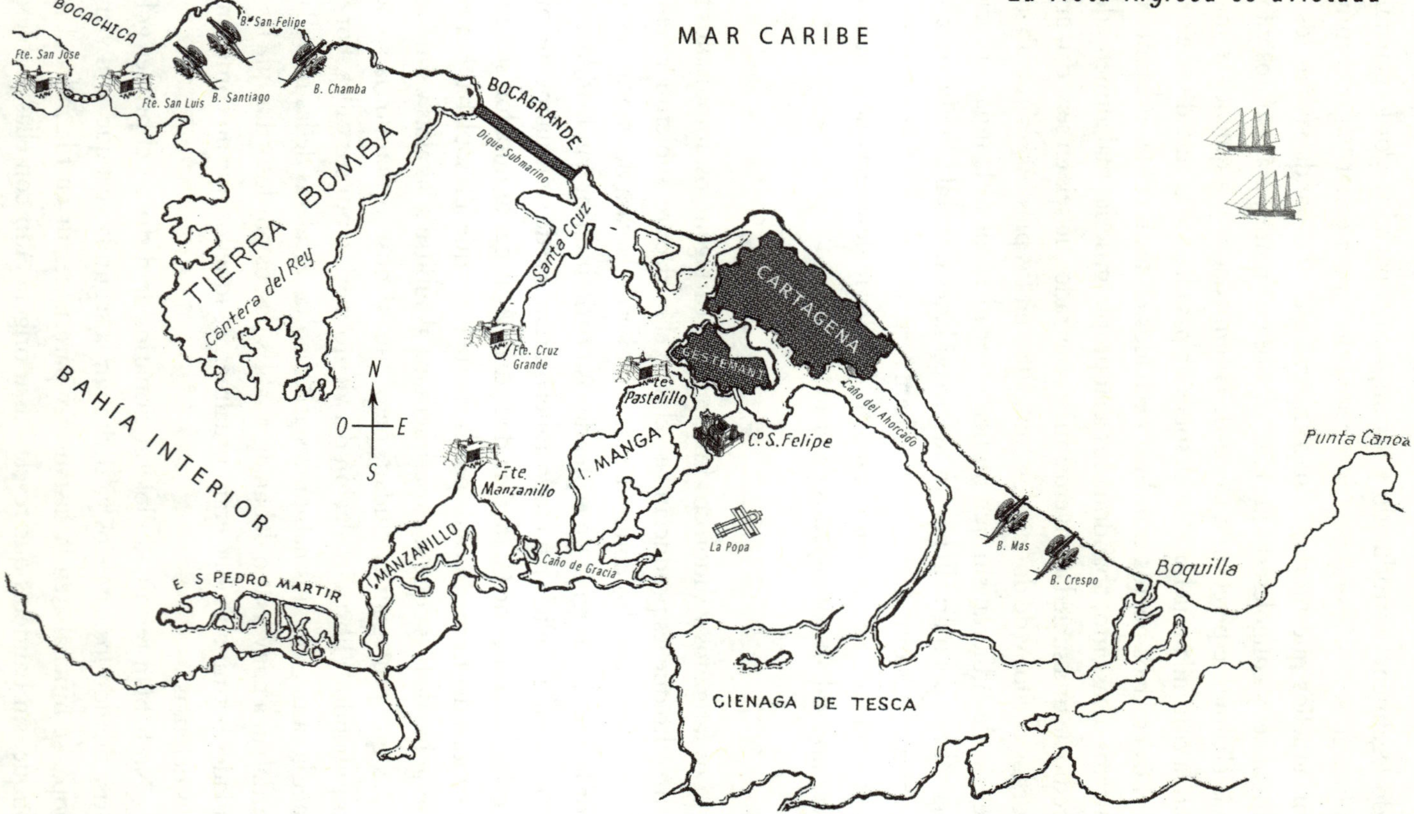

todavía difícil discernir la nacionalidad del navío, y mucho menos si era de guerra o mercante. En todo caso, no parecía español.

Las recientes noticias tenidas de Portobelo hacían augurar que nada bueno venía a Cartagena, una ciudad que durante siglos había soportado los asaltos de los piratas y la codicia del imperio que rivalizaba con el de España por el predominio del mundo: el inglés. Pero tampoco se trataba de alertar, y mucho menos asustar, inútilmente a los pobladores de tan nobilísima y heroica ciudad como cuando en tiempos del Gobernador Murga, hacia 1631, unas cabras que triscaban en el cerro de San Lázaro, próximo a la ciudad, fueron confundidas con invasores y se dio una falsa voz de alarma. Desde entonces se vio la necesidad de fortalecer aquel promontorio que dominaba la ciudad construyendo un castillo al que se llamó San Felipe de Barajas y que fue concluido el 12 de octubre de 1657. La idea era que ni cabras ni enemigos podrían, impunemente, volver a acercarse a la Ciudad Heroica, aunque los franceses habían demostrado en 1697 que no era del todo inexpugnable; eso había motivado la elaboración de un sistema de defensa que rodeaba el castillo San Felipe de formidables baterías que, aunque no se habían probado irreductibles todavía, mantenían en una relativa tranquilidad a los cartageneros.

Por eso aquel lunes 13 de marzo amaneció como cualquier otro lunes: sin afanes ni preocupaciones a la vista, como no fueran los del diario acontecer y la consabida búsqueda de números en los peces y batracios que, como oráculos biológicos, predecían los golpes de suerte y los súbitos enriquecimientos. Las noticias de que la escuadra del general Rodrigo Torres estaba en Santa Marta, procedente de La Habana, eran alentadoras, pues también se sabía en los mentideros de la ciudad que en Jamaica había cundido el pánico cuando se tuvo noticias de su llegada a Cuba; tanto que Vernon había zarpado y evitado todo contacto para no dejarse coger por sorpresa ni presentar batalla con una formidable escuadra que, unida a la de los franceses, comandada por el marqués d'Antin, presentaba una temible línea de fuego. Era un alivio pensar que en ese momento Francia se había convertido en aliada de España por los lazos familiares que unían a las dos casas reinantes.

Sin embargo, la realidad era otra. El virrey Eslava, aunque Lezo lo ignoraba, sabía perfectamente que ya Torres había abandonado Santa Marta al no concretarse ningún ataque de Vernon y ahora estaba en La Habana, secreto que guardaba celosamente para no despertar temores y confiando en que, en caso de ataque, un correo lograría traspasar las líneas enemigas para avisar al Almirante; por otra parte, la flota francesa había regresado a Europa al no encontrar bases de suministros que le restituyeran sus menguadas reservas. La alianza hispano-francesa, motivada por el ascenso al trono del Duque de Anjou, nieto de Luis XIV, ahora Felipe V, no iba a proveer alivio a una ciudad amenazada por el formidable poder naval británico.

La escuadra de Vernon había salido de Inglaterra tres meses antes de su declaratoria de guerra del 23 de octubre de 1739 y, como fiera al acecho, se había precipitado, con poco éxito, sobre La Guaira un día antes y luego sobre Portobelo, plaza de la que se apoderó el 22 de noviembre. Fue el americano el primer Pearl Harbor de que se tuvo noticia. Debido a la amenaza, el glorioso y hábil general de la armada, Don Blas de Lezo, había sido destacado por España desde 1737 como comandante de los ejércitos de mar y tierra en Cartagena de Indias para completar las defensas de una ciudad que, se sabía, sería el blanco primordial del esfuerzo británico por cortar la yugular de la garganta española.

Por esta vez no se trataba de cabras ni delfines. Desde la casa del marqués, tres catalejos oteaban nerviosos el horizonte cuando vieron aparecer la tercera vela en la misma fila india de lo que, ya no quedaba duda alguna, eran dos navíos de sesenta cañones que acompañaban al bergantín. Corrían las nueve de la mañana, según lo anotaría Lezo en su diario de a bordo. Ahora podían adivinarse las intenciones, pues los dos navíos viraron a estribor como queriendo hacer una exhibición de su envergadura; luego giraron a babor hacia la ensenada de Punta Canoa a hacerle compañía al bergantín; allí fondearon hacia medio día como dando espera, quizás, al resto de la Armada que todavía no se divisaba, pero que en poco tiempo colmaría el horizonte como si fuese un bosque flotante en el mar.

Capítulo II
Cartagena sitiada por la otra Armada Invencible

¡Patria! Por ti sacrificarse deben
bienes, y fama, y gloria, y dicha, y padre,
todo, aun los hijos, la mujer, la madre,
y cuanto Dios en su bondad nos dé.
Todo, porque eres más que todo, menos
del Señor Dios la herencia justa y rica:
hasta su honor el hombre sacrifica
por la Patria, y la Patria por la Fe.

Julio Arboleda

Quienes observaban aquellas maniobras que desde muy temprano se realizaban, sabían perfectamente que la ensenada no podía ser el destino final, ni que ésa era toda la flota, pues se conocía que Bocachica era el único punto por donde podría entrar la Armada, cualquier armada, hacia Cartagena; el otro posible paso, el de Bocagrande, había sido imposibilitado mediante la construcción de un invisible dique bajo el agua, o escollera, como parte de las defensas de la ciudad. Esto había sido facilitado por el hundimiento de las naves portuguesas de Rodrigo Lobo da Silva el 17 de marzo de 1640 y la construcción de cajones de madera que posteriormente fueron hundidos para que la arena se fuese apilando hasta cerrar el acceso; ello obligaba a los buques de gran calado a pasar por una sola puerta de entrada hacia la bahía, Bocachica, la cual podía cerrarse por dos inmensas cadenas que Don Blas de Lezo había ideado dos años antes para detener el acceso de cualquier buque hostil; así quería evitar que volviera a ocurrir lo del barón de Pointis, encargado por Luis XIV de tomarse a Cartagena, cuatro décadas antes. En realidad, el Barón había penetrado la bahía de Cartagena sin dificultad poco después de rendir el castillo San Luis que defendía la entrada de Bocachica y aquello tenía que ser una lección que debía aprenderse con premura. Por su parte, el general Blas de Lezo había tomado la idea del mismo sistema existente en la pequeña bahía de su pueblo natal, Pasajes, Guipúzcoa, cadena que se levantaba para defender el poblado de piratas y corsarios.

¿Cuántas naves eran en total? Era difícil presentirlo, o aún saber con certeza de lo que se trataba aquello, pero el funcionario de mayor rango ordenó a su subalterno dar un parte de alarma general al comandante de la guarnición acantonada en el Fuerte de San Felipe y por su conducto al virrey Eslava que, a la sazón, permanecía en el baluarte urbano de La Merced y quien, ante la apremiante situación, sería avisado con un cañonazo disparado desde el mismo San Felipe. Esto no fue necesario, pues, antes de que se pusiera en marcha la estafeta, ya el disparo había retumbado por la ciudad dando cuenta de que algo terrible se avecinaba. A los dos minutos el fuerte de San Matías situado en Punta de Icacos respondía, con otro cañonazo, que estaba alerta a cualquier eventualidad y que también se había percatado de la presencia de las extrañas naves. A estos disparos respondieron los fuertes de Santa Cruz de Castillo Grande, o Cruz Grande, y de Manzanillo que, situados el uno frente al otro, bloqueaban, como un segundo anillo defensivo en el interior de la bahía, el acceso al puerto de Cartagena. Unos minutos más tarde se alcanzaron a oír en la lejanía los disparos de los fuertes que guardaban la única entrada a la bahía por Bocachica, el castillo de San Luis y el baluarte de San José, que con sendos disparos de cañón, también avisaban del peligro que se avecinaba. Pero no sólo avisaban del peligro, sino que advertían a Vernon que la toma de Cartagena no iba a ser, precisamente, un paseo dominguero.

El despliegue de las banderas británicas en la ensenada fue suficiente para que se diese la consabida voz:

—¡¡¡Flota enemiga a la vistaaa!!!

Aquel grito del vigía mayor de la muralla fue repetido a lo largo del muro defensivo que rodeaba la ciudad; fue repetido en las garitas, los baluartes y, finalmente, en todas las calles de Cartagena por cuanto transeúnte tuvo a bien advertir a sus vecinos del inminente peligro. Las campanas de las iglesias, echadas a vuelo, eran la otra señal indiscutible de la inminencia del peligro. Ahora en los catalejos se hacían discernibles las banderas de la marina de guerra británica que acababan de izarse sobre los mástiles.

—¡Templad las cadenas! —ordenó el castellano Don Carlos Suillar de Desnaux, coronel de ingenieros, quien tenía a su cargo la defensa del castillo San Luis que guardaba la entrada por Bocachica.

—¡Templad las cadenas! —fueron repitiendo la orden a lo largo de la línea de mando hasta que, finalmente, comenzaron a girar el enorme carretel sobre el cual se iban envolviendo lentamente las dos gruesas cadenas que Don Blas de Lezo había dispuesto para cerrar el primer anillo de las defensas que protegían el acceso a la bahía de Cartagena y que, amarradas al baluarte de San José, al otro extremo, constituían un difícil obstáculo a cualquier penetración.

La confusión fue general. Los gritos, rumores y comentarios se oyeron por doquier. Las gentes abrían las ventanas de las plantas superiores de las viviendas y edificaciones para ver, a ojo pelado, qué estaba sucediendo en aquel siniestro horizonte. Era en vano, pues los tejados vecinos impedían una vista clara; desde las casas altas en las que se podía ver el mar, los puntos en el horizonte, sin catalejos disponibles, eran apenas discernibles. Muchos salieron a las calles y pronto se formaron ríos de gentes que no sabían qué hacer. La plaza del mercado suspendió las actividades cotidianas y los mercaderes quedaron como clavados en sus puestos. Los rumores alarmaban aún más a la población: «Que los ingleses habían desembarcado en Manga; que estaban a un paso del arrabal de Getsemaní; que ésas no eran cabras sino los cabrones ingleses; que algunas partes de la ciudad ya estaban en poder de ellos; que Don Blas de Lezo resistía en el fuerte de San Felipe; que todo estaba perdido...». Pronto sonó la tan temida orden que confirmaría la gravedad de la situación:

—¡Cerrad las puertas de las murallas! ¡Batallones, a sus puestos!

En aquel momento Don Blas de Lezo impartía perentorias órdenes de dirigir proa hacia Bocachica en cuya parte interior fondearía; amparado tras las cadenas, pretendía poder preservar la entrada con sus cañones navales. Los comandantes de escuadras de ejército impartiendo órdenes, los soldados corriendo hacia las murallas, el ruido de armas, la leva de anclas, los gritos de los grumetes y la marinería transmitiendo órdenes de desplegar las velas, maestros de vela, artilleros, ayudantes y armeros, todos saltando a bordo y algunos subiendo por las mallas tendidas en los palos, el desamarre de los buques y la precipitud de las maniobras, contribuyeron a crear un clima de zozobra. Aquellos buques estaban relucientes, pues habían sido recientemente calafateados para hacer más estancas sus cubiertas y costados; permanecían majestuosamente inmóviles en el puerto con todos sus banderines desplegados en los cables y agitados por el viento. Antojábanse mariposas batiendo sus alas primaverales. Los capellanes salieron a bendecir a las tripulaciones y muchos marinos pusieron rodilla en tierra para recibir la absolución, mientras otros aprovechaban meterle fuego a los hornillos para encender las mechas que activarían los cañones. Padres y frailes de distintas congregaciones religiosas se hicieron presentes en el muelle para dar aliento y auxilios espirituales a la marinería que se aprestaba a salir al encuentro del enemigo.

—Acúsome, Padre, de que he pecado...

—Yo te absuelvo en el nombre del Padre y del Hijo y del Espíritu Santo. Amén. Vete, hijo, y cumple con tu deber.

El obispo Don Diego Martínez se hizo presente por petición del general Lezo para que bendijera los navíos y sus cañones, porque la salvaguarda e integridad del Imperio se consideraba la salvaguarda e integridad de la Fe. El agua bendita se asperjó profusamente por los cascos de los buques y sobre los combatientes que, rodilla en tierra, se hacían la señal de la cruz. Ese día el General recibió la absolución del Obispo, quien trajo la comunión al puerto y de paso bendijo al matrimonio Lezo.

—Pida por mi marido, Señor Obispo —solicitó Doña Josefa.

—Está en mis oraciones, Señora —dijo cumplidamente el Obispo.

Cuando las poternas de las baterías se abrieron, todo el mundo entendió que era la hora de partir. Lezo ordenaba soltar las muelas de cabo, largaba los velámenes y se hacía a la mar. La brisa de sotavento hinchaba las velas y la nave capitana, *La Galicia*, se hizo a la mar muy pronto, seguida del *San Carlos*, el *San Felipe* y *el África*. Un viento misterioso de guerra mecía los cabellos del General y las gentes paradas en el muelle advirtieron por primera vez el mechón casi blanco que manifestaba los años de riesgos y privaciones y que se movía como un banderín de avanzada sobre la curtida frente del guerrero. Nada hay que encanezca más a un hombre que estar al borde de la muerte y al filo del cañón. A los otros dos buques, al *Dragón* y al *Conquistador*, se les dio la orden de permanecer al amparo del dique submarino de Bocagrande, como reservas navales, entre otras razones, porque no convenía su apiñamiento en la entrada de Bocachica. Uno a uno los barcos de la escuadra española fueron enrutándose en fila india hacia Bocachica, dado el peligro de abrirse demasiado y romper quilla en los corales de un mar de bajo calado que a lado y lado de la ruta, hacia mar abierto, ocupaba casi todo el espacio entre el puerto y su punto de acceso; alcanzaron Bocachica, la puerta de resguardo de la bahía y distante unos catorce kilómetros, en algo más de una hora. Los navíos que se dirigían a la Boca, o de ésta a Cartagena, transitaban, en realidad, por una especie de canal marino natural de entrada y salida del Puerto, extendido a lo largo de la bahía. Aquel día no hubo negritos en canoas pidiendo a los marinos que les tiraran monedas para recogerlas del fondo del mar, diversión a las que muchos se prestaban y que hasta hoy persiste. Era común ver los barcos rodeados de niños negros que, haciendo gala de su capacidad pulmonar, se zambullían en las profundas aguas para salir con las monedas a la superficie, exhibiéndolas como el mayor de los trofeos.

Poco después de alcanzar su meta tras las cadenas de Bocachica, Lezo mandaría un despacho al Virrey para solicitarle que diese orden al gobernador de Santa Marta de que todavía no saliese el almirante Torres a auxiliar a Cartagena, previendo no poner sobre alerta a Vernon antes de que éste cumpliera con sus planes de desplegar toda su Armada en el litoral y así cogerlo por la espalda. Esto quedó consignado en su diario de a bordo aquel fatídico lunes 13 de marzo de 1741. Ignoraba que ya Torres se había marchado a La Habana, entre otras razones, porque el mantenimiento de su flota había desabastecido la ciudad y propiciado una gran penuria de alimentos y suministros.

El capitán, Don Juan de Agresote, observando la mirada impasible de Lezo, le susurró con voz grave:

—Como Vuestra Merced lo dijo, los ingleses han llegado, Señor.

—Los españoles también... —replicó Lezo, como suspirando, y con rostro adusto se sumió en su habitual serenidad.

Bien pasado el mediodía, los catalejos informaron de más velas en el horizonte, en posición de línea, a la manera de los primeros navíos, y en claro despliegue de fuerza intimidatoria. El resto de las naves fue apareciendo lentamente hasta poblar el horizonte por completo, como si, de repente, el mar se convirtiera en un bosque multicolor de palos y banderas de guerra. Fue entonces cuando comenzaron a sonar las músicas marciales, queriendo anticipar, en acompasado preludio, lo que sería el desfile de las tropas inglesas por la ciudad rendida, la ciudad más rica, hermosa y fuerte de toda la América meridional. En total, habían llegado ocho navíos de tres puentes y noventa cañones cada uno; también otros veintiocho navíos de dos puentes y cincuenta cañones, más doce fragatas de cuarenta cañones cada una, que hicieron su aparición seguidas de dos bombardas y 130 embarcaciones de transporte de tropas donde venía un ejército de asalto de 10.000 hombres; entre ellos, un contingente de 2.763 soldados oriundos de la entonces colonia norteamericana, al mando de Lawrence Washington, hermano del futuro libertador de Estados Unidos, George Washington, y mil negros macheteros de Jamaica. En total, otros 12.600 marinos completaban aquella formidable armada de 23.600 combatientes, 180 naves y 2.620 cañones navales, más distintas piezas de artillería de desembarco que se aprestaban a asaltar la fortaleza militar más grande jamás construida en Occidente.

Los españoles defenderían la plaza con 2.230 hombres veteranos, más 600 indios traídos del interior de la provincia. Estos 2.230 hombres pertenecían a una fuerza superior, llegada de Europa compuesta por unos 3.380, pero disminuida por la peste del «vómito negro», hoy conocida como fiebre amarilla, que había azotado aquella región antes de la llegada de la escuadra inglesa; estaban distribuidos en doce compañías que, con su dotación original, ahora disminuida, tendría cien hombres cada una del Regimiento de Infantería de Aragón; otras doce compañías con el mismo número de hombres formadas por varios piquetes de los regimientos de Toledo, Lisboa y Navarra; nueve compañías del Regimiento Fijo de la Plaza; cinco compañías de milicianos, formadas por los vecinos de la ciudad; tres compañías de blancos criollos y dos de pardos; 900 hombres de tropa de la marina y ochenta artilleros, todo lo cual, en plenitud de fuerza, sumaría 6.000 hombres de los cuales no quedaban más que unos 2.830, todos sumados, para anteponer a los 23.600 de los ingleses, en una desproporción de ocho a uno. En cuanto a poderío de fuego, los seis navíos españoles podrían desplegar poco más de 360 cañones, más 310 cañones del recinto amurallado y otros 320 distribuidos en los demás fuertes y baluartes, para un total de 990 bocas de fuego contra unas 3.000 piezas de artillería de mar y tierra del enemigo; es decir, con una desventaja de tres a uno, desventaja que se acrecentaría en la medida en que los ingleses concentraran el fuego sobre cada uno de los fuertes defendidos por separado. Los ingleses contaban, pues, con la movilidad de sus efectivos artillados, mientras los defensores quedaban más o menos inmovilizados en sus puestos, aunque con la ventaja de la protección de las murallas y parapetos, pero que, una vez vulnerados, cederían ante el desproporcionado embate de los atacantes. A juzgar por los efectivos desplegados, la plaza no se hallaba en su mejor estado de defensa y todavía tenía serias carencias de buques y hombres, además de víveres y pertrechos, glasis y terraplenes para contrarrestar la furia del bombardeo enemigo.

El virrey Eslava, quien desde su baluarte observaba con su catalejo el horizonte, exclamó con angustia:

—¡Dios mío, cuántos son! ¡Desencadenarán el infierno contra nosotros! —dijo soltando el catalejo sobre la áspera piedra.

En el entretanto, Vernon en alta mar se volteaba hacia su lugarteniente y, con los labios apretados por la emoción ante la imponente vista de Cartagena y sus sueños de verla rendida a sus pies, le decía con rebosante optimismo:

—En realidad, con once barcos hubiera sido imposible esta tarea.

—¿Cuántos tenía la Armada de Felipe II? —preguntó su ordenanza.

—Creo que ciento veintiséis. Nosotros tenemos ciento ochenta. Ésta es la «otra Armada Invencible», que no sólo rendirá a Cartagena sino a todo el Imperio.

—¡Pero la Invencible de verdad, *milord*! —contestó el marino.

Cartagena había quedado bloqueada por mar. Aquel 13 de marzo de 1741 el Imperio Español comenzaba a vivir el día más largo de su historia.

Capítulo III
Una ciudad «salada»

Se nace caballero, como se nace pirata.
Viejo adagio

Los cartageneros decían que la ciudad estaba «salada» porque era blanco permanente de asaltos por todo tipo de forajidos, piratas y corsarios de los mares, muchos de ellos contratados por los gobiernos de Holanda, Inglaterra y Francia, archienemigas de España. Era de común memoria la última toma por Jean Bernard Desjeans, Barón de Pointis, quien, amparado por la Alianza de Augsburgo, la atacó con más de 5.000 hombres, entre ellos 650 bucaneros reclutados en la costa de Santo Domingo que entonces estaba en poder de los franceses. El 13 de abril de 1697, otro día 13, la Armada Francesa fondeó en aguas de Cartagena y con 522 bocas de fuego, contra treinta y dos del castillo de San Luis, con 150 hombres que lo defendían, vomitaron 4.000 cañonazos en diecisiete días y sometieron, finalmente, la Plaza al más terrible castigo y posterior saqueo de todas sus riquezas.

Toda esta calamidad habría podido evitarse si Don Diego de los Ríos y Quesada, a la sazón gobernador de Cartagena, hubiese tomado las precauciones que desde la Corte de Madrid, mediante dos Cédulas, le instaban a tomar. Ya a finales de 1696 los servicios diplomáticos y de espionaje españoles daban cuenta de las intenciones del rey francés de enviar una expedición hacia el Caribe y, concretamente, contra el puerto «llave» del *Mare Nostrum* hispánico, la codiciada Cartagena de Indias, famosa por los fabulosos tesoros que albergaba. Don Diego había hecho caso omiso de tales advertencias y órdenes y había descuidado grandemente las defensas de la ciudad que por aquel entonces amenazaban ruina. Este fue su primer error, pero no sería el único.

Francia, en esos tiempos finiseculares, se erigía ya como una gran potencia bajo el cetro de Luis XIV, cuya ambición se desplazaba ahora hacia la conquista del Imperio Español de la América meridional, amenazando con ello el delicado equilibrio del poder europeo. Motivada por tales acontecimientos, España se había sumado a la Liga de Augsburgo desde 1686, conformada por el emperador de Alemania, el rey de Suecia y algunos príncipes italianos, que veían de cerca la amenaza francesa. En aquellos momentos, España dependía de manera crucial de sus colonias americanas debido a las ruinosas e interminables guerras que en suelo europeo había sostenido en el pasado reciente; a esto se le sumaba la desdicha de que Carlos II, «el Hechizado», no había producido heredero en dos matrimonios sucesivos y ahora todas las cortes de Europa rondaban como aves de rapiña esperando el momento propicio para apoderarse del Imperio de ultramar, mediante la guerra o el acuerdo sucesorio de uno de los suyos en el trono español. Este Imperio se extendía desde California hasta el río Missouri, en el norte de América, y desde allí hasta la Tierra del Fuego, en el sur; y se extendía hacia Occidente, a través del Océano Pacífico, hasta incluir las islas Filipinas.

Así, Carlos de Austria, Leopoldo de Baviera, Víctor Amadeo de Saboya, el rey Pedro de Portugal y, por supuesto, el Duque de Anjou, nieto del Rey Sol y sobrino segundo del estéril monarca, ambicionaban hacerse con el trono hispánico. Para ello se tejieron las más sorprendentes intrigas palaciegas tendientes a torcer la voluntad del rey para que en su testamento dejara sucesor. Francia ensayó, pues, la intriga, que llevó a su lecho, y la guerra, que llevó a sus costas; Barcelona cayó y Cádiz fue atacada. Cartagena, en este sangriento ajedrez, sería la presa que estrangularía los ingresos españoles provenientes de América del Sur y que obligaría al hechizado rey a capitular a favor del Duque.

Pero tampoco la habían tenido tan fácil los franceses, pues Cartagena había cobrado caro los escasos cañones y hombres que, en última instancia, la defendían, habiéndole causado más de cuatrocientos muertos e innumerables heridos al enemigo durante un cerco que duró, sin tregua, del 13 de abril al 4 de mayo. Hacia el 16 de abril, caía primero el fuerte de San Luis que resguardaba la única entrada a la bahía de Cartagena; el 18 la Armada penetró la bahía y cercó el segundo anillo de defensa de la ciudad, el fuerte de Santa Cruz de Castillogrande, abandonado a su suerte por el capitán Francisco de Santarén de quien se dice tuvo connivencias con el francés; el 19, Pointis atacó el tercer anillo, la más formidable fortaleza de Cartagena, el castillo de San Felipe de Barajas, que estaba defendido por tan sólo setenta hombres. Pereció en aquel violento combate su castellano, Don Juan Manuel Vega. Esta fortaleza era clave para la defensa de la ciudad porque estaba asentada en un montículo, el cerro de San Lázaro, desde donde se la podía defender con solvencia; pero esto también se convertía en una terrible desventaja para la ciudad, si el fuerte caía, pues desde allí también se dominaba la Plaza, que podía ser presa de sus bombardeos a partir de una ventajosa posición. Esto le abrió a Pointis «un gran radio de acción», como él mismo lo confirma; allí estableció su cuartel general, procediendo a desembarcar veinticinco cañones de gran calibre y cinco morteros, con los cuales inició de inmediato el castigo del recinto amurallado. La actividad, según nos cuenta, era febril; los soldados cortaban durmientes; los marinos desembarcaban pertrechos y los negros ayudaban en lo que podían. Los bucaneros, sin embargo, en nada cooperaron; a tal punto, que Pointis se enfrentó con Ducasse, el jefe de los piratas:

—Señor —le dijo— ¡vuestros hombres no sirven para mierda! Sois sanguinarios, pero no valientes.

—Sin mis hombres —contestó irritado el bucanero—, no habríais podido tomar a Cartagena.

El 25 de abril el Barón fue herido por una granada y hubo un cese temporal al fuego que fue aprovechado por Ducasse para exigir la rendición del baluarte de la Media Luna, en las goteras mismas de la ciudad amurallada y ya con brechas abiertas. En una de ellas, el bucanero se entrevistó con el capitán Santarén y cruzaron palabras en francés que nadie entendió; corría el 30 de abril y esa misma tarde los franceses abrieron de nuevo el fuego y se lanzaron a la más feroz ofensiva, logrando penetrar por una de las brechas, justo por aquélla por donde había estado Santarén con el bucanero. Esto dio para muchos comentarios de «traición». El barrio de Getsemaní caía en poder del enemigo. Cartagena estaba ya a tiro de as.

El segundo y fatal error de Don Diego de los Ríos fue no haber permitido que las tropas defensoras del baluarte de la Media Luna, en retirada, se hubiesen guarecido en la ciudad amurallada. El gobernador, temeroso de que al abrir las puertas para que entraran las tropas españolas se colara el enemigo, les ordenó el contraataque en situación harto desventajosa. Acorralada la tropa entre la espada y la pared, ésta cargó valientemente, «como una horda de salvajes», al decir de Pointis, cosa que inicialmente desconcertó a los franceses, quienes, repuestos de la sorpresa, se reorganizaron y produjeron una verdadera carnicería entre los defensores en retirada. La mayoría pereció a la bayoneta. Cuenta un testigo de los hechos, Don Vallejo de la Canal, que la artillería española, operada por bisoñas milicias, hizo también estragos en las filas de aquellos héroes que retrocedían hacia la ciudad. Es decir, a dos fuegos fueron cogidos los heroicos soldados que defendieron hasta el último hombre la cobarde huida de Don Diego de los Ríos quien, en el penúltimo minuto, se apresuró a salir escurridizo hacia la ciudad de Mompox, río arriba, cargado con dos millones de pesos que se llevó consigo.

Cartagena, la inexpugnable Cartagena de Indias, había sido conquistada por Pointis y entregada al pillaje de los nuevos bárbaros; durante treinta y dos días, desde el 2 de mayo hasta el 3 de junio, la ciudad vivió bajo el terror, suspendido sólo cuando los piratas tuvieron noticia de que se acercaba una escuadra española a vengar la ciudad. Sus gentes fueron torturadas y no hubo rincón que no se esculcara en busca de tesoros, ni vejación que no se cometiera, o sacrilegio que no se ensayara. Las iglesias fueron desocupadas de sus ornamentos, y hasta las campanas de bronce desmontadas y llevadas a los buques de guerra, así como los cañones de bronce que había en la Plaza; los frailes fueron torturados hasta la confesión, la Real Hacienda vaciada y un famoso Sepulcro de plata labrada, adornado con campanillas de oro —que era utilizado para las ceremonias de Semana Santa—, fue robado por Pointis y entregado al Cristianísimo Rey francés, Luis XIV, quien, años más tarde, cuando su nieto accedió al trono español, se la devolvió a Cartagena en gesto de buena voluntad —aunque llegó sin sus campanillas de oro. La reliquia finalmente se perdió para siempre cuando los patriotas independentistas la fundieron para acuñar moneda en las guerras de independencia.

Pointis entró a la ciudad rendida cargado en andas como victorioso emperador, cuidándose de no mostrar las heridas que lo obligaban a entrar sentado en una silla de manos. Lo que siguió fue verdaderamente escandaloso. Se hizo llevar directamente a la Catedral adonde obligó al Cabildo Eclesiástico a cantar, a boca de pistola, un *Te Deum laudamus* por la victoria conseguida. Más de una lágrima de dolor y rabia rodaron por las mejillas de los curas que, entre el miedo del sacrilegio y la piedad del oficio, agria y desentonadamente balbucearon las amargas notas de aquel *Te Deum* de escándalo. ¡Roma no había sufrido mayor ultraje cuando Alarico la saqueó el año 410!

El Barón se hizo luego trasladar al Gran Salón de la Casa de la Contaduría, donde estableció su cuartel general, sentando la tesorería donde debían depositarse los dineros provenientes de la contribución «voluntaria» de las gentes, que consistía en devolverles un diez por ciento de los caudales que espontáneamente entregaran. Quienes no lo hicieran, y se les encontraran joyas o dinero, serían fusilados. Durante varios días se vio desfilar, junto con otros notables de la ciudad —entre los que había mercaderes y comerciantes—, una interminable cola de aristócratas portadores de los más ilustres apellidos que, en míseros atuendos y turbada la mirada, acudían al Tirano sólo para verse despojados de sus bienes y pertenencias. Familias enteras fueron aniquiladas, gentilhombres asesinados, vírgenes o monjas violadas e irrespetadas bajo las ruinas de una próspera ciudad incendiada y mancillada por un feroz enemigo que no reparó en llevarse lienzos, sillas, camas, coches, ollas, baúles, cubertería y todo menaje doméstico que encontró, pese a que las capitulaciones hechas lo prohibían. Fue tanto lo que se arrastró hacia las naves, que los buques más parecían vehículos de mudanza que de guerra, y lo que en ellos no cupo, fue destrozado, o simplemente arrojado al mar por aquella horda de ladrones y asesinos. Cuando Pointis se vio precisado a usar la cubierta de los navíos para apilar muebles y enseres, la situación llegó a tal punto que, por orden suya, muchos elementos tuvieron que ser arrumados en el muelle. Después de su partida, los cartageneros volvieron a vivir amargos momentos al tener que ir a escarbar, entre los montones de piezas, para recuperar algunas de sus pertenencias; no fueron pocas las disputas que se suscitaron al decidir lo que era de cada cual.

—¡Ja! —decía el francés— *los bucaneros tienen un olfato de perro perdiguero para descubrir los tesoros* y procedía a emplearlos en la búsqueda de doblones de oro en los conventos donde intimidaban a monjas y a frailes. Muchas gentes recordaban con horror los gritos de aquel pobre fraile, superior del convento de San Agustín, a quien habían machacado los dedos meñiques con las culatas de las escopetas para hacerlo «cantar» dónde tenía escondido el dinero.

Los cartageneros siempre recordaron con orgullo la heroica resistencia de Don Sancho Ximeno de Orozco, el castellano del fuerte que entonces guardaba la entrada por Bocachica, el de San Luis, que quedaba un poco más hacia mar abierto en relación con el actual, el de San Fernando, que fue construido después de que el almirante Vernon, cuatro décadas más tarde, destruyera definitivamente aquel heroico fortín. Durante este asedio, la flota francesa se había colocado en forma de media luna alrededor del castillo San Luis, vomitando fuego sin tregua sobre sus muros. Asediaban el navío *Scepter*, con 650 hombres y ochenta y cuatro cañones; el *Saint Lewis*, con 420 hombres y cincuenta y cuatro cañones; el *Fort*, con 450 hombres y veinte cañones; las naves *Vermandois*, *Apollo*, *Furieux* y *Saint Michael*, de 350 hombres y cincuenta cañones cada una. En segunda línea de fuego permanecían, para relevo, el *Cristo*, el *Avenant*, el *Marin*, y el *Eclaktan*t, con un total de 508 hombres y noventa y cuatro cañones. En tercera línea aguardaban los buques de transporte y otros de apoyo.

Don Sancho, resistiendo como podía con quince de sus cañones —pues la otra mitad había sido desmontada con grandes pérdidas de hombres a causa del infernal bombardeo—, no quiso entregarlo al poderoso enemigo. Pointis había hundido una lancha de refuerzos que desde Cartagena fue enviada para aliviar el sitio, en la que también venían dos frailes franciscanos que habían concurrido a la batalla, y esto fue lo que terminó de persuadir a los defensores del cerco sobre la inutilidad de la lucha. Los franceses desembarcaron tropas de asalto y desde sus escuadras de guerra, compuesta de nueve navíos, nueve fragatas y un lanzabombas, continuaban martillando las defensas. Corría el 16 de abril. La situación era tan angustiosa para los españoles, que el mismo Pointis, compadeciéndose de ellos, envió a uno de los frailes capturados con un «tambor» —soldado éste que tocaría a redoble para anunciar la llegada— a solicitar la rendición del fuerte. Fraile y soldado se abrieron paso por entre los escombros y cadáveres, y en un momento en que el fuego cesó para que se oyeran las voces de la embajada, al son del tambor, el fraile se acercó a las derruidas murallas y gritó:

—Traigo embajada para Don Sancho. Quiero hablar con él.

Y Don Sancho respondió:

—¿Qué queréis, buen fraile?

—El Barón de Pointis os manda a saludar y a solicitar que entreguéis el Castillo —contestó el cura.

—*¡Decidle que mal puedo yo entregar lo que no es mío!* —contestó el valiente defensor. Estas inmortales palabras quedaron para siempre grabadas en la mente y corazones de los cartageneros, quienes desde entonces las repetían por motivo de orgullo y valentía sin cuento para infundirse ánimo al enfrentar cualquier peligro.

Entonces, ante la tajante respuesta, el combate volvió a enfurecerse, y bajo la lluvia de fuego y metralla de tres mil fusiles invasores contra setenta hombres que defendían el fuerte, los franceses se fueron aproximando en oleadas sucesivas desembarcadas de los siete buques de transporte que traían hasta que ya les fue posible arrojar las granadas sobre los parapetos adonde se escondían los defensores. No habiendo ya casi hombres blancos para defender la posición, la guarnición mestiza y de color que quedaba se echó al suelo y arrojó las armas en señal de rendición, desquitándose de Don Sancho, quien tiempo atrás había sofocado por la fuerza una revuelta de negros cimarrones. Inútilmente trató Don Sancho de hacerla pelear hasta el final, aun amenazando a los jefes con su daga. Al ver esto, los franceses pararon súbitamente el bombardeo y acallaron los fusiles para conocer el desenlace de la disputa. Don Sancho Ximeno, asomándose a la muralla y desgarrando el silencio de las armas, clamó con potente y desafiante voz, como león herido por el dardo:

—*¡Aunque me quede solo, Barón de Pointis, ni me rindo ni pido cuartel!* —Después de lo cual procedió a encerrarse en alguna habitación que todavía quedaba en pie, no sin antes escuchar tras de sí las descargas de fusilería que enmarcaron su gesto.

Como el Barón amenazaba con pasar a cuchillo a los combatientes que quedaban si no abrían la desvencijada puerta de acceso a la fortaleza, los negros y mestizos procedieron a quitar el terraplén que la protegía, echaron abajo los cerrojos, quitaron la pesada tranca y se la abrieron al enemigo. Los franceses se precipitaron sobre la entrada y, tras capturar al desarmado Don Sancho, se lo entregaron al Barón, diciendo:

—Barón, he aquí al defensor del Castillo. —Ante lo cual espetó Don Sancho, con la voz agitada por la angustia y la refriega:

—Os aseguro, Barón, que ni me he rendido, ni he pedido cuartel, ni he entregado lo que no es mío —seguido de lo cual respondió el Barón en un gesto de caballerosidad todavía a la usanza en la época:

—*Ya lo sé, pero un valiente caballero como vos tampoco debe estar desarmado.* —Y quitándose la espada de su cintura se la entregó al valeroso español y concluyó—: Ahora sí, entregadme los almacenes, bastimentos y municiones.

—Aunque me hayáis obsequiado con vuestra espada, Barón, ya os dije que nada os entregaré. *Pedidle cuanto queráis a Don Fernando Vivas, el artillero, quien lo tiene bajo su cuidado y a quien podéis mandar a sacar de la prisión adonde lo he tenido en capilla por no saber defender lo que no era suyo.*

El francés quedó atónito y ordenó que le rindieran honores militares a tan gallardo y altivo caballero como no había conocido a otro; luego lo invitó a cenar a su tienda de campaña y lo sentó a su lado derecho. Acabada la cena procedió a despacharlo hacia la isla de Barú con su familia como prisionero temporal. No siendo Don Sancho capaz de conservar aquella espada de la deshonra, por las atrocidades que los hombres de Pointis cometieran en la ciudad, la entregó después con todos los honores a manos de la Virgen de Santa Catalina, imagen que adorna el retablo del Altar Mayor de la Catedral y que hasta el día de hoy se conserva allí.

En efecto, promediando el mes de mayo, con los franceses ya en poder de la ciudad, las primeras lluvias hicieron su aparición y con ellas la disentería que comenzó a hacer estragos en su Armada; los buques se convirtieron en hospitales y por las calles se veían deambular con rostros demacrados por la deshidratación y la fiebre a los crueles vencedores. Pointis, con inusitada sevicia, hizo volar varios baluartes de la ciudad, incendió las cureñas de los cañones, apresuró el embarque de lo último que pudo y zarpó el 25 del mes, no sin antes autorizar a los bucaneros, que permanecían inmunes a la enfermedad, a continuar el saqueo de los almacenes y los despojos que quedaban. Ducasse agriamente reclamó a Pointis el diez por ciento del primer millón y el tres por ciento de los restantes, tal como había sido pactado en Santo Domingo. Sus amenazas y conato de rebelión apresuraron la partida del Barón, quien había dispuesto que sus hombres montaran guardia cerrada en los buques para evitar cualquier intento de abordaje.

—*Si vos deseáis el diez por ciento del botín, ¡pues tomadlo de la ciudad que ahí queda a vuestra merced!*, pues no podría yo robárselos a mis hombres que tan gallardamente lucharon contra tan poderoso enemigo. Además, yo he devuelto el diez por ciento a los pobladores que voluntariamente contribuyeron —dijo Pointis, gritando, además, indecibles imprecaciones cuando abordó, finalmente, la nave capitana que fue apresuradamente desamarrada del puerto.

—¡Perro francés! —gritó el bucanero, no sin antes despedirse con otro grito de «¡Vete a la mierda, *ladrón*, hijo de puta!», para dedicarse al más cruel desprecio y trato de los cartageneros que se vieron obligados a entregar al invasor otro millón y medio en oro, plata y piedras preciosas. Así se despidieron aquellos bandidos, como si para ellos «ladrón» fuese el más vil y reprensible de los insultos.

Las iglesias y los conventos fueron vaciados de cálices, vasos sagrados y ornamentos y hasta los enfermos fueron sacados de los hospitales para obligarlos a registrar sus casas en busca de tesoros y aun de baratijas. Al propio Don Sancho Ximeno, pese al salvoconducto que le otorgara el Barón, le sacaron cien mil pesos y casi lo ejecutan de no ser por la intervención de Fray Tomás Beltrán, quien ofreció entregar a cambio de su vida una caja con ochocientos pesos en plata labrada que desenterró de algún lugar y entregó a los bucaneros. Posteriormente hicieron explotar varios barriles de pólvora en el convento e iglesia de Santo Domingo, derribando muros, paredes y altares. El sacrilegio coronó al pillaje. Nada, pues, quedó en aquella ciudad, salvo lo que las damas de alcurnia y monjas habían logrado sacar hacia Mompox, previo al asedio. El terror había durado hasta el 3 de junio.

Al gobernador de los Ríos se le abrió expediente de investigación por parte de la Real Audiencia de Santa Fe de Bogotá por lo acaecido en aquella plaza, y para los trámites de rigor se nombró a un pesquisidor de nombre Carlos Alcedo y Sotomayor, quien se trasladó de inmediato a Cartagena; pero no hubo siquiera sentado sus reales allí cuando fue mandado a detener por el gobernador De los Ríos, luego de un incidente en el que intercambiaron mandobles a espada limpia. El Oidor fue enviado cautivo a La Habana y allí fue dejado libre por el gobernador de esa ciudad, a despecho de De los Ríos. Procedió, entonces, el oidor Alcedo a tomar rumbo a Sevilla, donde elevó acusación ante el Consejo de Indias, el cual dispuso nombrar un nuevo pesquisidor, Don Julio Antonio Tejada, destituir a De los Ríos y nombrar como nuevo gobernador a Don Juan Díaz Pimienta.

En el entretanto, la Audiencia de Santa Fe había nombrado un nuevo gobernador encargado, el que era de Santa Marta, Don Pedro de Olivera, a quien De los Ríos impidió su entrada en Cartagena. Pero cuando Tejada llegó a la Ciudad Heroica lo primero que hizo fue ordenar la detención del ya ex gobernador de marras, confiscar sus bienes, junto con los del sufrido Don Sancho Ximeno, a quien también arrestó de inmediato. Luego ocurrió lo insólito. ¡El nuevo gobernador de Cartagena, Don Juan Díaz Pimienta, se puso del lado del ex gobernador y a mediados de 1700 ordenó que pusieran preso al pesquisidor Tejada!

Interviniendo de nuevo la Real Audiencia de Santa Fe de Bogotá, nombró al oidor Don Bernardino Ángel de Isunza y Eguiluz nuevo investigador de tan complicado caso, con lo cual se creó un conflicto de jurisdicciones. Entre *ires* y *venires*, *dimes* y *diretes*, lo cierto es que el ex gobernador De los Ríos se fugó de su prisión en la fortaleza de Cruz Grande, mediante el soborno a unos guardias; de Cartagena pasó a Tolú, luego a Jamaica y, finalmente, a Francia, donde causó tal problema en la corte francesa y española que ambos reyes, Luis XIV y Felipe V, intervinieron para aclarar que este personaje ninguna connivencia había tenido con el Barón de Pointis. Felipe V obraba, es sabido, por instrucciones de su abuelo, quien también exoneraba de toda culpa a los oficiales que, entonces detenidos, defendieron a Cartagena de Indias, entre ellos al pobre Don Sancho Ximeno, quien todavía aguardaba en prisión el esclarecimiento de aquellos infaustos hechos. Cabe señalar, sin embargo, que la intervención del Rey Sol, lejos de aclarar las cosas, tendió una mancha de duda sobre el proceder del ex gobernador De los Ríos de quien se decía pertenecía al partido francés que en España terciaba a favor del nieto de Luis XIV, el Duque de Anjou, entonces Felipe V.

Pero la injusticia cometida con Ximeno no era más que otro episodio en una larga cadena de injusticias cometidas en aquellos tormentosos tiempos del Imperio Español en América; otra más grande aún se cometería cuatro décadas más tarde con Don Blas de Lezo, comandante de los reales ejércitos de mar y tierra que volvieron a defender, no sólo a Cartagena, sino, en ella, a todo el Imperio. Las intrigas cortesanas y la lejanía y dificultad de las comunicaciones fueron parte en determinar, muchas veces, que los favores reales recayeran en quienes no los merecían.

—Marchémonos, que llegan refuerzos españoles. —Fue lo último que se le oyó decir a Ducasse en Cartagena antes de salir a perderse, lo cual hizo el 7 de junio de 1697. Ese mismo año Francia firmaba la paz de Riswick, poniendo fin al conflicto con la Liga de Augsburgo. El Rey Sol mandó a acuñar unas monedas en las que aparecía una dama bajo una palmera a cuyos pies rodaban monedas robadas a los españoles; ostentaban una leyenda que decía: *Hispaniorum Thesauris Direpit,* que se traducía: «*Fue pillada al tesoro de los españoles*». Era la primera vez, aunque no la última, que Cartagena vería monedas acuñadas en celebración de su derrota y saqueo. Y esto era lo que más temían los cartageneros tras siglos de amargas experiencias.

*

Una de esas amargas experiencias había sido, poco antes de la invasión de Pointis, el sitio que experimentaron las monjas clarisas en su convento de Cartagena y que da la tónica de dónde surgió el remoquete de Ciudad Heroica, como desde entonces comenzó a conocérsele. Corría el año 1682 y, por lo que se sabe, aquellas monjas de clausura estaban descontentas con la dirección espiritual y económica de los franciscanos. Solicitáronle al obispo de la diócesis, Don Miguel Benavides y Piédrola, que las sustrajese de aquella jurisdicción, lo cual procedió a hacer el prelado. Pero tan pronto se hubo resuelto su causa, trascendió en el convento la próxima elección de fray Antonio Chávez que, como hermano que era de cinco monjas del convento, no dudaría en darles un tratamiento más equitativo. Las clarisas, entonces, procedieron a pedir al obispo Benavides modificar lo resuelto. El Obispo se negó, ante lo cual la Abadesa procedió a apelar al gobernador de Cartagena, Don Rafael Capsir y Sanz. Los frailes, por su parte, se dirigieron a la Real Audiencia de Santa Fe, la cual ordenó la reintegración de las monjas a la jurisdicción franciscana. La decisión fue apelada por el obispo Benavides, apelación que se volvió a fallar a favor de los frailes. En el entretanto, los ánimos se fueron caldeando y otros clérigos entraron en la disputa, entre ellos, los jesuitas, animados por un canónigo de nombre Mario Betancourt, quien no desperdiciaba oportunidad para suscitar discusiones y abiertas rebeliones contra la autoridad eclesiástica. La pugna revistió tal naturaleza, que las clarisas, desconcertadas, se volvieron a echar atrás en su decisión, rechazando de nuevo ser dirigidas por los franciscanos. El enantes tranquilo discurrir de los habitantes de Cartagena se vio, entonces, sacudido por violentas manifestaciones a favor y en contra de unos y otros. Los partidarios de los franciscanos y jesuitas se aprestaron a asaltar el convento de las monjas, pero el Obispo se presentó en la portería y desde allí amenazó a las turbas con la excomunión si procedían a violar el sagrado recinto. Las turbas procedieron, entonces, a amotinarse alrededor de su residencia, ante lo cual el valeroso obispo, revestido de sus regios ropajes y Santísimo en mano, procedió a caminar hacia la Catedral desafiando la ira partidista que no se atrevió a apedrearlo.

Como los desórdenes continuaran, el Obispo se vio obligado a poner a la ciudad bajo la pena de *Cessatio a Divinis*, cesando todo género de oficios religiosos durante un mes. La Iglesia sitiaba a la ciudad. Pero la ciudad comenzó a sitiar a la Iglesia cuando los franciscanos, envalentonando a sus partidarios, difundieron la especie de que aquella medida era ilegal porque el Obispo había sido depuesto de sus funciones. La primera consecuencia fue que fray Luis Ponce, prior de San Agustín, fue agredido a piedra y cuchilladas cuando cruzaba el puente que unía el recinto amurallado con el arrabal de Getsemaní. La segunda fue la salida del Obispo hacia la cercana Turbaco, lo cual hizo a pie enjuto, pero escoltado por el Cabildo Eclesiástico que lo acompañaba cantando el salmo *In exitu Israel de Aegipto*. La salida del prelado estimuló a sus enemigos a intentar dar una nueva carga contra las monjas, que volvieron a ser sitiadas por las vociferantes turbas. Las monjas respondieron echándoles piedras, orines y estiércol desde las ventanas del convento. El Gobernador, Rafael Capsir y Sanz, ayudó a que el convento quedara cercado y no se permitiera la entrada de suministros. Se las quería rendir por hambre.

Hizo su aparición, por aquellas fechas, el nuevo inquisidor, Don Francisco Valera, quien quiso poner remedio a tan dramática situación; diseñó algunas fórmulas de compromiso que no se avinieron a los deseos del Obispo, que veía mellada su dignidad episcopal. Entonces, entre el Inquisidor y el Obispo surgió una tenaz pugna que terminó en la prohibición lanzada por éste último de que aquel celebrara Misa pública o privada. Vulnerados así sus derechos, Valera arrastró consigo al Santo Oficio y ambos adhirieron al partido del gobernador y de los franciscanos; ni corto ni perezoso, el Gobernador mandó encarcelar a unos clérigos en la torre de la Catedral, persuadido de que aquellos clérigos iban a atentar contra su vida. El enfurecido gobernador envió tropas a poner asedio a la Catedral para sacar de allí a los clérigos que se resistían a ser trasladados a cárceles comunes. La intentona terminó en fuego de mosquetes, que dejó mal herido y moribundo a un clérigo. Por su parte, el Provisor Fiscal del Obispado prohibió a los fieles dar limosna a aquellos conventos en los que el inquisidor Valera había celebrado Misa contra las disposiciones del Obispo.

Las monjas clarisas resistieron seis meses el asedio, sin dar señales de rendirse. Las autoridades comprendieron que las monjas recibían bastimentos a través de un túnel secreto, el cual fue descubierto y tapiado a cal y canto. Las monjas decidieron morir de hambre antes que rendirse. La Real Audiencia intervino, entonces. En dos provisiones legales se dispuso el secuestro de los bienes del obispo Benavides, así como su destierro, y en la otra se ordenaba que el Cabildo Eclesiástico decretara la «sede vacante». Al tiempo que esto ocurría, hacía su arribo a la ciudad el Obispo de Santa Marta, Don Diego Baños y Sotomayor, quien venía a Cartagena, por orden de la Real Audiencia, a levantar las excomuniones decretadas por Benavides y Piédrola; el enfrentamiento, entonces, se centró entre los dos Obispos, quienes terminaron excomulgándose mutuamente, y con Benavides volviendo a decretar una *Cessatio a Divinis*... Ahora la ralea cartagenera, irremediablemente dividida en bandos, entró a saco con la tropa comandada por Domingo de la Roche, Teniente de Gobernador, al convento de las clarisas, que huyeron a refugiarse a la residencia del prelado cartagenero. Todas, menos una. Se trataba de la novicia Juana Clemencia de Labarcés, quien se refugió en casa de su cuñado, Don Toribio de la Torre, para pronto casarse con el asaltante Domingo de la Roche. Las coplas cartageneras no se hicieron esperar:

En el claustro las clarisas
son monjitas de clausura,
que aunque de fina hermosura
parecen olvidadizas:
algunas veces las puertas
las cierran a cal y canto;
pero otras, mosquitas muertas,
de par en par las deslizan.

En el claustro la clarisa
es amiga de tramoya;
don Domingo de la Roche
por Juanita se fue a Troya,
y asaltando a troche y moche
se la llevó de la Misa.

Del sitio al convento de las clarisas pasó el Gobernador a sitiar la residencia del Obispo, aupado por el de Santa Marta que, acobardado por el rumor de que unos corsarios se aproximaban a Cartagena, huyó hacia su sede episcopal. Durante seis años se prolongaron los abusos, hasta que el arzobispado de Santa Fe terció poniéndose de parte del obispo Benavides, y hasta el Papa intervino, enviando unas bulas que daban la razón al asediado Obispo; el gobernador Capsir y Sanz fue destituido y reemplazado por Don Juan Pardo y Estrada, quien súbitamente terminó unido a la causa de los franciscanos; como el Rey lo hiciera destituir también, su sucesor, Francisco Castro, creyó oportuno sumarse a sus enemigos jurados y decretó su prisión. Pero una cédula real llegó a tiempo para destituir a Benavides de su cargo y privilegios. En 1691, el Obispo decidió marchar a España, donde se quedó diez años más en plena lucha para esclarecer todo lo acontecido; finalmente, tras largo pleito, la Corona y el Papa le otorgaron toda la razón. Nunca volvió a Cartagena, porque, intentando hacerlo, le sorprendió la muerte en 1702; no obstante, había dejado el gran ejemplo de que Cartagena y sus hombres podrían ser sitiados, amenazados, bombardeados, pero no sucumbirían fácilmente a los embates de la fuerza. Tampoco que sus habitantes escaparían a gran padecimiento por la desobediencia a sus legítimos prelados y conductores eclesiásticos, como se vería poco después con la invasión y saqueo de Pointis y Ducasse en 1697. Había algo de épico y heroico tras aquellas murallas que escondían la nobleza al lado de la miseria humana.

Capítulo IV

El plan contra el Imperio Español

¡El Mar de las Indias libre para Inglaterra, o guerra!

Walpole, primer ministro inglés

El Monte Vernon es una colina que se alza en Virginia sobre el río Potomac a unos veinticuatro kilómetros de Washington, en la que se encuentra la casa de madera, al mejor estilo georgiano, de dos plantas que un día perteneció a George Washington, el legendario héroe de la independencia de los Estados Unidos. La mansión había sido construida con gruesos y pesados bloques de madera para dar la apariencia de la piedra; hoy se encuentra plenamente rehabilitada y con el mobiliario original que tenía cuando George Washington y su familia la ocupaban. Un enorme prado ajardinado, pleno de árboles, arbustos y caminos sombreados, rodea la mansión; al suroriente de la misma, y a corta distancia, se encuentra la tumba de Washington, bajo cuya dirección se construyó allí para albergar sus despojos mortales y los de su esposa, rodeados de dos mil hectáreas de hermosos terrenos que un día les pertenecieron. Los Washington eran, evidentemente, una familia de importantes recursos económicos que poseía una de las mejores y más productivas fincas de Virginia.

John Washington fue el primer miembro de la familia en llegar a aquella colonia inglesa y pronto se hizo con esa magnífica plantación, originalmente llamada *Little Hunting Creek*, posteriormente heredada por su hijo Lawrence Washington quien, a su vez, se la pasó a su hija Mildred; ésta se la vendió en 1726 a su hermano Augustine, el padre de George Washington, quien con su familia se mudó a ella en 1735. La parte central de la mansión fue posiblemente construida por estas fechas. Lo cierto es que el segundo Lawrence Washington, medio hermano mayor de George, la heredó de su padre, Augustine, en 1743, y se fue a vivir allí con el futuro libertador de ese país. Lawrence fue quien le cambió el nombre a *Mount Vernon* [Monte Vernon], en honor del almirante Edward Vernon bajo cuyas banderas había servido en el sitio de Cartagena de Indias con un contingente de norteamericanos reclutados para el eventual ataque y toma de la ciudad.

Lawrence era un profundo admirador del Almirante; lo idolatraba. Al punto que cuando supo de la invasión, sintió la inmensa alegría de estar bajo su mando y ayudar a tomar para Inglaterra las fabulosas posesiones españolas del Caribe que, sin duda, se abrirían para una fácil conquista. Aquellos incalculables tesoros que, se decía, ocultábanse tras los muros de piedra y fortificaciones de Cartagena, serían también, pronto, en parte suyos.

Lawrence Washington no era tonto. Conocía que, a diferencia de las casas y palacios de las posesiones coloniales inglesas, sus homólogas españolas no estaban construidas de madera sino de piedra; una piedra que servía el propósito de construir murallas y defensas para que, guardando distancia con las empalizadas británicas empleadas para protegerse de los ataques de los indios, sirvieran de sólido resguardo a los tesoros y riquezas a ellas confiados; simbolizaban también la férrea voluntad española de sentar planta, quedarse y convertir aquellas tierras en sus reinos de ultramar, con una fisonomía arquitectónica y cultural de largo aliento. Es decir, organizar una cultura y un modo de vida, peculiarmente hispánico, de tal manera que sus nuevas posesiones reflejaran lo que había en España. Algo tendrían de codiciado aquellas tierras que por doquier mostraban fortificaciones y defensas: los fuertes o «llaves» de San Agustín, en La Florida, ruta de regreso de las flotas, llamada también la «Pasa de las Bahamas», que estaba en la parte más norteña del gran arco antillano que se extendía desde La Florida hasta la isla Trinidad; las ciudades amuralladas de La Habana, San Juan de Puerto Rico, y Cartagena; los fuertes de San Felipe de Sotomayor de Todo Fierro, San Jerónimo y Gloria, en Portobelo, y Veracruz con su castillo de San Juan de Ulúa. Campeche y Bacalar eran las otras «llaves» de los ricos comercios del Virreinato de Nueva España y Capitanía General de Yucatán. Golfo Dulce, Omoa y San Juan de Nicaragua, constituirían el eje del rico sector centroamericano que remata en el Darién y donde las «llaves» de Portobelo y Chagres, y la de Panamá, en el Mar del Sur, marcaban el triángulo mágico por donde fluían los valiosos tesoros procedentes del Perú y que escapaban a la interceptación de los ingleses. Éstos, en realidad, estaban rodeados por aquel humillante despliegue de poderío militar y económico que, como un campo minado, circundaba las rutas de su comercio ultramarino.

Así, los ataques de los piratas no hacían más que confirmar que debía irse en busca de algo más que de simples tesoros y doblones de oro: detrás de las costas, más allá de las murallas, castillos y parapetos, se abría una tierra feraz de inmensas posibilidades agrícolas, ingentes recursos madereros, mineros, comerciales e industriales. No era sino tomar la «llave» del sur del Imperio, Cartagena, y aquellas tierras se abrirían como flor en primavera y la cornucopia del mítico El Dorado vertería su oro; Cumaná, la Guayana, la Guaira y Puerto Cabello, con su fabuloso comercio, no serían más los centinelas del «Caño de la Invernada», ruta de penetración de los navíos españoles que buscaban los abrigos de Tierra Firme; los casacas rojas del otro Imperio serían sus nuevos guardianes. El resto se daría por añadidura: bloqueada la flota española del Sur de América, la ruina de España se precipitaría por definición y, tras su ruina, el sistema defensivo de América Central, América del Norte y el Caribe, colapsaría.

Desde que el pirata John Hawkins, a finales del siglo XVI, dibujara aquel sistema, los ingleses acariciaron la idea de algún día apoderarse de aquellas «llaves» y de Cartagena, la primera. Los cerrojos, pues, quedarían abiertos para los ingleses y sólo sería cuestión de tiempo para que todo pasase a su poder y dominio.

*

—A estos malditos españoles les daremos una lección que jamás olvidarán —espetó Lawrence una noche en la cena en la que se celebraba el cumpleaños de su pequeño hermano George. Era el 22 de febrero de 1740 y éste sólo contaba con ocho años de edad, aunque ello no le impedía abrir sus ojazos llenos de asombro y fantasía por una aventura guerrera que marcaría su vida de manera definitiva. Él también, cuando fuera grande, tendría que salir a conquistar el mundo, a derrocar imperios, como lo haría su hermano.

—Yo quiero ir contigo, Lawrence —contestó el pequeño George.

—No, que eres muy niño todavía...

—No le metas esas ideas en la cabeza —refunfuñó su padre Augustin—. La vida no está para esas tonterías. Hay que trabajar y ganarse la vida como los demás —dijo mientras se metía una cucharada de sopa en la boca—. Esta tierra necesita músculo e inteligencia y yo no estoy ya para quedarme con todos estos trotes, hijos. Hay que atender las plantaciones, rotar las siembras, innovar los métodos, porque la tierra, como el hombre, también se cansa. Déjate, pues, de cuentos, Lawrence, que hay mucho por hacer —concluyó ante la mirada de sorpresa que ponían los otros comensales.

—Lo que hay que hacer, padre, es darle una lección a los españoles. Están saboteando nuestro comercio, detienen nuestras naves, y cortan las orejas a nuestros marinos —contestó Lawrence agriamente.

—Ése es asunto de los ingleses; que miren ellos cómo solucionan sus problemas con España. Y si les cortan las orejas, ¡pues ésas no son *nuestras* orejas! —respondió su padre con énfasis.

—Así es —dijo un invitado, suspendiendo por un momento el bocado que trinchaba—. No creo que tengamos nada que ver con esta nueva guerra que se plantea en Europa —concluyó. Lawrence ni siquiera hizo caso de la admonición, y más bien, dijo increpando a su padre:

—¿No lo dirás en serio, verdad, padre?

—Muy en serio.

—¡Creo que ignoras que a Jenkins le cortaron una oreja!

—Pues bien merecido lo tendría por andar en aguas españolas contrabandeando.

—No puedo creer lo que dices —murmuró Lawrence irritado. —¡Se han cargado la oreja de Jenkins y de paso han insultado a nuestro Rey Jorge! ¡Los españoles merecen su castigo!

—¿Y qué han dicho del Rey? —preguntó Augustine intrigado, aunque paciente.

—El capitán del guardacostas español, un tal Juan Fandiño, le ha mandado un insolente mensaje con Jenkins. Ha dicho: «*Ve y dile a tu Rey que lo mismo le haré si a lo mismo se atreve*». —Y tras una breve pausa, murmuró—: ¿Qué te parece? —Todos murmuraron cosas incomprensibles.

Lawrence Washington se refería a un incidente ocurrido cerca de las costas de La Florida cuando Juan Fandiño, capitaneando su nave *La Isabel*, captura al contrabandista Robert Jenkins en su nave *La Rebeca* incurso en flagrante delito. El capitán español le corta la oreja para que escarmiente; ofendido, este capitán mete la oreja en un frasco de alcohol y se pasea, primero por el puerto de Londres, luego por todas las tabernas, todos los *pubs* y metederos de buena y mala muerte y, posteriormente, por la corte inglesa, pidiendo audiencia para mostrársela al Rey, lo cual consigue un día en 1739. El Parlamento también lo escucha; a él va, diciendo:

—Adivinad quien hizo esto a Jenkins... —gritaba, exhibiendo el frasco, y de tanto oír repetir el cuento en todos los mentideros políticos de la ciudad, los legisladores, finalmente, respondieron:

—¡Los españoles! —Y pronto se despierta un furor patriótico que es aprovechado por William Pitty para iniciar su carrera parlamentaria con un gran debate político acerca de la perfidia peninsular.

Pero al viejo Washington no lo convencen mucho los argumentos de su hijo Lawrence porque, en el fondo, desprecia a los ingleses.

—...Bien merecido lo tendría por andar por donde no lo han llamado —volvió a refunfuñar Augustine tras un largo silencio.

—Te noto antirrealista.

—No merecen mi simpatía. Los impuestos que ya estamos pagando no sólo le llenan la tripa a ese Rey sino que serían suficientes para que dejaran a los españoles en paz y no ambicionaran lo que no es suyo.

—¿Y desde cuando simpatizas con los españoles que se han convertido en una amenaza para nuestras fronteras? Debes saber que su codicia ha sido tan grande que nos tienen confinados a estos pequeños dominios del Atlántico. Se han apoderado de todo. La tierra firme es suya y las islas también; es decir, estamos rodeados y lo estaríamos aun más de no ser por los ingleses que se han hecho con Jamaica y algunas otras islas menores. —Y concluyó, tras una pausa obligada, pues en ese momento un esclavo negro llenaba su copa de buen vino francés—: Yo he adquirido el compromiso de levantar cuatro mil hombres en Virginia para la expedición punitiva.

—En primer lugar, se te olvida que esta no es una guerra nuestra —dijo Augustine saboreando un sorbo de vino—. ¡Esta es la guerra de Walpole y sus secuaces! Y en cuanto a lo de «punitivo», no lo sé; no vaya a ser que los terminen castigando.

—Te prevengo, padre. Esta no es la guerra de Walpole. Todo lo contrario. Se ha opuesto a ella con vehemencia, pero todo el pueblo inglés, con el parlamentario William Pitt a la cabeza, la pide. Tal vez tú ignores que los españoles son un peligro para nuestro sistema de vida y gobierno colonial...

—¿A qué te refieres? —le pregunta su padre, esta vez claramente intrigado.

—Me refiero a que en las posesiones españolas las razas inferiores están en pie de igualdad con los blancos; en Cuba y Puerto Rico hay universidades donde los negros son admitidos sin reparo. El poder político está distribuido en por lo menos el setenta y cinco por ciento de la población, independientemente, de que se trate de negros, mestizos o indios... Aquí el poder lo tenemos nosotros, lo tienen los blancos, y tú no me podrás decir que estos españoles no mantienen un sistema de vida que es anárquico y perjudicial para todo el entorno colonial...

—Creo que exageras, porque en la América española hay también esclavos... Trae más vino, John —exclamó girando la cabeza hacia el corpulento negro vestido de librea blanca.

—Claro que los hay, padre, pero la proporción de gente libre es muchísima mayor... En la llamada Nueva España, por ejemplo, casi no se encuentra ni un solo esclavo... Mira, te pongo un ejemplo: el rey de España ha concedido a toda una familia de color todos los privilegios de los blancos, incluyendo el de arrodillarse sobre alfombras en la iglesia... ¿Qué te parece? ¡Eso es escandaloso!

—Bueno, debo conceder que eso es intolerable... Que los negros se arrodillen junto con los blancos en sus iglesias..., pues, le viene bien a esos católicos y que coman de su propio cocinado... Estamos viviendo tiempos terribles, Lawrence. Bueno..., pero esto no será tan grave si nuestros esclavos no se enteran de lo que sucede en la América española...

—Eso es, efectivamente, intolerable —interrumpió la conversación otro de los invitados, mientras las damas guardaban un respetuoso silencio en la mesa. Por lo general, estas cosas políticas no eran de su incumbencia. —Yo creo que hace bien Inglaterra en arreglar esos asuntos en las colonias españolas —aclaró.

—Creo que bromeas, padre... —dijo Lawrence Washington mirando al viejo Augustine—. ¿Sabías que esos españoles enseñan su catecismo a los indios en las misiones? ¿Y para qué se los enseñan? Nuestros teólogos ya han considerado la inexistencia del alma de esas gentes... Eso es sabido, padre. Y, claro, como suponen que tienen alma, los tratan de manera distinta, cuando nosotros sabemos que hay que tratarlos fuerte, a látigo muchas veces, para que entiendan quiénes son sus amos y cómo comportarse... Es posible que desconozcas que los españoles no se rigen por el *Code Noir* y que sus leyes, al contrario, favorecen la manumisión... —El esclavo negro que oía esta conversación permanecía anclado al piso, sin inmutarse, perfectamente inexpresivo, como si nada de esto le importase.

—¿Qué dices, Lawrence? —preguntó Augustine, incrédulo.

—Pues, lo que oyes. Escucha: la legislación española le da derechos al esclavo, por ejemplo, de buscarse un amo mejor; el de casarse como se le antoja y con quien se le antoje; el de rescatar su libertad al precio mínimo del mercado; el de ganársela por sus servicios; el de ser propietario y el de comprar la libertad de su mujer e hijos... ¿Quieres que te siga enumerando las diferencias?

—Veo que te has enterado muy bien de los enemigos a quienes quieres combatir —agregó Augustine. Hubo algunas risillas disimuladas en la mesa.

—Así es. Y te pongo otro ejemplo para que compares: las leyes que Inglaterra dictó en Barbados en 1688 y las más recientes, las de las Bermudas, de 1730, permiten que no se persiga al amo que mate a su esclavo al castigarlo... Esto sería inadmisible en el sistema español. ¿Qué se creen esos tipos? Además, tarde que temprano, todo el mundo sabrá que hasta los indios han alcanzado un nivel de vida en muchos casos comparable al de los blancos. Mira: son tales las riquezas que esos españoles han acumulado, que en Méjico hay que trabajar menos para comprar carne que en París o Londres... En Caracas se come siete veces más carne por habitante que en París —concluyó meneando la cabeza con asombro.

—¿No será que vas tras esas riquezas, hijo, y no tras otra cosa? —preguntó Augustine maliciosamente. Todos rieron y asintieron con la cabeza.

—Ja, Ja... No caería mal traerlas a Virginia... —anotó otro de los comensales, mientras apuraba un buen sorbo de vino.

—Bueno..., por ambas cosas. Por las riquezas y restablecer el orden. Así que lo mejor que puedes hacer es desearme suerte, porque he decidido ir en esa expedición bajo el mando del almirante Vernon. Y que nos terminen castigando, es un decir; Vernon es uno de los más brillantes militares de Inglaterra; todos sabemos de su valor y osadía. Este será un comandante que hará arrodillar al Imperio Español en América.

—Cuando sea grande —dijo interrumpiendo aquella conversación el niño Washington— yo también haré temblar a los ingleses en Virginia. —Los comensales rieron estrepitosamente.

—Es mejor que no digas tonterías —contestó Lawrence—. Y menos vayas a repetir eso en la calle, pues nos acusarían de traidores.

—¿Y de dónde vas a levantar cuatro mil hombres en Virginia? —preguntó el viejo Augustine ante la mirada decidida de su hijo—. No se conseguirían dos mil ni para trabajar el campo...

—Para el trabajo puede que no haya hombres, pero sí que los hay para la guerra. Sobre todo si es una guerra contra los españoles. Todo el mundo sabe que ése es el factor que se interpone a nuestro comercio. Ya te contaré cuando regrese de mi próximo viaje a Jamaica. Allí me entrevistaré con Vernon, de quien ya he recibido noticia de que quiere hablar conmigo... Algunos amigos en Londres le han dicho que yo soy el hombre que le habrá de ayudar a conseguir la gente que falta.

—Bueno —propuso alguien—, brindemos por el éxito de la misión de Lawrence contra España.

—Brindemos —contestaron y todos alzaron la copa.

El viejo Augustine se dispuso a comer la gran torta que le habían hecho al cumpleañero, mientras el resto de la familia le cantaba al párvulo sus parabienes. Augustine sabía que Lawrence habría de emplear recursos familiares en esta aventura y aquello no le gustaba nada. Pero era muy poco lo que podía hacer; se sentía impotente para contener los ímpetus de su hijo Lawrence, a quien reputaba de soñador e iluso. Finalmente, estaba cansado de pagar impuestos a los ingleses y consideraba que lo que se empleara en aquella aventura serían más impuestos encubiertos en contribuciones voluntarias... «Ah —pensó— estos malditos ingleses terminarán arruinándome.» Pero lejos estaba de siquiera entretener la idea de que treinta y siete años más tarde el pequeño George Washington haría realidad lo que él, *in pectore*, deseaba: salir de los ingleses.

Efectivamente, cuando meses después Lawrence Washington se entrevistó con Vernon en Jamaica, supo de primera mano lo que se proponía hacer el marino inglés y no pudo menos que quedar admirado. ¡Los planes eran muy superiores a lo que él jamás alcanzó a imaginar! Con un mapa en la mano, Vernon explicó a Lawrence el alcance de la misión y esto sólo redobló su ánimo de levantar cuatro mil hombres en Virginia y pagarlos de su propio bolsillo, o del de su padre, si fuese necesario.

Capítulo V
La manguala de Kingston

Cuando los que mandan pierden la vergüenza,
los que obedecen pierden el respeto.
Cardenal de Retz

El puerto de Kingston bullía de gente. Era un lugar sucio y apestoso con horrendas escenas de pobreza y desnudez. Los negros trabajaban como animales en medio de la más terrible insalubridad. Tanto, que el propio Lawrence Washington se conmovió apenas hubo sentado pie en el muelle. Pronto averiguó que en ese puerto cundían las enfermedades venéreas a causa de la vida disoluta que profesaban negros y blancos, ingleses y criollos. En Jamaica era muy corriente que los ingleses, a poco llegar, adoptaran las más bajas costumbres, empezando porque, si se trataba de administradores de fincas, en cada uno de los lugares administrados adquirían una negra o mulata a la que pronto hacían su favorita a despecho de los granjeros, o aun de los maridos, o amantes. Muy famoso era por aquellas tierras un tal Tom Coldweather, administrador de cuarenta haciendas, que tenía en su haber unas treinta o cuarenta mancebas.

Lawrence, puritano por naturaleza, y más bien de parcas costumbres, supo que aquellos ingleses, que mostraban gran recato en las tierras de Virginia, se daban al desenfreno más contumaz no bien ponían pie en las Antillas. Cuando uno de aquellos administradores de la Corona llegaba de visita a alguna finca, traía consigo a otros amigos disolutos para que le hicieran compañía en sus fechorías consistentes en lograr que el encargado de la plantación procurara las chicas más agraciadas de la hacienda. Después de hacerlas bañar y acicalar los senos, las reunían en la casa y las hacían bailar al estilo contorneado y voluptuoso de su África natal. Los ingleses las contemplaban y, en medio de la algarabía, la música y el licor, las escogían a placer. Llegado el momento, tras desenfrenos y obscenidades y al son de ritmos putangueros, se las llevaban a las diferentes alcobas, mientras sus maridos y amantes rumiaban los odios ocasionados por los celos. Pero lo que más molestó a Lawrence, recapacitando ya sobre el terreno, fue el grado de amancebamiento que existía en aquellas tierras. Y lo vio claro: al no estimularse el matrimonio, porque, según los ingleses, se distraía a los capataces y encargados de la vigilancia de los negros, prosperaba aquel estado de irresponsabilidad. Estas costumbres estaban generalizadas tanto para negros como para blancos y, por consiguiente, la prostitución era también cosa muy difundida. Repugnaba saber que, entre los negros y mulatos, los padres alquilaban a sus hijas y las señoras criollas a sus negras, hasta el punto de que quien aspirara a poseer alguna bella mulata, debía pedir consentimiento a su ama y pagar un precio. Hasta los pastores anglicanos andaban corriendo detrás de las mujeres bellas que, con las limosnas recogidas de los fieles, pagaban mejor que nadie.

Menos le impactó al temperamento de Lawrence que en las Antillas de dominio británico los esclavos estuviesen sometidos a punta de terror y escarnio. Los esclavos eran frecuentemente torturados y azotados. Supo que un tal Sloane, relatando sus viajes por Jamaica en 1708, narraba que el castigo que se daba a los esclavos por crímenes cometidos, o en caso de rebelión, consistía en clavarlos al suelo por medio de garfios en los cuatro miembros y luego ponerles fuego gradualmente desde los pies y las manos, quemándolos poco a poco hasta la cabeza, en medio de los dolores y gritos más aterradores. A otros los azotaban hasta ponerlos en carne viva y luego les echaban pimienta y sal en la piel, o cera derretida... En Inglaterra e Irlanda estaban mejor protegidas las bestias del campo que los esclavos en las Antillas británicas. La castración, el corte de las orejas o la nariz, como forma de castigo a los esclavos, estaba amparada por las cláusulas primera y segunda de la Ley sobre Esclavos de Jamaica y ésto, creyó Washington, era una forma muy efectiva de mantener la obediencia, por inhumana que fuese. Esto lo escandalizaba menos que el desenfreno sexual. Tampoco le impactó mucho que los clérigos mandaran, por los motivos más frívolos, a azotar y a torturar a sus esclavos, aunque sí le pareció altamente reprochable que se entregaran al libertinaje, lo cual era prácticamente desconocido dentro de los círculos sociales de las colonias del norte de América.

—¡Y eso que no habéis visto cómo se trata a los esclavos negros en las colonias francesas! —le dijo alguien, intentando mejorar aquel drama humano.

En efecto, un agudo observador de las sociedades, el barón de Humboldt, escribía que donde mejor trato se daba a los negros era en Nueva España; después, en los Estados del Sur de los, hoy, Estados Unidos; después, en las Islas Españolas; más abajo, en las posesiones británicas y, por último, en las Antillas francesas. Humboldt también observaba que la legislación española era la más humana en materia de esclavitud hasta el punto de que un esclavo maltratado podía adquirir, por lo mismo, su manumisión y los jueces siempre se ponían del lado del oprimido. Razón tenía, pues, Washington al haber narrado a su padre las diferencias culturales entre las colonias inglesas y los reinos españoles de ultramar.

Kingston era un puerto donde este contraste se apreciaba claramente; y no tanto porque las condiciones objetivas de los esclavos bajo el régimen español fueran superiores a la de sus homólogos bajo el régimen inglés, que lo eran, sino que el sentido de lo humano no era un bien totalmente desconocido en la América hispana; al contrario, abundaba. En los archivos del Tribunal de la Inquisición de Cartagena existe el proceso seguido por el Santo Oficio a un padre jesuita, don Luis de Frías, por un encendido sermón pronunciado en 1614 contra el maltrato a los negros. Al padre Frías se le había ido la mano y había afirmado algo que se consideró como un sacrilegio. Irritado, señalando con el dedo al Santo Cristo, dijo que «*dar un bofetón a un negro es dárselo a una imagen viva de Dios y dárselo a un Cristo es a un pedazo de palo o de madera, imagen muerta que tan sólo significa lo que es*». Este tipo de manifestaciones, en el fondo piadosas —aunque llenas de santa ira—, tenían que calar hondo en la conciencia de los negreros y de los dueños de esclavos, quienes con mucha frecuencia tenían que asistir a sermones como éstos; y no es descartable que las mismas leyes de Indias, que amparaban indígenas, o las actitudes sociales, que se compadecían de los esclavos, se vieran grandemente influenciadas por las enseñanzas de un catolicismo firmemente arraigado en la conciencia popular.

*

Fondeados en Kingston, los trece navíos de Vernon permanecían anclados, como tigres al acecho de la presa, a la espera de lo que dijera el comando de la Armada. La marinería, o buena parte de ella, iba y venía por el puerto, tropezándose con vendedores ambulantes, prostitutas, mercaderes y cambalachistas. En las cálidas noches aquellos ingleses se abalanzaban al muelle como lobos hambrientos de aventuras, riñas, juegos y juergas. Algunos dejaban la paga en los bares y casinos, cuando no en los prostíbulos. Los escándalos eran frecuentes y las medidas disciplinarias preocupantes, porque ellas también incidían negativamente en la moral de las tropas. Pero la indisciplina iba influyendo adversamente en el ánimo de Vernon, marino acostumbrado a la más férrea conducta y exigencia para sí y para sus hombres. Tanto, que había prohibido a su gente el beber puro aquel infernal ron que los enloquecía y que, según ellos, bebían para mantener la salud, sobre todo la del estómago, que se resentía de aquellas aguas tropicales; era sabido que el agua les producía unas terribles diarreas, pero el ron, usado como remedio, también producía riñas y escándalos con mujeres de mala vida. Por ello, el Almirante había dispuesto que cada pinta de ron se mezclase con un cuarto de agua, «*para evitar las pasiones brutales*», según decía, y medio subsanar ambos problemas. La marinería comenzó a llamar tan peculiar mezcla la «*Grog Vernon*», y pronto todo el mundo en Jamaica conoció al Almirante más por ese nombre que por el de pila.

A principios del mes de octubre de 1740, ocho meses después de aquel célebre cumpleaños en que Lawrence descubriera sus planes a su padre, se entrevistaron en Kingston por primera vez el Almirante y el aprendiz de soldado. Y la entrevista no fue desilusionante. Al contrario, la admiración que el segundo profesaba sobre el primero fue creciendo paulatinamente hasta convertírsele en un verdadero héroe mitológico. Vernon lucía una casaca azul y peluca blanca, la cual se quitó después del saludo protocolario a causa del calor. Washington llegó a Kingston acompañado de varios pajes, como correspondía a su linaje, junto con un auxiliar de cámara, John Greene, quien no obstante merecer toda su confianza, era hombre locuaz y lengüisuelto, para despecho de su amo. Muchas veces lo había reprendido por tales libertades. El día que se entrevistó con Vernon acudió a la cita acompañado de éste y ambos se trasladaron al navío fondeado a corta distancia del muelle.

—Qué mal huele este puerto —murmuró Lawrence al subir, lanzando un escupitajo por la borda.

—Apesta —contestó Greene.

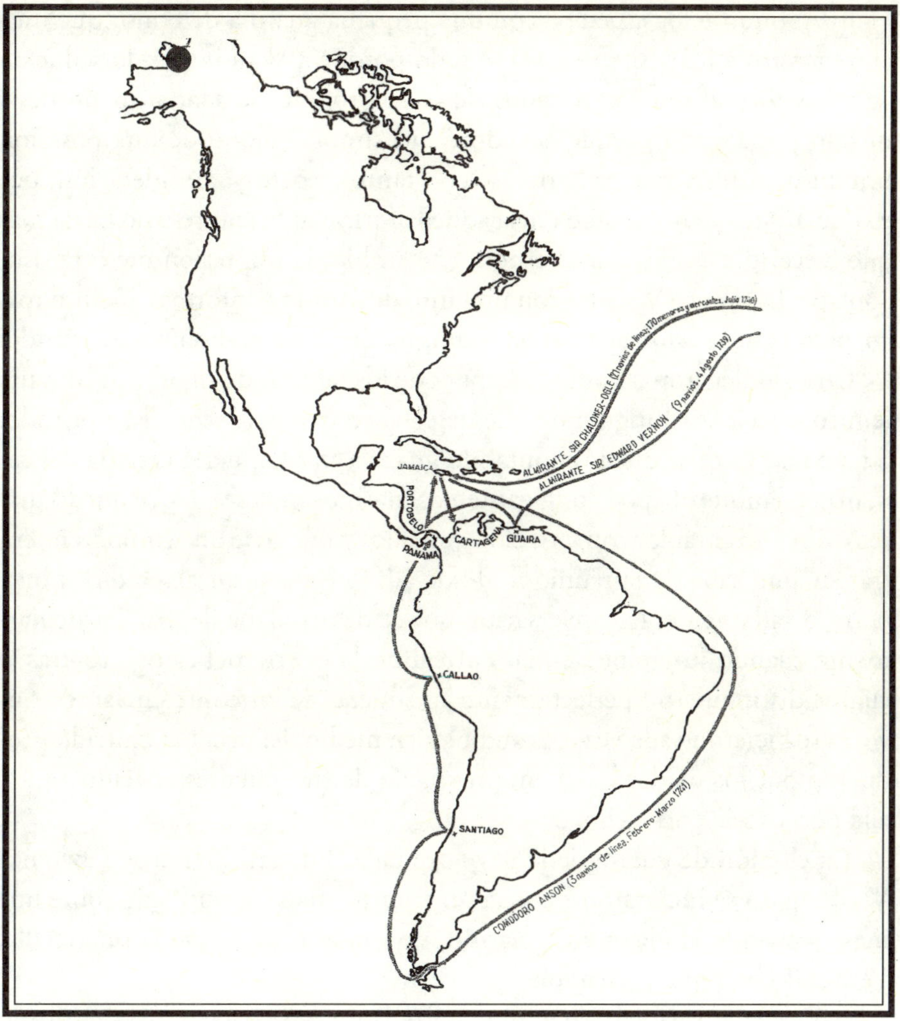

Croquis explicativo del gran proyecto de Inglaterra para cortar los dominios españoles en América, 1740-1741.

En el mes de julio de 1740, salía de los puertos con dirección a Jamaica, la poderosa escuadra del almirante Chaloner-Ogle, con un elegido cuerpo de desembarco conducido por el general Cathcart. En aquella isla, se les unirían los efectivos del almirante Vernon, que asumiría el mando absoluto de la expedición. Tiene entonces lugar la imponente empresa de atenazar los dominios de las Indias: el grueso se dirigiría a Cartagena de Indias para abrir el camino del Perú, en tanto que, una escuadra ligera mandada por el comodoro Anson, bordearía el dilatado litoral sudamericano para entrar en el golfo de Panamá, interrumpiendo la «Carrera del Sur» de la flota española.

El Almirante los esperaba con una pequeña guardia de honor que mucho satisfizo a los visitantes, sobre todo porque a Washington lo seducían aquellos formalismos cortesanos de la Metrópoli. Se sentía dueño de sí mismo y halagado porque, siendo él un simple colono de una posesión británica en ultramar, se le tratase con tanto respeto y consideración; por eso, su ánimo y entusiasmo hacia aquella formidable empresa no hacía más que crecer por horas. Para Vernon, en cambio, la impresión fue otra. Encontró a Lawrence Washington un tanto desabrido e informal, incluso tosco, pese a que se esforzaba por dar la impresión de ser un hombre de mundo.

Cuando llegaron a bordo y después de los saludos de rigor, el Almirante le hizo seña a Washington de que deseaba conferenciar con él en privado. Su auxiliar Greene quedó montando guardia tras la puerta cerrada del camarote, flanqueada por dos gigantescos marinos ingleses. No le quedó más remedio que entablar conversación con ellos y buscarse un acomodo mientras su amo salía de la reunión. Desde allí Greene alcanzaba a oír, si bien entrecortadamente, la conversación que se desarrollaba dentro. Particularmente cuando un golpe de mar entreabrió la puerta del camarote, tras la cual se distinguieron perfectamente las siluetas de los conferenciantes. Sus voces se hicieron cada vez más audibles en medio del peculiar chirrido producido por los maderos del enorme navío de tres puentes, mecido aquí y allá por los vaivenes del mar.

En el salón de guerra de la nave capitana, Edward Vernon y Lawrence Washington se inclinaron frente a un enorme mapa apuntillado sobre una mesa y cuando el gigantesco marino fue a ajustar de nuevo la puertecilla, Vernon lo increpó, diciéndole:

—Déjala entreabierta para que entre brisa, que hace calor. —Y luego añadió, dirigiéndose a Washington—: ¿Veis este mapa, Lawrence? Mi plan de ataque es muy simple. No nos hemos de contentar con tomar a Cartagena, la plaza más fortificada de España en estas tierras, sino que echaremos mano de toda la América del Sur y del Caribe. Para tal efecto, el comodoro Anson tiene instrucciones de penetrar por el estrecho de Magallanes y, remontando las costas de Chile, destruir la Armada española del Pacífico y apoderarse de los Galeones del Mar del Sur. Una vez logrado ésto, Anson deberá proseguir hacia el norte hasta llegar a Panamá, no sin antes haber causado destrucción y saqueo a Payta en el Perú. Por mi parte, yo atacaré La Guaira y la destruiré; pasaré a Portobelo, la conquistaré y esperaré allí a que las tropas de Anson se tomen a Panamá, después de lo cual dividiré mi ejército invasor y procederé, primero, a cruzar el Istmo y enlazar con Anson para invadir las ricas tierras del Perú; con el destacamento de Portobelo y Panamá habremos cortado la garganta de las comunicaciones de la América del Sur con Centro y Norte América. Nueva España quedará aislada. En el entretanto, desde Portobelo avanzaré, con el resto del ejército, hacia la conquista de la Plaza Fuerte de Cartagena de Indias; cortaré los abastecimientos a la ciudad enviando dos fragatas y cuatro embarcaciones menores con la misión de cruzar el río Sinú hasta el estero de Pasacaballos; cerraré la mayor vía de abastecimientos por donde, además, les llega la carne y el maíz, principales elementos de su dieta; esta fuerza expedicionaria será enviada con dos meses de anticipación para que, más o menos, concuerde con nuestro desembarco en La Boquilla, que está a sotavento de Punta Canoa, lo cual haré con dos mil hombres y, pasando por la espalda del cerro de la Popa, alcanzaré el Tejadillo, en el interior de la bahía; desde allí enviaré seiscientos hombres a Pasacaballos y me apoderaré del puesto; así quitaré presión a los hombres que en la boca del estero han cortado los abastecimientos de la ciudad. Como veis, hay un pequeño caserío llamado La Quinta que permitirá guarecer a la tropa y abastecerla de agua suficiente proveniente de La Terrera, a una legua de distancia. En La Popa nos haremos fuertes con los 1.400 hombres restantes y esperaremos al resto del ejército invasor, otros tres mil soldados, que llegarán en una segunda oleada con pertrechos, morteros y artillería de batir para comenzar a castigar el castillo de San Felipe de Barajas desde Cerro Pelado, cercano al mismo, y el cual no podrá responder al fuego con sus baterías, pues éstas, se sabe, están colocadas del lado posterior que defiende la bahía y la ciudad.

Washington escuchaba tan prolijos detalles con una fascinación indescriptible. No le cabía duda de que ese marino, con tanta información en su cabeza, conquistaría la Plaza más defendida del Imperio.

—Simultáneamente —continuó Vernon—, la escuadra bloqueará la ciudad por mar, batirá el arrabal de Getsemaní y empezará el bombardeo de las murallas y ciudad de Cartagena. Tomado el Castillo, una tercera fuerza de desembarco de 5.500 hombres tocará tierra por el fuerte Manzanillo y enlazará con nuestras fuerzas de La Popa para comenzar el sitio de San

Felipe y penetrar las brechas abiertas en la muralla por el lado del arrabal de Getsemaní. Tomado el Castillo, sus baterías castigarán la ciudad de tal manera que no habrá forma de resistir. Como veis en el mapa, la ocupación de San Felipe es de vital importancia, pues está en un promontorio desde el cual se divisa la Plaza fuerte, y eso nos permite un mayor castigo sobre ella. En total será una fuerza invasora conjunta de 10.500 hombres la que se apodere de Cartagena. De todas maneras, si Cartagena no se rindiera por el choque de las armas, tendrá que rendirse por los apremios del hambre. Tomada Cartagena, mi querido Lawrence, avanzaremos hacia Santa Fe de Bogotá y el enlace con las tropas de Anson, en el Perú, será cuestión de detalles. Como sabéis, el dominio sobre Cartagena nos dará el dominio sobre el río Magdalena y por allí llegaremos a las planicies de esa remota ciudad. Les habremos metido una espina en la garganta y estos reinos tendrán que capitular.

Lawrence Washington observaba atónito los detalles que, uno a uno, se iban desenvolviendo frente a sus ojos. Vernon lo trataba con una familiaridad enternecedora. Sólo atinó a decir:

—*Milord,* el único problema que veo con el plan es el bloqueo de la ciudad por la escuadra. Entiendo que se debe cruzar Bocachica con la tercera fuerza de desembarco y allí los españoles tienen dos fuertes a lado y lado del estrecho que hacen imposible su penetración. Estas fuerzas quedarían comprometidas allí y, por tanto, se debilitarían las otras fuerzas desplegadas en La Popa desde el norte y la operación correría peligro.

—Me parece una buena observación, Lawrence. Veo que también habéis estado estudiando los mapas. Un agente secreto que introdujimos en su momento a Cartagena nos ha levantado un detallado plano de la ciudad y sus defensas, de la bahía y las suyas y, en efecto, las que tienen los españoles allí son formidables. Ya he hecho los primeros tanteos de su poder de fuego, en marzo y mayo de este año, y me dejaron impresionado. Tienen, además, una cadena submarina en Bocachica que impide el acceso a la bahía interior. En un principio creí que con trece barcos podría sitiar y tomarme la ciudad, pero estaba equivocado. He pedido refuerzos a Inglaterra y estoy a la espera de que me envíen más buques y navíos de transporte; también estoy consiguiendo voluntarios en esta isla. Me propongo levantar unos veinte mil hombres para esta empresa, pero no son suficientes. A nosotros nos separa

Plan original de ataque del Almirante Vernon

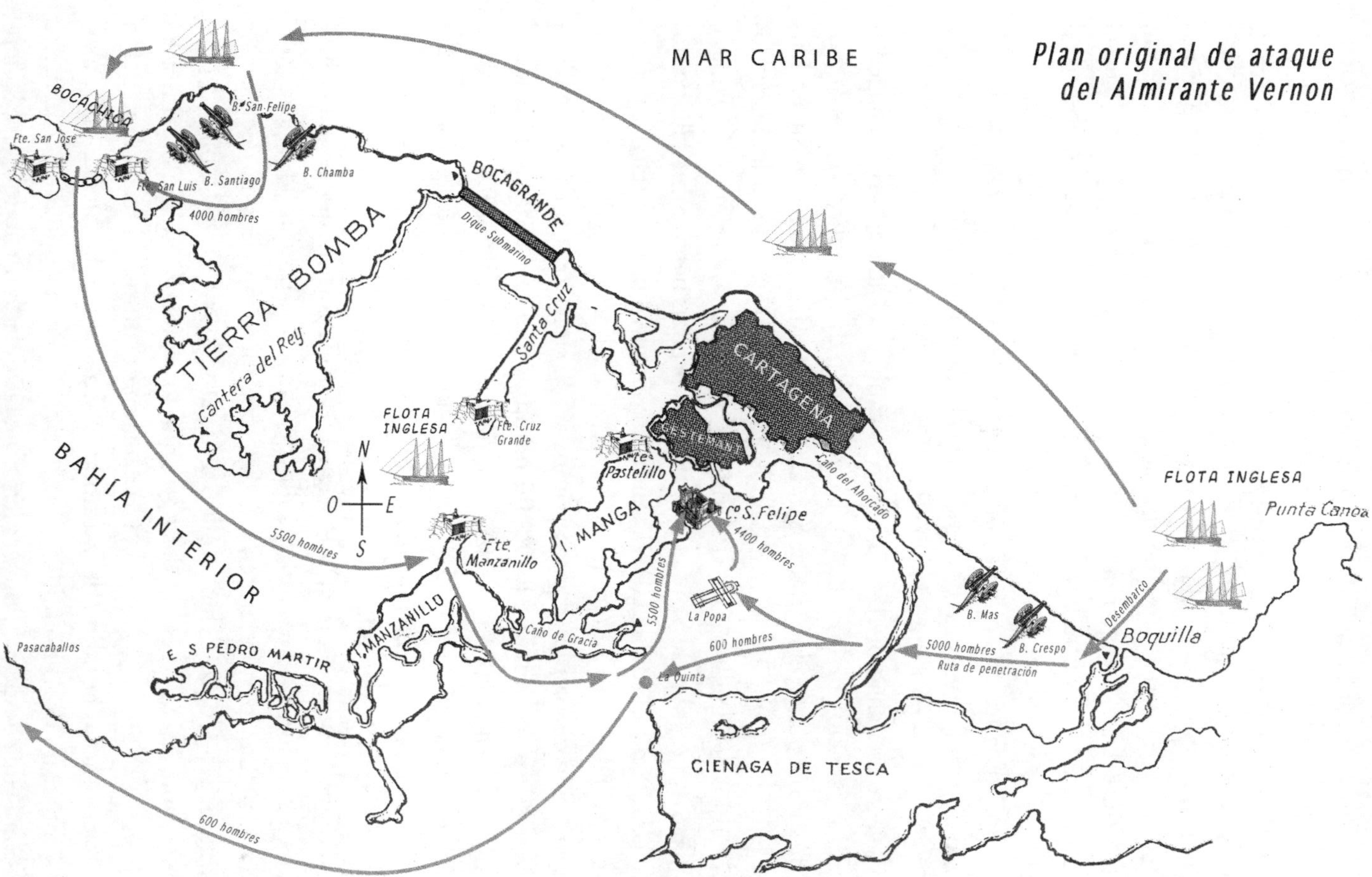

de la conquista de la ciudad la ventura que tengamos en efectuar un eficaz movimiento de distracción y penetración en las defensas de Bocachica. Y es allí donde vos entráis, Lawrence. Tenemos necesidad urgente de que hagáis una leva de cuatro mil hombres en Virginia y otras posesiones circunvecinas; esto es lo que necesitamos para completar los contingentes que nos faltan, hacer el desembarco por Bocachica y apoderarnos del fuerte de San Luis, inutilizarlo, levantar las cadenas que los españoles han puesto bajo el mar para cerrar la entrada y, entonces sí, penetrar con nuestra fuerza naval a la bahía para iniciar el bloqueo y bombardeo de la ciudad y dar apoyo a nuestros soldados de La Popa con la mencionada tercera fuerza de desembarco de 5.500 hombres. O al menos así lo intentaremos.

—Ya veo —murmuró Lawrence.

—Pero escuchad bien —continuó Vernon—: el ataque a Bocachica distraerá la atención de los españoles, que habrán de concentrar la mayor parte de sus fuerzas en el fuerte de San Luis para no dejarnos pasar. Sin embargo, en caso de que no lo lográsemos, es decir, de que no lo lograseis, los habríamos debilitado tanto en el interior que nuestras fuerzas de La Popa se tomarían el castillo de San Felipe y con sus propias baterías martillaríamos la ciudad amurallada, la cual se rendiría con muy poca resistencia, y nuestros 4.400 hombres bastarían para someterla. Ahora bien, si lograseis forzar la rendición del San Luis, amasaríamos 5.500 efectivos que con su artillería y pertrechos se unirían a los 4.400 hombres que ya habrían capturado el castillo de San Felipe, o estarían a punto de hacerlo. Estos 9.900 hombres darían la carga final sobre el castillo y la ciudad, penetrando por las grietas que la artillería abra en las murallas. En cualquiera de los dos casos, pues, la victoria estaría asegurada.

Lo que Vernon ocultaba a Lawrence Washington era que no tenía ninguna intención de forzar el castillo de San Luis, porque lo consideraba inexpugnable, particularmente si los españoles tomaban la decisión de emplear a fondo sus defensas allí. La lucha sería encarnizada, pues la concentración de tropas españolas haría que los combates de tierra contra las fuerzas de desembarco fuesen extremadamente duros. Su secreta intención era sacrificar los hombres de Washington y, al distraer las fuerzas españolas, desembarcar por La Boquilla, avanzar hacia La Popa y, sometiendo el fuerte de San Felipe desde ese punto, caer sobre la ciudad, tomándola rápidamente. Claro que el avance por La Boquilla era dificultoso, dadas las condiciones del terreno y el cruce que se debía hacer por el Caño del Ahorcado; pero Vernon venía preparado. Traía pontones que serían armados *in situ* y ello le permitiría hacer la maniobra que, presuntamente, no era esperada por los españoles. Este era el plan maestro y difería bastante de lo que Pointis había hecho cuarenta y tres años antes. Además, llevaba escaleras de asalto perfectamente medidas para coronar con éxito la cima de las murallas del castillo de San Felipe, según la inteligencia que se había hecho.

El Barón había conquistado palmo a palmo las fortificaciones guardianas de la bahía, es decir, los fuertes de San Luis y San José en Bocachica y, en el proceso, había perdido un gran número de hombres y pertrechos. A juzgar por sus bajas, si los españoles hubiesen sido más precavidos, en aquel entonces la conquista de la ciudad no habría tenido éxito. Por eso Vernon ensayaría un plan diferente, más osado y astuto, que le permitiría ahorrar hombres y esfuerzo. Recordaba que Pointis había atacado a San Felipe desde el cerro de La Popa, penetrando por el interior de la bahía. Él, en cambio, iría directamente hacia La Popa y San Felipe, avanzando desde el norte, sin exponerse al enorme desgaste que supondría un ataque frontal contra el castillo de San Luis. No importaba que para tales propósitos se sacrificaran los efectivos de Virginia que, de todas maneras, provenían de una colonia al servicio de la Metrópoli; y, aun si aquellos hombres quedaban machacados frente a sus muros, la toma de San Felipe haría que rápidamente se rindiera la ciudad, con menores pérdidas para sus tropas de asalto y mayor gloria para Inglaterra. Para consolar su conciencia, Vernon creía que con una toma rápida de la ciudad les ahorraría sangre a los virginianos, de todas maneras, pues los españoles, entonces, habrían de rendirse también en Bocachica.

Había, sin embargo, algunos obstáculos: el cruce del Caño del Ahorcado, para lo cual emplearía los pontones; también el avance sobre terrenos pantanosos dificultaría la misión. Pero Vernon contaba con que los españoles acometerían el grueso de sus efectivos en el canal de Bocachica cuando Washington efectuara el ataque de distracción. De otro lado, el avance desde el río Sinú hasta Pasacaballos no era, tampoco, una empresa fácil ni corta. Sin embargo, este factor sorpresa era lo que más lo entusiasmaba, ya que nadie tomaría precauciones contra semejante audacia. Vernon estaba convencido de que éste era el mejor modo de hacer el asedio.

Lawrence lo miró y, sin sospechar siquiera sus intenciones, exclamó:

—¡Pues, contad con esos efectivos! Mis virginianos se apoderarán del San Luis y se constituirán en el cierre de la tenaza. El cerrojo de Cartagena saltará por los aires y aquella «llave» del Imperio nos ayudará a abrir los demás cerrojos que faltan. Almirante, sois simplemente genial —concluyó.

—Esa es la idea. Los españoles se quedarán sin puerto de refresco en el Caribe. Perderán su principal punto de apoyo. Las mercancías del sur del continente no tendrán por dónde salir; es decir, la plata del Perú y el oro de la Nueva Granada serán nuestros. España quedará sin recursos coloniales y ante la catástrofe económica, cederá a Inglaterra todas aquellas tierras a cambio de una paz con pan. Estos no son Quijotes sino Sanchos. El resto del Imperio será cuestión de tiempo. Ya nos hemos apoderado de algunas islas antillanas y desde allí impediremos que salgan mercancías provenientes de Centro América, Nueva España, La Florida, Cuba y Puerto Rico. Con el tiempo, esas posesiones también caerán. ¡Haremos que los españoles nos besen el culo, Lawrence!, *they will kiss our ass* —enfatizó con una expresión típica inglesa, haciendo un gesto de alegría y optimismo. Luego, agregó—: Su Majestad británica podrá proceder, entonces, a efectuar una invasión formal hacia Santa Fe de Bogotá, la capital de la Nueva Granada. En pocos años estarán hablando inglés. Entonces ya no tendremos más obstáculos para ser los amos del mundo.

—Bien ha dicho Su Excelencia, seremos los amos del mundo, pero no aprenderán el inglés, que es el idioma de la civilización; son demasiado estúpidos y fanáticos.

—*Yeah*, demasiado oscurantistas y papistas —remató Vernon con un mohín.

—Sin embargo, debo contar con vuestra ayuda para facilitar mi tarea. Es preciso que Su Majestad, el Rey, produzca algún tipo de incentivo para que estos hombres se enlisten en tan noble empresa.

—Descuidad, que yo mismo tramitaré esa petición ante el Rey —contestó Vernon, sabiendo que en Inglaterra el sentimiento popular, animado por William Pitt, el fogoso parlamentario de treinta años que recién iniciaba su carrera, era reducir el ejército británico; luego, nada sería más atractivo que hacer leva en las colonias americanas.

*

Aquella noche Greene se emborrachó por la alegría que experimentó al saber que su amo sería una pieza fundamental en la conquista y sometimiento del Imperio Español. Fue tanta su euforia que un espía, Don Íñigo Azpilcueta, rubiete él, de grandes ojos azules e inmigrante por largo tiempo en las colonias inglesas, y últimamente residente en Kingston por exigencias de la política exterior española, se le sumó aquella misma noche a su borrachera, mientras Lawrence Washington, encerrado en un hotel de mala muerte, construía sueños y planes para sus futuras aventuras comerciales, una vez abiertas las tierras del mítico El Dorado. En particular, una de las cosas que más atraía a Lawrence era el lucrativo negocio de planchas de estaño y plomo que ahora se introducían de contrabando a los dominios españoles y que servían para hacer lozas vidriadas manufacturadas por los tejares de aquellos reinos...

Azpilcueta, apodado *el paisano*, había sido comisionado por el gobierno español para espiar a los ingleses en Jamaica y allegar todos los datos posibles que permitiesen una mejor defensa de Cartagena y las plazas que los ingleses se aprestaban a atacar. El perfecto inglés que hablaba Azpilcueta permitió conocer los detalles de la invasión sin levantar sospecha de su cuna española: presto y a la caza de cualquier información que sirviera a España y a su bolsillo, pronto se enteró de la llegada de aquellos extraños visitantes y un día le dio por seguirlos y vio que se enrumbaban hacia la nave capitana del almirante inglés. Allí, en ese bullicioso y sucio puerto, hervidero de intrigas y maleantes, todo se sabía. Por eso, cuando el acompañante del extraño personaje se desembarazó de su amo, Azpilcueta supo hacerse a un banco junto a tan desenfrenado bebedor; fue así como entabló la más fructífera conversación habida entre España e Inglaterra y pudo conocer, al detalle, los planes de la invasión.

—¿Quieres que te consiga una mulata sabrosona? —le preguntó Azpilcueta a Greene en forma coloquial, cuando éste ya estaba bien entrado en tragos.

—*Shit, no* —contestó Greene—. Me voy borracho a Virginia, pero no pringado —dijo refiriéndose al terror que le producían las enfermedades venéreas. Y concluyó—: Todas estas putas Antillas están podridas.

—Te equivocas —dijo Azpilcueta con disimulo—. Yo he estado en las Antillas españolas y esto no se ve allí. Las damas españolas son mis preferidas; son modestas y nobles, tienen una vivacidad sana y alegre; tienen vida interior; sus ojos negros y vivarachos lo revelan... La vida en las posesiones españolas no presenta este desorden y suciedad...

—No me dirás que allí los amos no aprovechan a las mulatas...

—Sí, hombre. Algunos sí. Pero de otra manera. Hay cierto recato, y la sociedad no aprueba el desenfreno, ni el libertinaje, ni el vicio... Es diferente, es católica y pacata. Tendrías que ir algún día.

—¿Cómo sabes eso? ¿No serás español tú, no?

—¿Yo español? No, hombre, no. Sólo que me gustan las mujeres hispanas... Son dignas, limpias y hermosas —concluyó Azpilcueta con una sonrisa.

Al día siguiente de este afortunado encuentro, Azpilcueta viajaba a La Habana a dar rendida cuenta a su gobernador de lo escuchado en Kingston, quien inmediatamente despachó correo a Madrid y Cartagena sobre el plan del agresor. Esta valiosa información estratégica fue conocida por el marqués de Villarias, a la sazón ministro de Estado, quien le dio plena credibilidad y así se lo informó a la Corte. Tales datos confirmaban la impresión que tenía Don José Quintana, primer secretario del despacho de Marina e Indias, cuando el 16 de agosto de 1739 despachaba un informe a Don Pedro Hidalgo, entonces gobernador de Cartagena, de que el 4 de agosto había zarpado desde Portsmouth el almirante Vernon con misión de atacar a esa ciudad. La Corte, alarmada, procedió a urgir a Don Sebastián de Eslava a tomar las medidas necesarias que garantizasen la defensa de Cartagena de Indias como virrey, que era, de la Nueva Granada, nombramiento que se había hecho según cédula real expedida en 1737. Eslava había tomado posesión de su cargo en abril de 1740 y desde entonces ejercía su empleo en la ciudad amenazada, en vez de hacerlo desde Santa Fe, donde correspondía, dada la grave situación que se veía venir sobre aquella plaza. No dejaba de ser curioso el largo tiempo que había tardado el virrey Eslava en tomar posesión de su cargo, algo que también incidió de manera negativa en los planes de defensa que dependían, en mucho, de la disposición financiera de la Plaza y que solo el Virrey podía atender. Pero algo que tranquilizaba, en parte, a las autoridades españolas era la presencia del general Blas de Lezo, quien ya estaba destacado en Cartagena desde marzo de 1737, ante una situación que se veía iba en deterioro permanente.

Capítulo VI

El desencuentro sobre la defensa de Cartagena

Con sólo seis navíos se tomó a Portobelo.
Medalla que conmemoraba la victoria de Vernon en Portobelo

Cuando las noticias del detalle de los planes llegaron a manos de Don Blas de Lezo, éste juzgó necesario reunirse de urgencia con el virrey Eslava para darle su impresión de lo que debía hacerse. Lezo había estado cavilando largo tiempo sobre el Plan Maestro y llegó a la conclusión de que era preciso hacer el más grande esfuerzo de resistencia en el fuerte de San Luis de Bocachica y en La Boquilla, en primera instancia, y en segunda, tras el Caño del Ahorcado, construyendo trincheras y parapetos y destacando hombres, aun a costa de debilitar las defensas del Castillo de San Felipe de Barajas, pues si éste fuerte era asediado desde La Popa y Cerro Pelado, todo estaría perdido para Cartagena. Se trataba, entonces, de hacer una defensa de dos escalones principales en la primera línea, los cuales deberían estar dispuestos, uno, en los baluartes de la playa, y otro, tras el Caño del Ahorcado, por el nordeste; en el suroeste, en Bocachica, el cerrojo tendría que ser a prueba de perforación, pues rota esta defensa, los ingleses se precipitarían inconteniblemente hacia la tercera línea, rompiendo la segunda, que era más débil. En últimas, pensó, si los ingleses llegasen a cambiar de planes y se veía que el principal punto de ataque era San Luis, pues entonces habría también que cambiar rápidamente el plan de defensa y acometer todas las tropas a ese fuerte, impidiendo que el enemigo pudiese montar una cabeza de playa en Bocachica. Para esto era preciso contar con un contingente móvil que desde la retaguardia pudiera ser trasladado con facilidad hacia el frente. Es más, pensó Lezo, habría que tener un destacamento militar con artillería tras el Caño del Ahorcado para hacerle dificultoso al enemigo el avance hacia La Popa, en caso de realizarse el plan original inglés. Era preciso evitar, a toda costa, que el enemigo se acercase con artillería de tierra a los fuertes.

—Vuestra Merced —un día dijo al Virrey—, si los ingleses desembarcan el grueso de sus tropas en Bocachica y en la Boquilla, nosotros tenemos que impedir que se consolide la cabeza de playa atacando por tierra a las fuerzas enemigas. Debemos tener dispuesto un segundo contingente de defensa tras el Caño del Ahorcado, en caso de que se rompa la línea, para impedir que los ingleses pasen hacia La Popa. Lo más importante es no permitirles emplazar piezas de artillería, porque, si no, todo estará perdido para los fuertes.

—Pero, considerando la situación —contestó Eslava—, los ingleses habrán de acometer el grueso de sus tropas a un desembarco en La Boquilla para un avance sobre La Popa y posterior asedio de San Felipe, con lo cual nuestras defensas se tienen que concentrar, precisamente, en el extremo noreste de La Popa, para hacer alargar sus líneas y luego cortarles la salida justo por ese caño, mediante un movimiento que les tapone la retaguardia. Debéis tener en cuenta que se proponen hacernos creer que su ataque principal va a ser por Bocachica y nosotros no podemos morder ese anzuelo acometiendo tropas donde no se necesitan.

—De acuerdo, Excelencia; pero no tenemos la certeza de que este plan se lleve a cabo por parte de Vernon según se nos ha instruido. Por otra parte, nosotros no podremos resistir un embate enemigo por La Popa, pues allí no hay fortificaciones suficientemente resistentes. Debemos hacer trincheras y construir defensas parapetadas al borde del Caño del Ahorcado para impedir que el enemigo lo cruce. De otro lado, debemos fortalecer Bocachica para evitar ser cogidos en tenaza con un desembarco en Manzanillo, en La Popa y San Felipe. Además, sugiero que debemos esperar a ver los movimientos de los ingleses y actuar como corresponde. Es decir, si el enemigo decidiera cambiar de planes, nosotros debemos ajustar los nuestros a los suyos y defender a toda costa el primer anillo defensivo en vez de refugiarnos en el segundo o en el tercero. Me parece que es desaconsejable aguardar a que el enemigo ataque a La Popa, pues, tomado ese cerro, las baterías del San Felipe quedarían neutralizadas y el enemigo tendría ventaja suma sobre nosotros dada la topografía existente —concluyó señalando en el mapa de situación.

—El «paisano» nos ha dado información fidedigna —contestó el Virrey con su acostumbrada frialdad—, pues es un espía al servicio de Su Majestad y es de mucha confianza y valía para nuestra causa. No tengo razón para pensar que Vernon a estas alturas de la incursión vaya a cambiar de parecer. ¿O, por qué habría de hacerlo, General? En cuanto al peligro de una toma de La Popa, eso es muy relativo, pues el inglés se enfrenta a todas nuestras tropas desplegadas allí, acuarteladas en San Felipe y en la ciudad misma, tras sus murallas. Vuestro plan debilita en extremo la defensa de la ciudad al mandar todos los efectivos hacia las playas y el Caño. Por otra parte, olvidáis que la escuadra de Don Rodrigo de Torres y la del marqués D'Antin, están fondeadas en Santa Marta desde mediados de diciembre y cogerán a la de Vernon por la espalda acorralándolo contra el litoral, lo cual también frustrará el bloqueo de suministros que intentan en Pasacaballos. Ése es mi plan. Torres es un experto y sazonado marino y, qué duda cabe, causará graves daños al inglés, con lo que las tropas de asalto quedarán sin apoyo naval y con sus suministros cortados. Será entonces cuando nosotros demos cabal cuenta de ellas con todo nuestro poder concentrado y cortada ya su retirada. Obtendremos una grande y resonante victoria —dijo tras breve pausa— con el enemigo aniquilado por nuestra infantería. Ya veréis, General, que de aquí saldrán en estampida hacia el mar, al que no llegarán, en busca de unas embarcaciones que habrán sido hundidas por la escuadra de Torres.

—Vamos por partes, Vueced. Yo no tengo razón para pensar una cosa o la otra, independientemente de la valía y confianza que le tengáis al «paisano»; pero en la guerra, como vos sabéis de sobra, los planes trazados no son siempre fijos y hay circunstancias que obligan al mando a cambiarlos. Y en relación con un asalto frontal del inglés contra nuestras defensas, no os falta razón; el auxilio del almirante Torres será fundamental y ése es un gran marino; no pienso así mismo de los franceses, que nunca lo han sido. Pero, independientemente de eso, confiáis demasiado en el auxilio de las Armadas; ni vos ni yo somos comandantes de ellas y mucho me temo que Vernon, quien también sabe de mar, no se atreva a atacar mientras tenga noticia de que las dos Armadas acechan el momento oportuno para saltar sobre la presa por la espalda. Con lo cual, si yo fuera Vernon, desembarcaría primero en Bocachica y, simultáneamente, batiría el fuerte de San Luis desde el mar. Es más, también desembarcaría en Barú, para tomarme el de San José y ayudar a batir al de San Luis desde allí. Este silencio de Vernon me parece que está indicando que no se atreve a dar el paso de la invasión por

La Boquilla y por el Sinú mientras Torres esté por estas aguas, porque ello implicaría alargar demasiado sus líneas de avance. Esto os obligaría a establecer una línea de defensa al sur de La Popa para contrarrestar el desembarco inglés por Manzanillo, lo cual nos cogería demasiado tarde para construir las defensas requeridas allí. —Y agregó con premonitorio énfasis—: Así, no siendo ni vos ni yo comandantes de las Armadas francesa y española, mucho me temo que se cansen de esperar un ataque que nunca llega y pongan proa hacia Europa. Seríamos, entonces, nosotros los acorralados, resistiendo cuanto pudiéramos. Si yo fuera vos, confiaría más en mis propios recursos que en los ajenos y me andaría muy desconfiado de una ayuda incierta. Insisto, pues, en que al inglés no se le debe dar la oportunidad de desembarcar artillería en ninguna de nuestras costas y se le debe batir en la playa misma, con lo cual debemos trasladar, una vez conocidos los planes del enemigo, el grueso de las tropas, con todos sus pertrechos, a la primera línea de defensa. Y en cuanto al bloqueo de víveres en Pasacaballos, eso no me preocupa, siempre y cuando el asedio no sea prolongado; y que no lo sea, está garantizado con frustrar los planes de Vernon en la primera línea de combate.

El virrey Eslava no contestó a esta aguda observación de Lezo, y se limitó a decir:

—El problema, General, es que vos no sois Vernon ni sois yo, ni vais a cambiar sus planes ni los míos... —con lo cual terminó la conversación, pero a Lezo le quedó claro que Eslava ya tenía tomada una decisión que, a su juicio, podía ser apresurada y que inmovilizaría las tropas donde no correspondía. Es más, que el Virrey no había tenido en cuenta el peligro que representaba para las defensas de la ciudad una toma de La Popa, pero no por La Boquilla, sino porque hubiese caído el San Luis y desembarcado sus tropas en Manzanillo, al interior de la bahía. Esto era tan simple que no requería de mucho esfuerzo mental para comprenderlo ni de mucha experiencia militar como para desconocerlo. Las tropas del Virrey serían así cogidas prácticamente por la espalda, sin líneas defensivas ni trincheras para guarecerse.

Lezo se marchó con la impresión de que aquél no había sido un buen primer encuentro con Eslava y que sus diferencias en la apreciación del teatro de la guerra se agudizarían con el tiempo. Y razón no le faltaba, pues el Virrey tenía entre ceja y ceja ganarse un cargo mayor en la Península a través de un brillante desempeño en la defensa de Cartagena. Y este brillante desempeño tenía que ver con el acorralamiento de las tropas de Vernon entre dos fuegos. Esto le impedía arriesgarse a cometer el más leve error que pudiera costar caro a su ambición personal. La expectativa de un aplastante triunfo sobre el asaltante, conducido mansamente al matadero, se convirtió en una idea fija para el más directo representante de los intereses reales en la Nueva Granada. Su cargo lo hacía el responsable mayor de la Plaza y, políticamente, el superior del general de la Armada española a quien también se había confiado su defensa.

Por eso, cuando a principios de marzo de 1741 la escuadra D'Antin puso rumbo a Europa por no tener suficientes aprovisionamientos en América, puesto que los franceses no disponían allí de bases de apoyo, el Virrey debió cifrar ahora todas sus esperanzas en Torres; pero cuando el famoso marino español, días más tarde, también levó anclas rumbo a La Habana porque el aprovisionamiento de su flota se hacía demasiado oneroso para la ciudad de Santa Marta, Eslava debió de quedar mustio de preocupaciones sin fin. Y pensaba: «Él mismo nos dijo en diciembre del año pasado que esperaría en Santa Marta indefinidamente a que Vernon llegara», repitiéndoselo una y otra vez, sin atinar a saber por qué había sido tomada tan infausta determinación.

Lo más probable es que el Virrey hubiera ocultado esta información a Lezo hasta donde había podido, lo cual explica la solicitud que éste le hiciera el 13 de marzo, el día de la invasión, de comunicar al gobernador de Santa Marta que todavía no saliese el Almirante a auxiliar a Cartagena, previendo no alertar a Vernon antes de que éste cumpliera con sus planes originales de invadir por La Boquilla, en el nordeste; le daba, pues, el beneficio de la duda al Virrey.

La ocultación de esta información, y el empecinamiento del responsable máximo de la defensa de Cartagena, probaría ser de vital importancia en el eventual despliegue de hombres en los puntos de ataque y, en consecuencia, de la permeabilidad de la primera línea de defensa; Lezo todavía albergaba ciertas dudas sobre los planes de Vernon y aun contemplaba la posibilidad de que el Virrey, después de todo, tuviera razón en sus apreciaciones sobre la defensa de la Plaza. A Lezo tampoco le cruzó por la mente que, justo en ese momento, Torres ya había abandonado Santa Marta.

¡Qué le iba a cruzar!, si en un consejo de guerra celebrado el 12 y 13 de diciembre de 1740, se habían reunido en la Casa del Cabildo de Cartagena el virrey Eslava, Blas de Lezo y Rodrigo Torres, generales de la Armada, el marqués D'Antin, comandante de la escuadra francesa, Melchor de Navarrete, intendente del Rey y gobernador de la Provincia de Cartagena, junto con otros altos oficiales y capitanes de los buques, a discutir si el ataque de la escuadra de Vernon iba a ser sobre Cartagena o sobre La Habana. Aunque era posible que el virrey Eslava todavía albergase dudas sobre el destino final del ataque, lo cierto es que, por ser éste el responsable del Virreinato, su mayor preocupación era asegurarse de que su jurisdicción, en caso de ser atacada, no sufriría menoscabo. Fue por eso enfático en defender, con Lezo, la tesis de que el ataque sobrevendría sobre Cartagena, arrancando de Torres su compromiso de defenderla de cualquier agresión, y por ello se había escogido la ciudad de Santa Marta, como el lugar ideal para guarecer sus respectivas escuadras. Torres, por aquel entonces, había recibido un pliego de instrucciones del príncipe de Campo Florido en el que le comunicaba que, como consecuencia del pacto entre los monarcas de España y Francia, ambas escuadras quedaban unidas por los mismos intereses. Y tales intereses no eran otros que las bodas del infante Don Felipe, hijo de Felipe V e Isabel de Farnesio, con la infanta Luisa Isabel, hija de Luis XV y María Leczinska, que culminaron en la ratificación del «Primer Pacto» de familia el 2 de diciembre de 1740.

Aun así, y a la vista de tales infortunios, como eran la marcha de las dos Armadas, el Virrey no cambió de parecer en sus planes, pues siempre pensó que un correo enviado a La Habana pronto haría regresar a Torres a coger al inglés por la espalda, en caso de que éste se atreviera a atacar a Cartagena. Similares cábalas se hacía el almirante Torres, cuya flota se componía de diez navíos, un paquebote y un brulote que habían entrado en la ciudad el 23 de octubre de 1740, permaneciendo en ella hasta el 14 de diciembre; luego, ya en acuerdo con las autoridades de la Plaza, puso rumbo a Santa Marta, ciudad situada algo así como a un día de navegación de Cartagena en el mismo litoral Atlántico, desde donde pensaba contrarrestar cualquier eventual ataque; la vista de aquella formidable escuadra había devuelto la confianza, así fuera por poco tiempo, a los habitantes de la heroica ciudad. «Sería cuestión de resistir algunos días y, entonces, el inglés caería en la trampa», pensaba Eslava.

Pero los ingleses eran también hombres de guerra y de mar; Vernon sabía a lo que se exponía permitiendo que sus tropas alargaran demasiado sus líneas desembarcando en La Boquilla y penetrando hasta La Popa, con la incertidumbre de un ataque naval por la espalda y por cuenta de la escuadra de Torres, que, aunque ya sola, presentaba todavía una temible línea de fuego. Además, Torres era un expertísimo marino. La situación no se veía, pues, demasiado clara. Por eso Vernon, cuando supo de la llegada de las dos escuadras al Caribe, se hizo a la mar y comenzó a jugar al gato y al ratón, escondiendo sus buques en la inmensidad marina, siempre moviéndose, siempre alerta. Luego, cuando las armadas de Torres y D'Antin fondearon en Santa Marta, él hizo lo propio en Kingston y esperó paciente. Al conocer de la partida de las Armadas, una para Francia y la otra para La Habana, pensó que aquella sería su tan anhelada oportunidad de dar el zarpazo sobre Cartagena. Pero era preciso variar los planes para no arriesgar tanto, pues Torres podría volver sobre sus espaldas, aunque ya por aquellos días el Almirante había recibido de Inglaterra treinta y cinco navíos de línea de dos y tres puentes y 130 embarcaciones de transporte al mando del almirante Sir Chaloner Ogle para asestar el golpe decisivo. De otro lado, el comodoro Anson había marchado ya para el Pacífico a golpear la Armada española en esas aguas. Vernon, entonces, convocando un consejo de guerra, y dando rápida marcha atrás, reformuló su estrategia. Presentes estaban el almirante Ogle, el vicealmirante Lestok, el general Wentworth, este último responsable del mando de las tropas de desembarco e invasión a Cartagena, y el general Cathcart, comandante inmediato de las mismas.

—Señores —dijo pausadamente Vernon—, me he visto precisado a variar los planes de ataque e invasión. Las circunstancias imponen prudencia y cautela. Torres está a nuestras espaldas en La Habana y continuar con los planes previstos es demasiado arriesgado. Nuestro ataque a La Guaira del 22 de octubre no fue del todo exitoso, aunque probamos mejor suerte en Portobelo el 22 de noviembre, y Cartagena será una hueso muy duro de roer. Hemos dejado en Portobelo un destacamento militar para informarle a Anson del cambio de estrategia que consiste en tomarnos primero a Cartagena y después enlazar con él en Panamá. Ahora bien, la toma de Cartagena tendrá que ser ejecutada con un ataque frontal al castillo de San Luis porque no podemos alargar nuestras líneas avanzando desde La Boquilla hasta La Popa con los españoles a nuestras espaldas. No obstante, intentaremos un desembarco por allí para distraer al enemigo e inducirlo a hacer una concentración de efectivos en ese punto. Si llegara la escuadra española durante nuestro asalto al San Luis, la podríamos mantener a raya en alta mar mientras efectuamos un rápido repliegue de nuestras tropas y las ponemos a salvo en Kingston. Nosotros no resistiríamos un ataque en dos frentes que comprometiera las líneas de abastecimiento. Por ello, he dispuesto que diez navíos se encarguen de la distracción de la flota española colocados en todo el litoral desde Santa Marta hasta Cartagena en actitud de vigilancia, mientras nosotros efectuamos el ataque al castillo de San Luis, primero, y de allí, si no viene Torres, procederemos a movernos con cautela hacia el interior de la bahía y, de ser posible, desde la cabeza de playa en La Boquilla. Desembarcaremos tropas de asalto en Manzanillo, avanzaremos hacia el interior y nos tomaremos La Popa. En el entretanto, nuestra Armada bloqueará toda salida de correo que pueda avisar a Torres en La Habana.

Este cambio de planes coincidía, a grandes rasgos, pues, con lo que Lezo había previsto y advertido al virrey Eslava.

—Esto último lo entiendo, *milord* —replicó Ogle. Y añadió—: Pero lo que me deja sorprendido es que hayáis cambiado la estrategia de enlazar con Anson. Esta parte es vital para la rendición de todo el Imperio del Sur.

—En nada cambian los planes, Señor Ogle —agregó Vernon—. Simplemente, los hemos invertido. Antes enlazaríamos en Panamá y Cartagena esperaría. Ahora atacaremos a Cartagena y Panamá esperará. Es decir, primero abriremos la llamada «Llave de la Tierra Firme y del Perú». ¿Cuál es el problema si el orden de los factores no altera el producto?

—En la guerra, *milord*, no da lo mismo 4 x 3 que 3 x 4; el 4, puesto enfrente, notificará a los españoles que vamos por el Potosí y que Cartagena no es más que su desembocadura; el 3, en cambio, podría significar que nos contentamos con la desembocadura, con lo cual los españoles tendrán tiempo para reforzar sus defensas en el Perú —espetó Ogle con tanta rapidez que Vernon se quedó unos segundos perplejo y sin habla.

—El problema, Señor Almirante, es que, como vos mismo decís, el 4 significa la división de mis fuerzas y consiguiente debilitamiento del asalto a una plaza que veo cada vez más fuerte, según informes de nuestros espías. Blas de Lezo continúa haciendo previsiones sobre nuestro ataque, y vos, como yo, sabéis de sobra que Lezo es un hábil comandante. El siguiente problema, según lo veo, es la amenaza de Torres en La Habana. Si este hombre se llega a enterar de nuestro ataque, se nos vendrá encima con toda su Armada.

—Pero de nada os servirá la fuerza militar en tierra si vuestra Armada es destruida en la mar. No pasará mucho tiempo sin que los españoles den buena cuenta de ella, atacándonos por la espalda y acorralándonos contra el litoral —remató el almirante Ogle.

—Es vital —dijo el general Wentworth— que la Armada esté en forma para mantener los abastecimientos a la tropa de desembarco que comandará el general Cathcart. Si hay abatimiento sobre la Armada, yo no puedo responder por la operación en tierra —concluyó con firmeza.

—Por eso es preciso taponar de tal forma el litoral que no pase correo alguno para La Habana. Los buques se tienen que emplear a fondo en esta tarea —agregó Ogle.

—Aun así, no es lo mismo que resista un ejército sin dividir dentro ya de Cartagena, que lo haga uno inoportunamente dividido en dos. De allí que no confíe, aunque se tomen todas las medidas, en que un correo español no pasará nuestras líneas de bloqueo y avise a Torres. Por lo tanto, señores, mi decisión como comandante supremo de esta operación ha sido tomada. Atacaremos a Cartagena con todas nuestras fuerzas y, para hacerlo, empezaremos por el castillo de San Luis, pero con un movimiento de distracción por La Boquilla. Una vez tomado, avanzaremos por el canal hacia el Fuerte de Manzanillo, ya dentro de la bahía; nos dirigiremos hacia La Popa y pondremos sitio al de San Felipe. Simultáneamente, tomaremos el Castillo de Cruz Grande, frente a Manzanillo, en bocas de la ciudad, y por la Boquilla desembarcaremos una fuerza que intente sitiar a Cartagena por el nordeste. Tomado San Felipe, sus cañones batirán las murallas, lo que nos permitirá avanzar en un movimiento de tres pinzas sobre la ciudad, así: desde San Felipe hacia Getsemaní; desde Cruz Grande y desde La Boquilla hacia las murallas. Serán tres fuerzas incontenibles y, a estas alturas, aunque Torres se enterara, sería demasiado tarde.

—Volvéis, entonces, a prácticamente el mismo plan de ataque de Pointis —observó Wentworth con visible preocupación—. Y esta vez Cartagena está mejor defendida... El apoyo naval tendrá que ser decisivo para que podamos llevar con éxito la operación —enfatizó.

—Pues decidido está —concluyó Ogle—, aunque yo os aconsejaría atacar a Torres en La Habana, destruir su flota en el puerto, y regresar al plan original.

—No tendríamos entonces suficiente acopio de fuerzas para emprender otra misión.

—Pero podríamos esperar —murmuró Ogle.

—¡Ya hemos esperado bastante! —respondió Vernon—. Llevo en el agua casi dos años, y mis hombres están alcoholizados y desmoralizados con la quietud. Muchos están enfermos de lacras de todo tipo. Yo mismo estoy a punto de reventar con tanta indisciplina y problemas. Ahora sí que no podemos esperar más tiempo con todos estos refuerzos traídos de Inglaterra y levantados en estas islas. Aquí nada cambia, con la sola excepción de las tormentas tropicales; parece que el tiempo se hubiera detenido en verano, un largo y prolongado verano que dura años. ¡Años! —dijo levantando la voz, y concluyó—: ¡Estoy harto de esperar, señores!

—Pero no os ha ido tan mal, *milord* —observó Lestok—. Inglaterra os ha honrado con una monedas y medallas conmemorativas —dijo sacando una de su bolsillo—. Dicen: *Vernon Semper Viret*, «Vernon Siempre Victorioso».

—Más importante es lo que dice el reverso: *Porto Belo Sex. Solum Navivus Expugnate*, «Con Sólo Seis Navíos se Tomó a Portobelo». La siguiente podría decir: *Con Sólo la Mitad de sus Hombres se Tomó a Cartagena* —concluyó Ogle con cierta ironía, mientras le daba volteretas por el aire.

—No se diga más... Está decidido —remató Wentworth.

Por eso cuando Lawrence Washington llegó con su contingente de norteamericanos, el almirante Vernon lo saludó con estas palabras:

—Habéis traído menos hombres de los acordados: sólo 2.763 de los 4.000 esperados, según me lo narráis. Eso nos obliga a variar los planes y a reforzaros sustrayendo hombres de la operación programada hacia La Popa y San Felipe, con lo cual el plan inicial debe ser abortado—. La idea de Vernon era imprimir un sentimiento de deuda en Lawrence Washington que fuera más que correspondido...

—Almirante, siento haberos fallado, pero fue prácticamente imposible levantar 4.000 hombres —contestó Washington—. Pero estos que traigo suplirán en esfuerzo y valor lo que les falta en número. Os lo prometo.

—Tendréis oportunidad de cumplir esta promesa frente al San Luis —contestó lacónicamente—. Yo os apoyaré batiendo con mis artilleros los fuertes y baluartes desde el mar. Iréis en primera línea y, una vez que hayáis desembarcado, os suministraré la artillería de tierra necesaria para batir el San Luis.

Lawrence Washington ignoró siempre que Edward Vernon había sobrepasado la leva de veinte mil hombres que deseaba para la operación, pues ahora contaba con 23.600 combatientes, incluidos sus 2.763 colonos a quienes, con los mil macheteros negros de Jamaica, lanzaría en la primera oleada de desembarque contra el castillo de San Luis. No obstante, la poca instrucción militar de aquellos reclutas hacía desconfiar sobremanera al Almirante de sus capacidades. Pero algo harían, sobre todo al servir de carne de cañón, pues sus *Red Coats* e infantería de marina serían reservados para los ataques subsiguientes y, en todo caso, para el asalto final. Nadie podría decir que Cartagena no había caído gracias a sus valerosos ingleses.

Era la primera vez que Inglaterra pedía apoyo a sus colonias de América. Virginia, Massachussets, North Carolina, Pennsylvania, Maryland, Connecticut y Rhode Island se sumaron al esfuerzo bélico, pero sólo habían producido 2.763 soldados, pese a que el rey Jorge II había prometido libertad para todos los que, estando en las cárceles, se enlistasen en los reales ejércitos y a pesar de que la guerra contra España era muy popular. Tan popular, que de todos los puntos cardinales del imperio llegaron solicitudes de apoyo: de Georgia y Virginia, de Aberdeen, Liverpool, Bristol, Londres, y hasta Kingston..., y cuando la guerra finalmente se declaró el 23 de octubre de 1739, las campanas de las iglesias se echaron al vuelo. En previsión de este suceso, la Marina ya había despachado a Vernon hacia aguas del Caribe desde el 4 de agosto de ese año para dar un ataque sorpresivo, tal como lo harían los japoneses contra los Estados Unidos dos siglos más tarde en Pearl Harbor. Un día antes de la declaración de guerra de Inglaterra contra España, el 22 de octubre, Vernon había atacado a La Guaira, pero esta vez con muy pobres resultados para sus armas, pues no había logrado capturar el puerto, ni las naves cargadas de azogue que se disponían a salir rumbo a la Metrópoli.

El 22 de noviembre probó con más éxito su ataque a Portobelo, destruyendo la ruinosa fortaleza de San Felipe de Sotomayor de Todo Fierro, San Jerónimo y Gloria, que sucumbieron a su empuje. Esta victoria fue recibida en Inglaterra con especial júbilo, pues las dos cámaras del Parlamento aprobaron votos de aplauso al Almirante y se acuñaron las medallas conmemorativas de la hazaña a las cuales hiciera mención el almirante Sir Chaloner Ogle en aquel consejo de guerra.

Fue después de esta sonada victoria que Vernon le escribe a Don Blas de Lezo la propuesta para el correspondiente intercambio de prisioneros, en los siguientes términos:

> *Señor: ...Espero que por la manera en que he tratado a todos, V.E. quedará convencido de que la generosidad a los enemigos es una virtud nata del inglés, la cual parece más evidente en esta ocasión por haberla practicado contra los españoles... Habiendo yo mostrado en esta ocasión tantos favores y urbanidades, además de lo capitulado, tengo entera confianza del carácter de V.E., que sabrá corresponder a mis paisanos con igual generosidad... El capitán Polanco debe dar gracias a Dios de haber caído por capitulaciones en nuestras manos, porque si no, por su trato vil e indigno contra los ingleses, habría tenido de otro modo un castigo correspondiente...* Y firma:
>
> *Soy de V.E. su más humilde servidor, E. Vernon*
> (Portobelo, 27 de noviembre de 1739)

Y ante la expectante espera del ataque, Lezo cumplidamente le responde:

> *...Bien instruida V.E. del estado en que se hallaba aquella plaza, tomó la resolución de irla a atacar con su escuadra para conseguir sus fines, que son distintos a los de hacernos creer que eran en satisfacción de lo que habían ejecutado los españoles... Puedo asegurar a V.E. que si yo me hubiera hallado en Portobelo, se lo habría impedido, y si las cosas hubieran ido a mi satisfacción, habría también ido a buscarlo a cualquiera otra parte, persuadiéndome de que el ánimo que faltó a los de Portobello, me hubiera sobrado para contener su cobardía. La manera con que dice V.E. ha tratado a sus enemigos es muy propia de la generosidad de V.E., pero rara vez ha sido virtud de vuestra nación y, sin duda, la que V.E. ahora ha practicado será imitando la que yo he ejecutado con los vasallos de Su Majestad Británica durante el tiempo en que me he hallado en estas costas... No dudando que V.E. en todo lo que estuviere de su parte facilitará el envío de españoles que se hallan en esa isla, apresados en diferentes embarcaciones, con cuya de-*

mostración solicitaré que se haga lo mismo con todos los ingleses que se hallen en los puertos de esta América. Y firma, sin ninguna melosería:

Su más atento servidor, Don Blas de Lezo

(a bordo del Conquistador, 24 de diciembre de 1739)

Las cartas revelan el temperamento de uno y otro marino: de garrote con melosería, el primero; de francote y arrogante el segundo, sin falsa humildad a la hora de tratar con el enconado enemigo. Blas de Lezo no podía olvidar que fue, precisamente, a los ingleses a quienes debía la mutilación de su pierna izquierda en 1704, en la batalla de Gibraltar y, en el fondo, quería cobrarse aquella deuda impagada.

Así, para los españoles, el haberse enterado de los planes británicos supuso una doble expectativa, aunque no una flexibilización de sus propios planes de defensa; para los ingleses, haberlos cambiado supuso un juego de dados cargados en su contra por el esfuerzo bélico que suponía un ataque frontal contra el primer anillo defensivo. Pero aquí, finalmente, jugaba el número, y los españoles estaban en franca desventaja con una opción o con la otra. Las cartas habían sido echadas y también enviadas.

Capítulo VII
Cartagena de Indias y el plan de defensa del Imperio

Ven, Señor, en mi ayuda; apresúrate, Señor, a socorrerme.

Salmo 69

Don Pedro de Heredia, madrileño, había fundado el 20 de enero de 1533, en el poblado indígena de Calamarí, a Cartagena de Indias, después de haber sometido a los pueblos de la comarca; dicha fundación se realizó con todas las solemnidades del caso; al frente de sus escuadras, y escribano al lado, dijo:

—*¡Caballeros! Tengo poblada la ciudad de Cartagena en nombre de Su Majestad; si hay quien lo contradiga, que salga al campo donde lo podrá batallar, porque en su defensa ofrezco morir ahora y en cualquier tiempo, defendiéndola por el Rey mi señor, como su Capitán, Criado, Vasallo y como Caballero Hijodalgo.*

Repetidas tres veces estas palabras, los conquistadores respondieron:

—*¡La ciudad está fundada! ¡Viva el Rey nuestro Señor!*

El título de ciudad le fue otorgado por el rey Felipe II el 6 de marzo de 1574 y el 23 de diciembre del mismo año ya le era autorizado su escudo de armas. Su acelerado desarrollo provocaría las incursiones piratas iniciadas por Roberto Baal, el 24 de junio de 1543, al que siguieron Martín Coté y Jean de Bautemps, en 1558. Diez años más tarde, en 1568, John Hawkins y posteriormente su discípulo, Francis Drake, en 1586, consumaron los más dolorosos asaltos. Estaba situada, según había quedado consignado en las «Relaciones», en los 10 grados, 30 minutos y 25 segundos de latitud boreal y los 302 grados, 10 minutos de longitud del meridiano de Tenerife (según las mediciones de la época, que dependían de cartas geográficas españolas; actualmente se diría 10 grados, 26 minutos de latitud norte, y 75 grados, 33 minutos de longitud oeste). La ciudad se asentaba sobre una bahía de unos veinte kilómetros de largo, rodeada de manglares y salpicada por una serie de islas, una de las cuales, la isla Cárex, o Tierra Bomba, forma dos entradas a la bahía a ambos extremos, norte y sur: Bocagrande y Bocachica. Los españoles habían construido una escollera, o especie de dique submarino, en Bocagrande para taponar la entrada de los buques por esa parte de la bahía, con miras a mejorar su defensa y el control del tráfico marítimo; la entrada por Bocachica, en cambio, se hacía a través de un estrecho canal marítimo flanqueado por un lecho coralino de baja profundidad que obligaba a los buques a formar una fila india para acceder al puerto por el interior de la bahía. Don Blas de Lezo conocía bien aquellas aguas, con todos sus recovecos, porque permanentemente estaba midiendo con los escandallos de plomo las diversas profundidades que se encontraban a lo largo del recorrido. Una serie de canales comunicaban la ciudad con el interior del continente, el más famoso e importante de los cuales era el Canal del Dique, que hacía posible remontar el río Magdalena hasta muy dentro de la Nueva Granada; era por allí por donde fluía el comercio que, ya en el interior, se desembarcaba y se llevaba a lomo de mula o en carretas remontando los Andes hasta Santa Fe de Bogotá, Tunja, Cali y Popayán. Eran miles de kilómetros, entre lo fluvial y terrestre, que comprendían aquella ruta comercial. Para darnos una idea, un viaje de Cartagena a Santa Fe de Bogotá, en el centro del Virreinato, podía durar más de un mes, atravesando sabanas enormes y calientes, deshabitadas serranías y monstruosas cordilleras por helados pasos de 4.000 metros de altura.

La Ciudad Heroica estaba bien dispuesta y construida. Sus calles eran de buena proporción, anchas y empedradas, lo cual hablaba de su prosperidad e importancia; en ellas cabían ampliamente dos coches, vehículo habitual para una tercera parte de la población. Su zona comercial era envidiable, pues sus tiendas ostentaban las más hermosas sederías y paños que podían conseguirse en el extranjero. Hasta allí llegaban las sedas de la China, los encajes de Holanda, los mantones de Manila, en fin, todas las mercaderías de las Indias Orientales, el Perú, el Japón, las Islas Filipinas, en virtud de las vías de comunicación abiertas por los galeones y resguardadas por la Marina de Guerra.

Las casas eran todas de mampostería, bien fabricadas y elegantes, al mejor estilo de la época; todas tenían balcones abiertos, apoyados sobre canes, con pies derechos y tejados, adornados con balaústres simétricos y rejas de madera en las ventanas, que se prefería al hierro que pronto se oxidaba por el aire salobre del mar; sus paredes exteriores estaban pintadas de distintos colores y no fue sino en la república que comenzaron a blanquearse con cal; desde hace algunos años se le han venido restituyendo a Cartagena sus colores originales, alegres y acogedores: terracotas, dorados de oro viejo, amarillos, rosados, en fin, una explosión de gamas... En Cartagena, a diferencia de los grandes palacios europeos, ostentosos y refinados, el impacto visual lo causa la repetición de los elementos principales de las balconadas, a manera de sustitución de las formas más cultas de la arquitectura palaciega. Las casas más apetecidas eran las esquineras, porque sobre ellas se podían hacer los balcones más vistosos, encaramados justo donde dobla la esquina; esto le imprimía un especial carácter a la casa cartagenera, amén de que desde allí se podía dominar la visual de las cuatro calles. La provisión de agua de las viviendas se efectuaba por los aljibes que cada casa tenía en su patio interior; muchos de estos aljibes se abastecían por la canalización del agua lluvia hacia ellos, recogida en los techos de las casas. En prácticamente cada vivienda había una huerta y patio con jardín; en los extramuros de esa bella ciudad, los ricos tenían casas de campo fabricadas para su recreo y producción económica. Los templos eran también de buena factura, aunque sus adornos internos eran sobrios y a veces pobres en comparación con los de Quito o Lima. Un edificio soberbio era el del Palacio de la Inquisición, con rejas en la planta baja y balcones en el piso superior, la portada barroca con pilastras hundidas flanqueando la puerta, que ostentaba un hermoso friso decorado; esta edificación sufrió graves daños en el sitio de Vernon y tuvo que ser reconstruido en 1770. El Palacio, originalmente, había sido construido en 1630 y, según expuso el Tribunal al Consejo de Indias en 1747, una bomba había desmantelado la casa, por lo que había sido preciso derribarla. Tenía este Palacio la característica de que en la fachada posterior, que daba a la calle de la Inquisición, había un hueco enrejado que hacía de buzón secreto por donde se depositaban las denuncias que originaban los procesos inquisitoriales del Santo Oficio.

El sombrío que daban los aleros de las viviendas, ininterrumpidos a todo lo largo de la ciudad, no sólo cobijaban de los rayos del sol, sino de las lluvias, a sus habitantes, lo cual hacía de esta ciudad un pequeño paraíso tropical. Estos aleros reemplazaban los árboles, que por ninguna calle se veían en la ciudad. Cualquier transeúnte se podría preguntar por qué en climas donde la sombra se cotiza tan alto, los españoles no plantaron árboles en las calles para proporcionar este tipo de cobijo; es posible que fuese una forma de librarse de los bichos e insectos tropicales que tantas molestias y enfermedades causaban. Lo inexplicable era por qué tampoco plantaron árboles en las ciudades de tierras altas y frías, donde los mosquitos y demás insectos no eran problema..., a no ser que lo hicieran porque los aleros protegían de las lluvias, pues, en toda la América, las ciudades españolas se caracterizaron por poderse recorrer a pie, al amparo de los elementos, por aquellos útiles cobertizos.

En Cartagena, como en España, se le daba mucha importancia a los portales de las casas principales, fabricados de piedra coralina, o de ladrillo estucado en los medianos y pequeños, en imitación del estilo toscano. La decoración de las pilastras era austera, pues en la ciudad nunca se usaron las columnas circulares ni el frontón triangular. Los portones, elemento esencial de los portales, se derivaron de la arquitectura residencial andaluza y consistían de doble hoja de madera y tenían como elemento decorativo unos clavos, o estoperoles, fundidos en bronce que sus propietarios se esmeraban en mantener brillantes.

Toda esta riqueza arquitectónica, como portadas, molduras, cornisas, balaústres, y aun el diseño interior de la vivienda, había sido traída del mundo clásico por los españoles y, en Cartagena, como en el resto de América, se adaptó poco a poco a la existencia de materiales autóctonos. La ciudad estaba defendida por una gruesa muralla que la circundaba por completo. Las murallas eran lugar de enamorados, de citas clandestinas, o de simple discurrir familiar. Para las parejas eran ideales, pues al amparo de la noche y de los mortecinos mecheros de aceite y lánguidas antorchas, podían decirse sus secretos y requiebros, sin que las *dueñas*, celosas damas de compañía, sospecharan la intención de las palabras, o el alcance de los besos furtivos robados en la clandestinidad de las sombras. Eran una delicia para todos, ricos y pobres, pues también desde allí se podían ver los carruajes, hermosamente adornados, que a tiro de caballos, ruidosa, pero deliciosamente, se deslizaban graciosos por las empedradas calles, iluminando levemente sus flancos con sus dos faroles encendidos. La entretención consistía en chismosear sobre quiénes venían y con quiénes iban los notables de aquella próspera ciudad costera enclavada en el litoral atlántico del Virreinato de la Nueva Granada.

Cartagena era una ciudad noble, que, sin poseer las riquezas de Lima, tenía fama proverbial por la limpieza de sus calles, el decoro de sus damas, la gallardía y simpatía de sus gentes. Era un puerto antillano, pero había una gran distancia con la apariencia que presentaba Kingston. El muelle, aunque bullicioso y lleno de vendedores ambulantes, estibadores y buscavidas, no era maloliente, y hasta la prostitución se ejercía con cierto decoro. No era raro ver en el sombrero de los caballeros una cinta de perlas o lazo de diamantes, aunque eran más comunes los sombreros de jipijapa, que eran tejidos de paja, muy livianos, los cuales proporcionaban más frescura y comodidad en esas tierras; comúnmente, las gentes andaban vestidas de colores claros y tejidos livianos, dadas las condiciones climáticas. Pero hasta las mulatas y esclavas intentaban ir a la moda con cadenas de oro y brazaletes de perlas. Su andar era tan escandaloso y encantador, que muchos españoles quedaban irremediablemente prendados de tanta hermosura y llegaban hasta a desdeñar a sus propias mujeres por ellas. Algunas llevaban refajo de seda, con borlas de oro y plata colgando a todo lo largo del refajo, corpiño de talle, y cinturón de valor adornado con puntillas de oro o plata; los senos se trasparentaban, aunque los cubrían con madroños que colgaban de cadenas de perlas. Las damas más finas iban con más discreción vestidas, pero todas, normalmente, fanfarroneaban y condongueaban sus cuerpos con alegría y voluptuosidad, cuando no con coquetería, subyugando a cautos e incautos.

Los cartageneros tenían costumbres muy arraigadas: tomaban chocolate con torta de cazabe y nadie podía explicarse por qué en clima tan tórrido las gentes insistían en tomárselo caliente, ni por qué en cambio el gazpacho andaluz les resultaba una sopa tan extraña como fría. Era una costumbre tan firme que nadie dejaba de hacerlo, ni los esclavos. El chocolate podía conseguirse en cualquier esquina calentado por las negras que lo vendían, después del desayuno, y después del almuerzo, que era la comida en España. Pero no menos los cartageneros gustaban de la miel de caña y del tabaco, éste último reservado para las señoras encopetadas y de clase que se lo fumaban poniendo dentro de la boca la parte encendida del extremo, costumbre que no dejaba de impresionar al maravillado visitante. Sin embargo, lo que más los asombraba eran los velorios. Al muerto se lo colocaba en la estancia principal de la casa, cuyas puertas se dejaban abiertas para que deudos y amigos lo visitaran; pero también iban unas mujeres vestidas de negro, por lo general de baja estopa, las cuales abrazaban el cadáver, lloraban y gritaban. Eran plañideras pagadas por los familiares del difunto, costumbre traída de España y que aún se mantiene en los pueblos de la costa colombiana. Por supuesto, la gente tomaba aguardiente en los velorios y en las fiestas; estas últimas se animaban con el baile del fandango, más común en los festejos populares y para celebrar la llegada de la Armada de Galeones.

Cartagena era también una ciudad de contrastes. Centro clave del comercio de esclavos, presentaba al visitante dos extremos; por un lado, la forma degradante en que traían los esclavos del *Asiento* y, por otra, la capacidad de compasión que podía tenerse; por una, el choque de los guerreros en los primeros años de la conquista y, por otra, la energía de los que defendían la dignidad de los hombres. Así, por Real Cédula, expedida por el emperador Carlos I, el 9 de noviembre de 1528, se prohibía terminantemente la esclavitud de los aborígenes; luego, la gestión de los teólogos españoles en Roma dio como resultado la expedición de la Bula *Sublimis Deus*, por medio de la cual se ordenaba que los indios no fuesen privados de su libertad aunque estuviesen fuera de la fe.

San Pedro Claver, el «esclavo de los negros para siempre», había sido uno de esos personajes en la historia de la ciudad que había dejado una tremenda impronta sobre los alcances de la caridad con el prójimo. Sus blancas manos se habían posado sobre trescientas mil cabezas de dolientes esclavos que llegaron a ese puerto en épocas de su ministerio, que allí empezó en 1615 y continuó hasta 1650. Luchó y se martirizó hasta lo indecible para resaltar su amor por encima del odio que le producía la trata de negros. Para darnos una idea, el jesuita Nicolás González relata:

> *Yo lo acompañé a un cuarto oscuro donde estaba una enferma negra, en medio de un calor terrible y un olor insoportable. A mí se me alborotó el estómago y me caí por tierra. El Padre Claver, aparentando no sentir nada, me dijo: «Hermano mío, retírese». La enferma estaba sobre unos sacos. La viruela había invadido su cuerpo, excepto los ojos. El Padre Claver se arrodilló cerca, sacó de su seno el Cristo de madera que llevaba siempre consigo, y sentado en el suelo la confesó y dio la extremaunción y, viendo que la pobre*

> *esclava se quejaba por la dureza de los sacos sobre los que yacía, alzó a la negra y la puso sobre el manteo con sus propias manos, le aplicó esencias aromáticas, arregló el lecho y la volvió a poner en su lugar.*

Estos extremos y contrastes no eran inusuales en el espíritu español. Hechos similares nos cuenta el médico Adán Lobo:

> *Era el año de 1645. Estaba de visita en la casa de don Francisco Manuel, en el barrio de Getsemaní. De pronto se oyó en la pieza vecina un grito de mujer: ¡No... no, mi padre, déjeme, no hagáis eso! Un mal pensamiento me atravesó mi espíritu, pues era amigo de Pedro Claver, su admirador, pero me dio una curiosidad malsana. Entré en la pieza rápidamente y algo como un rayo cayó sobre mi alma: vi al Padre Calver lamiéndole las heridas pútridas a una pobre esclava negra. Ella no había podido soportar tanta postración del Padre y ese fue su grito de angustia.*

¿Alguien se podría imaginar a un clérigo inglés lamiendo las heridas de un esclavo negro, o conviviendo con los leprosos, como el Padre Claver lo hacía en el Hospital de San Lázaro en Cartagena? La «Leyenda Negra» tejida contra España nunca dio cuenta de estos acontecimientos, ni del hecho de que España fuese la primera y única potencia que había empeñado gran parte de su esfuerzo intelectual en cómo defender mejor a los naturales de las tierras conquistadas, y no en cómo explotar con mayor eficiencia aquellos dominios. Tal era la ardiente pasión de los teólogos y juristas de la Corona.

El núcleo urbano cartagenero estaba localizado en la isla de Calamarí, separado del arrabal de Getsemaní por el Caño de San Anastasio, aunque unido a éste por un puente; dicho caño es una prolongación del Caño del Ahorcado, que conduce a la Ciénaga de Tesca. Getsemaní era una pequeña protuberancia de tierra flanqueada por Caño Gracia que corría al pie mismo del castillo de San Felipe de Barajas, situado en el próximo cerro de San Lázaro; este fuerte bloqueaba el acceso a la ciudad desde el continente. Un poco más al interior estaba el cerro de la Popa, que se levantaba por encima de todos los promontorios como un viejo galeón visto desde atrás. Flanqueaban la ciudad por La Boquilla, hacia el nororiente, dos baluartes, el de Crespo y Mas, que constituían la primera línea defensiva, con el fuerte de San Luis y de San José en el canal de Bocachica. Hemos de suponer que esta última batería había sido así nombrada por su creador, Don Pedro Mas, oficial de Don Blas de Lezo.

Su población, de escasos siete mil habitantes, se dividía, de una parte, en criollos blancos, usualmente la clase dominante y poseedora de las riquezas muebles e inmuebles de la ciudad; de otra, los *chapetones*, nombre con que se conocía a los españoles peninsulares, usualmente funcionarios de la administración pública y, con algunas excepciones, quienes detentaban los negocios más prósperos. Claro, había españoles que habían llegado a buscar fortuna y, al no encontrarla, quedaban marginados de toda actividad productiva y usualmente se acogían a la caridad de los conventos, particularmente el de San Francisco, que repartía una sopa diaria a los indigentes. El grueso de la población era, sin embargo, negra o mestiza, y entre esta última se encontraban los cuarterones, quinterones y mulatos; es decir, mezclas de todo calibre entre indio y blanco, blanco y negro o indio y negro. La clase más baja, y quizás más despreciada, era la que tenía esta última mezcla, aunque los españoles en América, tanto criollos como peninsulares, no discriminaron nunca a estas poblaciones en el mismo y atroz sentido en que fueron discriminadas en las colonias inglesas, francesas u holandesas.

Cartagena algo había decaído desde el ataque y saqueo de los franceses y la disminución de la importancia de la Carrera de Indias, la Flota de Galeones; su comercio no era ya tan esplendoroso en 1741 como lo había sido hasta finales del siglo anterior. El dinero no se quedaba allí por mucho tiempo, pues en sus alrededores no había minas, ni cultivos, ni industria que permitiese un volumen permanente de circulante. Cartagena vivía del comercio, pero también del llamado «*situado fiscal*» remitido anualmente desde Quito y Santa Fe, la capital del Virreinato de la Nueva Granada, que lo enviaban para mantener tropa y demás empleos y servicios públicos. Pero, estratégicamente, Cartagena seguía siendo de vital importancia para el Imperio, pues era la «llave» de entrada y salida para el sur del continente y para enlazar el comercio con la Metrópoli. De allí que la Corona desde tiempo atrás hubiese decidido fortificarla como a ninguna otra plaza en América. Con todo, no podía decirse que era pobre, pues la prosperidad de sus comerciantes hablaba por sí sola.

*

Don Blas de Lezo había zarpado de Cádiz hacia Cartagena el 3 de febrero de 1737 al mando de una flotilla compuesta por el navío *El Fuerte*, de sesenta cañones, *El Conquistador*, de sesenta y cuatro, ocho mercantes y dos navíos de registro, y es posible que hubiera llegado al puerto indiano a mediados de abril. Esta era la última flota de la Armada de Galeones con que concluiría la Carrera de Indias, sistema de comercio que había durado doscientos años. No bien hubo arribado al puerto, se puso febrilmente a trabajar en su defensa, pues ya la situación entre Inglaterra y España estaba tensa. En el Parlamento inglés se oían voces que pedían la guerra, y aunque el rey Jorge no era partidario de ella, su posición y la de su ministro Walpole se hacía cada vez más impopular.

El plan de defensa de Cartagena de Indias era, en realidad, el plan de defensa del Imperio Español en América. Era allí adonde se iba a decidir la suerte de todas las posesiones de ultramar en aquella parte del mundo. Habida cuenta de su peculiar situación, es en el año 1566 que se da inicio a las primeras obras de defensa cuando, reinando Felipe II, tras los ataques de Hawkins y Drake, se ordena al gobernador, Don Antón Dávalos de Luna, erigir en la isla de Manga el fuerte del Boquerón; este fuerte fue remplazado en el siglo XVIII por el de San Sebastián del Pastelillo, construido éste por el ingeniero militar Juan Bautista McEvan. En 1567 se levanta una fortaleza con guarnición en Punta Icacos, en el meridiano de la isla de Tierra Bomba, pero no fue sino hasta 1587 que se toma muy en serio la fortificación de la ciudad. El Rey español manda a dos comisionados, Don Juan de Tejada, mariscal de campo, y al ingeniero italiano Bautista Antonelli, quienes habrían de proyectar para la defensa de Cartagena un sistema de fortificaciones exteriores de dobles flancos en los baluartes, orejones y plazas bajas que le dieron notable renombre a la arquitectura militar española. La ciudad contaría con murallas, baluartes, revellines, contraguardias y fosos; se mejoraría y reforzaría el fuerte de Punta Icacos y se construiría otro en la isla Cárex (Tierra Bomba) para cruzar fuegos con el anterior; adicionalmente se instalarían unas baterías en los caños del Ahorcado, San Anastasio y la Caleta. Sin embargo, éste no sería el único proyecto de fortificación, pues existían por lo menos otros dos; pero lo cierto es que estos proyectos se van combinando y las construcciones comienzan a levantarse lentamente en tres grandes períodos, el primero de los cuales toma lugar en el siglo XVI; el segundo en el XVII y el tercero en el XVIII. Nosotros estaremos mayormente preocupados por lo que aconteció en el XVII y primera mitad del XVIII. Para más fácil comprensión, habremos de separar en tres líneas, o anillos de defensa, lo que se había dispuesto en la Plaza y que consistía en una serie de defensas escalonadas, construidas en las inmediaciones de Cartagena, con el propósito de establecer los suficientes obstáculos fortificados para impedir otra toma de la ciudad:

Primera línea de defensa. Esta primera línea partía de la base de que Cartagena, con murallas hacia la playa del Mar Caribe, no sería atacada frontalmente porque ningún buque podía acercarse lo suficiente como para batir la ciudad, tal como ya se explicó. Así, pues, se pensó en echar el primer cerrojo por el canal de Bocachica, que constituía la única entrada viable a la bahía que daba acceso al puerto y muelles de la ciudad. En 1661 fue terminado el castillo llamado San Luis de Bocachica, en la isla Cárex, o Tierra Bomba, ordenado a construir por el gobernador Luis Fernández de Córdoba; el ingeniero Juan de Somovilla fue el encargado de ejecutar las obras en forma de polígono con cuatro baluartes, fiel copia de los que por la época existían en España. Tenía, además, fosos llenos de agua, atravesados por un puente. Poseía el castillo aljibes, cuarteles, almacenes, doble claustro y naves para la casa del castellano y, por supuesto, capilla. La defensa del canal de Bocachica se completaría con una batería localizada casi enfrente, en la isla Barú, llamada San José, de veintidós cañones, con el propósito de cruzar fuegos con el castillo.

Con la invasión de Pointis, en 1697, se demostró que estas defensas no serían suficientes para impedir la toma de la ciudad, con lo cual se procedió a construir una segunda línea defensiva; por lo pronto, se había reforzado y reconstruido esta primera línea, destruida por Pointis; el trabajo de reconstrucción del San Luis estuvo a cargo del ingeniero militar Juan de Herrera y Sotomayor en 1728, quien hizo obras en la cortina del este, donde estaba la puerta principal. En total, el lado que daba al mar medía unos 117 metros de largo y las murallas tenían unos tres metros y medio de altura por dos de espesor y contaba con sesenta y cuatro cañones que batían la entrada de la bahía. El mismo ingeniero fue responsable de la construcción de tres baterías más en esta isla para reforzar la protección del castillo de cualquier desembarco al norte de éste, su punto más débil. Estas tres baterías se llamaron Chamba, con cinco cañones, San Felipe, con seis y Santiago, con nueve. El San Felipe se ejecuta a partir del proyecto del ingeniero Cristóbal de Roda, de 1602; constaba de dos caras y dos flancos con orejones y un continuo parapeto. También construyó las baterías del Varadero y Punta Abanicos para reforzar los fuegos de la batería San José, en caso de que el enemigo decidiera desembarcar en la isla Barú, donde estaba localizada, para destruirla y debilitar la defensa que presentaba el castillo de San Luis. Más hacia el oriente estaban los puestos de Pasacaballos que resguardaban ambos lados de la boca del estero del mismo nombre y punto clave para el abastecimiento de la ciudad. Aquí no había sino siete cañones y, aunque el puesto era de gran importancia, es posible que los españoles no pensasen que fuese posible asaltarlos por la retaguardia, tal y como Vernon se lo había planteado inicialmente. Tal vez fuese por esa misma dificultad que el Almirante quería causar la sorpresa. Por lo menos 114 cañones, sin contar con los siete de Pasacaballos, cerraban el acceso a la bahía de Cartagena por su única entrada, el canal de Bocachica y esto era, a todas luces, una temible barrera de fuego, casi infranqueable, que protegería los abastecimientos a la ciudad y resguardaría la bahía de una incursión enemiga. Por el norte, había dos baluartes, el de Crespo y Más, con veinte cañones entre los dos, que defendían las playas de un posible desembarco y avance hacia La Popa, punto verdaderamente neurálgico. Se creía que estos baluartes no debían estar más reforzados porque, de todas maneras, un avance hacia La Popa tendría la dificultad de cruzar el Caño del Ahorcado, tarea nada fácil.

Segunda línea de defensa. Navegando por el canal de Bocachica hacia Cartagena, y sobrepasando la parte más oriental de la isla Cárex, se encuentran dos salientes de tierra, a manera de brazos, que forman una boca de acceso a la parte más interior de la bahía, ya en las goteras de la ciudad y frente a la isla de Manga, próxima ésta al arrabal de Getsemaní. Es en la punta de estos dos salientes donde se decide construir dos fuertes, el de Cruz Grande, a la izquierda, con unos diez cañones, y el del Manzanillo a la derecha, con treinta, para batir con sus fuegos cruzados los buques que pudiesen forzar la entrada por Bocachica. Fue el ingeniero Herrera quien efectuó su reconstrucción por la misma época, después de los destrozos causados por Pointis. El castillo del Manzanillo fue una réplica, en su proyecto inicial, del de San Luis de Bocachica, pero nunca llegó a su esplendor porque Felipe V no autorizó la ejecución de tal proyecto. De todas maneras, llegó a prestar importantes servicios en el ataque de Vernon. En la isla de Manga, según se cruza esta boca, se encontraba el fuerte de San Felipe del Boquerón, posteriormente llamado San Sebastián del Pastelillo, cuya cortina del oeste ostentaba dieciséis cañones, y las restantes dos cortinas contaban con ocho y siete cañones cada una; la misión principal del fuerte era coger con fuegos frontales a los buques que lograran cruzar la boca, o, estando en ella, batirlos; adicionalmente, dar cierto cubrimiento al frente de tierra. En total, pues, había fuegos cruzados y frontales en esta segunda línea defensiva sobre la pequeña bahía de las Ánimas. Tierra adentro, al este de Manga y ya en la zona continental, se alzaba el convento de La Popa, alrededor del cual se habían construido casi improvisadamente una muralla y terraplenes que tenían como propósito resguardar al castillo San Felipe de Barajas que se alzaba majestuoso, más al occidente, sobre el cerro de San Lázaro. En La Popa estaban emplazadas unas diez baterías, número evidentemente insuficiente para detener un avance por tierra hacia San Felipe, cuyo flanco oriental podía ser fácilmente batido desde La Popa; este flanco no disponía de artillería, pues los cañones estaban ubicados al lado opuesto que daba hacia la bahía, precisamente para defender la ciudad amurallada. Se ve, entonces, que los españoles tenían plena confianza en que cualquier asalto sobre la ciudad sería contenido y abortado en la primera línea de defensa y que ninguna tropa alcanzaría a llegar hasta la segunda. En total, unos ochenta y un cañones constituían esta segunda línea de defensa de la ciudad.

Tercera línea de defensa. Eran las murallas de la ciudad, propiamente dichas, también resguardadas por el castillo de San Felipe de Barajas, terminado de construir el 12 de octubre de 1657 y cuyo toponímico se lo debe al nombre del monarca Felipe IV con el que lo bautizó el gobernador Don Pedro Zapata. En 1739 Don Blas de Lezo ordenó que se levantara un hornabeque, especie de fortificación exterior compuesta de dos medios baluartes trabados con una cortina, o muralla, en la parte norte del cerro. Más de cien cañones enseñaban el poder militar de tan formidable fortaleza, llena de orificios por donde asomaba la fusilería que también la defendería. Calles y rampas inclinadas desplegaban un sistema de ingeniería militar acondicionado para que las balas de cañón del enemigo golpeasen y se devolviesen en dirección contraria, dada la pendiente; un sistema de túneles internos, vías de escape y escondrijos, convertían el Castillo en una encrucijada y laberinto de trampas contra el enemigo que osase penetrarlo. El Castillo formaba un conjunto de fortificaciones separadas entre sí en la superficie, pero unidas por caminos subterráneos, para permitir la retirada de la tropa a una u otra parte del recinto amurallado, o a medida en que el enemigo consiguiese tomarse las distintas fortificaciones. Oscuros túneles con nichos a lado y lado, estratégicamente colocados, permitían a las tropas españolas disparar sin ser vistas contra un enemigo que tenía una tenue luz solar a sus espaldas; una red de galerías subterráneas para contraminas, comunicada por pozos con el exterior, servía de ducto de ventilación; también eran útiles para demarcar los puntos convenientes a ser volados en un momento dado. Conducían estas galerías, o túneles, en pendiente hacia los pozos salobres y se iban achicando en el techo hasta permitir que sólo de la cabeza hasta la nariz quedase sin sumergirse en el agua; si los ingleses perseguían por allí a las tropas en retirada, la tendrían más difícil dado que ellos eran usualmente más altos, lo cual los obligaría a caminar con las rodillas dobladas, posición insostenible por largo tiempo; también podría obligarles a doblar la nuca, sumergiendo, con ello, la cabeza en el agua.

Cartagena presentaba una posición estratégica envidiable: no era posible atacarla por mar, aunque el costado norte de sus murallas diera sobre la playa; allí el mar era poco profundo y la resaca hacía peligrar cualquier bote de desembarco. Intentar un desembarco era factible, pero, sin apoyo naval, sus baterías y fusilería darían buena cuenta de quienes lo intentaran. De otra parte, los grandes navíos no podían acercarse lo suficiente como para ponerla al alcance de sus tiros. Con todo, la ciudad podía ser atacada por tres puntos diferentes: por Bocagrande, mediante un desembarco de tropas, pero con difícil apoyo de artillería naval, dadas las condiciones del terreno y el apoyo de los baluartes de las murallas; por La Boquilla, al norte, mediante un desembarco y toma de dos baluartes que defendían la zona y un cruce dificultoso por el Caño del Ahorcado hacia La Popa y San Felipe por la espalda; por Manzanillo, forzando la entrada por Bocachica, y desembarcando tropa que alcanzase La Popa, no sin antes haberse tomado el fuerte de su nombre. Tales eran los puntos neurálgicos, pero el mayor de los cuales lo presentaba cualquier avance hacia este último, siempre y cuando se diera por descontada la toma del primer cerrojo de defensa en Bocachica.

Como se dijo, la ciudad podría ser atacada mediante un desembarco por la zona de Bocagrande, sobre el brazo de tierra que frente a la isla Cárex, al norte, forma la boca cerrada por el dique submarino. Para hacer este ataque casi imposible, se construyeron los baluartes de San Ignacio, de San Francisco Javier, de Santiago y Santo Domingo que desplegaban un gran poder de fuego sobre una infantería que vendría sin apoyo de artillería de tierra, pues debido al terreno arenoso y movedizo, se dificultaba sobremanera la movilización de tales piezas. De otro lado, la lentitud del despliegue de las mismas las haría fácil presa de la artillería defensiva. Cerrando la única puerta de acceso al recinto amurallado, por el lado del arrabal de Getsemaní, se levantó el fuerte de la Media Luna, escarpado y erizado de artillería, y defendido con fosos, en previsión de un ataque por tierra desde La Popa. Éste era un importante soporte al castillo de San Felipe, situado más al oriente. En 1631 se inició la construcción del baluarte llamado El Reducto, que daba cobertura al mencionado arrabal, el cual fue rodeado de una muralla alta y escarpada. Getsemaní, a su vez, estaba unido al recinto amurallado de la ciudad, localizada en la isla de Calamarí, por un puente sobre el caño de San Anastasio que podría ser volado en cualquier momento para dificultar el avance del enemigo sobre Cartagena. Calculamos que las defensas de tierra de la ciudad podían haber albergado algo más de 620 bocas de fuego, distribuidas en todos los baluartes, fuertes y castillos.

Por aquel entonces la balística, ciencia de la artillería, no estaba todavía muy desarrollada y muchos de los cañones emplazados en una cureña de madera carecían de la inclinación adecuada y, por lo tanto, padecían de un relativo bajo alcance de tiro. Pero los artilleros experimentados de aquel entonces, por la práctica y no por la teoría, sabían que la inclinación del cañón, su pendiente respecto del blanco, era vital para lograr un mayor alcance y efectividad. El problema era la rigidez del aparato en el que estaban montados, o lo dispendioso que resultaba ajustarles la inclinación, desencajándolos y volviéndolos a encajar unos peldaños más abajo. Blas de Lezo, curtido en mil combates artilleros, conocía los rudimentos de tales secretos y se dispuso a inventar un simple pero eficaz mecanismo para suplir la deficiencia y ganar en rapidez y eficacia; consistía aquél en una especie de rampa de madera en cuya parte superior había una hendidura para encajar las ruedas de la cureña, pero que permitiera el retroceso del cañón con cada disparo; ello permitía alzarlo a la altura deseada y, con ello, alargar su tiro sin alterar el calibre o la carga de pólvora; permitía también usar la misma pieza para tiros largos y cortos. Los artilleros de entonces a veces suplían esta deficiencia sobrecargando de pólvora la cámara del cañón para darle más impulso al proyectil, pero esta operación era riesgosa, pues si no se hacía con cuidado, se corría el riesgo de que el cañón explotara en manos del artillero. La rampa permitía salvar este obstáculo sin riesgo para el operario. Por eso, el general Lezo dispuso que para la defensa de Cartagena se emplazaran cañones con distinta elevación para acortar o alargar los tiros contra los buques enemigos de manera rápida y flexible, dotados de granadas explosivas, bolaños de piedra y bolas de hierro macizo, que eran los proyectiles más usuales de la época.

Una primera experiencia de la bondad de este sistema la había tenido cuando el 13 de marzo de 1740 Lezo desmontó de su nave capitana un cañón de dieciocho libras que, emplazado en tierra con la cureña sobre la rampa, alcanzó con varios disparos a los buques ingleses; en uno de ellos, los disparos cayeron sobre la vela de juanete y la de velacho que, estando en la proa, tuvieron el efecto de dejar sin rumbo al barco, el cual dio varios giros de trompo a causa de los fuertes vientos que soplaban de popa, para finalmente quedar sotaventado. Otro fue también herido en la cubierta, como si una lluvia vertical de hierro se hubiera desatado súbitamente, llevándose consigo las jarcias y aparejos que se desgajaron como racimos de plátanos. En total, cinco habían sido alcanzados. El inglés se vio obligado a retirarse y Lezo rebozó de contento al haber probado con éxito su invento, aunque, a causa de éste, Vernon escribiera a Inglaterra que «*la plaza se hallaba en tan buen estado de defensa que podría resistir el embate de 40.000 hombres*». Con esto se procuró más abastecimientos que los que normalmente hubiese podido conseguir. Similarmente, normalizó el calibre de los cañones para evitar la confusión de munición que suponía alimentarlos de piezas de distintos grosores; ello también simplificó los inventarios de munición y administración de los polvorines, los cuales fueron dotados de cureñas de repuesto, en caso de que fuesen destruidas durante los bombardeos. Pero, definitivamente, el más importante aditamento de la defensa fue soldar dos balas de cañón con un perno y dispararlas simultáneamente con el propósito de desarbolar más fácilmente los navíos que se acercaran a los fuertes; también ensayó soldarlas a unos eslabones de cadena para causar el mismo efecto. El General estaba convencido de que ésta sería el arma más contundente contra el invasor naval, porque aquellas palanquetas y cadenas actuarían como cuchillas contra las arboladuras, jarcias y aparejos de los buques de guerra británicos. Algunos oficiales llegaban a rascarse la cabeza con duda y asombro frente a tan inusual artefacto.

Don Blas de Lezo, no obstante el parecer del virrey Eslava, había también mandado a construir parapetos en la parte más angosta del Caño del Ahorcado, a la orilla opuesta del invasor, en caso de que Vernon decidiese montar el principal ataque desembarcando en La Boquilla; esto ayudaría a contener cualquier avance hacia La Popa de norte a sur. El Virrey, a la hora de emplear los caudales de la ciudad, era muy cuidadoso, y la mayor parte de las veces tacaño y corto de visión, porque temía emplear recursos que fueran a desperdiciarse. Lezo reforzó también las defensas del Fuerte Manzanillo, previendo un desembarco que permitiera avanzar al enemigo de sur a norte hacia La Popa; el General creía que este fuerte era clave en la defensa, pues el que no cayera en poder del enemigo, distraería suficientemente sus fuerzas allí y debilitaría la avanzada que se hiciera hacia La Popa, centro verdaderamente neurálgico al que había que salvaguardar a toda costa. Su defensa era clave para la integridad del San Felipe, cuyo flanco más débil era, precisamente, ése, por estar en una elevación superior a la del Castillo y muy próximo a él. Por supuesto, se empleó a fondo en dotar al castillo de San Luis y a la batería San José en el canal de Bocachica de todos los elementos indispensables para su tenaz defensa, pues sabía que si esta puerta era forzada, muy poco habría que hacer en adelante. En La Popa se puso una empalizada adicional con terraplén y se cavó un foso.

Día a día, este hombre, tuerto, lisiado de un brazo y con una pata de palo, se paseaba incansable por los fuertes y baluartes inspeccionando hasta el último rincón y previendo los más mínimos detalles. El *toc toc* de su pata de palo era un sonido harto conocido en Cartagena, particularmente porque para caminar sobre la piedra usaba aquella pata herrada cuyo modelo le había mandado a hacer su padre treinta y tantos años antes en su pueblo de Pasajes. El mismo *toc toc* sobre la cubierta del barco, pero con la pata de madera, era otro de esos sonidos harto conocidos, aunque más sordo y sonoro. Blas de Lezo y Olavarrieta era, sin duda, el personaje de aquellas murallas y contornos, de aquellos cálidos mares a quien, de cuando en cuando, se le veía santiguarse con aquel mismo crucifijo de plata que desde hacía cuarenta años cargaba en su bolsillo y que le había dado fuerzas para resistir todas las penurias, todas las heridas y todas las soledades de sus cincuenta y dos recorridos años.

Capítulo VIII

Medio-hombre

Los españoles saben hacer barcos, pero no hombres.

El almirante Nelson en 1793

Vernon y Lezo se habían enfrentado ya en 1704 en la batalla por Gibraltar; Vernon había salido con doscientas guineas dentro del bolsillo y Lezo con una pata de palo en la pierna izquierda. El primero sintió la alegría de la recompensa por los méritos de la guerra; el segundo el terrible dolor de sentir su pierna amputada «a palo seco», es decir, sin anestesia. Risas y voces de contento profirió el primero; lágrimas y gemidos de dolor el segundo, que mordía el trapo sucio que le habían puesto entre los dientes mientras el cirujano cortaba los tejidos, aserraba el hueso y cauterizaba la herida sumergiendo el muñón en aceite hirviente. El primero pidió whiskey para celebrar el triunfo; el segundo, ron para mitigar el dolor. Aquello fue espantoso: el joven Lezo, de sólo quince primaveras, yacía en una improvisada mesa de cirugía en el fondo de la nave capitana; cuando lo fueron a operar sólo pidió que cuatro hombres lo sujetaran fuertemente de los brazos y piernas para soportar aquella crudelísima, pero necesaria intervención. Su pierna estaba astillada por un impacto de cañón y corría el peligro de gangrena si no se intervenía rápidamente. Los gritos de sus compañeros heridos, la sangre derramada por doquier en aquella estancia, iluminada apenas por faroles de aceite, y sus propios quejidos, hacían insoportable y tremebunda aquella escena de dolor.

España estaba en plena guerra civil. Francia era su aliada, mientras que Inglaterra apoyaba las pretensiones sobre el trono que albergaba el proclamado Carlos III para destronar a Felipe V, el primer Borbón. El 6 de agosto de 1704, Rooke, comandante de flota anglo-holandesa, compuesta por cuarenta y nueve buques de guerra, se había apoderado de Gibraltar en nombre de Carlos III, y el 24 del mismo mes, reforzados por los buques del almirante Shovell, los aliados se aprestaron a atacar la flota franco-española al mando del conde de Toulouse, compuesta por unos noventa y seis barcos de guerra, entre ellos, cincuenta y un navíos de línea, seis fragatas, ocho naves incendiarias, doce galeras y transportes, con 3.500 cañones y 24.000 hombres. Ambas flotas eran poderosas. El enemigo contaba con sesenta y ocho navíos de línea, 23.000 hombres y 3.600 cañones respaldándolos. El encuentro se llevaba a cabo a la altura de Málaga y el joven marino, Blas de Lezo, participaba de lleno en el combate naval cuando fue brutalmente herido.

Al rasgar la manga del pantalón para descubrirle la herida, el joven Lezo sintió que le arrancaban el alma. Arriba la batalla continuaba. Se alcanzaba a escuchar la sorda cadencia del cañoneo y de cuando en cuando el impacto de alguna bala sobre el buque, que primero estremecía el maderamen, y luego hacía vibrar por varios segundos, como el aleteo de una mariposa, el metal de los candiles. Al mando de la flota aliada iban los almirantes Rooke y Shovell, y Vernon con ellos, como joven aprendiz de marino, pues había nacido en Westminster, Inglaterra, el 12 de noviembre de 1684, lo cual lo hacía cinco años mayor que Lezo. Su padre, James Vernon, había pertenecido a la pequeña burguesía inglesa y desempeñado varios cargos de relativa importancia, como que fue secretario del duque de Monmouth y del rey Guillermo III. Es posible que haya tenido mayor educación que Lezo, pues pudo asistir al Colegio de Westminster; su padre lo quería abogado, pero la verdadera vocación de Vernon era el mar. Ingresó a la Armada, enrolándose en el *Shrewsbury*, la nave capitana del almirante Rooke.

Lezo también hacía su aparición en batalla como un aprendiz de guardiamarina. No sería la última vez que, ignorándose mutuamente, se encontraran en batalla: la segunda fue dos años más tarde, después de su convalecencia, durante el asedio de Barcelona en 1706. La última ocasión de encuentro sería treinta y cuatro años más tarde en Cartagena de Indias, pero esta vez con pleno conocimiento mutuo.

Aquel 24 de agosto de 1704 el joven guardiamarina había recibido un impacto que le fracturó la tibia y el peroné y expuso una carne macerada y perforada con un millar de astillas de hueso que descollaban bajo la manga del pantalón, la que pronto se empapó en sangre y pólvora cuando éste cayó a tierra, revolcándose del dolor. Se había estrenado mal en el arte de la guerra. La bala había golpeado el costado del buque, rompiendo la escotilla del cañón de estribor, y había rebotado contra la cureña y desgajado su pierna izquierda por debajo de la rodilla. Sus compañeros lo condujeron rápidamente, en medio de lastimosos quejidos, a la improvisada sala de cirugía que usualmente estaba por debajo de la línea de flotación de los buques para guarecer al personal sanitario del fragor de la batalla. Reconocido lo extenso de la lesión, el médico exclamó:

—Lo siento, pero debemos amputar rápidamente. Bébete, hijo, un buen trago de ron y tírate en esta mesa.

—Hágalo cuanto antes, señor, que me muero —respondió Lezo con los dientes apretados entre las mandíbulas y con las lágrimas empapando su rostro. En su mano derecha apretaba un Cristo de plata que su madre le había regalado para que lo llevara siempre consigo. Después de santiguarse apuró un largo trago de ron, luego otro, casi media botella; tosió por la falta de costumbre, cerró los ojos y estiró como pudo su pierna adolorida.

El cirujano tuvo que obrar muy rápidamente, como las circunstancias de aquel entonces lo exigían; en primer lugar, por la imparable hemorragia que aumentaba al abrir la carne y descubrir el hueso, o lo que de él quedaba; en segundo lugar, por el intenso dolor que podría hacer morir al paciente sin que se concluyera la operación. A cada corte, su tierno cuerpo se convulsionaba y retorcía como una culebra toreada, al punto que los cuatro hombres eran casi insuficientes para mantenerlo en la posición adecuada. El ayudante del cirujano de a bordo, el barbero del buque, cauterizaba con un hierro al rojo vivo los puntos por donde brotaba la sangre con la fuerza de los manantiales, casi imposible de detener, aunque el torniquete que le habían puesto en el muslo, cerca de la rodilla, parecía retardar el mortal flujo. Por eso, mientras los minutos que transcurrían eran eternos, quizás veinte o treinta, la rapidez con que debía obrarse era la clave de la supervivencia. A no ser por el olor a carne chamuscada, diríase que el niño paciente —porque era casi un niño— no sentía el dolor de las quemaduras y mucho menos el chasquido de la carne achicharrada; tal era el sufrimiento producido por la manipulación del hueso despedazado y por los cuatro cortes verticales que era preciso practicar para descubrir un hueso arremangado de carne. Aquello era más un amasijo de sangre y tejidos que una extremidad humana.

Del fracturado miembro lo único que había que tener en cuenta era no dejar astillas que laceraran la carne que luego sería cosida como una morcilla alrededor del hueso mutilado. Esto era importante porque, entonces, había que volver a operar para poder usar una prótesis de palo. Por eso, una a una fueron aserradas las astillas con habilidad y presteza. En realidad, la labor del serrucho había sido relativamente fácil, dada la fragilidad del miembro; pero con cada movimiento de la sierra, hacia atrás o hacia delante, un intenso gemido se escapaba de los trémulos labios de aquel valiente niño que ahogaba sus gritos con el trapo metido en su boca... hasta que ya no pudo más y perdió el conocimiento, circundado por un lago de sudor y lágrimas. Fue sólo allí cuando soltó el Cristo que cayó de su mano al suelo. Vino bien el desmayo, porque ya no sintió la aguja que cosía el muñón, aunque súbitamente despertó cuando sumergieron su reborde en aceite hirviente para evitar las hemorragias e infecciones. Dolor sobre dolor. Esta vez dio un alarido, se convulsionó violentamente y volvió a caer desmayado por segunda vez, y ya no se despertó más, como anunciando que su naturaleza lo había desconectado por un tiempo de aquella terrible realidad. Algún compañero levantó el crucifijo y se lo introdujo en el bolsillo del chaleco. Ya nunca más se desprendería de él.

—Vas a vivir —le dijo el cirujano con un gesto de satisfacción; y agregó, con la cara empapada de sudor propio y sangre ajena—, porque eres un zagal muy fuerte—. Pero Lezo no oyó aquellas alentadoras palabras.

El hecho es que el joven Lezo había soportado la amputación con un estoicismo y valentía dignos de los mejores cuentos épicos, al punto que el comandante de la escuadra franco-española, el conde de Toulouse, Alejandro de Borbón, hijo del Rey Sol, Luis XIV, dirigió una carta a su padre dándole cuenta de la valentía de aquel marino que como ninguno había soportado el dolor. Porque muchos había que se suicidaban en plena sala de cirugía, para evitar el sufrimiento, si lograban hacerse a una pistola al menor descuido de algún compañero. Lejos estaba Lezo de imaginar que otro célebre herido, aparte del propio hijo del Rey Sol, sería aquel Ducasse, almirante ya, que había asaltado y saqueado a Cartagena de Indias en 1697 como cualquier vulgar corsario. Ahora, aliado de España por la fuerza de los acontecimientos, derramaba sangre por aquel país contra quien la había hecho derramar siete años antes. Los acompañaban en el infortunio las 2.700 bajas anglo-holandesas y las mil quinientas franco-españolas habidas en trece largas horas de combate y, aunque ambos bandos reclamaron la victoria, lo cierto es que Gibraltar no pudo volver a ser español en aquellos momentos porque la ofensiva por tierra fue permanentemente castigada por las fuerzas navales adversarias. A las ocho de la noche hubo silencio de cañones en el mar y sólo entonces pudieron los navíos retirarse a descargar los heridos a tierra. Ésta había sido la batalla naval más importante de toda la guerra de sucesión española.

Blas de Lezo tuvo que contentarse con convalecer por largo tiempo, sin calmantes ni analgésicos, en algún lugar de Andalucía e irse acostumbrando lentamente a su pata de palo que, a no dudarlo, causaba grandes dolores a su muñón que no se acostumbraba a que lo embutieran en el receptáculo de madera. Cuando el dolor se le hacía insoportable, se empujaba dos o tres tragos de ron, destilado en Cuba, y se iba a la cama. Pero, es preciso decirlo, su vida sólo pudo ser salvada a condición del sometimiento a semejante tortura física que muchas veces sobrepasaba la capacidad de aguante de cualquier hombre. Sus penas se vieron, no obstante, recompensadas cuando Luis XIV lo hizo «Alférez de Bajel de Alto Bordo» y Felipe V lo quiso nombrar su asistente de cámara en la propia corte y lejos del mar, dada su severa lesión; como aquello no fue posible debido a la negativa de aquel orgulloso jovenzuelo, el rey lo premió con una «merced de hábito» que sólo estaba reservada para los más cercanos y encumbrados personajes del Reino. Pero Lezo era un hombre de mar y no iba a contentarse con una vida sedentaria, así fuera junto al mismísimo rey. De otro lado, prefería estar junto a sus compañeros que ser blanco de la mirada de unas gentes empolvadas que escondían bajo sus peluquines la curiosidad y antipatía que podía despertar su pata de palo resonando por los lujosos salones de Madrid. No, que no; no iba a ser él quien se sometiera a las burlas de aquellos monigotes decadentes y encopetadas damas parloteras que sólo podían gustar del sonido de sus ropas almidonadas y a quienes el *toc toc* de la pata podía despertar de su aburrida complacencia. Blas de Lezo quería ser un gran general de marina y sabía que, con su probado valor, sin palancas ni intrigas cortesanas, de seguro lo lograría. Ahora lo que más le dolía era no poder volver a bailar, actividad que realmente lo apasionaba. Por eso buscó en el mar el refugio de sus penas, convirtiéndose en un hombre tímido y casi acomplejado, pero orgulloso, como el que más, de sus hazañas que España ignoraría por casi tres siglos.

Lo que Lezo más quería era ir a pasar su convalecencia a Pasajes, Guipúzcoa, pequeña población costera en la cual había nacido junto a orillas del mar cantábrico, en el norte de España. Pero no era posible. Restablecido de su pierna izquierda, y ya más o menos adaptado a su pata de palo, el joven se reintegró al servicio y pronto fue destinado a socorrer a Peñíscola; ésta, enclavada en el reino de Valencia, ocupaba un promontorio que se internaba en el Mediterráneo y podía considerársele estratégica por estar en medio de una provincia rebelde en poder de los partidarios de Carlos III de Austria, aspirante al trono español, quien se disputaba con Felipe V, ya en el trono, la sucesión legítima del mismo. Corría el año 1705. Carlos III estaba apoyado por Inglaterra, que temía que, al ocupar el trono un nieto de Luis XIV, tal alianza familiar formase un poderoso rival contra aquella isla que, por principio, jugaba siempre a mantener el equilibrio del poder en Europa. Peñíscola había declarado su lealtad al rey gobernante y Don Blas de Lezo se aprestó a llevarle auxilios y aprovisionamientos. Pero no bien había concluido esta misión, cuando fue encargado de hostigar el comercio de Génova, pues el Duque de Saboya se había manifestado seguidor del pretendiente austriaco, renegando de su yerno, Felipe V. Frente a Génova una rápida acción del guipuzcoano liquidó el navío *Resolution* de la Armada británica que quiso oponerle resistencia. El joven alférez continuó navegando con la escuadra patrullera del Mediterráneo y volvió a tener oportunidad de destacarse en un combate que dio como resultado el apresamiento de varios barcos ingleses. Su acción fue tan valerosa que el comandante de la escuadra lo comisionó, como premio, a remolcarlos al puerto donde Lezo había nacido, Pasajes, para que allí la población y las autoridades le rindieran el homenaje debido. Así, aquel joven de dieciséis años entró al puerto arrastrando los navíos ingleses y el júbilo fue excepcional. Las autoridades civiles, eclesiásticas y militares salieron a saludarlo y darle la bienvenida. Su padre, Don Pedro Francisco, y su madre, Doña Agustina, estaban en primera fila del muelle cuando las naves atracaron. Solo que Doña Agustina se echó a llorar al verlo cojear con tan horripilante prótesis de palo; Blas, el tercero de sus ocho hijos, algunos muertos en la infancia, había corrido con esa terrible mala suerte.

Blas había nacido el 3 de febrero de 1689, el día de San Blas, y había sido bautizado el 6 de febrero; lo precedían en bautismo su hermano, Agustín, bautizado el 5 de mayo de 1685, y Pedro Francisco, el 28 de abril de 1687. En aquella época los bautismos ocurrían pocos días después del nacimiento, dada la tremenda mortalidad infantil existente, y el temor de los padres de que el alma de los no bautizados se fuese al limbo, según la doctrina. La antigua parroquia de San Pedro estaba enclavada en el altozano donde hoy se encuentra su cementerio, resguardado por un pórtico románico cegado y otro de características góticas que se abren al campo santo. Lezo y sus hermanos, por tanto, no fueron bautizados en la iglesia actual de San Pedro, que empezó a construirse en 1765 y fue terminada en 1774.

Sus dos hermanos mayores lo habían abrazado hasta las lágrimas; su hermanito Francisco, de seis años, se cogió de la pata y no la soltaba preguntándole qué era aquello. José Antonio, de diez, y María Josefa, de ocho, con más edad para entender lo sucedido le preguntaban los detalles, agarrándolo de la manga de la camisa, mientras la música marcial lo saludaba, el alcalde lo abrazaba y todo el pueblo festejaba su venida.

*

Pasajes era un pequeño puerto natural, situado en uno de los vértices que forman el Golfo de Vizcaya, sobre el agitado mar Cantábrico, abrigado del mar y de los vientos tempestuosos por dos montes, el Jaizkíbel y el Ulía, que, a lado y lado, flanqueaban la también pequeña bahía de aguas profundas encerrada entre los cabos del pasaje. Los dos montes, al hundirse en el mar, dejan una amplia boca por donde penetran los barcos al interior del puerto para cuya defensa se había levantado en el siglo XVI una torre de aspecto circular, hecha de piedra. Un siglo más tarde, en 1621, se levantaba el fortín de Santa Isabel, situado a la izquierda del puerto, según se entra en él. Los fuegos de sus baterías defendían muy bien la entrada, ayudados por una cadena que se templaba para no dejar pasar los barcos enemigos, en caso de peligro. Correspondió al capitán Villalobos proponer esta peculiar defensa, en 1617, que debía situarse a la entrada del canal; estaba fabricada con trozos de mástiles guarnecidos de hierro y trabados, aprovechados de los navíos que allí se habían ido a pique. La cadena se recogía con un torno y con ella se cerraba de noche la boca para impedir la sorpresa, que muchas veces consistía en abrasar los navíos surtos en el puerto mediante algún bajel dotado de artificios de fuego. El trabajo quedó formalizado en 1636.

A ambos lados de la bahía se encontraban dos núcleos urbanos a derecha e izquierda del canal, Pasajes de San Pedro, cuna del marino, bajo jurisdicción de San Sebastián, distante cinco kilómetros, y Pasajes de San Juan, justamente al frente, bajo jurisdicción administrativa de Fuenterrabía. En realidad, eran dos hileras de casas, unas blancas, otras verdes, allá ocres, acullá marrones, de grandes balconadas proyectadas sobre el canal, con anchos tejados rojizos formados por tejas árabes de barro. En casi todas se ven ropas colgadas, flotando y secándose al viento como banderas de la intimidad; al pie de las casas, el mar, y a mano el puerto, con olor a faena, atestiguada por las redes, los cabos, las embarcaciones amarradas, yendo y viniendo por la bahía. Pasajes era una población dedicada a las faenas del mar; sus hombres eran duros y experimentados marinos y constructores de grandes embarcaciones. Sus astilleros tuvieron merecida fama. Las primitivas zabras, carabelas y naves del siglo XV, utilizadas en las rutas de Flandes y del Mediterráneo, dieron paso a la construcción de buques de alto bordo, empleados en expediciones balleneras a Terranova y Groenlandia, además de las de la carrera de Indias. Una pequeña chalupa hacía, y hoy todavía hace, pero a motor, el tránsito obligado entre las dos poblaciones cuyos habitantes se comunicaban, y comunican, entre sí permanentemente por este medio; ambas estaban a la vista, muy cerca la una de la otra, a unos dos o tres minutos de remo, a tiro de piedra. No obstante lo pequeño del poblado, San Pedro competía en aquel entonces con San Sebastián como puerto marítimo, dada la eficiencia de su infraestructura portuaria. Hoy, San Pedro y San Juan constituyen un solo municipio de muy escasa actividad y trascendencia económica.

La casa de Don Blas de Lezo era una amplia mansión solariega de tres alturas por la calle, y de cuatro por el muelle, cuya entrada se hacía por la calle Vieja o de San Pedro, hoy distinguida con el número 32. Esta calle, la principal, presentaba accesos al muelle, con casas de varias plantas entre muros cortafuegos, con balconadas abiertas hacia la ría. La casa de los Lezo se extiende por encima de la estrecha calle, formando también un pequeño pasadizo y, justo debajo del mismo, como dando abrigo de cobertizo, se alza la segunda planta de la misma, que no es única en este aspecto, pues es común que sobre las calzadas se formen estos pasadizos que dejan al descubierto las vigas que sostienen las edificaciones. Su aspecto es sobrio, con grandes balconadas hacia el puerto y bahía, pero que en aquel entonces no asomaban sobre calle alguna, porque calle no existía, ya que el mar lamía los propios cimientos de la casa por ese costado. Hoy esta vivienda está dividida en pisos ocupados por distintas familias, pero es de suponer, tanto por su tamaño como por su construcción, que en aquel tiempo fuese ocupada por gentes de buen y holgado vivir. Su interior da una apariencia de próspera sobriedad. ¡Ah!, y un poco más allá, la casa de aquella niña tan hermosa, Ana Urriolagoitia, la niña de sus sueños. Recordaba cómo jugaban en la calle con los otros niños y cómo su corazón daba un vuelco cada vez que Ana se le acercaba. Sí, la dulce Ana. El beso que le dio aquella vez en la mejilla el día de su cumpleaños... «Eso era, indudablemente, una clara señal de amor», pensó al recordar aquel suceso.

Por las tardes, Blas la esperaba en la esquina para, furtivamente, intercambiar con ella dos palabras. También lo hacía a la salida de Misa y era, en ese momento, caminando hacia la casa, cuando más podía disfrutar de su compañía. Ella iba con un gorrito adornado por una rosa; su largo pelo trenzado danzaba y flotaba a su espalda y contrastaba con la pañoleta amarilla que ataba a su garganta. Tras el corto refajo y falda bien confeccionada, se adivinaba un cuerpo esplendoroso. ¡Por eso deseaba que siempre fuese domingo! Pero, luego, cuando tuvo que partir, se le había deshecho el corazón y, por primera vez, había experimentado lo que era un beso en los labios. Ella se lo había dado con la alegría de la tierna inocencia. Había jurado que volvería y que pediría su mano. Pero eran sueños... Nadie podría querer ahora a un marino sin pierna... «¿Será que se asoma a la ventana? Humm..., pero, mejor sería no verla», pensó; «no en estas condiciones». Lezo se avergonzaba de su miembro mutilado. En cambio, la joven Ana lo observaba discretamente, resguardada tras las celosías, y pensaba, con encontrados sentimientos, en aquellos amores lejanos e imposibles...

La vista de aquellos parajes donde está situado el puerto conmueven por su belleza natural. Desde la casa de los Lezo, a la izquierda, se extiende la bahía interior, mucho más pequeña que la de Cartagena de Indias, más recogida y estrecha, pero que se abre allende la boca hacia un mar oscuro y tempestuoso que bate amenazante sobre las rocas, escarpados y filudos rastros de colinas sumergidas. Son «*rocas descarnadas como cabezas de muerto*», al decir de Victor Hugo, quien veía figuras humanas en ellas y hasta algún perro pétreo que ladraba al mar y «*donde un trueno en estas gargantas ya no es un trueno; es un pistoletazo monstruoso que estalla en las nubes, cae en la cima más cercana y rebota en la montaña con un ruido seco, siniestro y formidable*». Así se había formado el recio carácter de nuestro joven marino, carácter que lo acompañaría toda la vida.

*

Camino del podio que le tenían preparado al joven Alférez para que dirigiera unas palabras al pueblo, y desde el palco de honor observara las danzas y disfrutara los cánticos dedicados a su nombre, Don Pedro Francisco, con las palabras cargadas de emoción, le dijo:

—Hijo, no sabes cuán orgulloso me siento de ti. Créeme que, a pesar de la pena que me causa, prefiero verte cojeando que perdiendo batallas. A tu corta edad has hecho más por España que nadie que yo conozca...

Blas sonrió orgulloso de sí mismo, aunque sabía que en boca de muchos paisanos estaría ya la palabra *ankamotz*, que en vasco significa «patamocha», de donde sale la voz «mocho», que significa sin punta, que es chato y romo.

—...Pero, hijo —continuó el viejo Lezo—, esa horrible pierna seguramente te la ha hecho la Marina. No hay derecho. Yo te mandaré a hacer una mejor con Iñaki, ¿te acuerdas?, es el mejor carpintero del pueblo. Hay que encapsular la punta en hierro, para que no se desgaste al caminar. Empero, debes tener otra en casa, o cuando estés en el buque; esa sí debe ser toda de madera, para que no haga tanto ruido ni rasguñe la madera. Te mandaré a hacer las dos.

—Gracias, padre. Esta es horrible —dijo mirándosela.

—Continúa llevando en alto los colores de España y las sílabas de tu apellido. Dios te bendiga, hijo.

Aquel día, por mandato del ayuntamiento, hubo vino y licor gratis para todo el pueblo. Los festejos duraron hasta altas horas de la noche y en casa de los Lezo Olavarrieta desfilaron amigos, parientes y conocidos, todos queriendo saludar al valiente Blas y oír de su boca los pormenores de sus aventuras. Desde los barcos pesqueros los pescadores gritaban consignas y a Blas no le quedaba más remedio que asomarse al balcón, abrir la ventana y devolver el saludo.

Toda esta fanfarria prodigada por los notables del pueblo reafirmaba en la familia Lezo el «expediente de nobleza» ganado en 1657 cuando se falló a su favor un juicio contra los ayuntamientos de San Sebastián y Pasajes. Había entre sus antepasados quienes se habían distinguido en las letras, como Domingo de Lezo, canónigo y administrador del arzobispado de Sevilla; catedrático de filosofía en Alcalá y provisor en Córdoba y obispo de Cuzco, Perú, en el siglo XVI; políticos, como Don Pedro de Lezo, su tatarabuelo, quien fuera alcalde de Pasajes, a principios del siglo XVII; y, por supuesto, no podía faltar el gran marino, Don Francisco de Lezo y Pérez de Vicente, abuelo del joven Lezo, quien tenía un galeón llamado *Nuestra Señora de Almonte y San Agustín*, de donde es posible que Blas tomara su afición por la mar. Era, pues, esta familia suficientemente acomodada y respetable en el pueblo como para que todos se sumaran a la pleitesía que se le quería rendir.

De repente, a Blas le pareció ver, fugazmente, la niña amada tras los cristales de una ventana de la casa vecina. Se entristeció, porque había sido apenas eso, una fugaz mirada de la joven que, quizás, ya estuviese comprometida. Y no podría ser de otra manera, pues el hecho de que no hubiese salido a recibirlo lo denunciaba.

*

La situación de España en aquel momento era, verdaderamente, calamitosa. Y lo era de dos maneras: una, por la situación internacional que habían suscitado las pretensiones al trono español del aspirante austriaco, el proclamado Carlos III, y sus aliados que lo respaldaban. Otra, por la situación interna del país, que no podía ser peor: España carecía de lo más básico para defenderse, pues no tenía ejército ni armada. Escasos 10.000 soldados de infantería, cinco mil de caballería y veinte barcos de guerra, componían todo su arsenal militar. Aquella marina no era digna de una monarquía tan extendida por toda la tierra, sobre todo cuando buena parte de esos barcos se usaban para resguardar los mercantes que cruzaban el Atlántico rumbo a los reinos de ultramar. De otra parte, las armas del ejército de tierra eran anticuadas para afrontar las necesidades de la guerra de aquellos tiempos. Tampoco había las finanzas necesarias para financiar un conflicto de esas magnitudes que, según se calculaba, exigía cuatro veces más de lo que la Tesorería disponía para atender las necesidades bélicas. En vista de esta penosa situación, el rey francés, Luis XIV, decidió ayudar a su nieto, el rey de España, Don Felipe V. Así, desde el año anterior, en 1704, las tropas francesas habían entrado en la Península al mando del marqués de Puységur y del duque de Berwick. España, como podía, hacía leva de hombres y recursos para afrontar los peligros que entonces se hacían inminentes: Barcelona había caído el 9 de octubre en poder de la alianza invasora que ahora se aprestaba a proteger los fueros de Cataluña, a cambio del apoyo de los catalanes al Archiduque, según había quedado estipulado en el acuerdo de Génova de junio de 1705. Aunque este apoyo catalán no era de manera alguna unánime, en muchas partes de la provincia había un resentimiento antifrancés que hacía aquella situación demasiado delicada. Por lo demás, en septiembre el sublevado general Joseph Nebot se apoderaba de Tortosa y Tarragona, y en diciembre, su hermano, Rafael Nebot, se sublevaba en Valencia. A principios de 1706, las dos principales ciudades del Mediterráneo estaban en poder de los partidarios del Archiduque. Poco tiempo había durado la dicha de Lezo en su pueblo natal, no sólo porque Ana, el amor de su vida, ya tenía pretendiente, sino porque se requería de sus urgentes servicios en la Armada.

Felipe V había organizado un ejército al mando del mariscal Tessé y en marzo de 1706 el propio rey se hacía presente en Caspe para comandar sus tropas. Los ingleses habían bloqueado el puerto para evitar que la escuadra franco-española apoyase las operaciones de asedio y toma del puerto. El joven Lezo es, pues, llamado con urgencia a incorporarse a la escuadra que debía abastecer a los sitiadores, cosa que hace con presteza. Entre otras cosas, porque quería huir rápidamente de una comarca que le había negado el amor y que le traía recuerdos muy dulces que se habían tornado amargos.

En esta ocasión al alférez Lezo le habían asignado el mando de una flotilla de naves que traía abastecimientos a las tropas de Felipe V que sitiaban Barcelona durante esta guerra desatada por el archiduque Carlos. En aquel momento el joven Vernon servía en el *Britannia* bajo el almirante Showell quien, finalmente, tendió a Lezo una emboscada, al ver que sus barcos penetraban el cerco de sus buques en la ciudad de Barcelona y abastecían a los ejércitos sitiadores de Felipe V. Viéndose Lezo súbitamente cercado, su ingenio lo llevó a cargar sus cañones con unos casquetes de armazón delgada con material incendiario dentro, que, al ser disparados, prendían fuego a los buques británicos; adicionalmente, había montado paja húmeda en parrillas de hierro que, al ser incendiada, producía una espesa cortina de humo. Estas tretas le habían permitido huir junto con toda su flotilla. Los ingleses, enfurecidos, decían:

—Esto no es jugar limpio, pues este hombre emplea un arma desconocida. Se ha enloquecido—. El joven Vernon contemplaba, admirado, el ingenio de su enemigo, del que decían, era un joven *pata de palo* comandante de la flotilla de abastecimientos, cuyo nombre era Blas de Lezo. Ese nombre, que en aquel momento no decía mucho, lo habría de recordar más tarde, cuando, ya almirante, habría de vérselas con el mismo osado marino.

—*God damned* —diría entonces—, *it's the same bastard!*

Los ingleses lo perseguían porque sabían de sus capacidades e inventiva; en otra oportunidad, en el mismo sitio, volvió a emplear igual estratagema, cargando sus buques con fardos de paja húmeda para establecer una cortina de humo que le permitiría llevar auxilios a los sitiados. Lezo, pues, se hacía de un nombre en poco tiempo e iba cosechando laureles y fama; pronto fue destinado al fuerte de Santa Catalina, en Tolón, donde estaba localizada una importante base naval francesa. Fue allí donde por vez primera probó suerte y adquirió experiencia en la defensa de un fuerte amurallado, algo que le serviría en el futuro para la defensa de Cartagena de Indias. Pero fue allí también, durante el asedio al fuerte por parte de los aliados saboyanos, que una bala de cañón dio contra el parapeto donde Lezo se guarecía y, desprendiendo una pequeña esquirla de piedra, se la incrustó en el ojo izquierdo. Nuevamente, dolor intenso e intervención del cirujano del Fuerte quien, como pudo, le sacó el pequeño fragmento del ojo, con tan mala suerte que también se le fue la vista. Al poco tiempo, experimentó fiebre acompañada de un intenso dolor de cabeza. Eran tan severos los dolores, que tuvieron que ponerle un pañuelo amarrado alrededor de la cabeza, el cual empapaban con alcohol para calmárselos. O por lo menos así lo creía, mientras se ayudaba a mantener la presión del pañuelo apretándose las dos sienes con las manos. Tan sólo tenía dieciocho años y ya estaba tuerto y mocho, aunque, para fortuna suya, no habían tenido que vaciar el ojo, porque aquello hubiera supuesto un mayor sufrimiento.

Lezo se sintió verdaderamente acongojado por esta nueva mutilación y pensó que ya jamás ninguna mujer se fijaría en él. Entró en una profunda depresión que sólo era consolada hablándole a aquel crucifijo de plata regalado por su madre. Por eso le preguntaba: «¿Por qué, Señor, has permitido que me quede ciego de un ojo? ¿Qué mal habré hecho yo en la vida para merecer tal infortunio? ¿Por qué, Señor, por qué? ¿Quién va a querer casarse con un lisiado como yo?» Y en la soledad de su habitación lloraba desconsoladamente besando su crucifijo y anhelando volver a Pasajes a ser consolado por su madre. Era muy joven todavía.

Tres meses duró su nueva convalecencia, tras lo cual recibió instrucciones de trasladarse al puerto francés de Rochefort, en el Atlántico. Allí recibió el ascenso a teniente de guardacostas, en 1707, y con él, una pequeña alegría. Es en este puerto donde Lezo acaba de cosechar gloria y fama, pues con una reducida fuerza logra apresar once barcos enemigos y descollar en el reñido combate sostenido con el barco inglés *Stanhope*, al mando del capitán John Combs, en 1710, al que sometió mediante el abordaje y remolcó a puerto. Blas de Lezo había maniobrado su nave cruzando fuegos con la inglesa hasta acercársele lo suficiente; entonces ordenó que se tiraran los garfios sobre el bordo. Cuando los ingleses vieron aquello entraron en pánico. Los españoles se deslizaron como monos sobre el enjambre de cables y sogas, los unos, y saltando de una cubierta a otra, los otros. El combate fue feroz; el cuchillo, la daga y la espada fueron las principales armas. Los que no pasaron al navío abordado disparaban sus pistolas y rifles, dando buena cuenta de los sorprendidos ingleses. Aquí volvió a resultar Lezo herido, esta vez, levemente, pues nuestro osado marino no se escondía de los cañones y balas del enemigo, sino que permanentemente arengaba a su tropa y ponía el pecho para infundir valor en la batalla. Fue ascendido a capitán de fragata en este año de 1710 en premio a sus méritos militares. Allí permanecería hasta 1712, año en que la situación política entre España y Francia hacía que las dos naciones se distanciaran, particularmente porque aquella última, fatigada de la guerra y vencida en muchas batallas, retiraba su apoyo a Felipe V. Nieto y abuelo también se distanciaron; en consecuencia, los servicios de Blas de Lezo en la Armada francesa ya no tenían sentido y es entonces cuando pasa, en 1712, a integrar la flota del almirante Don Andrés del Pez, prestigioso marino español. Lezo tiene veintitrés años y ya ha entregado parte de su humanidad por la causa de España. Todavía faltaría por entregar su brazo derecho.

Lo cierto es que Andrés del Pez quedó tan favorablemente impresionado con el sentido del deber que desplegaba Lezo que, una vez terminada la comisión de éste en su escuadra, emitió varias certificaciones sobre su comportamiento y conducta durante el servicio, lo que le valió el ascenso a capitán de navío. Dos años más tarde, cuando Barcelona agonizaba entre sus cenizas, asediada por los ejércitos de Felipe V, Blas de Lezo participaría en el bombardeo que de día y noche se practicaba sobre la ciudad. Lezo, comandando el navío *Campanella,* de setenta cañones, ferozmente atacaba la ciudad y bloqueaba su puerto bajo el comando general de Ducasse, el ex corsario del asalto y saqueo de Cartagena, entonces respetable almirante por voluntad del gobierno francés. Sus acciones intrépidas lo llevaron a acercarse imprudentemente a la ciudad para mejor batir sus defensas, hasta que en una de esas incursiones una bala de mosquete le atravesó el antebrazo derecho, rompiéndole los tendones y paralizándole el brazo del codo hacia abajo, con excepción de la mano que conservó algún movimiento; Lezo siguió combatiendo, pese a la herida sufrida, la cual fue curada en su puesto de mando. Sangró profusamente, pero la bala había salido al otro lado y, por lo tanto, no hubo necesidad de intervención quirúrgica distinta de las atenciones de cauterización para evitar infecciones; tales cauterizaciones eran, de todas maneras, dolorosas, pero soportables en comparación con la amputación de su pierna.

Ya curado, Lezo se obstinó en seguir combatiendo desde su buque, sin dar tregua al enemigo; ni siquiera reposó el mínimo tiempo en su camarote, con lo cual el vendaje tuvo que ser cambiado repetidas veces debido a la sangre que continuaba fluyendo y lo empapaba. Una vez más el joven marino pensó en su mala suerte y se despidió de toda esperanza de conquistar a alguna bella mujer para hacerla su esposa. Corría el 11 de septiembre de 1714 y Lezo había cumplido veinticinco años de edad, todavía demasiado tierno como para haber perdido ya una pierna, un ojo y un brazo. Todavía le faltaba perder la vida, y el honor y la gloria por la causa de España. Pero resolvió que aquellas heridas decían más que todas las condecoraciones que pendían de su pecho.

El año siguiente, 1715, fue uno venturoso para la causa de Felipe V, pues, decidido a reconquistar la isla de Mallorca, todavía fiel al pretendiente austriaco, designó a Don Pedro de los Ríos comandante de una flota expedicionaria de siete navíos, diez fragatas, dos galeotes, veintiséis transportes y 25.000 hombres para que la tomase por la fuerza. El capitán Lezo comandaba el *Nuestra Señora de Begoña*, y el 15 de junio desembarcaron en Alcudia con el grueso de la tropa. El marqués de Rubí, comandante de la plaza y virrey del archiduque Carlos, se rindió sin disparar un tiro. La Guerra de Sucesión Española había terminado y, con ese capítulo cerrado de la historia, empezaba uno más para el admirable marino: el Mar del Sur, donde también se abría una nueva etapa, un nuevo ciclo de vida para Don Blas de Lezo y Olavarrieta.

Capítulo IX
Hombre y medio

Los españoles saben hacer hombres, pero no barcos.
Atribuido a José Patiño, Ministro de Marina

En 1716, cuando Blas de Lezo parte hacia el Mar del Sur escoltando una flota de galeones, hacía tres años que España e Inglaterra habían firmado el Tratado de Utrecht, abriendo paso tanto a la paz como al abuso de representación por parte del rey de Francia, Luis XIV, quien en nombre de su nieto Felipe V hizo graves concesiones a Inglaterra. El Tratado de Utrecht, propiamente dicho, había sido firmado el 27 de marzo de 1713 por los ministros plenipotenciarios, marqués de Bedmar, por España, y Lexington, por Inglaterra, habiendo sido ratificados el 1 de julio del mismo año por el duque de Osuna y el marqués de Monteleón, ministros de España, y el conde de Strafford y el obispo de Bristol, ministros de Inglaterra. Sin embargo, desde 1711 se habían gestionado los llamados «preliminares de Londres», firmados el 8 de octubre de aquel año, uno de carácter secreto y el otro de carácter público; este último garantizaba que nunca las coronas de España y Francia se unirían en un solo cetro, mientras que el primero concedió a Inglaterra la ocupación de Gibraltar y Menorca y la concesión del llamado «Asiento de Negros» por treinta años a la Compañía del Mar del Sur de ese país, además de conceder un territorio en el Plata para su venta. Adicionalmente, exoneraba de pagos las mercaderías inglesas que se traficasen a través del puerto de Cádiz. Esto era un evidente abuso de autoridad del rey francés, pues aunque Felipe V había enviado poderes a su abuelo para firmar los «preliminares» el 6 de septiembre de 1711, lo prevenía, no obstante, de que cualquiera otra exigencia debería consultársela antes de otorgarla. Estos preliminares fueron ratificados y tomados como definitivos el 11 de abril y 13 de julio de 1713. A cambio de renunciar a los derechos sobre el trono de Francia y ceder los Países Bajos al emperador Carlos VI de Austria, pretendiente al trono español y por quien se había desencadenado la Guerra de Sucesión, Felipe V fue reconocido rey de España y de las Indias. Reconocía, además, el Rey de España, el monopolio del «asiento» consistente en introducir 144.000 esclavos a razón de 4.800 por año en los dominios españoles de ultramar en un navío de quinientas toneladas conocido como el navío de «Permiso»; a cambio, España recibía un pago de treinta y tres pesos y medio por cabeza. Este tratado sentaba las bases para futuros e interminables conflictos que veintiséis años más tarde volverían a enfrentar las dos naciones.

Las Antillas se llenaron de naves piratas y corsarias de los ingleses, franceses y holandeses que volvieron a imitar a sus predecesores John Hawkings y Francis Drake, quienes habían asaltado a Cartagena en el siglo XVI; imitaron a John Oxcham, quien en 1577 atravesó por tierra el Istmo de Panamá y surcó las aguas del Pacífico, habiendo terminado ahorcado en Lima por orden del virrey Francisco de Toledo; al corsario francés Silvestre, quien se introdujo en Veragua y se convirtió en asaltador de poblados; a William Parker, quien había destrozado a Portobelo en 1602; a L'Olonais, bucanero que ensangrentó el litoral desde el Istmo hasta el Darién; al filibustero Thomas Mansvelt, quien asaltó con una violencia inusitada las fundaciones de Costa Rica y asoló sus costas; imitaron a Henry Morgan, el pirata, quien había arremetido contra Cuba y Portobelo y con el corsario Celier atacaron y se tomaron a Chagre, pasando luego a Panamá, ciudad que incendiaron y saquearon. En fin, los nuevos corsarios, piratas y filibusteros hacían de las suyas, no sólo amenazando las naves, sino haciéndoles pagar peajes y obligándolas a pagar rescates por mercancías y hombres retenidos y requisados.

No quedó más remedio a la Corona que reforzar sus flotas mercantes con navíos de guerra, autorizar el derecho de «visita» a los barcos del «asiento» inglés y confiscar las mercaderías de contrabando que se encontrasen. A partir del segundo cuarto del siglo XVIII la situación se agudizó con Inglaterra, país que protestó enérgicamente del «abuso» español. Hacia 1739 la situación era insostenible; con anterioridad a esta fecha ya había declarado el ministro plenipotenciario de España en Londres, Giraldino, que la monarquía jamás dejaría de ejercer los derechos de visita en los puertos y mares de las Indias, que eran sus dominios. Cuando el ministro de Relaciones Exteriores, duque de Newcastle, dio este informe al Parlamento, la Cámara de los Comunes desaprobó la política española y pidió una respuesta armada. El 14 de enero de 1739 fue firmado el llamado «Acuerdo de El Pardo», que pretendía distensionar los ánimos, pero todo fue en vano; la Cámara inglesa rechazó el documento y sucedieron graves desórdenes públicos. Por aquella época el capitán del guardacostas español *Isabel*, Juan de León Fandiño, cortaba la oreja al capitán Jenkins, produciéndose una indignación de marca mayor en el pueblo inglés. Por su parte, Felipe V reclamaba a la compañía inglesa 68.000 libras por sus derechos al «Asiento de Negros», lo cual no hizo más que llevar al paroxismo de la ira al Parlamento, que comisionó al embajador inglés en Madrid, el señor Keene, a reclamar la abolición del «derecho de visita»; este acto fue acompañado de la movilización de una poderosa escuadra a Gibraltar para intimidar al rey español, quien no cedió en sus pretensiones ni en sus derechos. La guerra se declaraba, como es sabido, el 23 de octubre de 1739.

Era en este clima de disputas interminables y crisis creciente que Blas de Lezo, años antes de la declaratoria de hostilidades, zarpaba para La Habana en el *Lanfranco*, de sesenta cañones, custodiando una flota mercante, al mando de Don Fernando Chacón. Su misión inicial era limpiar de corsarios las Antillas y en esa tarea se aplica varios meses hasta su regreso a Cádiz, ciudad en la que se queda hasta 1720, fecha en que se le asigna el mando de *Nuestra Señora del Pilar*, navío que con una escuadra hispano-francesa zarpa hacia el Perú a limpiar aquel virreinato de corsarios que asolaban sus mares. En efecto, el pirata John Clipperton, enviado por Inglaterra en 1719 a aguas del Mar del Sur, estaba haciendo de las suyas con dos barcos de setenta cañones cada uno, el *Success* y el *Speed-Well*: había secuestrado a los marqueses de Villarocha y era preciso darle caza. Pero el Cabo de Hornos tiene un mar tempestuoso y bravío y en ciertas épocas del año su cruce es peligrosísimo. Allí les sorprendió una tormenta que obligó a varios de los buques a regresar a Buenos Aires; el comandante español de la escuadra, Don Bartolomé Urdizu se vio obligado a retroceder, pero Lezo siguió como comandante de las naves que continuaron con él hacia el Callao, puerto de Lima. Fue en esta ciudad donde Lezo hubo de encontrar el amor de su vida, Doña Josefa Pacheco de Bustos.

*

Lima era una ciudad esplendorosa y, al decir de muchos, más rica y lujosa que Méjico. Las gentes, como en el resto de América, vivían en casas singulares, y no en altos edificios, como en Europa, donde la gente se apiñaba, sin agua corriente y en condiciones de vida insalubres y difíciles; los desperdicios humanos eran arrojados desde lo alto de las ventanas y no con poca frecuencia caían sobre los desprevenidos transeúntes. De allí que la peste y las epidemias hubieran sido tan corrientes así en la Europa medieval como en la de aquellos siglos; esta diferencia hacía la vida más placentera en las ciudades españolas de América, pues cada casa contaba con aljibe y letrina que evitaban tales inconvenientes y vida insalubre. El aljibe estaba, usualmente, en el patio central, y la letrina, en el llamado «solar», especie de patio en la parte de atrás de la vivienda. En Londres, por ejemplo, el pavimento estaba destartalado, al decir de un cronista de la época, el fraile inglés Gage, y sus plazas y calles eran receptáculos de desperdicios y basuras. El buen fraile había elaborado una comparación entre las ciudades americanas y las europeas y, en general, coincide con las apreciaciones de Ulloa y Jorge Juan, con las del Padre Cobo y el Padre Lizarraga, quienes hicieron amplios y detallados estudios sobre las ciudades de la América española. Decía el fraile Gage que el alcantarillado de Londres era tan malo que en tiempos de lluvia se formaban verdaderos torrentes en las calles que, con todo y basuras animales de los puestos de mercado, iban a desembocar a las zonas residenciales.

Las mujeres limeñas, el encanto secreto de Lezo al pisar esa tierra, tenían una gracia natural; un movimiento, estilo y atavío, como pocas podían alardear en el Nuevo Mundo. Por debajo de la falda llevaban unas enaguas blancas de las que cuidaban no se saliera el borde; aquello llamaba demasiado la atención, pues el rítmico vaivén de la falda, que sólo llegaba a mitad de la pantorrilla, hacía tan evidente la enagua que la gente decía, «aquella anda buscando novio»; de la pantorrilla, hasta poco más arriba del tobillo, colgaban finos encajes de Flandes, a veces transparentes, haciendo el ruedo del fustán. Ningún encaje que no fuese de Flandes se consideraba digno de ser portado por una dama peruana. Las damas más finas y ricas llevaban bordados de oro y plata sobre el faldellín de terciopelo, o tela guarnecida a veces de encajes y cintas. Llevaban además un jubón que cubría hasta la cintura, atado a las espaldas con cintas y sobre las que algunas agregaban un ajustadorcillo ceñido al cuerpo. Las limeñas eran exquisitas y discretas.

La fragata de Blas de Lezo remolcando, después de haberlo vencido, al navío inglés *Stanhope* (1710). Museo Naval, Madrid.

Fuerte San Fernando de Bocachica. Garita del ángulo flanqueante 1.º del Baluarte de la Reina. Cartagena de Indias.

Castillo de San Felipe de Barajas y el sistema de baterías colaterales.
Cartagena de Indias.

Moneda acuñada en Inglaterra en honor del almirante Vernon. Al anverso se ve fondeada en el puerto de Cartagena su «Armada Invencible». Una leyenda dice en latín: «Los héroes británicos tomaron Cartagena, 1.º de abril de 1741».

Moneda acuñada en Inglaterra. Aparece Blas de Lezo rindiendo su espada, arrodillado, ante el almirante Vernon. Al anverso, una leyenda en latín dice: «La arrogancia española humillada por el almirante Vernon».

Almirante Sir Edward Vernon, comandante de la Armada inglesa enviado contra Cartagena de Indias en 1741.

Baluarte San José en el recinto de Getsemaní.
Cartagena de Indias.

Fuerte de San Sebastián del Pastelillo, garita del ángulo sur.
Cartagena de Indias.

Fuerte de San Fernando de Bocachica. Cartagena de Indias.

Vista aérea del Fuerte San Fernando de Bocachica. Se aprecia la cortina circular y los baluartes del Rey (izquierda) y de la Reina (derecha). Al fondo de la playa se aprecian los estribos del baluarte 4.º y cortina del oeste del memorable Castillo San Luis.

Blas de Lezo, héroe de la defensa de Cartagena de Indias durante el asalto de la «Armada Invencible» inglesa al mundo del almirante Vernon. Colección del Museo Naval, Madrid.

Distintivo de la escuadra de Blas de Lezo (1731) con el escudo rodeado por la Orden del Espíritu Santo y el Toisón de Oro. Museo Naval, Madrid.

Batería de Santo Domingo, Cartagena de Indias en el recinto amurallado.

Vistas aéreas de la entrada a Cartagena de Indias por la Puerta del Reloj frente a la barriada de Getsemaní y junto al muelle de los Pegasos.

Busto a Blas de Lezo al pie del Castillo San Felipe de Barajas. Cartagena de Indias.

Entramado fortificado de San Felipe de Barajas
Cartagena de Indias.

Defensa de Blas de Lezo de Cartagena de Indias en 1741.
Museo Naval, Madrid.

El mayor encanto era, para Lezo, el pie que asomaba por encima del zapato, cuya suela era en forma de 8. No tenía tacón, y su pie, en comparación con el de las españolas, era pequeño, y a fe que así lo deseaban. Las piernas las cubrían con media de seda blanca o de color, que permitía una sensual transparencia a través de la fina tela. Tenían cabello abundante, comúnmente negro, y Lezo pronto advirtió que las rubias eran oriundas de Guayaquil y que su pelo, si se dejaba suelto, podía llegar hasta la rodilla; casi todas llevaban peinado en seis trenzas enrolladas sobre la nuca y prendidas con agujas curvas de oro, ocultas por madroños de diamantes a manera de adorno sobre las agujas, de las cuales pendían hasta los hombros sendos rollos de trenza. En la parte anterior y superior, se ponían varios tembleques de diamantes y con el mismo cabello se hacían unos rizos, a manera de cachumbos, que bajaban hasta las sienes y las orejas, caracoleando graciosamente. Algunas colgaban del lóbulo de las orejas pendientes de diamantes, o de seda con perlas, al igual que en el cuello y en los brazos, a manera de collares y brazaletes; en las muñecas llevaban pulseras, con piedras preciosas o semipreciosas, y sobre el vientre se ponían una joya redonda, muy grande, sujeta a un cinto que les ceñía la cintura. El ámbar era su perfume favorito, el que también frotaban sobre las flores que llevaban en cabeza y cuerpo. Por eso, al capitán Blas de Lezo se le antojó que la Plaza Mayor de Lima se había convertido en un jardín cuando vio tanta dama vestida de tan rica manera como jamás había visto mujer alguna en ninguna parte. El aseo y primor era prenda tan usada, que diríase que sólo por aparentarlo y llevarlo había tanto esmero en damas tan delicadas. Hasta las mestizas portaban riquísimos trajes y alpargatas ceñidas con cordones de seda y oro, sayas y jubones, con bordados en telas finas, prendedores y cadenas de oro... Y no se diga de los indios que ostentaban camisetas de brocados, telas, rasos y felpas, perlas, diamantes, esmeraldas y rubíes en los lláutos de sus cabezas... ¿Qué sociedad era ésa? ¿De qué recóndito escondrijo provendría tan extraña prosperidad? Evidentemente, esto era lo que más atraía a los ingleses y demás potencias europeas; los piratas no eran dados a atacar poblaciones pobres.

Pero, lo que más llamó su atención fue aquel agrado que desplegaban las damas, aquella simpatía y delicadeza en el trato, mezclado con cierta altivez española que no permitía que su voluntad fuese esclava, ni siquiera de sus maridos, aunque se evidenciaba el afán de complacerlos en todo. ¡Qué bueno, pensó el Capitán, poderse hacer con una de estas jóvenes que, manteniendo las obligaciones que el matrimonio imponía, preservaban una discreción y amistad tan firmes, que no podía ser comparable a nada en el mundo!... Y qué limpia lucía la gente en comparación con lo que se veía en Europa, donde los malos olores corporales se disimulaban con el perfume, según se había aprendido de los franceses. Más tarde se enteró de que en América la gente se bañaba todos los días, aun contra la superstición europea de que el baño diario era malo para la salud; los mismos españoles, y más aún sus descendientes, pronto aprendían esta extraña costumbre, tal vez tomada de aquel jefe indio que se cubría las carnes de polvo de oro y se tiraba a la fría laguna de Guatavita, enclavada en el altiplano cundiboyacense, para rendir homenaje a sus deidades y dar paso al mítico El Dorado. «¡Tal vez, debido a eso, se evitaban los malos olores que abundaban en Europa!», dijo para sí. ¡Él también se bañaría todos los días para no desagradar la nariz de los americanos!

¡Qué alegres y dulces le resultaban las limeñas! ¡Qué curiosas tertulias en casa de aquellas personas, hombres y mujeres, donde brillaba el ingenio, apasionaba la música, seducía la danza y estimulábase la cultura! Pero bajó la mirada a contemplar, con uno solo de sus ojos, la triste pata de palo que asomaba bajo la bota arremangada de su pantalón. «Nadie me querrá así», pensó y su rostro se ensombreció. Lezo había oído decir que en la remota Santa Fe también se estilaban las tertulias, la cortesía brillaba en todas las acciones y los forasteros eran, como en Lima, bien recibidos y considerados. ¡Qué tierras fascinantes éstas de América! ¡Qué ricos caballeros que, con bien templado acero de Toledo, cintillos y cadenas de oro en sus pechos, se paseaban en ricos jaeces y costosas libreas, sombreros de varia plumería, vistosos trajes de sedas del Oriente, traídos al Perú por los galeones de la carrera de Manila! ¡Qué caballeros aquellos, quienes, a la menor provocación, también jugaban con la vida en fino despliegue de nobleza, valor y gallardía españolas! ¡Con razón Lawrence Washington, y con él los ingleses, ambicionaban apoderarse del rico filón del Cerro de Plata de Potosí, desde donde la riqueza fluía a una sociedad que, con sus vasos comunicantes de comercio e intercambio en toda América, y el resto del mundo, desparramaba aquellos beneficios que financiaban el arte, las iglesias, las universidades, la arquitectura y... hasta las guerras que libraba España en Europa!

*

El capitán Blas de Lezo se tomó unos días para reponerse del viaje y esperar a su comandante Urdizu que llegaría a esta ciudad, una vez hiciera la debida reparación de sus buques. El capitán fue atendido por el nuevo virrey, fray Diego Morcillo y Rubio de Auñón recién posesionado de su cargo en Lima. Una vez llegado el resto de los barcos, Urdizu y Lezo se pusieron a la caza del pirata Clipperton con muy poca fortuna. Clipperton huyó hacia Guatemala y después de cobrar el rescate volvió hacia el Perú y bombardeó a Arica y capturó varios barcos mercantes, apoderándose de su carga. Este pirata terminó sus días en las islas Filipinas, donde fue capturado y ejecutado. Lezo patrulló estas aguas durante tres años, desde el sur de Chile hasta el Ecuador; la limpieza de las costas del Mar del Sur le granjeó la buena voluntad de los mandos de la Marina de Guerra, hasta que en 1723, el 16 de febrero, a la edad de treinta y cuatro años, Don Blas de Lezo es nombrado general de la Armada española. Este evento es celebrado en los círculos militares y de gobierno con una gran manifestación de cariño y aprecio por el joven general. El Virrey-Arzobispo Morcillo lo quiere agasajar con una fiesta en el palacio virreinal de Lima a la cual invita a la más alta sociedad y gente distinguida de la época. A ella acuden gentes de toda la comarca, del norte y del sur del país, particularmente porque quieren congraciarse con las autoridades y mostrarse en la capital. Había en Lima no menos de cincuenta condes y marqueses y por lo menos un tercio de su población era gente de la mayor distinción de todo el Perú.

El Virrey-Arzobispo es saludado como corresponde a su rango, con todo el protocolo que aquella incipiente nobleza era capaz de prodigar; allí brillaban el oro, la plata, el brocado, los damascos, las sedas y las plumas de los más rancios sombreros y vestidos. Abajo, a la entrada del palacio, aguardaban regios carruajes que en nada envidiaban y en mucho superaban a los de Madrid, tales eran sus galas, adornos y aparejos; y nada se diga de los nobles caballos que los tiraban.

Blas de Lezo es presentado a todos los notables y damas de alcurnia; entre ellas hay una jovencita que le llama la atención: Doña Josefa Pacheco de Bustos, hija de Don José Carlos Pacheco de Benavides y Solís y Doña Nicolaza de Bustos, quienes han venido desde Locumba, Arica, en el norte de Chile, y han aprovechado su estancia en Lima para finiquitar algunos negocios pendientes que venían gestionando desde hacía algún tiempo. Llegan a Lima unos días antes y se instalan en la ciudad como corresponde a los de su clase: con gran dignidad y decoro. Varios baúles y menajes traídos en carroza componían el ajuar de tan estupendos visitantes. Cuando la joven entra al Gran Salón, despierta la atención del General que no la pierde de vista, pero que se sabe demasiado lisiado como para pretender el favor de la dama. Es también muy tímido para hacerle algún requiebro, o siquiera posar la mirada sostenida en la agraciada dama, particularmente porque sólo habría de hacerlo con un ojo. Se vale de uno de sus subalternos para que con disimulo la acerque hasta donde él está e intercambien algunas palabras.

Poco se sabe qué fue lo que vio doña Josefa en Lezo que la atrajo; nada de si fue «amor a primera vista» o amor de conveniencia provocado por sus padres y parientes. Pero algo se puede intuir. Locumba estaba muy lejos y era pequeño; las posibilidades de encontrar allí a una persona que cumpliera con los requisitos familiares, de linaje y de futuro, que sus padres esperaban de un pretendiente, eran escasas. Esta se presentaba como una oportunidad que no debía desperdiciarse. Tal vez fue eso. Tal vez lo otro. Quizás ambas cosas. Lo cierto es que Lezo quedó instantáneamente prendado de la joven y así se lo manifestó en el transcurso de la noche. No sabemos si Doña Josefa era bonita o fea, pero su trato debía de ser suave y agradable. Impedido para bailar, pasó largo tiempo sentado con la joven a su lado, mientras la música sonaba y las parejas se divertían ensayando pasos y gracejos. Apenas tuvo ocasión, el marino levantó con disimulo la copa y brindó por la dama con un gesto. Ella agradeció el detalle. Lezo sabía que ésa era su única y, quizás, última oportunidad de conquistar una mujer para su vida. Entabló esa misma noche amistad con sus padres y ellos no dejaron de percibir el interés que su hija había despertado en el General; por eso permanecieron quince días más en Lima antes de tomar rumbo al sur. Tanto interés, que durante dos años, a partir de entonces, se cartearon hasta que las esquelas fueron cobrando una mayor intensidad en pasión y sentimientos. Es posible que Doña Josefa no fuese una mujer que pudiese llamarse bella; pero era amable y cálida y su estampa reflejaba lo que podía esperarse de una mujer de su tiempo: dulce y cariñosa, pero, sobre todo, consagrada a su hogar. Había sido levantada con profundas convicciones religiosas y se la había entrenado para los menesteres caseros con gran esmero y dedicación. Sabía cocinar, dirigir la casa, cuidar la hacienda.

Dos veces más vinieron los padres con Doña Josefa a Lima para facilitar el encuentro de los dos jóvenes y una vez fue Don Blas a Locumba a visitarla. Pero a diferencia de lo que en América se decía en relación con los amoríos a distancia, «amor de lejos, amor de pendejos», a ellos les ocurrió todo lo contrario. El vínculo fue creciendo hasta que se hizo insoportable la distancia. En su pueblo, la joven echaba de menos la fanfarria y la gran vida de la capital; el teatro, los toros, los bailes que le fascinaban y aquel gustillo que sentía de dar paseíllos por las grandes avenidas de Lima... ¡Ah, y el comercio! Entrar en las tiendas, probarse vestidos, soñar con la gran vida capitalina... ¡Qué lujo se veía allí! Era el Perú la más rica posesión de España en toda América y, con Méjico y la Nueva Granada, los más importantes virreinatos. Por eso, volver a su pueblo era como un demérito. Por el contrario, estar con Blas era como si se abriera todo un mundo de aventuras sin fin que contrastaba con aquel aburrimiento de Locumba...

Todo dicho, el matrimonio se pactó el 5 de mayo de 1725 y se celebró en la hacienda de Don Tomás de Salazar, en la Magdalena, cerca de Lima. El mismo Morcillo, quien entonces sólo ejercía como Arzobispo de la capital del Perú, ofició la ceremonia religiosa y ya para aquellas calendas los padres de la novia habían conseguido casa en Lima para estar más cerca de su hija; para ello habían encargado a su hijo mayor, Sebastián, de los negocios en Locumba, y Don José Carlos se aprestaba a ensancharlos con su presencia en la capital del Perú. Todos recibieron con alegría aquella noticia. Ellos mismos prestaron su concurso para que Don Blas se estableciese como correspondía a su rango y dejase de vivir en hoteles, buques y pensiones como un trashumante marino; procuraron que se hiciese a una casa en la capital y no es improbable que hayan colaborado económicamente para su adquisición, aunque los sueldos atrasados que le debía la Marina ayudaron bastante. La suegra se entretuvo en escoger muebles y sugirió decoraciones para la nueva vivienda. La hija estaba radiante. Se casaría con uno de los más valientes militares de toda España y se sentía orgullosa; más ahora, cuando había realmente aprendido a apreciar las virtudes de aquel joven lisiado que, tras sus heridas, ocultaba un alma grande, como pocas, y tras sus desfiguraciones, una apuesta figura. Además, ¡qué le importaba a ella su pata de palo, su brazo medio muerto y su ojo ciego, si todavía le quedaba una pierna, otro brazo y otro ojo, para caminar a su lado, y abrazarla y mirarla con ternura...! Al fin y al cabo, su corazón también lo tenía intacto. Pronto quedó embarazada, con lo cual Lezo podía pasearse orgulloso por las calles de Lima del brazo de su mujer.

El pequeño Blas nació en mayo de 1726 y fue bautizado el 1 de junio del mismo año. Doña Josefa había tenido un buen parto; cuando supo que era varón, se alegró por su padre; ella sabía que él deseaba ardientemente un varón para continuar su apellido. Dejó caer la cabeza sobre la almohada y se dispuso a soñar con el futuro... ¡Ella había aprendido a amarlo tanto! «Menos mal que el pequeño Lezo tenía dos piernas, dos ojos y dos brazos, y eso más que compensaba», pensó. Pero también Blas, padre, sintió gran regocijo porque no sólo por las guerras se podía demostrar su hombría, sino por aquel hijo que le nacía, pues la maledicencia de las gentes daba a entender que también estaba lisiado de sus partes nobles... No podía olvidar aquella vez, cuando cojeando por una calle de Lima, algún travieso jovenzuelo que andaba con su pandilla le había gritado: «Ahí va medio-hombre», y había echado a correr. ¡Qué vergüenza había pasado frente a los demás transeúntes que no pudieron sino ocultar una sonrisa de picardía! «¡Ya no era medio-hombre, sino hombre y medio!», pensó para sus adentros.

Justo hacía dos años se había posesionado el nuevo Virrey de su cargo y, desde entonces, la reorganización de la escuadra del Pacífico marchaba a ritmo frenético. Don José de Armendáriz, marqués de Castelfuerte, era un hombre dinámico y se había trazado el propósito de fortalecer la Hacienda mediante la reactivación del comercio y para ello era menester dar buena cuenta de los piratas que asolaban aquellos mares. Sin embargo, la reorganización de la escuadra trajo contratiempos; en primer lugar, el nepotismo del Virrey, intentando colocar familiares y validos suyos en puestos de la Armada, ocasionó varios enfrentamientos con Don Blas de Lezo quien, apoyado en una vieja ley de Felipe III, promulgada en 1623, ordenaba que tales cargos fueran ocupados por personas de suficiente idoneidad; en segundo lugar, los gastos de mantenimiento de una escuadra que crecía en la medida en que más y más barcos piratas eran capturados, también crecían, y el Virrey juzgó oportuno desmantelar algunos de ellos para reducir los costos. Esto contó con la oposición del General quien preveía que el creciente poderío de su flota era la mejor arma disuasoria contra futuros ataques, sobre todo porque las relaciones con Holanda e Inglaterra iban poniéndose cada vez más tensas en razón de la eficiencia de las capturas. Los intercambios entre Lezo y el Virrey debieron ser fuertes e inamistosos, pues el General era hombre de pocas pulgas y aún de menos palabras, y las que decía eran lo suficientemente toscas como para no dejar duda. Por supuesto, al Virrey no le hacía ninguna gracia el tono poco diplomático del militar y se sintió ofendido. La situación llegó a tal punto, que Lezo se vio precisado en 1727 a escribirle a Don José Patiño, entonces Ministro de Marina, que le concediese la baja del servicio «*para retirarme a mi tierra a criar mis hijos y cuidar y establecer mi familia con los pobres terrones de mi casa, pues ni siquiera el sueldo de comandante me es suficiente para mi manutención..., además de que en lo que va corrido se me deben muchos pesos, aparte de los desaires y pesadumbres que aquí experimento*». Era también una forma oportuna de cobrarle los sueldos atrasados.

El General se quejaba agriamente de los tratos recibidos del Virrey, aunque lo que más le dolía era el «juicio de residencia» al que fue sometido para demostrar su incompetencia en las labores asignadas. Esta fue la venganza del marqués de Castelfuerte por haber Lezo cuestionado la propia competencia de sus validos. Sin embargo, el juicio se falló a su favor, pero ya Lezo estaba deshecho por la pena causada y hasta la salud se le afectó. Era la primera vez, aunque no la última, que su salud se veía atacada por un problema emocional. Don José Patiño, inteligente conocedor de la psicología de los hombres y de las necesidades de la Marina de Guerra, no concedió la petición de baja del heroico marino, pero sí ordenó su traslado a la Península, lo cual se hizo mediante Real Orden del 13 de febrero de 1728. Lezo permaneció en el Perú restableciéndose de su enfermedad y, finalmente, decidió marchar a la Península una vez pudo conseguir el dinero para el pasaje y su establecimiento en Cádiz. Tuvo que esperar todo este tiempo porque su penuria era tal que si la Marina no le enviaba lo adeudado, ni siquiera tendría con qué sufragar los costos del viaje y los gastos que supondría instalarse en España; su suegro acudió en su auxilio.

Había permanecido en tierras peruanas diez años. Llegó a Cádiz el 18 de agosto de 1730, después de haber manifestado a sus suegros su inmenso reconocimiento por haberlo mantenido a él, a su mujer y a sus hijos durante todo este tiempo, y prometió resarcirlos de cuanto gasto les había causado. Aunque sus suegros se opusieron a recibir compensación alguna, Blas insistió en que deudas eran deudas, al tenor de lo que su padre le había enseñado, porque, según decía, «no hay plazo que no se cumpla, ni deuda que no se pague». España pagaría la que con él había adquirido, pero entonces ya muy vencido el plazo y harto disminuida por el paso de los años. Sus sueldos atrasados le fueron reconocidos desde el 23 de febrero de 1726, es decir, más de cuatro años, como Comandante de la Escuadra Virreinal del Perú, aunque, efectivamente, el dinero contante y sonante que, en ese caso, lo debía abonar el Virreinato del Perú, no lo recibió sino hacia enero de 1737, transcurridos siete años de permanentes reclamaciones y once de deuda impagada. En efecto, el marqués de Castelfuerte se negaba sistemáticamente a pagar las sumas adeudadas, a pesar de que el propio Rey intervino a favor de Lezo:

> *[...] He tenido a bien condescender con su instancia y en su conformidad os ordeno y mando que luego, que se presente el expresado Don Blas de Lezo representado en este Despacho, deis orden a los oficiales reales de esa Ciudad para que de cualesquiera [maneras] que hubieren o entraren en las cajas de su cargo le den y paguen sin embargo de cualesquiera órdenes.*
>
> Felipe V, 3 de noviembre de 1731

En febrero y septiembre de 1732 vuelve Lezo a recordar al secretario de Marina, José Patiño, que sigue sin cobrar los sueldos atrasados. La excusa de Castelfuerte era que no había dinero con qué pagarle, y así dilataba el pago que es reclamado una y otra vez hasta 1735. En septiembre y noviembre de 1736, el Rey vuelve a dirigirse al Virrey del Perú y, por fin, al año siguiente, los sueldos le son restituidos. Fue así como Castelfuerte se desquitó de las injurias y desobediencias del marino. En el entretanto, la Real Hacienda tuvo que socorrer a Don Blas, quien presto procedió a embarcar las sumas adeudadas a su suegro en el primer barco que de Cádiz salió para el Perú, entregándoselas a alguno de su confianza. Las sumas adeudadas a Lezo debieron reintegrarse a la Real Hacienda después de que el Virreinato las entregara al General. Cuando Lezo vio partir el barco en el que enviaba el dinero a su suegro, sintió la pesadumbre de quien, no resuelto a asumir su nueva vida, tampoco quiere dejar enteramente la vieja, ya que tantos y tan gratos recuerdos le traían aquellas lejanas y espléndidas tierras de Perú. El barco se llevaba algo de su propia alma.

*

El 28 de diciembre de 1731 Don José Patiño, ministro de Marina, Indias y Hacienda, firmaba un despacho en el que señalaba el distintivo que debía desplegarse en la nave capitana de Don Blas de Lezo, la *Real Familia*, distintivo que era el reconocimiento de su jerarquía y mando y que se distinguía del pabellón de Marina con el escudo de armas de Felipe V sobre fondo blanco. La bandera morada llevaba el escudo de España, alrededor del cual estaba la máxima condecoración de Francia, las órdenes del Espíritu Santo, y el Toisón de Oro, tan afecto a las casas reales españolas, en cuyos extremos aparecían cuatro anclas. Este distintivo se conserva hoy en el Museo Naval de Madrid. La despedida del año viejo y el comienzo del nuevo no podía ser más feliz para el marino y su familia, quienes veían en ese gesto una recompensa por tantos años de privaciones y sacrificios personales; sobre todo, viniendo del poderoso Patiño, quien había ascendido meteóricamente al poder después de la caída en desgracia de Jan Willem Ripperdá, favorito de Felipe V. Ripperdá había sido colmado de honores y títulos nobiliarios (fue nombrado Duque y Grande) por unos acuerdos diplomáticos alcanzados con Viena en 1725 en los que, entre otras, se mencionaba la posibilidad de un pacto matrimonial que uniera las dos casas reinantes; Viena también prometía ayuda para que a España le devolviesen Menorca y Gibraltar, ahora en poder de los ingleses. Pero la ambigüedad de las cláusulas hizo inviable el tratado y provocó amenazas de guerra por parte de Inglaterra.

La caída de Ripperdá catapultó a Patiño a las secretarías que antes estaban en manos del desgraciado ministro y pronto pudo comprobarse la influencia que el nuevo funcionario ganaba en la Corte: en 1729, mientras el Rey hacía estancia de cinco años en Sevilla, el gobierno de Madrid pasó a manos suyas y en 1730, mediando la enfermedad de su hermano, Don Baltasar Patiño, marqués de Castelar, asumió la secretaría de Guerra. Su mayor logro había sido la restauración de la marina española y la creación de la toma de conciencia de que España necesitaba una fuerza de combate creíble y permanente.

Pese a todo, España construía mejores hombres que barcos; los ingleses los hacían más livianos y ágiles y su ventaja táctica consistía en ganarle el barlovento al enemigo para luego atacarlo en condiciones favorables. Frente a los pesados galeones españoles, que empleaban mucha gente en sus dotaciones, los ingleses presentaban barcos no sólo más rápidos, sino de mejores cualidades veleras y con tripulaciones más aptas para este tipo de combate y maniobra marinera. Es posible que el hecho de que Sevilla hubiese sido la ciudad receptora del comercio y tráfico americano, con todas las limitaciones de calado del río Guadalquivir, los mantuviese, por mucho tiempo, panzudos en su diseño. Si bien los galeones, sin remos y alterosos, eran excelentes navíos tanto mercantes como de guerra, y en su momento habían representado una innovación española en el arte de navegar, los nuevos tiempos exigían diferente tipo de buques.

El traslado de Sevilla a Cádiz en 1717 del Consulado y de la Casa de Contratación, determinantes en su establecimiento como puerto de entrada y salida del comercio, tendría mucho que ver con la mejora del diseño de los buques de guerra españoles. Aun así, Inglaterra ya se había colocado a la cabeza de Europa en diseño naval y nadie la igualaba en ceñir en un ángulo de 67.5 grados de la proa con la dirección del viento. Los marinos españoles conocían esta ventaja e intentaron siempre suplirla con combates más cercanos, dada la mayor robustez de sus naves y mayor calibre de sus cañones, pero, sobre todo, con el abordaje, al cual temían los ingleses como a la peste. «*They give us the run for the money*», decían los ingleses, alabando el valor de los españoles.

—Viva el Rey Nuestro Señor —brindó Lezo con sus amigos, quienes celebraban la distinción recibida por Lezo en su casa de Cádiz.

—¡Viva! —contestaron.

Cádiz era una bella y próspera ciudad. Tenía el particular encanto de que sus calles parecían túneles de aire fresco en verano, particularmente cuando en agosto el resto de Andalucía se calcina. La casa de Lezo, posiblemente situada en lo que es hoy la calle de Isabel la Católica, quedaba a pocos metros de distancia, hacia la bahía, del monumento erigido a San Francisco Javier en 1737, justo en tiempos del último año en que el marino permaneció en esa ciudad. A menos de doscientos metros, y en sentido contrario, está la Iglesia de San Francisco, adonde solía acudir a Misa cuando algún domingo lo cogía en el puerto. Pero lo importante era que el embarcadero le quedaba muy cerca de su residencia y podía, inclusive, trasladarse caminando al muelle y raudo embarcar hacia cualquier misión que se le confiara. Pasando el monumento, comenzaban las fortificaciones de la ciudad consistentes en una muralla erizada de cañones y dominada por baluartes, entre ellos el de la Candelaria, que pondrían a prueba al más osado aventurero o enemigo que se atreviera a incursionar dentro de la bahía con hostiles intenciones. Lezo observaría más adelante que la ventaja de Cádiz sobre Cartagena de Indias consistía en que sus fortificaciones se alzaban a una altura considerable sobre la bahía, y esto en aquellos tiempos era una ventaja importante.

Su escuadra, que era la misma Escuadra Española del Mediterráneo, se componía de otros dos buques, el *San Carlos*, de sesenta y seis cañones, que serviría en la defensa de Cartagena de Indias durante el ataque de Vernon, y luego sacrificado por el propio Lezo, y el *San Francisco,* de cincuenta y dos cañones. Con tales navíos se aprestaba el general de la Armada a patrullar las costas del mar que en otro tiempo había sido de exclusividad hispana y que hoy era navegado con impunidad por los enemigos jurados de la Corona. Poco después se le sumarían veintidós navíos más, para un total de veinticinco, que componía toda la escuadra española, dentro de la nueva política imperial de restituir a España su antiguo poderío naval.

El 9 de noviembre de 1729 había sido firmado por el embajador británico, William Stanhope, y Patiño, el tratado de Sevilla en el que se acordaba la sucesión del infante Don Carlos a los estados italianos de Livorno, Porto Ferraio, Parma y Piacenza. Esto pronto daría a Don Blas de Lezo la oportunidad de participar en una misión de alta responsabilidad que consistía en el traslado del infante Don Carlos a Italia en calidad de duque de Parma, Toscana y Placencia. El almirante Charles Wager, enviado por la corona británica, al mando de dieciséis buques de guerra, se unió a la flota española al mando de Don Esteban Marí; en total, veinticinco barcos de guerra, siete galeras y cuarenta y seis barcos de transporte, llevaron seis regimientos de soldados españoles (seis mil hombres) a las guarniciones de Parma, y al joven duque, quien se embarcó en Antibes el 22 de diciembre de 1731. Esto representó para el general Lezo una importante misión, más que todo de prestigio personal, dada la importancia del personaje custodiado.

De regreso a Cádiz, su puerto base, pronto se presentó una nueva oportunidad de brillo, cuando la corona española se vio precisada a reclamar dos millones de pesos que el Banco San Jorge le debía y no concurría a pagarlos por más esfuerzos que se hicieron en su reclamación. El marqués de Marí recibió la encomienda de destacar varios navíos de guerra a Génova para recoger los dineros depositados a nombre del Rey. Cuando la orden de zarpar hacia Génova le fue entregada, Lezo alistó seis buques que raudos entraron a su puerto y se colocaron frente al esplendoroso palacio Doria, ante la mirada atónita de los genoveses, quienes corrieron a apartarse del camino del cañón, presos del pavor, cuando vieron que largaban la bandera real sobre la popa en señal de asumir hostilidades.

—¡Arbolad la bandera de guerra! —ordenó Lezo, y su orden fue seguida por todos los buques que pronto desplegaron sobre la popa lo que era el signo indiscutible de las intenciones de la Armada.

El Senado genovés, entonces, se reunió de emergencia ante la presencia de los buques de guerra colmando el puerto, sin saber por qué estaban allí, aunque claramente intuían sus intenciones. Lezo guardó silencio y los barcos permanecieron inmóviles y amenazantes, con las banderas de guerra desplegadas. Entonces, el Senado, reunido en pleno, envió un mensaje al comandante de la escuadra inquiriendo sobre sus propósitos. El General contestó lacónicamente al mensajero:

—Decidle al Senado que aguardo impaciente el pago de dos millones de pesos por parte del Banco San Jorge que adeuda a la Real Hacienda española; que el plazo se ha vencido y la deuda ha de pagarse.

El mensajero regresó a la ciudad con las noticias, pero, infortunadamente, el banco no tenía cómo levantar ese dinero en tan corto plazo y solicitó, por intermedio del Senado, que se lo ampliaran. Se comprometió a pagarlos en el curso de un mes, mientras recaudaba los fondos necesarios. El mensajero volvió a la nave capitana a entregar la razón al general Lezo y éste contestó:

—El plazo está vencido y he sido comisionado para llevar a España el dinero. Decidle a vuestro Senado que el banco debe producir los dos millones o abriré fuego sobre la ciudad. Doy un plazo de veinticuatro horas para conseguir el dinero.

Pero el Senado no creyó que el comandante se atrevería a tanto, arriesgando, con ello, un conflicto internacional. Y Génova no estaba sola. Sin embargo, transcurridas tan sólo dieciséis horas sin que el dinero hubiese llegado abordo, el General ordenó abrir las poternas de los cañones, cuyas siniestras bocas apuntaban hacia la ciudad. La alarma pronto cundió y las gentes, particularmente comerciantes y notables, se congregaron para exigir a las autoridades el pago inmediato de la deuda. El dinero fue recaudado del tesoro público y el banco se comprometió a restituirlo lo más pronto posible. Pero cuando el dinero llegó a bordo escoltado por una comitiva de notables y de autoridades locales, Lezo la recibió fríamente, diciendo:

—No he de recibir el dinero hasta que en señal de desagravio las autoridades de Génova hagan un saludo excepcional a la bandera española que ondea en mis mástiles; de lo contrario, ejecutaré el plan de bombardeo.

La perplejidad de las autoridades genovesas no tuvo límites. La comitiva se precipitó a tierra a ordenar un despliegue militar sin precedentes, acompañado de banda y toda la parafernalia musical, además de salvas artilleras, para rendir honores a una bandera que no era la suya y que Lezo mandó a izar lentamente en el puerto y a la vista de todos. Era la insignia de Felipe V, usada y desplegada por la Marina en tiempos de guerra. El General contempló la ceremonia con una leve sonrisa en los labios desde la nave capitana. Satisfecho, ordenó levar anclas tocando sus propias músicas marciales a bordo de sus navíos y disparando tres salvas en señal de contento y despedida.

—Os dejo la bandera como recuerdo mío y de España —les gritó, mientras la nave se alejaba del puerto.

*

El año de 1732 Blas de Lezo volvería a tener la oportunidad de demostrar sus habilidades como marino, a propósito de los planes de Felipe V de recobrar para España la fortaleza africana de Orán, que se había perdido a los musulmanes. Para este propósito habrían de servir los dos millones reclamados, menos quinientos mil que Lezo había entregado al contador mayor del infante Don Carlos en Liorna. Patiño fue el encargado de dirigir esta operación, para lo cual levantó una fuerza militar compuesta de 30.000 hombres, 108 cañones y sesenta morteros, que fueron embarcados en doce barcos de guerra, siete galeras y un gran número de otras embarcaciones de transporte al mando del conde de Montemar, José Carrillo de Albornoz, quien se hizo cargo del éxito de toda la operación. El 15 de junio partió la flota de Alicante rumbo a Orán. Blas de Lezo comandaba el *Santiago*, navío de sesenta cañones, que formaba parte de la flota al mando inmediato del teniente general Francisco Cornejo, con Blas de Lezo como segundo comandante. El 25 del mismo mes estaban frente a Orán, aunque el asalto se efectuó el 29 por las condiciones desfavorables de la mar. Habiendo consolidado una cabeza de playa, los españoles se aprestaron a asaltar la fortaleza, cuando recibieron noticia de que Bey Hacen, jefe de la Plaza, había huido. Entrados en el fuerte, las tropas se apoderaron de 138 cañones, siete morteros y cinco bergantines. Pero aún había que deshacerse de la amenaza de Mazalquivir que dominaba las alturas. El avance español hacia el sitio intimidó lo suficiente a sus defensores, que el 2 de julio capitularon. España celebró la reconquista de Orán con gran alborozo; Montemar y Patiño recibieron el Toisón de Oro como condecoración máxima de la casa real. Pero una sorpresa esperaba a Lezo y fue la posterior alianza entre el Bey Hacen y el Bey argelino, quienes lograron reunir una importante infantería que se dispuso a asaltar Mazalquivir. El nuevo gobernador de Orán, Álvaro Navia Osorio, marqués de Santa Cruz de Marcenado, acudió a su defensa y en esa empresa perdió su vida junto con la de mil quinientos hombres. Decidió Patiño, entonces, solicitar los servicios de Don Blas, quien acudió en ayuda de los defensores con los navíos *Princesa*, de setenta cañones y el *Real Familia*, de sesenta piezas, más otros cinco barcos de guerra y veinticinco de transporte. Las nueve galeras con que el Bey de Argel bloqueaba el puerto se dieron a la fuga. No contento con esto, Lezo persiguió a la flota enemiga, hasta que en febrero de 1733 avistó la nave capitana; la persecución no se hizo esperar. El Bey de Argel huyó hacia la ensenada de Mostagán, en la costa argelina, que a la sazón estaba defendida por dos fuertes, los cuales inmediatamente abrieron fuego sobre Lezo. No obstante el peligro, Don Blas, maniobrando tan decidida como osadamente, abordó la nave enemiga, reduciendo su tripulación. El 15 de febrero de 1733, Lezo entraba victorioso en Barcelona.

Así había sido su vida hasta entonces: llena de aventuras, pletórica de vicisitudes y plena de satisfacciones. Su última aventura sería en Cartagena de Indias, cuatro años más tarde, ante el escenario de guerra más espectacular que ocurriría en aguas americanas, y casi en cualesquiera aguas, desde los tiempos de Felipe II. Don Blas de Lezo zarpaba de Cádiz hacia Cartagena el 3 de febrero de 1737 al mando de una flotilla de galeones y buques de guerra en lo que sería la última carrera de Indias. Permanecería en esa ciudad desde abril del 37 hasta el 7 de septiembre de 1741, fecha en que agonizaba y moría víctima del desengaño y la peste. En estos cuatro años habría de preparar las defensas de aquella plaza para contener la mayor Armada que el mundo había visto en dos siglos, desde la Armada Invencible, y que le tomaría otros dos para volver a verla en Normandía.

Capítulo X
Empieza la batalla

El ánimo que faltó a los de Portobelo me habría sobrado para contener su cobardía.

Carta de Blas de Lezo al almirante Vernon

Vuestros insultos quedarán mejor respondidos con la boca de mis morteros.

Respuesta del almirante Vernon a Blas de Lezo

De acuerdo con los planes del virrey Eslava, los ingleses deberían atacar haciendo primero un desembarco por La Boquilla, inutilizando las baterías de Crespo y Mas, cruzando el Caño del Ahorcado y avanzando hacia La Popa donde él había dispuesto que los esperarían seiscientos hombres que, tras la empalizada y corral de piedra, defenderían sus posiciones con diez cañones. Sus hombres conservarían la ventaja, dado lo elevado del terreno, lo cual también favorecería la acción de los artilleros; de otro lado, la fusilería, tras los parapetos construidos, los mantendría inmovilizados el tiempo suficiente para que la artillería diera buena cuenta de ellos. El foso excavado también serviría de talanquera contra el invasor. Tal como el Virrey lo había dispuesto, la escuadra del almirante Torres cogería a Vernon por la espalda, impidiéndole reembarcar sus fuerzas en retirada, las cuales también serían cortadas con los 180 hombres que tendría dispuestos en Cartagena para que, saliendo de las murallas, les cerrasen el paso en el Caño, reforzados por cuatrocientos marinos de Don Blas de Lezo quien, a su vez, saldría de la bahía para complementar la escuadra de Torres, cerrándole uno de los flancos al almirante Vernon y aprisionando su escuadra. Obligado a retirarse por la única salida que le quedaría, Vernon abandonaría sus buques de transporte, los cuales serían hundidos por la escuadra combinada española de Lezo y Torres. Este sería el momento en que daría la carga final con sus seiscientos soldados defensores de La Popa, ayudados por trescientos del San Felipe y doscientos cincuenta del fuerte Manzanillo que se sumarían al esfuerzo. Es decir, 1.150 hombres se lanzarían sobre los invaso-

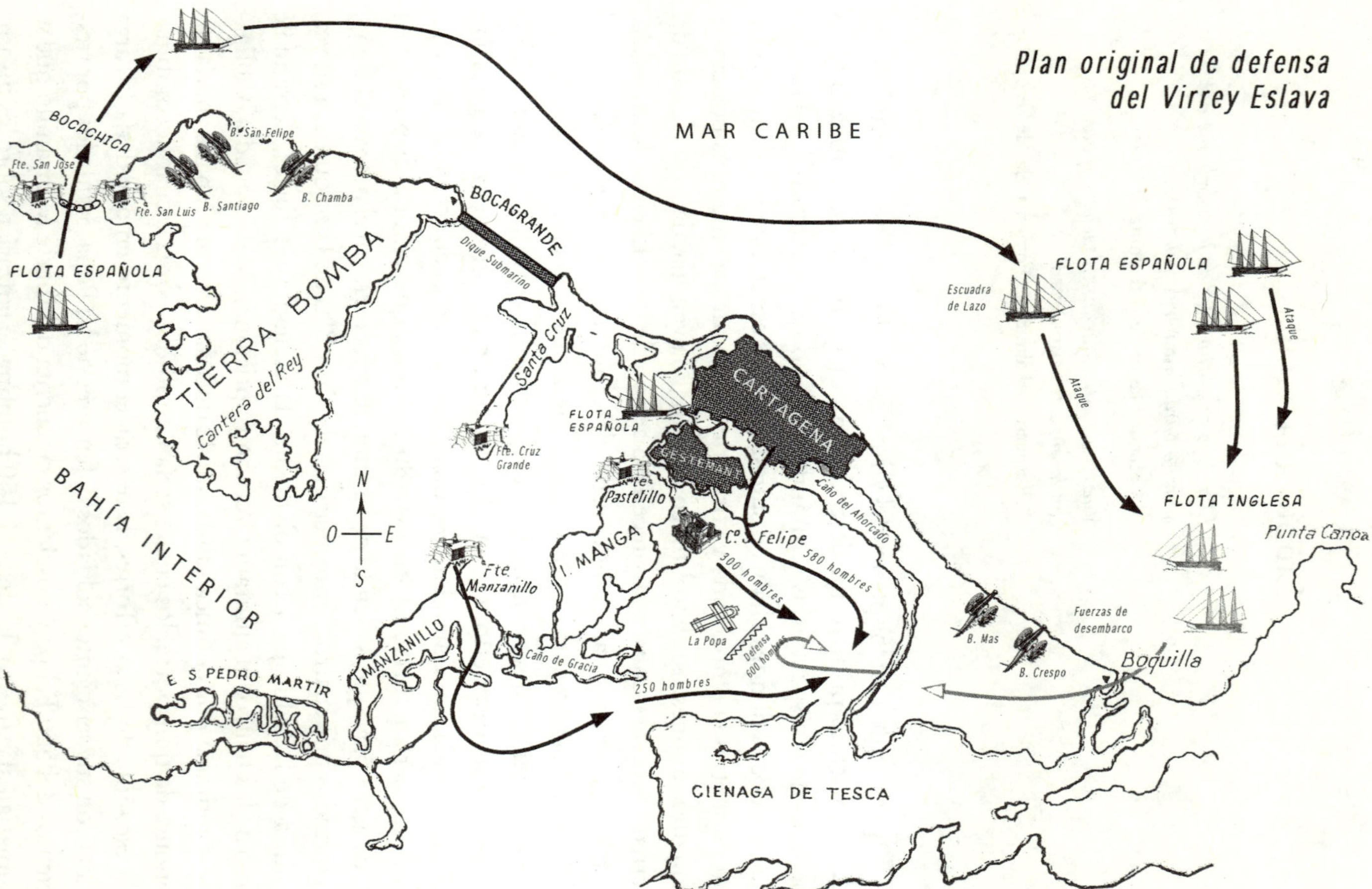

Plan original de defensa
del Virrey Eslava

res y serían cortados por los 580 de la retaguardia. Las tropas desembarcadas por Vernon tendrían que rendirse y la victoria sería enorme para las armas de España y del Virrey; su gloria también. Esto previsto, envió hacia Santa Marta un correo por tierra, tan pronto se divisaron las primeras velas enemigas en el horizonte, con el propósito de que éste siguiera hacia La Habana a avisar al almirante Torres de que el temido ataque había llegado.

También dispuso el Virrey que el resto de sus hombres se distribuyera de la siguiente manera, según se puede razonablemente concluir: el castillo de San Luis, cien hombres; la batería de San José, cien hombres; las baterías de Chamba, San Felipe y Santiago, que defendían el San Luis, cincuenta hombres cada una, con un total de 150; las baterías de Varadero y Punta Abanicos, que defendían la batería de San José, veinticinco cada una; las baterías de Crespo y Mas, para presentar una débil línea de resistencia en La Boquilla y hacer caer a los ingleses en la trampa, logrando su avance hacia La Popa: cincuenta hombres cada una y un destacamento de otros cincuenta en Pasacaballos. En total, la primera línea de defensa contaba con 750 hombres, pero su parte más débil, evidentemente, estaba en las baterías de La Boquilla. El Virrey continuaba convencido de que el principal ataque se desarrollaría en La Popa, entrando por La Boquilla, para tomarse el castillo de San Felipe, y desde allí bombardear a la ciudad; los ingleses, pues, caerían en la trampa tendida, por lo cual consideró que las tropas dispuestas en el San Luis y San José serían suficientes para cerrar la boca de acceso a la bahía de Cartagena por Bocachica; dadas estas defensas, el inglés jamás se atrevería a forzar este cerrojo. Con la misma idea dejó una pequeña guarnición de cincuenta hombres en Cruz Grande, la segunda línea de defensa, y asignó 250 soldados al fuerte Manzanillo, en esta misma segunda línea, para, en caso de necesidad, reforzar sus seiscientos hombres de La Popa, moviéndolos hacia allí y, en todo caso, dar la carga final con ellos también. Viéndolo así, el plan no estaba mal; sólo que Vernon había decidido no ejecutar el suyo como Eslava lo tenía asumido: lanzaría un desembarco de distracción en La Boquilla y emplearía a fondo sus efectivos en Bocachica para forzar el cerrojo de la bahía.

Por aquellos días, un correo que había logrado evadir el cerco que estaba tendiendo Vernon sobre Cartagena avisó que un sobrino del General, el teniente de navío Francisco Ignacio de Lezo, había sido capturado en

El Fuerte, uno de los cinco barcos que traían suministros de víveres, municiones y otras vituallas para la Plaza. Vernon aprovechó tan inesperado botín, pues él mismo había permanecido escondido con sus naves en la ensenada de Cabo Tiburón, aguardando a confirmar así que las escuadras española y francesa se dirigirían a socorrer la ciudad. Los barcos de provisiones habían sido capturados hacia febrero de 1741.

*

Cuando el general Lezo llegó a Bocachica y comenzó a ver cómo aparecían en el horizonte más y más velas que, como una tempetad, se acercaban a la boca de la bahía, no le cupo ninguna duda de que el ataque y desembarco se desarrollaría por allí, tal y como lo había previsto en su conversación con el Virrey. Cuando las horas fueron pasando, aquel bosque de velas se fue haciendo cada vez más espeso y el General comenzó a abrigar serias dudas sobre la resistencia que se podía hacer en aquella primera línea de defensa. Evaluada la situación, lo primero que hizo, pues, fue hablar con el castellano del San Luis, el coronel Carlos Suillar de Desnaux, a quien dijo:

—Coronel, la situación la aprecio muy grave. Vos no tenéis los medios de defensa, pues cien hombres en San Luis y cien en San José, más los escasos 150 de las otras baterías, no son suficientes para sostener esta posición.

—Creemos que el ataque principal no se va a llevar a cabo por este lado, mi General. Los ingleses harán algunas maniobras de distracción, pero su interés, según conocemos, es desembarcar al norte, por La Boquilla.

—Pamplinas. Los ingleses atacarán por este lado, para forzar la entrada a la bahía. No os engañéis. Y esto es independiente de que también desembarquen en La Boquilla y adonde más se les ocurra. Es preciso reforzar la primera línea de defensa con más tropa, trayéndola de Cartagena. Allí hay acantonados 580 hombres que considero vitales para la defensa de las playas del castillo. No se debe permitir un desembarco de hombres y artillería cerca del San Luis, o la primera línea de defensa será perforada.

—Pues tendréis que hablar con el Virrey, quien así ha dispuesto la defensa —adujo Desnaux.

—Así lo haré —concluyó el General.

Lezo comprendió también que no podría hacer frente con sus navíos a tan poderoso enemigo y decidió darles instrucciones de aguardar tras las cadenas el desarrollo de los acontecimientos. En el entretanto, regresó a su casa de Cartagena donde el día martes 14 de marzo fue informado por el capitán de una balandra francesa, despachada de Leogano por el general de esa colonia, que había más de treinta y seis navíos de guerra y más de ciento treinta velas desplegadas en toda la costa cartagenera. Lezo se dirigió, tan pronto como pudo, a donde el Virrey a informarle de primera mano la situación, tanto la que le había comunicado el capitán, como la que él mismo había visto.

—Vuecencia —dijo Lezo al franquear, sin anunciarse, las puertas del despacho del Virrey—, la situación es bastante grave. A mi juicio, debemos reforzar dos puntos: el castillo de San Luis y La Boquilla, para impedir que los botes y lanchas del enemigo alcancen tierra. Los barcos están haciendo un recorrido exploratorio por las costas con el propósito de desembarcar hombres y artillería.

El virrey Eslava dio un pequeño salto de sorpresa y se puso inmediatamente de pie. Lezo también se sorprendió al ver que el coronel Desnaux estaba allí presente, cuando debería estar en el frente a la espera de instrucciones. Una especie de presagio asaltó su cabeza de que algo no muy claro estaba aconteciendo; quizás Desnaux estaría recibiendo órdenes directas, saltándose el conducto regular; quizás el Virrey estaba inmerso en una conspiración contra él... Transcurridos unos segundos y habiéndose recuperado los tres de su sorpresa, el Virrey interpeló:

—Si queréis reforzar la primera línea de defensa, proporcionadme los hombres de vuestros propios marinos, pues yo ya he dispuesto los que tengo.

El semblante del General se mudó, pasando del asombro inicial a la ira contenida. Clavó el único ojo sano que tenía en el rostro del Virrey, intentando ignorar y despreciar al coronel Carlos Desnaux, que permanecía en su silla como si lo hubiesen clavado a ella, comprendiendo lo incómodo de aquella situación.

—Los hombres que tengo son los necesarios para la defensa y operación de los navíos —dijo Lezo pausadamente como para que el Virrey no pusiera en duda la autoridad de sus palabras—. No tengo más disponibles que los cuatrocientos que ya tenéis acantonados en Cartagena. Si Vuestra Merced me hubiese hecho caso, ya tendríamos todo arreglado. Si el castillo de

San Luis cae, seréis cogido por la espalda en La Popa. —Y añadió, aumentando el volumen y velocidad de sus palabras—: ¡Vive Dios que los hombres que tenéis inutilizados en la segunda y tercera línea deberían estar ya en la primera!

El Virrey lo miró descompuesto y gritó, intentando esquivar aquella mirada que lo traspasaba como un carbón encendido:

—¡Inutilizados, decís! ¡Qué desfachatez mostráis, General! ¡Dadme cuarenta hombres, artillería y pertrechos para montar en Castillo Grande una mayor defensa!

—¡Creo que no entendéis la gravedad de la situación, Señor Virrey! —dijo ya en tono mayor el General, girando torpemente sobre su talón y pata y deteniendo su mirada sobre el coronel Desnaux, que se había puesto ya de pie ante la inminencia de lo que se venía—. ¡Me pedís cuarenta hombres para el castillo de la Cruz Grande, cuando el problema no es ese! ¡Entended! —espetó Lezo haciendo un brusco señalamiento con su mano—: debemos desplazar hombres hacia La Boquilla y San Luis para impedir el desembarco del enemigo; o de lo contrario, comenzad a cavar trincheras al sur de La Popa! ¿Por qué me mencionáis, entonces, Cruz Grande?

—¡Voto a Dios que éste es el único castillo importante que está con defensas inferiores a las necesarias! —volvió a gritar Eslava, temblando de la ira. ¡Dadme los hombres que necesito allí! ¡Y es una orden, General! Podéis retiraros... —dijo indignado el Virrey, ante lo cual Lezo, girando de nuevo y dando un portazo, exclamó:

—¡Me cago en diez, que no entiende!

Después de una breve pausa para recomponerse, el Virrey se dirigió a Desnaux, diciéndole:

—¡Vos mismo habéis oído cuán impertinente es este hombre! ¡Su tono bordea la insurrección! ¡Hace lo que le da la gana y no acata órdenes ni razones! Se cree que está por encima de la autoridad a mí confiada por Su Majestad sobre esta Plaza... ¡Haced, pues, lo que hemos acordado, Coronel!

Blas de Lezo procedió a transmitir la orden dada por el Virrey al condestable Manuel Briceño para que desembarcase del navío *San Felipe* los hombres, la artillería y pertrechos necesarios para su uso en el castillo. Briceño no pudo salir de su asombro, pues era desvestir un santo para vestir otro y, precisamente, en momentos en que el *San Felipe* era necesario para la protección de la boca de entrada a la bahía. Los oficiales mayores protestaron, porque los navíos comenzaban a quedar sin la fuerza suficiente, pero era una orden que había que cumplir. Lezo se sintió, nuevamente, apabullado por un virrey que no tenía reparos en dar las instrucciones más improcedentes con tal de que sus planes no fuesen alterados ni menoscabados. Pero lo que más lo irritaba era ver que la línea de mando era irrespetada por la más alta autoridad del Virreinato, minando con ello la disciplina debida en las filas. Tenía ya la plena convicción de que Vernon no caería en la trampa tendida por Eslava y que su avance sería sistemático y moderado, demoliendo, primero en Bocachica, la línea más exterior de defensa y avanzando al interior de la bahía con el método de una máquina de guerra. Por otra parte, las pequeñas guarniciones de las baterías de Crespo y Mas serían sacrificadas para el cumplimiento del plan maestro de defensa del Virrey, y esto le costaba trabajo entender al curtido general. Por eso el 14 de marzo anotó en su diario de guerra: «...*Reparando de que mucho tiempo a esta parte D. Sebastián de Eslava no me ha respondido nunca ninguna proposición y advertencias que le he hecho convenientes para la defensa de esta ciudad y castillo y todo ha sido callar y manifestar displicencia*».

Pero en algo debió tocar el duro cruce de palabras al Virrey, que al día siguiente envió a Don Blas un refuerzo de 242 hombres y 15.000 raciones de comida para el castillo de San Luis, lo cual también juzgó el General que era inapropiado. En realidad, en el castillo quedarían ya 342 hombres que necesitarían por lo menos cuarenta días de abastecimientos, lo que daría unas necesidades de 41.040 raciones de comida; esto, sumado a la dificultad del transporte de tres leguas desde la ciudad a Bocachica, estaba indicando la imprevisión e improvisación del Virrey en materia de defensa de la ciudad. Lezo no pudo estar más que indignado. Sus buques, ahora vitales para la defensa, tendrían que distraerse llevando pertrechos y víveres. ¿Cómo no había sido esto previsto por el mayor responsable de la ciudad? Él mismo se lo había advertido desde hacía tiempo, pues su opinión era reforzar con todos los hombres y pertrechos los dos puntos por donde sería factible la invasión: Bocachica y La Boquilla. Por ello el General escribiría al marqués de Villarias, Don Julián de la Cuadra, ministro de Felipe V:

> *Muy señor mío: ...Quisiera omitir lo prolijo de esta narración..., pero las circunstancias que han procedido de abandono y omisión en esta grave materia, no obstante anticipadas órdenes de Su Majestad para el resguardo de esta plaza y encargo con que me hallo para su consecución, me precisan a exponer, aun contra mi genio, que sólo los efectos de la Divina Providencia han sido causa para lograr por entero que esta ciudad y comercio no experimentasen su total ruina, sin que causa humana en lo natural pudiese contrarrestar las fuerzas que vinieran por el lamentable estado en que se hallaban... Parece mentira que una ciudad amenazada del enemigo, con anticipadas noticias del Rey para su resguardo, no tuviese un repuesto de víveres para seis meses y fuese tal la escasez de los depositados, que precisase valerme a la fuerza de las que tenía para las tripulaciones de mis navíos...*

Lezo se curaba, pues, en salud, pues ya había tenido una experiencia similar con el Virrey del Perú y aquello no había quedado suficientemente documentado. Por ahora, iría dejando las cosas bien claras.

La anotación no podía ser más justa, pues insinuaba graves negligencias por parte de quien también había sido encargado de velar por la defensa de la ciudad y quien, técnicamente, era el responsable político de la Plaza, y quien podía administrar recursos públicos y allegarlos de otras provincias. Sabido era que el gobernador de la misma, Don Pedro Fidalgo, había sido encargado de su defensa por el Primer Secretario de Marina e Indias, Don José Quintana, cuando el 16 de agosto de 1739 le había enviado comunicación de que Vernon había zarpado de Portsmouth; pero Fidalgo había muerto el 23 de febrero de 1740, apenas siete meses después de la fecha de aquella comunicación. En su reemplazo fue nombrado Don Melchor de Navarrete, quien como pudo, intentó organizar la defensa: ordenó retirar el ganado que pastaba en sus costas; colocó en Tolú un ejército que pudiera contrarrestar cualquier desembarco enemigo y equipó los destacamentos de indios cuyo número ascendía a seiscientos. Pero faltaban muchas provisiones y pertrechos, particularmente raciones y pólvora, pues la que había era de mala calidad. En este sentido, Navarrete, como gobernador encargado, elevó queja al Gobierno el 4 de enero de 1740. Sabía que en Don Blas de Lezo había encontrado un colaborador infatigable y que había desplegado todo su ingenio para dotar a Cartagena de los medios a su alcance que contribuyeran a su eficaz defensa; pero, aun así, lo que había era insuficiente. Por ello, si Eslava había llegado al puerto como gobernador en propiedad el 21 de abril de 1740 (habiendo sido nombrado el 20 de agosto de 1739), la impresión era que debía haberse esforzado más en la consecución de recursos y en no abandonar esta tarea a manos de su subalterno, el propio Don Blas, a cuyo cargo estaba tan sólo la defensa militar de la Plaza. Esto se trasluce cuando, en la misiva, Lezo explica que solicitó ayuda a Santa Fe de Bogotá y que esta ciudad se la negó por falta de recursos: «...*Solicité en tiempo oportuno los recursos necesarios a este importante fin a las colonias francesas y al reino de Santa Fe, no consintiendo en ello por el motivo de no tener caudales...*». ¿No debería haber estado a cargo de Eslava esta solicitud, como responsable político y administrativo, y no bajo responsabilidad de un general de la Armada?

El día 15 de marzo, el grueso de la *Armada Invencible* inglesa estaba fondeado en la ensenada de Punta Canoa, frente a La Boquilla. El General ya no pudo contenerse y se volvió a dirigir al palacio virreinal, donde confrontó a Eslava, entrando directamente a su despacho sin solicitar audiencia ni anuncio:

—¡Vive Dios que van a masacrar a esos muchachos en las baterías de La Boquilla, Señor Virrey, y vos seréis responsable de lo que allí suceda! —entró diciendo al despacho de Eslava, quien se levantó inmediatamente de su silla al ver la impetuosidad del General. Lezo continuó, señalando al Virrey—: La Armada de Vernon está fondeada en la ensenada de Punta Canoa y va a desembarcar hombres y pertrechos por allí. Es imperativo que hagáis algo; de lo contrario, me veré precisado a sacar a mis marinos de Cartagena y trasladarlos a La Boquilla para evitar una masacre.

—¡No sacaréis a nadie de Cartagena, General! —contestó el Virrey enfadado en grado sumo. Y añadió—: Yo atenderé eso enviando hombres desde La Popa.

—Como digáis, Vuecencia, pero sabed que es preciso enviar suficientes refuerzos a esas baterías —dijo golpeando la mesa—. Yo, francamente, no entiendo qué hacéis con tantos soldados en La Popa cuando se necesitan en el frente... Y, en todo caso, tras el Caño del Ahorcado, para no dejar pasar al enemigo, y no donde los tenéis. ¡Os repito, seréis el único responsable de que esta plaza caiga en poder del enemigo y de que masacren a los ejércitos del Rey! —Y diciendo esto, salió del despacho del Virrey, dando un portazo que se sintió en los pasillos, por lo que varios funcionarios salieron a ver qué pasaba y cuál era la escandalera. La gente se quedó atónita, pues nadie se había atrevido a hablar de esa manera al Virrey de la Nueva Granada, Teniente General Don Sebastián de Eslava, Lazaga, Berrío y Eguiarreta, Señor de Eguillor, y quedarse en su puesto tan impávido..., particularmente cuando se salía con el característico *toc toc* de una pata que se oía a leguas y anunciaba un portador que no era, precisamente, el más gallardo e influyente gentilhombre del reino. No permitiría que este generalucho, mediohombre y de paso incierto, para más señas, se cruzara en su camino de la manera en que lo estaba haciendo. Y menos aun que desde el pasillo se le oyera decir: «¡Que los hombres y la artillería deberían estar dispuestos tras el Caño, para parar al enemigo, y no escondidos en La Popa, para dejarlo pasar!», dejando un rastro de imprecaciones tras de sí. El Virrey se sentía humilladísimo, pues Lezo había dejado la impresión pública de su incompetencia militar.

Lezo tenía en mente escalonar las defensas con un primer peldaño en La Boquilla y un segundo tras el Caño del Ahorcado, que era una vía de agua que estaba entre La Popa y las playas de La Boquilla, donde Vernon tendría que tender pontones para cruzarlo; lo difícil del terreno dificultaría sus maniobras, lo cual, era de suponer, permitiría una más fácil defensa desde la otra orilla del caño para mantener al invasor lejos de los castillos y, sobre todo, no darle tregua en el asedio con baterías empotradas en tierra. Pero ya el General, a estas alturas, comenzó a dudar seriamente de que Cartagena pudiese ser defendida con solvencia y temió su caída. Por eso se dirigió a su casa y, abriendo la puerta de un golpe, dijo a voces:

—Josefa, debes salir de Cartagena cuanto antes, mientras queda tiempo. Debes partir hacia Mompox a ponerte a salvo, porque esta Plaza se va a perder. Este maldito Virrey está cometiendo cada cagada que no te la imaginas...

—¡Que dices! —interrumpió Josefa—; ¿que te deje aquí? ¿De qué me estás hablando? Yo voy a permanecer en Cartagena el tiempo que tú estés aquí defendiéndola, Blas. Ni sueñes que me voy a Mompox a aguardar y aguardar noticias retrasadas sobre lo que aquí está pasando... El Virrey podrá cometer todas las cagadas que quiera, pero mientras tú estés aquí, yo me quedaré contigo. Sé que no permitirás que esta ciudad caiga en manos de los ingleses, por más imbécil que sea Eslava... Aquí me quedo, Blas. Con lo cual Lezo no tuvo más remedio que resignarse a la decisión de su mujer. Pero ello también le sirvió de acicate para redoblar su determinación de defenderla costare lo que costare. ¡Ningún inglés entraría a mancillar el honor de su Dama!

El Virrey, en el entretanto, así vuelto a ser presionado por Lezo, decidió el 16 de marzo enviar dos piquetes de cincuenta granaderos a La Boquilla, comandados por el capitán Pedro Casellas, con lo cual las baterías de Crespo y Mas quedaron con cien hombres cada una, todavía insuficientes para resistir un desembarco masivo. Los hombres fueron sustraídos de las guarniciones de La Popa, quedando ésta con quinientos soldados. El Virrey debió pensar que, ante tanta insolencia, estaba ya concediendo suficiente, porque desde aquel momento su resentimiento contra Lezo fue cobrando una dimensión insospechada que se iría acrecentando con el tiempo y con la guerra.

Desde el baluarte de la Merced el mismo 16 de marzo en las horas de la tarde el Virrey pudo observar con su catalejo que el enemigo intentaba desembarcar en La Boquilla y que el fuego de las baterías comenzaba a hacerle daño. Sus lanchas de desembarco fueron alcanzadas con varios impactos y las que llegaron a la playa fueron contenidas por la fusilería; los sobrevivientes intentaron avanzar para consolidar una cabeza de playa, pero pronto tuvieron dificultades con el terreno. Este primer intento fue un fracaso, y desgraciadamente pareció confirmar las apreciaciones del Virrey en el sentido de que, en primer lugar, no se necesitaba de tanta fuerza para contener el desembarco; y en segundo, que, frustrado el desembarco, frustrada también la trampa tendida. «Este maldito general me ha hecho hacer lo que no quería», pensó agriamente y se lamentó de haberlo escuchado. En Cartagena sonaban los primeros vítores a las tropas del Rey.

Los ingleses se demoraron todavía cuatro días en decidir lo que iban a hacer y por dónde desembarcar. Exploraron las playas, reconocieron el terreno, observaron las fortificaciones, contaron las baterías y, una vez hecho esto, comenzaron a concentrar sus efectivos entre Bocagrande y Bocachica, lugar donde fondearon cuatro navíos y dos paquebotes. Los cartageneros observaban estas maniobras con el corazón oprimido por la angustia y con el estómago hecho un nudo. Los hombres que marchaban al frente se despedían de sus familias, amigos y conocidos. La ciudad estaba, como nunca, silenciosa y se respiraba un ambiente de zozobra ante la inminencia del ataque. Nadie cesaba de comentar sobre los enormes efectivos de que disponía el enemigo y muchos dudaron de que Cartagena pudiera resistir un sitio como ése, particularmente cuando se veía que impunemente Vernon se paseaba frente a la bahía como un tigre olfateando su presa. A nadie se le escapaba que esta vez el General no había sacado sus barcos fuera de la bahía y eso era un síntoma inequívoco de debilidad. Para Lezo estaba claro, más allá de toda duda, de que el ataque principal se verificaría por Bocachica, asediando las baterías de Chamba, San Felipe y Santiago, que defendían el castillo de San Luis, el cual también recibiría el castigo combinado de tierra y mar. Así las cosas, Vernon convocó un consejo de guerra con el general Wentworth y el almirante Ogle para trazar el plan definitivo a bordo de la nave almiranta.

—Hemos fallado en el plan de desembarco en La Boquilla porque el terreno no nos es favorable —comenzó por decir Vernon—. Debemos concentrarnos en Bocachica, desembarcando en esta isla que veis al frente, la Cárex, para liquidar las baterías que protegen al San Luis y avanzar contra él bombardeándolo desde tierra y mar. General Wentworth, detallad los planes de desembarco y que la operación sea dirigida por Cathcart. Aseguraos de que los colonos marchan en primera línea de desembarco comandados por Washington; los negros macheteros de Jamaica deben ser, entre ellos, los primeros. Nuestros hombres deben ser guardados para el final, en todo lo que podamos. Debemos asegurarnos que esta operación ha de ser un completo éxito. Como veis, nuestro intento de desembarco en La Boquilla ha sido repelido y el movimiento de distracción no ha funcionado del todo bien; si los españoles nos rechazan en este segundo intento, creo que tendremos que regresar a Jamaica con el rabo entre las piernas, por lo que también creo, generales, que ni vuestros puestos, ni el mío, estarán a salvo de la ira de los británicos.

—Yo no estoy tan seguro de que logréis vuestros objetivos con tropas que no han sido probadas, *milord* —dijo Wentworth—. Pienso que esos colonos no darán la talla. Y los negros, menos. Son flojos y cobardes. En cuanto al desembarco, Señor, debéis darme todo el apoyo naval que haga falta. Yo no pisaré tierra hasta tanto vos no hayáis neutralizado las tres baterías que defienden el San Luis.

—Algo harán los colonos americanos en debilitar las líneas españolas y ello ayudará a evitar bajas nuestras. No se diga más. Tendréis el apoyo necesario de mi Armada, general Wentworth. Almirante Ogle, alistaos a bombardear las tres baterías y a ablandar el castillo desde el mar —concluyó el almirante de la otra Armada Invencible.

—Como ordenéis, *milord.*

—Espero que hayáis dispuesto los navíos de patrulla para que no escape ningún correo a La Habana. De eso depende el éxito de nuestra operación —señaló Vernon.

—He dispuesto cuatro navíos y ocho fragatas para esa operación, Señor —contestó Ogle—. Patrullan todo el litoral.

—Disponed también de tres navíos que sirvan de hospitales —ordenó Vernon.

—Sí, Señor —respondió Ogle.

La noche del 17 de marzo Lezo fue sobresaltado por el fuego de las baterías costeras que disparaban contra una lancha inglesa que se había aproximado a la ensenada donde estaba el baluarte Santiago, como explorando el terreno, pero rápidamente se retiró. Así, desde el 17 de marzo hasta el 20, los navíos ingleses se aproximaban al litoral para medir el alcance de los cañones y viraban rápidamente, con todos los rizos tomados a las gavias, cuando las baterías costeras respondían el reto. Ante esta situación, Don Sebastián de Eslava dispone la noche del 17 que, en una balandra a cargo de Don Pedro Mas, se envíen 155 marinos de refuerzo a Bocachica, sustrayéndolos de la reserva de 460 que quedaban tras los muros de la Plaza. Ese día consigna Blas de Lezo en su diario de guerra que Don Sebastián de Eslava le escribe diciéndole que «*sólo se hallaba con trescientos hombres dentro de la Plaza, por tenerlos destacados todos fuera de ella, y que me componga con lo que me envía*».

Es decir, el Virrey había ya dispuesto de los 180 hombres de ejército que tenía reservados en Cartagena, enviando a cincuenta de ellos, granaderos todos, hacia las baterías de Crespo y Mas, y los restantes 130 a La Popa, por constituir este plan la obsesión del Virrey. La explicación de continuar reforzando, así fuera débilmente, aquellas baterías, queda explicada por las dudas que, de todas maneras, tendría que albergar Eslava sobre la realización de su plan. Estas baterías, contarían, entonces, con tres compañías de granaderos y sus defensas se habrían incrementado a 150 hombres, mientras que las de La Popa a 630, pues no existe evidencia alguna de que se hubiese dispuesto otra cosa. En el costado nordeste de La Popa, el Virrey había comenzado a excavar trincheras y a poner empalizadas y obstáculos para el eventual asedio del enemigo a ese punto, intentando impedir que se lo tomara. Pero Lezo había recomendado al virrey Eslava hacer justamente lo contrario: atrincherar las tropas en el costado sur del Cerro, pues era previsible que, si las defensas de Bocachica caían, el inglés desembarcaría en Manzanillo y atacaría por esa parte del Cerro. La Popa, entonces, quedaría amenazada, como amenazado quedaría el castillo de San Felipe.

Así, pues, vacilante, el Virrey no se decide plenamente a acometer los hombres necesarios a la defensa del punto neurálgico ya que, no queriendo ser débil en ninguna parte, había logrado serlo en todas y con ello sellaba el destino de la primera línea de defensa que, sin duda alguna, la constituía de manera principalísima el castillo de San Luis, en la entrada de Bocachica. Particularmente, porque al día siguiente ocurre algo totalmente inesperado y fuera de todo contexto: ¡cuál sería la sorpresa de Don Blas de Lezo cuando el día 18 le llega comunicación en *el África,* barco que servía de enlace entre el puerto y el frente de batalla, de que el Virrey carecía de hombres y que era preciso que le devolviera la tropa que el día anterior le había enviado!

—Señor —llega agitado Pedro Mas—, el Virrey solicita se le devuelvan los hombres enviados anoche.

—¿Qué decís?

—Como lo oís —replica Mas—. Ha llegado comunicación escrita. Hela aquí, leed. Pero, como si fuera poco, dice que también le faltan víveres.

Lezo toma el papel y exclama:

—Maldita sea —añadiendo—; este cabrón está loco. Llamadme a Desnaux y a Alderete. Que suban a bordo, ¡que nos van a joder!

Lezo llamaba así a Suillar de Desnaux, por su segundo apellido, pues no ha sido cosa rara en España llamar por el apellido que más suena, así sea el segundo. Poco después se hacen presentes los dos oficiales y Lezo les explica la situación:

—Nos quitan los hombres que nos han dado. ¡Dizque debemos devolvérselos al Virrey! ¡Esto es una pura *mamadera de gallo*, como dicen por aquí! —dijo haciendo uso de una expresión que en la jerga local significaba «tomadura de pelo»—. ¡Que no se está tomando la guerra en serio este Virrey! De paso nos informa que no tiene víveres, como esperando que nosotros se los enviemos o informándonos que nos va a dejar aquí comiendo mierda —agregó.

—No lo puedo creer —replicó Alderete—. Yo tenía dispuesto que parte de estos hombres estuviesen tras las baterías, en los matorrales, esperando el desembarco de los ingleses para caerles por sorpresa. Yo no entiendo nada, mi General. Las baterías no podrán resistir un ataque sostenido de la escuadra inglesa, y lo único que puede preservar la defensa del San Luis es una carga contra la playa, en caso de desembarque.

—El San Luis podrá resistir —se limitó a decir el coronel Carlos Desnaux.

—No podrá resistir si el enemigo emplaza baterías en tierra —comentó agriamente Lezo, fulminándolo con una mirada—. Volvemos a quedar en nuestras platas: 342 hombres en el San Luis y 150 en las baterías. Esto no sirve para mierda. Don Pedro, disponed el reemplazo de estos 155 hombres extrayéndolos de mis seis navíos y de ellos destacad cincuenta hombres para el capitán Alderete. ¡Embarcad de nuevo los 155 hombres que nos envió el Virrey y que se vaya para la gran puta mierda este cabrón que está más loco que una cabra!

—Señor —dijo Desnaux—, vuestras palabras podrían ofender al Virrey.

—Coronel —contestó Lezo—, hay veces que yo uso palabras académicamente y otras coloquialmente... —Y tras una pausa, añadió—: Y éstas han sido usadas académicamente —dijo con énfasis.

Los oficiales se quedaron atónitos, aunque Alderete sonrió con picardía. Él también había comenzado a despreciar al Virrey tanto como Lezo.

—Desmantelaréis gravemente los navíos, mi General; están muy justitos de tripulación y gente de combate —comentó Mas.

—No queda más remedio... Decidle de viva voz al Virrey que él tendrá la culpa de lo que aquí pase. Indicadle que ese es mi comentario.

—Sí, Señor —respondió Mas.

—Haremos lo que podamos, mi General —concluyó Alderete con tristeza. Desnaux no supo qué comentar. Intuyó que la brecha que separaba al general Lezo del Virrey era insalvable y que él, de alguna manera, tendría que cuidarse para no caer dentro de ella.

Ese mismo día se aproximó un navío de setenta cañones y dio fondo enfrente de Bocagrande que, aunque había sido desarbolado por las baterías costeras, estaba acompañado de otro del mismo porte con el evidente propósito de registrar las posibilidades de desembarco. En efecto, el navío desarbolado presentaba fracturas en el palo del trinquete y de mesana, y sólo tenía intacto el palo mayor, aunque algunas de sus velas todavía funcionaban. Pero eran evidentes sus destrozos y desgarraduras ocasionados por el nutrido fuego de las baterías de tierra. Una vez inspeccionada la costa, las dos naves se dieron a la fuga, aunque la primera con mucha penuria y retraso. La preocupación de Lezo y sus oficiales crecía por momentos. El 19, las vísperas del gran ataque, ocho de los tantos navíos que estaban anclados frente a La Boquilla, vinieron sobre la ensenada de Chamba, ante lo cual el General de la Armada dio instrucciones de que se dispusiera de otros veinticinco hombres de los navíos para marchar hacia Chamba en caso de que los ingleses decidiesen desembarcar allí; un oficial, con cuatro soldados, fue destacado para observar los movimientos enemigos.

El 20 de marzo, ya medido el alcance de las defensas, toda la escuadra enemiga, salvo los buques patrulleros, se dirigió contra Bocachica. Se iniciaba la primera fase del combate y la batalla por Cartagena empezaba en forma. Los artilleros estaban preparados y tensos con la mirada puesta en los buques que ominosamente se iban acercando con la majestad y parsimonia de las circunstancias, rompiendo las olas suavemente con la quilla. Las maestranzas de la artillería aguardaban impacientes la orden de fuego junto a las grandes cucharas de cobre empleadas para cargar de pólvora los cañones. Lezo ordenó cargar las baterías con los extraños proyectiles, en forma de mancuerna, soldados mediante un perno que los sujetaba. La pólvora estaba lista en las recámaras y los hombres tensos al pie de los candiles envainados. El mar parecía un plato; se podían casi divisar los rostros y facciones de los ingleses, que también venían tensos y con las mandíbulas apretadas, cuando al punto de mira el artillero mayor ordenó:

—¡Encended los candiles!

Los artilleros obedecieron como movidos por un resorte, encendiendo las mechas de los candiles en los hornillos previamente dispuestos; luego los movieron, ya encendidos, muy cerca de las mechas de los cañones, aguardando la siguiente orden, que pronto se dio:

—¡¡Fuego!!

—*Fire!!* —al otro lado contestaron los británicos, y los cañones bramaron escupiendo el fuego ensordecedor de la muerte.

—¡Fuego!

—*Fire!* —se repetía sin cesar, mientras a lado y lado del frente saltaban astillas, piedras, fragmentos humanos, piernas, brazos, cabezas y sangre, en medio de los escombros, polvo, jarcias y trinquetes que también saltaban y se desplomaban ante la fuerza de los demonios. «*¡Muerte al hereje!*» exclamaban los unos, y «*Fuck you, dons!*», respondían los otros y aquellos gritos de odio se ahogaban con el estallido de la pólvora. La escena quedó oscurecida por el humo que cegaba a los defensores y asaltantes; las órdenes se confundían con los quejidos de los heridos y las imprecaciones de los combatientes. Vernon volvía a maldecir a Lezo por la sorpresa que le habían causado los artefactos enramados que desgajaban y rompían sus velas, cuerdas, palos y trinquetes como hierro caliente atravesando mantequilla. Aquellas palanquetas y proyectiles encadenados se hacían visibles porque daban tumbos y volteretas por los aires, marcando en el cielo despejado una extraña parábola que al precipitarse sobre el blanco arrastraba tras de sí cuanto encontraba a su paso.

«*Fuego*» y «*Fire*» eran las dos palabras que se disputaban el predominio del mundo civilizado, palabras que por siglos habían resonado en los mares y habían sido pronunciadas por la boca de los cañones y repetidas en el eco de las montañas, y aun por las generaciones siguientes que, tomándolas de las pasadas, las transmitían impresas en los genes de las que aún no habían nacido. Con ellas España e Inglaterra defendían el predominio de los mares y la tierra conocida y conquistada. Eran las primeras palabras que asomaban a la boca de los infantes, muchos días antes de decir «mama» y las últimas que musitaban los soldados y los marinos cuando el postrer suspiro afloraba en sus labios. «*Fuego*» y «*Fire*» eran otra especie de bautismo de fuego católico y anglicano que se encendía en los labios de los combatientes cuando las gargantas rugían las vocales y consonantes de aquellas ominosas palabras, que, cual oración al destino, se condensaban en el aire como inconfundibles señales de heroísmo, muerte y destrucción.

*

Eran las 10:30 de la mañana; ocho navíos de guerra bombardeaban los fuertes, desde la batería de Chamba, hasta la de San Felipe y Santiago, y ellos mismos recibían el feroz castigo de los bravos de España; el bombardeo de estas dos últimas fue particularmente intenso porque a ellas se acercaron dos navíos de setenta y ochenta cañones, respectivamente, y a una distancia de escasos trescientos metros comenzaron a golpear sus fortificaciones; por lo menos 280 cañones batían 106 de la defensa, aunque algunas veces los ingleses concentraban sus fuegos en un blanco específico, maniobrando en forma de media luna abierta. Esto les permitía concentrar hasta 140 cañones contra veinte de los baluartes. Estaban tan cerca los navíos, que los grumetes se subían a los mástiles y gavias y desde allí apuntaban sus fusiles a los defensores y, cuando alguno de aquellos caía desde lo alto, se podía oír el sordo golpe contra la cubierta de madera y el grito ahogado del hombre que súbitamente sabe que va a morir.

Las balas de cañón golpeaban muros y terraplenes, causando gran destrozo a hombres y material de guerra que tras las débiles murallas volaban por los aires en medio del polvo y la humareda. Los revellines que se habían logrado construir a toda prisa antes del ataque no habían sido suficientemente consistentes como para detener el fuego del cañón y dar cobertura adecuada a las cortinas de defensa de las baterías. Había miembros esparcidos por doquier y hasta fragmentos de un cráneo destrozado adherido a las paredes de la muralla. Alderete y sus hombres hacían lo que podían, resistiendo un fuego demoledor y salvaje, acompañado de un estruendo ensordecedor, dada la poca distancia de la boca de los cañones; sus hombres caían como moscas y algunos sólo atinaban a pegarse contra los muros de la cortina, como bajo medio paraguas, para escapar del fuego de la fusilería que con ventaja les apuntaba desde lo alto; de cuando en cuando asomaban las narices para disparar y muchos caían abatidos, dada la ventaja de la altura.

Durante tres horas y media fue vomitado sobre ellos un fuego mortífero, el que, finalmente, hacia las dos y media de la tarde, obligó a su defensor, el capitán de Batallones de Marina, Don Lorenzo de Alderete, a retirarse al castillo de San Luis, frente a tan graves pérdidas de hombres. Así que no hizo más que clavar su artillería, dejándola inutilizada para el enemigo. El Capitán y sus hombres arrastraron como pudieron a los heridos e, impensadamente, a algunos muertos, aunque muchos fueron abandonados por su estado y dificultad para llegar a ellos; aquellos que retrocedían, unas veces arrastrándose y otras corriendo, con las mandíbulas crispadas, sofocados por el calor y el esfuerzo, sudorosos y jadeantes, progresaron hacia el Castillo, cuyos defensores los recibieron con vítores por su valentía. Los cincuenta al mando de Alderete que habían permanecido ocultos en la espesura, tuvieron también que ser retirados hacia el Fuerte, pues los ingleses no hicieron desembarco alguno. Aquellas cien manos ayudaron a aliviar la carga de los heridos. Al abrirse la puerta del refugio amurallado, Alderete hizo un alto para contemplar su entorno y una mueca de desconsuelo afloró en su rostro ennegrecido por el sudor y la tierra. Los lamentos desgarradores y el olor a sangre y pólvora eran lo más conmovedor de aquella escena.

El general Blas de Lezo dio la orden de evacuar por mar hacia Cartagena a los heridos y prestó toda la colaboración que pudo con sus lanchas que se desplazaron hacia el Fuerte, tras Bocachica, para cumplir su cometido. Quedaban desmanteladas, pues, las tres baterías en las que se apoyaba la defensa, por tierra y mar, del San Luis y también abiertas las playas exteriores para un desembarco. Quinientos once hombres se apiñaron en el San Luis a defenderlo, con todo el valor de que eran capaces, acompañados de los carpinteros necesarios para reparar las cureñas rotas de los cañones, según nos lo narra la anotación del General en su diario de guerra. Las bajas habían sido ciento treinta y seis, por lo que de ello se desprende.

En el San Luis y el San José, por primera vez, fue utilizado el sistema de rampas bajo los cañones para alargar los tiros y disminuir los tiempos de los mismos, con tan buen resultado que Vernon se vio precisado a aguantar una lluvia de fuego inesperada, aunque reaccionó temerariamente dando con banderines la señal para que un navío de tres puentes se acercara al San Luis para batirlo. Valerosos marinos aquellos ingleses, quienes tuvieron que aguantar con graves pérdidas en hombres y material el fuego de apoyo que el fuerte de San José daba al San Luis, ambos arrojando unos tiros demasiado largos para ser creíbles. Vernon volvió a pensar: «Este Lezo se las ingenia para salir con lo inesperado», y recordó los viejos tiempos en que un jovenzuelo intrépido hizo de las suyas frente a Barcelona incendiando buques ingleses con un inusual proyectil disparado por los cañones.

—*God damn you, Lezo* —vociferaba Vernon sin cesar, paseándose por la cubierta. ¿Cómo era posible que aquellos cañones tuvieran tanto alcance? ¿Qué clase de proyectil era ése cuya cadena lo arrastraba todo tras de sí y desgajaba lo que encontraba a su paso?

El duelo duró hasta el anochecer y Don Blas de Lezo se vio precisado a comprometer la nave capitana, *La Galicia*, y el navío *San Felipe*, a ayudar a hacer frente al poderoso navío inglés. Las cadenas de la boca fueron bajadas y los dos barcos españoles se lanzaron contra el inglés en un desesperado intento por hundirlo. Lezo esperaba estas oportunidades, confiando en que no habría de enfrentarse al grueso de la flota inglesa, sino que podría habérselas con pocos navíos, separadamente, y ésta era una de esas raras oportunidades. En Consejo de Guerra, Lezo había establecido un plan de combate consistente en que los marinos debían ir a aferrar las vergas con bozas de cadena, para evitar que cayeran bajo el cañoneo enemigo si se rompían las drizas en la batalla. Dispuso que los más diestros manejaran los timones de los dos buques y se prepararon cabos auxiliares por si se rompían las cañas o los pinzotes. Cada pieza de artillería estaba servida por un artillero y dos ayudantes, salvo las del alcázar y las del castillo de proa. No obstante, en el castillo de proa se dispuso que los maestres de campo hicieran las veces de cabos de proa, y para ello también se dispuso que dos sargentos acompañados de varios hombres armados con rifles se situaran a cada banda para no darle respiro a los artilleros enemigos y dificultarles el empleo de sus cañones. Así dispuesto, se reforzó este plan con la movilización sobre el beque de hombres armados con fusiles para que nadie, en los buques enemigos, pudiera servir las piezas con tranquilidad. Por si acaso, también determinó que se preparara infantería armada con sables, espadas y hachas de abordaje, por si la ocasión se prestaba a hacer uno en forma, cosa que los ingleses evitaban a cualquier precio. Se emplazaron versos españoles de cuatro libras en el castillo, el alcázar y las cofas, que fueron cargados con metralla antipersonal. Las hachas no sólo eran un arma ofensiva de corte, sino que tenían un elemento en forma de pico que permitía aferrarse a las bordas clavándolas con firmeza. También se tomaron medidas por si los ingleses intentaban hacer esta maniobra, poniendo el grueso de la marinería como reserva en la plaza de armas, provista de armas blancas, chuzos, hachas, sables y espadas, para oponerse a cualquier intento de abordar los barcos y, en caso de necesidad, apoyar el asalto a los barcos enemigos. Los carpinteros, calafates y sus ayudantes, también estaban dispuestos para cerrar cualquier brecha de agua que se abriera en el combate.

El cruce de disparos fue intenso; todas las armas fueron empleadas, aunque las maniobras de los ingleses evitaron que se pudiera efectuar el tan temido abordaje. En la escotilla de proa, un capitán con tres hombres, tres alféreces y un sargento socorrían con municiones a la infantería y retiraban los heridos. Bajo la escotilla mayor, hacia el centro de la nave capitana, estaba instalado el hospital que atendía, como podía, a los heridos. El *San Felipe* fue especialmente útil en este encuentro porque sus baterías bajas rompieron contra el costado del navío enemigo, particularmente contra su amura, maltratándolo en demasía, mientras *La Galicia* cruzaba fuegos y servía de cebo para un intento de abordaje por parte de su apoyo, el *San Felipe*. En la toldilla, los pilotos y el Estado Mayor de la nave rodeaban a Don Blas de Lezo, que no cesaba de impartir órdenes. Subiendo al alcázar del enorme navío, ordenó que rápidamente se desplazaran marinos a los corredores de popa para hostigar a un buque inglés de refuerzo que se aprestaba a auxiliar a la nave en peligro. Luego, ordenando una peligrosa maniobra, dispuso que sobre la gavia de proa se apostara un cabo con dos hombres con granadas y artificios de fuego para lanzarlas sobre la cubierta enemiga, cosa que se hizo con premura. El fuego no alcanzó a extenderse, pero los ingleses se vieron en aprietos. Finalmente, el poderoso navío inglés decidió que en esas circunstancias era preferible darse a la fuga. No obstante, en *La Galicia* hubo muchas bajas, entre muertos y heridos, las que fue preciso trasladar esa noche a Cartagena en el *África* que sirvió de transporte y hospital de primeros auxilios. Desde la casa del marqués de Valdehoyos se podía divisar la nave capitana que, erguida y serena, desplegaba las luces de su alcázar de popa como una imposible fortaleza flotante en un tranquilo lago de Venecia.

Ya entrada la noche, varios navíos volvieron a empezar el fuego sobre el castillo de San Luis; el resplandor de los cañones, la silueta de los buques espectralmente proyectada en las aguas, el estruendo de sus disparos y de cuando en cuando la explosión de los impactos, hacían pensar en un fantástico despliegue de fuegos artificiales, como el de las fallas de Valencia, si no fuera por lo mortíferos que resultaban. El cielo nocturno era trazado por las balas de los cañones que, calentadas al rojo vivo en las hornillas, se disparaban para causar mayores incendios y destrozos. Las chispas de los proyectiles impactados saltaban como artificiosos volcanes de súbito activados. Los fogonazos se encendían y apagaban, rasgando el silencio de la lejanía en sucesión inmediata de destello y trueno. Parecían fugaces meteoros que en las noches oscuras y despejadas cruzan el cielo como lluvia de estrellas a mitad del estío. Cualquiera diría que en Bocachica se celebraban las fiestas de la fundación de Cartagena, según era el derroche de luces y truenos, aunque también pareciera aquello la cercanía de un Júpiter tonante que, cabalgando sobre el filo del horizonte, venía dispuesto a devorar hombres y haciendas.

«Ampáranos, Virgencita linda», decían los niños temblando lacrimosos, quienes, abrazados a sus padres, cubrían con las manecitas sus tiernos oídos como queriendo huir de la tempestad que se acercaba. Así era como se apreciaba, desde el casco amurallado, el choque de las dos civilizaciones que dominaban y se disputaban el mundo, sin que nadie atinara a predecir su resultado inmediato. Pero cuando llegaron al puerto los muertos y heridos, los cartageneros se miraron perplejos sin saber si habían ganado o perdido. Los gemidos lastimeros de los heridos se confundían con el llanto de las viudas, las novias y los familiares de los caídos que, allí en el muelle, los buscaban y se abrazaban a ellos; otros no podían salir de aquel marasmo emocional. Había tantos que lloraban a tantos otros, que por primera vez no había sido necesario pagar las plañideras.

El cañoneo duró toda la noche de manera intermitente y hacia las 5:45 de la mañana, poco antes del amanecer, Lezo ordenó que se retiraran las chalupas y los botes que de noche guardaban las cadenas submarinas contra la penetración de cualquier intruso. Aquel 20 de marzo los cartageneros no pudieron dormir y muchos amanecieron en las calles y parques comentando los acontecimientos y el castigo que sobre las defensas caía; no eran pocos los que se preguntaban si el primer anillo de resguardo podría resistir semejante bombardeo. Entonces, un aire de abatimiento comenzó a traslucirse en los cansados rostros de los habitantes de la Heroica, porque ya, a esas horas, la duda sobre su suerte comenzó a ser parte cotidiana de su existir.

A lo lejos, ¡pero tan cerca de Cartagena!, se apagaban lentamente los estruendos del ataque, los destellos de la pólvora encendida, las siluetas de las naves de guerra y hasta las velas blancas que con la llegada del sol de levante cobraban un color amarillo, espectral, como de cirios encendidos en un réquiem de dolor. El crepúsculo matutino se cerraba rojizo sobre los buques incendiados, que más semejaban cadáveres flotantes que el Diablo se llevara consigo; se cerraba rojizo sobre el incendio de los bosques, hasta no saberse con certeza si era el cielo o la tierra lo que se consumía.

A los primeros rayos del sol de aquella hora crepuscular, se comenzaron a distinguir las espirales de humo de lo que había sido el primer gran combate que se antojaba un salvaje himno a los dioses de la guerra, mientras abajo, en los rescoldos de la fiera lucha, confundíanse hombres con animales salvajes en la imaginación de quienes observaban aquel absurdo teatro... Era como una lejana tempestad, como el choque de las potencias celestiales. Pero también a lo lejos, intramuros, se oían los ruidos alegres de algunos grupos de personas que comenzaban a celebrar, con burlas a los ingleses, música, cantos, bailes y cohetes, aquella efímera victoria. El cabildo cartagenero convocó la Banda Municipal, que comenzó a entonar música patriótica con uno que otro «¡Viva el Rey! ¡Mueran los ingleses!». Eran los que se atrevían a ponerle cara alegre y caribeña, folclórica si se quiere, al desenvolvimiento de aquella tragedia en el crepúsculo del Imperio. Otros se contentaban con ofrecer rogativas, y, en las misas celebradas, clamar en lengua muerta su rogativa por la vida, la otra vida, la que dominaba toda la esfera del saber católico: «*Domine, non sum dignus, ut intres sub tectum meum: sed tantum dic verbo, et sanabitur anima mea... Domine, non sum dignus...*», repetían tres veces golpeándose levemente el pecho con el puño antes de tomar la Hostia, como si el viento de la muerte se los fuera a llevar en el acto cual cometas de agosto..., y era tal la convicción con que aquello se repetía, que no se necesitaba conocer su significado exacto para entender la fuerza y propósito que se ocultaba tras aquellas palabras cargadas de un milagroso simbolismo.

Blas de Lezo se había tirado ya en el camastro de su camarote, agotado por el cansancio, cuando el último cañonazo se apagó en sus oídos como un colosal «adiós, que ya pronto volveré»..., y se había sumido en el profundo reposo de los que no reposan con su suerte.

Capítulo XI
Se encarniza la lucha

El que domina la mar, domina el comercio mundial; el que domina el comercio mundial, domina las riquezas del mundo.

Sir Walter Raleigh

El amanecer del día 21 de marzo fue como tantos otros amaneceres en las zonas tórridas. Las nubes, amenazantes, escondían un sol que iba cobrando ferocidad por momentos, envuelto en grises velos aquí y allá teñidos del rojizo tinte de los veranos. Como siempre, el mar plomizo iba cobrando vetas verdes y azules, a veces de plata reluciente, que adivinaba los tesoros que del lejano Potosí llegaban a Cartagena. Cuatro navíos de guerra amanecieron arrimados a la batería de San Felipe, distante del San Luis unos dos kilómetros, ya por fuera del tiro de las baterías costeras. Eran los mismos buques que el día y noche anterior habían combatido; cuando ya la luz se posesionó del todo, se pudo comprobar el efecto de los cañonazos intercambiados: el navío más grande, de tres puentes y noventa cañones, estaba prácticamente desguazado y en un estado lamentable; temiendo ser alcanzado, el buque se fue retirando, mientras los otros tres le daban cobertura. Los muertos habían sido arrojados por la borda y ahora flotaban en las plomizas aguas de Cartagena.

A las once y media de la mañana, ya con un sol canicular, dieron fondo los efectivos navales más importantes de la armada de Vernon desde la batería de Chamba, distante unos cuatro kilómetros, hasta un promontorio estratégico donde Don Blas de Lezo había mandado a fabricar una batería que, por orden del virrey Eslava, no se había construido, obrando éste por persuasión de Don Agustín de Iraola, capitán de artillería y consejero para la defensa de la Plaza. Según Lezo pudo apreciar, aquella batería había hecho falta para la defensa de la batería de Santiago y la de San Felipe, dos de las tres batidas por Vernon, distantes a uno y dos kilómetros, respectivamente, del castillo de San Luis. De haberse construido, habría sido más difícil para la armada de Vernon acercarse de la manera que lo hizo a la costa a batir aquellos baluartes, según el mismo Lezo anotó en su diario.

Para esas horas Vernon ya sabía que el águila española estaba herida y que sería cuestión de tiempo atenazarla y reducirla para que no pudiera más emprender el vuelo. Rayando las doce, un navío de ochenta cañones hizo su aparición contra el San Luis, pero antes de que pudiera ponerse en línea recibió tal fuego del Castillo que no tuvo más remedio que marcharse a todo trapo, presa del temor; la marinería había alcanzado a arriar sus masteleros y vergas, cuando el Capitán dio la orden de largar nuevamente las velas bajo una lluvia de balas de los cañones que levantaban columnas de agua a babor y estribor como géiseres desafiantes. Algunas estremecieron la cubierta y sacudieron peligrosamente el buque. Lezo se levantó de su catre y, saliendo a cubierta, ordenó a su piloto avanzar hacia la cadena de Bocachica para, traspasándola, perseguir la nave intrusa; se hicieron señales para bajar las cadenas submarinas mientras le daba cobertura el *San Felipe*, que imitaba sus movimientos. Dos bombardas y una fragata de cuarenta cañones salieron al paso del General a defender el navío inglés y se produjo un nutrido intercambio de disparos; una bomba cayó a escasos metros de la popa de *La Galicia,* la nave capitana, obligándolo a detenerse; otra más pasó raspando la proa del *San Felipe*, ante lo cual Lezo dio la orden de sacar apresuradamente el depósito de pólvora de dichos navíos para que, accionada por las balas incendiarias, no fueran a volar por los aires. Pero el intercambio no pasó a mayores y los buques regresaron a su refugio habitual tras las cadenas que fueron de nuevo templadas.

Vernon observaba los movimientos de sus barcos y las maniobras de Lezo desde cierta distancia. Ponía el catalejo en *La Galicia* con la esperanza de ver al famoso marino y constatar lo que de él se decía: que era mocho, manco y tuerto. Pero el movimiento del buque hacía difícil mantener el catalejo fijo y entre el ir y venir de tantos hombres era imposible adivinar quien era el tal Lezo. Acariciaba sus sueños de llevar a aquel marino atado a Inglaterra y reparar la humillación de los buques ingleses capturados y llevados a rastras por Don Blas, algo perfectamente conocido en Inglaterra. Estaba en estas entretenciones, cuando una fragata se acercó al buque insignia y, haciendo señales, manifestó su intención de hacer pasar a alguien a bordo a hablar con el Almirante. Otorgado el permiso, lanzaron una lancha que con tres hombres se aproximó al navío de Vernon. El Almirante los recibió en el acto.

—Señor —dijeron al verlo—, venimos a comunicaros que hemos capturado un correo que de Santa Marta se dirigía a La Habana. Llevaba un mensaje de urgencia para la flota del almirante Torres.

—¿Y qué decía el mensaje? —preguntó con ansiedad Vernon.

—Que estabais atacando a Cartagena de Indias y pedía urgente socorro para la Plaza. He aquí el mensaje. —Y diciendo esto lo extendió a Vernon.

—No sé leer español —contestó el Almirante con displicencia, retirando el papel.

—Pues ésa es la traducción que se ha hecho, señor. Tenemos al correo a bordo hecho prisionero. Es un mozo altanero y hasta peligroso. ¿Qué hacemos con él?

—Echadlo por la borda. —Pero tras una pausa, rectificó—: No, mejor no; conservadlo. A lo mejor nos pueda servir de algo.

Vernon se llevó la mano a la barbilla y tras unos segundos de cavilación se le iluminó la mirada.

—Ajá —dijo—, conque Torres ya no podrá auxiliar a Cartagena. —Y en su cara se proyectó una inmensa sonrisa de satisfacción. —¡Consejo de guerra! Convocad un consejo de guerra—, ordenó a su ayudante y dio media vuelta y se internó en el salón de guerra del buque, volcándose sobre los planos que tenía desplegados en la mesa de trabajo. Vernon volvía a cambiar de idea. Volvería al plan inicial de penetrar por La Boquilla hasta La Popa y sitiar por detrás al San Felipe de Barajas. Ya no había peligro. Penetraría profundamente sin temor a ser cogido por las espaldas; ésta ya no sería una maniobra de distracción, sino un segundo avance en pinza que con la ruptura del cerrojo de Bocachica se atenazaría en dos flancos sobre Cartagena. Llevaría al virrey Eslava y a Lezo prisioneros a Inglaterra y atados con un cordel de cuello y manos. Londres se volcaría a mirar el espectáculo de la humillación española. Por fin la América sería británica.

*

A la puesta del sol llegaba el capitán Agresote con 350 hombres de tropa a relevar el destacamento de Alderete refugiado en el Castillo y otros hombres que, agotados, debían buscar alivio.

—Coronel Desnaux —lo interpeló Lezo—, enviad algún negro baqueano con unos hombres para reconocer los montes y ver si capturamos a algún inglés. Debemos enterarnos de qué está pensando el enemigo; estoy dispuesto a recompensar a cualquier prisionero con cincuenta pesos por su información. También he encargado al capitán Juan de Agresote para que haga lo mismo con ocho hombres. Debemos saber qué traman.

Esta operación no dio como resultado ninguna captura, pero el miércoles 22 de marzo a las siete y media de la noche el capitán Agresote volvió informando que había encontrado a poca distancia de la batería de San Felipe un puesto avanzado con doce hombres quienes, aparentemente, habían desembarcado subrepticiamente para localizar una cabeza de playa desde la cual emplazar baterías para iniciar un ataque por tierra contra el Castillo. Era una avanzada de exploradores. Agresote también informó a Lezo que el enemigo había puesto doce morteros en tierra con todos sus pertrechos.

Efectivamente, el inglés estaba desembarcando impunemente mientras los valientes defensores se parapetaban tras las murallas y terraplenes del Castillo. Lezo confirmaba sus peores presentimientos. Ahora era necesario que el Virrey, en persona, visitara el frente y se diera cabal cuenta de lo que estaba pasando. Si el desembarco progresaba, ¡el San Luis caería sin remedio y con éste la primera línea de defensa! Era preciso, pues, abortar con un ataque la cabeza de playa para capturar el mayor número de pertrechos, municiones, hombres y material de guerra. Pero este ataque debía hacerse en masa y con la arremetida de la Armada española, la artillería del Castillo y la carga masiva de hombres de infantería que no podrían ser extraídos en su totalidad del Fuerte. ¡Eslava debía trasladar hombres desde Cartagena y aun desde La Popa, a sabiendas de que las pérdidas serían grandes dada la cobertura que la Armada inglesa les prestaba!

El Virrey abordó *La Galicia* a las cinco y media de la tarde, después de haber conferenciado con Desnaux, el comandante del Castillo.

—Señor Virrey —le dijo Lezo—, podéis mandar al capitán Don Miguel Pedrol a reconocer el terreno y constatar que el enemigo está desembarcando. Necesito hombres para atacar la avanzada inglesa y no permitir que el enemigo se consolide.

—No tengo hombres disponibles, General. Esto lo sabéis de sobra. Tendréis que apañaros con lo que tenéis.

—Es imposible hacer un ataque con tan pocos hombres; necesito por lo menos mil adicionales para efectuarlo exitosamente. A estas alturas el enemigo debe haber desembarcado quinientos y sería imposible romper el apoyo de la Armada con menos soldados. Aquí nos estamos jugando la suerte de la Plaza, Señor —concluyó enfáticamente. El Virrey entró en un silencio revelador. Lezo anotaba en su diario: «*Pero no dijo D. Sebastián de Eslava ni sí ni no, y con estas omisiones vamos dejando al enemigo que haga lo que quisiere*». Eslava pernoctó esa noche en la nave de Lezo mientras las bombas continuaron cayendo hasta la madrugada.

Muy temprano, a eso de las cuatro de la mañana, Blas de Lezo se hizo trasladar al Castillo para sondear a Desnaux. Corría el 23 de marzo. A las seis regresó a la nave y encontró al Virrey desayunando.

—¿Cuantos buques del enemigo han sido inutilizados, General? —preguntó el Virrey.

—Dos navíos de tres puentes han quedado muy maltratados. Otros dos navíos de setenta cañones y uno de sesenta y seis están fuera de combate, con los costados de estribor desguazados; nos hemos dado cuenta de su situación por los rumbos que las maestranzas les pusieron. Hay otro de cincuenta cañones que está medio deshecho. En total, cinco grandes navíos de guerra están fuera de combate y se los atribuimos a la batalla del día 20.

—Muy bien, General. A propósito, he meditado vuestra petición, de obtener más hombres para lanzar un ataque. Ayer por la tarde conferencié con el coronel Desnaux y él es del parecer que no conviene debilitar a Cartagena ni a La Popa. Le he dado vueltas al asunto en mi cabeza y tengo que decir que estoy de acuerdo con Desnaux. Por ahora no conviene efectuar ningún ataque. —Esta era la forma en que Desnaux se cubría las espaldas: complaciendo al Virrey en sus apreciaciones.

—Cuando Vuestra Merced quiera hacerlo, no podrá —respondió tajantemente Lezo.

—Por lo pronto os enviaré desde Cartagena al capitán Agustín de Iraola para que os asesore en el tema de la artillería. Creo que su ayuda os será de gran valor. Disponed que salgan algunos piquetes del Castillo hacia las barracas de la playa y continuad observando los pasos del enemigo —dijo Eslava y hacia las siete se marchó a Cartagena.

A esa hora comenzaron los bombardeos, con tan mala suerte, que una bomba cayó sobre el almacén de víveres del Castillo y destruyó todo cuanto había, causando varias bajas. Lezo procedió a reenviar víveres para doce días y reemplazó como pudo los muertos y heridos de su propia tripulación. Las raciones comenzaban a escasear y la situación empezaba a verse crítica. Media hora más tarde, el General era avisado que dos prisioneros canarios fugados de un navío de setenta cañones habían llegado y querían entrevistarse con él. Los fugitivos le informaron que los planes de Vernon eran tomarse el castillo de San Luis, desembarcar en Manzanillo y avanzar hacia La Popa de sur a norte, al tiempo que desembarcar en La Boquilla y avanzar hacia La Popa de norte a sur, atenazando el puerto y forzando el castillo de San Felipe; que un correo que iba hacia La Habana había sido interceptado en alta mar con una carta al almirante Torres pidiéndole auxilio... Lezo escuchó la narración sin inmutarse. «Conque Torres estaba en La Habana y Eslava no me había dicho nada», pensó el General con visible disgusto. Y dando un manotón en la mesa, preguntó a los canarios:

—¿Cuántos hombres piensan desembarcar en La Boquilla?

—*Catorce mil* —respondió uno de ellos—. *Desde el día 22 hasta hoy están desembarcando al norte de Chamba y han mandado una avanzadilla a las cercanías del San Luis para alertar de vuestros movimientos. Hemos oído decir que después de tomarse esta Plaza irán hacia Veracruz* —narró el fugitivo.

—Catorce mil son demasiados hombres. No lo creo posible, sobre todo si piensan desembarcar en La Boquilla. Pero eso nos da una idea de la cantidad de gente que van a acometer contra el San Luis. ¿Cómo os capturaron?

—*Íbamos de Canarias a Curaçao en un barco cargado de vino, cuando nos apresaron. Hay otros prisioneros españoles y franceses en sus barcos. Provienen éstos de una balandra francesa que venía a Portobelo con ochenta mil pesos; la balandra la tienen en Jamaica y su tripulación ha sido repartida en todos los navíos. Hemos oído también que los ingleses esperan un convoy de refuerzo; que ayer un capitán y cinco hombres murieron en un navío y que el fuego costero del día veinte les hizo mucho daño. Que tienen por lo menos cinco navíos averiados.*

Esta declaración, consignada en el diario de Lezo, confirmaba su propio informe de los daños al virrey Eslava.

A las dos de la tarde de ese mismo día Don Blas de Lezo recibía comunicación del Virrey en la que lo alertaba que el enemigo estaba a punto de recibir treinta navíos más de refuerzo, lo cual constataba lo dicho por los prisioneros escapados. El Virrey solicitaba al General que dispusiera de víveres para abastecer la ciudad, a lo cual Lezo respondió lo acostumbrado: «*Que si el Virrey hubiese obrado tomando las precauciones necesarias, nada de esto estaría pasando*». En la nota de respuesta, Lezo le añade:

> *Sírvase comunicarme Vuestra Excelencia cómo ha de disponer la retirada de este frente de guerra en caso de que sea necesario, pues esta tropa y la gente de mar y la del Castillo y baterías habrán de servir para la defensa de la Plaza, porque me recelo que si los enemigos ponen batería de cañón en tierra, se habrá de perder todo esto; debéis considerar lo dificultoso de conseguir la retirada en caso forzoso, pues este castillo no podrá resistir otro ataque de cuatro navíos. Este punto es digno de vuestra mayor reflexión.*
>
> *Blas de Lezo, viernes 24 de marzo de 1741*

Los temores del general Lezo estaban bien fundados. Una cuidadosa inspección del Castillo daba como resultado su falta de acondicionamiento contra un ataque frontal de esa envergadura; faltaba echar a tierra todos los merlones, que son los parapetos situados entre las cañoneras, y sustituirlos con costales de fique rellenos de arena, en lo posible, y poner una empalizada y construir revellines que protegieran la muralla de los impactos directos del cañón; los merlones estaban hechos de ladrillos, caracoles y piedras, que explotaban en mil pedazos al recibir el impacto de los proyectiles, causando gran destrozo y heridas a los soldados. Lezo había recomendado hacerlos de arena y tierra apisonada para amortiguar los impactos, algo con lo cual estuvo de acuerdo el coronel-ingeniero Carlos Desnaux. Los merlones, la parte más débil de una muralla y entre los cuales se abren las troneras de los cañones, saltaban como pan centrifugado esparciendo trozos de mampostería y esquirlas por los aires. La fragmentación ocasionada por el impacto de los proyectiles tenía el mismo efecto de una moderna granada de mano. Por eso mismo Lezo había recomendado echarlos a tierra y reemplazarlos con costales repletos de arena que, apilados unos sobre otros, actuaran como las trincheras en los frentes de batalla, amortiguando el golpe del proyectil y quitándole masa al impacto.

Lezo era uno de los pocos militares que había comprendido que el carácter de la guerra estaba cambiando y que el sistema de defensas amuralladas tendría que ser revisado. No era que desconfiara totalmente del sistema, pero había que revisarlo y mejorarlo, pues sus rígidas cortinas eran susceptibles de ser quebradas y demolidas. La artillería presentaba nuevas exigencias que no toda mente de los tiempos que corrían estaba en condiciones de aceptar. Echar los merlones por tierra era, pues, una propuesta demasiado atrevida para ser tenida seriamente en cuenta y, por ello, no pocas bajas se debieron a esta falta de visión y reacondicionamiento. La comparación con las bajas en los sectores parapetados con sacos daba la razón a Lezo. Dichos sacos estaban hechos de una fibra vegetal, llamada fique, sumamente resistente y con la cual, hasta hace muy poco, se empacaban las cargas de café, harina y otros comestibles para su transporte. En aquel entonces el fique era ampliamente usado en el Virreinato para elaborar todo tipo de empaques y ya Lezo había notado su utilidad en estos menesteres.

La otra gran falla había sido no despejar totalmente de árboles las inmediaciones del Castillo, para lo cual el Virrey no dispuso del dinero necesario cuando aquello era vital para una defensa que mereciera su nombre. La recomendación había sido despejar la zona hasta una distancia de tiro de cañón, lo cual permitiría emplear a fondo la artillería contra un invasor que se atreviese a poner sitio al San Luis por tierra. Como el fuerte tenía una forma irregular, en figura de tetrágono, debería haber tenido cuatro contraescarpas, que son las paredes inclinadas del foso, y no dos como las que presentaba: la una desde la puerta principal, no totalmente terminada, y la otra en la parte que miraba hacia el fuerte de Santiago. Sus murallas y parapetos parecían no tener el espesor correspondiente, pues sólo acusaban escasos dos metros y hasta 1,40 m, respectivamente; además, faltaba algo más de un metro para ser completada la muralla en su parte trasera respecto de la batería de Santiago. Tampoco sus subterráneos estaban en la mejor forma dispuestos, ni acusaban un grosor a prueba de cañón; similar cosa ocurría con los depósitos de pólvora. Menos aún la puerta de acceso al Castillo era invulnerable, pues no tenía puente levadizo, ni obra frontal alguna que la protegiera de un impacto directo. En los años siguientes, estas deficiencias fueron corregidas con la construcción de otra fortaleza a la entrada de la bahía, pero ya para entonces Inglaterra habría dejado de insistir en conquistar el Imperio Español.

Sin embargo, Carlos Suillar de Desnaux hizo lo que había podido con los recursos allegados por el Virrey: logró amurallar las ventanas y respiraderos que estaban descubiertos, de tal manera que resistieran los impactos; taló árboles y desgajó ramas y maleza en cien metros a la redonda, particularmente hacia la parte que mira a las baterías de San Felipe y Santiago, para evitar la demasiada aproximación del enemigo, aunque no alcanzó a talar lo suficiente como para alejarlo del todo. Era todavía posible que el enemigo se escondiera en la espesura próxima al Castillo y desde allí lanzara su artillería, escondida entre la maleza. Con sesenta y cuatro trabajadores enviados desde Cartagena por Eslava se hicieron fajinas y trabajos para fortificar y emplazar baterías en el camino cubierto a fin de impedir que la Armada diese fondo delante del Castillo y lo bombardeara; pero estas obras tampoco se concluyeron, pues fue menester repartir las fajinas con las de la batería de San Sebastián, emplazada en Varadero, adonde se tuvieron que desplazar cincuenta y cuatro hombres y buena parte de los materiales de obra.

Al recibir la carta de Lezo, Eslava responde: «*Conviene mantenerse todo lo que se pueda en el Castillo para dar más tiempo, pues de esto depende la seguridad de la Plaza*».

—¿Habéis oído, capitán Mas, lo que este loquito nos dice? Que debemos mantenernos en el Castillo lo más posible para dar más tiempo... ¿Tiempo a qué? ¿A que venga Torres de La Habana en nuestro auxilio? Los marinos canarios nos han informado que el correo enviado por el Virrey fue capturado... ¡y ya nadie vendrá en nuestro auxilio! Debo convocar a una junta urgente de los capitanes de los cuatro navíos y del castellano del San Luis porque considero que nuestra situación es insostenible...— Lezo se refería a cuatro de los seis navíos que en ese momento resguardaban la cadena y bloqueaban el paso del canal de Bocachica. Corría el 25 de marzo y esta junta quedó consignada en el diario de guerra del coronel Carlos Desnaux como algo que merecía anotarse dada su trascendencia en el transcurso de las hostilidades. Cuando Desnaux se hizo presente, Lezo, volviéndose hacia éste, le dijo:

—Coronel Desnaux, he oído el concepto de todos mis oficiales y vos habéis oído el mío propio. Han desembarcado 2.100 ingleses, según inteligencia que hemos tenido. Nosotros no estamos en posición de resistir por mucho tiempo los embates del enemigo en este castillo; mi apreciación es que debemos retirar la guarnición de esta plaza mientras podamos hacer una retirada en orden y sin sobresaltos... Si esperamos a que los ingleses fuercen la entrada, los hombres que nos harán falta para la defensa del puerto caerán prisioneros en el San Luis y los que no, estarán muertos, con lo cual sufriremos un desastre militar de marca mayor. Deseo oír vuestra opinión.

—Mi opinión, Señor, es que debemos resistir —contestó Desnaux con una frialdad pasmosa al tiempo que ponía su mano sobre el arriaz de su espada que ostentaba una bella guarnición de conchas—. Creo que, con el Virrey y yo, hacemos dos loquitos, si es que eso lo decís como un insulto, mi General —concluyó en tono altivo.

—Entonces, no lo toméis como un insulto, sino como un diagnóstico, mi Coronel. En tal caso, debe prevalecer la opinión de la mayoría que le ha dado la razón a los cuerdos... —dijo Lezo con sorna. Y añadió—: Es lo prudente, en este caso. He aquí, Coronel, la decisión escrita en este documento que todos han firmado y que vos debéis hacerlo también.

—Con todo respeto, mi General, pero yo no firmaré ese papel —respondió frunciendo el ceño y recalcando las palabras.

—¿Os negáis, entonces, a retirar vuestras tropas del Fuerte?

—Así es, mi General. Mi comandante es el virrey Eslava y él no quiere que se abandone este puesto. Yo defenderé el Castillo hasta que tenga brecha abierta y se puedan practicar los últimos esfuerzos de defensa, esfuerzos que no ahorraré, ni sangre que no verteré, en procura de no entregarlo al enemigo.

—Muy bien, Coronel, os quedaréis con la tristeza de haber sacrificado inútilmente a vuestros hombres y de no haber defendido a Cartagena con la inteligencia necesaria.

—Pero conservaré la alegría de haberla defendido con el valor suficiente —contestó Desnaux. Lezo le entregó una constancia de la determinación adoptada por la Junta y esto quedó consignado en su diario.

Aquel día, dieciséis cañones emplazados contra el ángulo flanqueado del baluarte y escondidos en la espesura abrieron un mortífero fuego contra el Castillo. Desnaux ordenó responder el fuego día y noche sobre la espesura, calculando el escondite, aunque no podía causar tanto daño como el que esperaba, dado el ángulo de tiro al que se enfrentaba. El enemigo, no obstante, sufrió muchas bajas, lo cual se comprobó a la mañana siguiente. Pero hacia medio día las baterías de tierra reiniciaron su castigo, intentando hacer brecha en la cara izquierda del Fuerte. Desnaux mandó a derribar los merlones del parapeto y cortó cuatro troneras por donde emplazó artillería adicional para defender el punto. Blas de Lezo acudió en su ayuda con *La Galicia,* y entre los fuegos del Castillo y los del navío abortaron, por lo pronto, la amenaza. Pero ya el Fuerte agonizaba. El General dispuso que sus hombres reemplazaran temporalmente a los de Desnaux para permitirles descansar de la fatiga ocasionada por el prolongado duelo artillero; en el entretanto, recibía parte del capitán Don Miguel Pedrol en el sentido de que el enemigo se había repartido hacia izquierda y derecha en la bajada entre San Felipe y Santiago, y que, al ser notada su propia avanzada por los vigías de los navíos de guerra ingleses, éstos habían abierto fuego contra ellos. Comunicábale que se disponía a atacar al flanco derecho del enemigo apenas viese la oportunidad para ello, ante lo cual el General ordenó que Agresote saliera en su apoyo, pues el ataque parecía a estas alturas demasiado aventurado. Un paquebote inglés hizo su aparición cerca del San Luis y comenzó a bombardearlo por sus flancos de mar; el fuego fue respondido con solvencia y, en el intercambio, el paquebote no salió muy bien librado.

La situación, sin embargo, se deterioraba por momentos para los defensores. El improvisado hospital y enfermería comenzaba a rebasar sus posibilidades de atención. Eran muchos los heridos allí apiñados y las precarias medicinas de la época comenzaban a escasear. Hacían falta vendajes, torniquetes, gasas, emplastes... y hasta ron para sedar a los heridos. Los buques de Lezo suministraban lo que podían; iban y venían a la ciudad llevando y trayendo vituallas, pertrechos y los heridos más graves; los suministros eran tasados por Don Blas de la mejor manera, siempre atendiendo que no se fuesen a desperdiciar. Los cadáveres insepultos comenzaban a heder. El mar arrojaba sus muertos a tierra ya hinchados y destrozados por el hierro y los elementos.

En uno de esos correos, el día 27, sobre las once de la mañana, llegaba el virrey Eslava quien, subiendo al *Galicia,* dijo a Lezo:

—Éste es el refugio de la Plaza, General. Sé que sois de la opinión que San Luis debe abandonarse y sus hombres evacuarse. Pero no; no debemos abandonarlo. La situación la veo difícil, pero debemos resistir y hacer la última defensa para ganar tiempo.

—Para resistir nos tiene el Rey, pues somos sus vasallos. Pero aquí no ganamos tiempo, Excelencia. Aquí lo perdemos.

—¿A qué os referís, General?

—Al hecho de que estamos solos y nadie va a venir en nuestra ayuda.

—Os equivocáis de nuevo. El almirante Torres ya debe estar en antecedentes del ataque y pronto asomará por estos mares con todas su flota para dar cabal cuenta del enemigo.

—Aquí no vendrá Torres ni nadie que se le parezca, Señor Virrey. Vuestro correo ha sido interceptado y hecho prisionero. Ni el almirante Torres ni las autoridades de La Habana saben nada. Estamos solos. Por lo tanto, el equivocado sois vos. —Dicho lo anterior, el Virrey quedó estupefacto; de una sola pieza. Los segundos de silencio transcurrieron como horas y un como soplo helado recorrió la humanidad del Virrey, Teniente General, Lazaga, Berrío y Eguiarreta, Señor de Eguillor y Comandante Supremo, Jefe Político y Administrativo del Virreinato de la Nueva Granada, Defensor de Cartagena de Indias, Don Sebastián de Eslava.

Los oficiales de Lezo, que asistían a la reunión, también sintieron el soplo helado, soplo militar y político que, como en los pasillos de los parlamentos, va filtrándose por las puertas entreabiertas, las ventanas a medio cerrar, las rendijas de las crujientes maderas de las naves, para ir a dar a los muros del castillo de San Luis de Bocachica, recorrer los terraplenes y escarpas, transitar por túneles y depósitos, estremecer las guarniciones, helar a los soldados y despelucar al coronel-ingeniero Don Carlos Desnaux, castellano de la Plaza. Estaban solos. Y esa idea, después de hacer tránsito por las bocas de los oficiales y los soldados, de los marinos y pilotos, de las amas de casa, de los jefes de hogar, en fin, del pueblo de Cartagena, quedó fijada en la mente de los defensores y en la de los que en la retaguardia doblaban la rodilla para rogarle al Todopoderoso su piedad sobre Cartagena. Hasta aquel parroquiano de la Misa de marras había recriminado a su mujer, diciendo: «El Obispo tenía razón. Un castigo ha caído sobre nuestra ciudad.» Y desde ese momento los predicadores lanzaron anatemas contra los impenitentes y entonces empezaron las rogativas, las limosnas, las penitencias, las promesas, el entrar de rodillas desde los atrios hasta el altar y los flagelos públicos que algunas almas se hacían para salvar a la Ciudad. Las señoras se calzaron zapatos sin escote, se cambiaron aquellas faldas de escándalo y hasta manga larga se echaron; se cubrieron con velos y lloriquearon por las esquinas confesando públicamente sus desvíos. Muchas decidieron hacer votos perpetuos de respetar el baño diario poniéndose un camisón sobre las desnudas carnes, tal como lo aconsejaban los curas; otras prometieron jamás dejarse levantar el camisón por sus maridos y sólo copular por el ojete ribeteado de seda que se abría en los camisones a la altura del pubis, obedeciendo el consejo eclesial del sexo como imperativo reproductivo.

Las dos casas conocidas de lenocinio que había en la Plaza se cerraron y en sus puertas se colgó un letrero que decía: «Volveremos a atender cuando pase la guerra y se vayan los ingleses». Algún descomedido patrón, empero, había mandado a hacer una pintada en sus paredes que, a manera de burla, o preocupación, preguntaba: «¿Y si se quedan?». Nadie respondió esa pregunta, pero toda lujuria fue suspendida y desde aquel momento, hasta terminada la guerra, tampoco nadie consintió en aparearse, como una forma de agradar a Dios y expiar los pecados. Ese día, lunes 27, se detuvo el fuego, se silenciaron los morteros, se acallaron los cañones. Estas cosas extraordinarias solían ocurrir en lunes, cualquier lunes, porque Cartagena era así, una ciudad mágica y sorprendente.

Desde que Lezo dijo aquellas palabras había caído un extraño silencio, como si el combate hubiese, de repente, cesado. Las golondrinas del verano hicieron un amplio círculo sobre las naves de guerra y desaparecieron con sus últimos chillidos en el horizonte; algunos soldados juraron que las habían visto cagar en el aire antes de alejarse y atribuyeron aquel fenómeno a los reflejos del Virrey. Luego se hizo más notorio el sonido del mar y el soplo del viento, como si fuera el mismo silencio el que estuviera hablando.

—¡Mierda!, el Virrey se debe estar cagando con la noticia —un soldado costeño murmuró, mientras los marinos levantaban los ojos hacia arriba como buscando nuevas señales; los soldados se miraban y no atinaban a entender. Nadie entendía, hasta que alguien más dijo:

—Es el silencio de Dios —porque algo así parecía.

Eslava se quedó a comer, y entre Lezo y él no se intercambió palabra alguna. Tampoco los oficiales con ellos ni entre sí. Partían el pan, tomaban el vino y comían las magras raciones compuestas, generalmente, de carne de buey, pescado seco, arroz y galletas, en el comedor de a bordo como si estuviesen asistiendo a un entierro; el entierro de la esperanza. Uno de ellos atinó a decir: «Cuando la noche es más negra, la lucecilla de la esperanza brilla más», pero nadie hizo caso ni comentario, y aquello pareció como salido de tono. Eslava se marchó a las cuatro de la tarde y Lezo anotó en su diario: «*Comió aquí y se volvió a las cuatro sin decir más, ni disponer otra cosa; su cauteloso silencio me ha dejado siempre en la mayor perplejidad, sin saber a qué atribuirlo*». Escrito esto, cogió el espolvoreador y secó la tinta del papel.

Torres los había abandonado y ésta fue otra idea que quedó en la mente de los comensales y de todos los que tuvieron conocimiento del hecho. Se dice que hasta los relojes detuvieron su marcha como sincronizando la cuenta regresiva que para el primer portal de defensa había apenas comenzado. Alderete comprobó, en efecto, que su reloj de bolsillo se había detenido también porque una bala, quizás de rebote, se lo había inutilizado. Sólo se supo que las horas avanzaban cuando vieron a Lezo coger la espabiladera para avivar la llama de los mecheros que ardían mortecinos en su camarote...

Capítulo XII
Se rompe el cerrojo

¡Oh Redentor!, acoge el canto de los que unidos te alaban... Escucha, Juez de los muertos, única esperanza de los mortales, la oración de los que llevan el don que promete la paz...

Oración del Misal Tridentino

Don Sebastián de Eslava estuvo hasta el día siguiente sumido en un mutismo mayor que el acostumbrado. Su cara estaba cenicienta y acongojada. Se le escapaba de las manos la tan esperada victoria sobre el inglés. El martes, 28 de marzo, se reanudó el fuego y fue de tal magnitud, que Desnaux consigna en su Diario que Vernon «*destinando para esta empresa trece navíos de guerra, los mejores que tenía, y el día de Pascua a la una de la tarde, vinieron a felicitarnos los que con la batería de tierra y todos los morteros, en un fuego tan cruel, que no es posible imaginarlo*». Este mismo día un soldado irlandés desertó de las filas inglesas y se acercó al castillo de San Luis; fue inmediatamente llevado a Don Blas, quien procedió a interrogarlo con un improvisado intérprete:

—¿Por qué habéis desertado?

—Porque soy católico —respondió el soldado—, y éstos son herejes ingleses que nos fuerzan a pelear por una causa que no es nuestra. Nosotros, Señor, entendemos que la herejía inglesa libra una enconada batalla contra el catolicismo español desde hace siglos y uno de los dos dominará, finalmente, el mundo. No seré yo quien se preste a que ellos lo dominen, Señor —concluyó con firmeza el soldado.

—Así es —dijo Don Blas—, llevándose la mano al chaleco para acariciar su crucifijo—. Ésta es una guerra entre Dios y el demonio. Por lo pronto va ganando el demonio. —Y se quedó unos segundos pensativo, después de los cuales preguntó—: ¿Qué hace el enemigo en estos momentos?

—Construye una batería de veinte cañones de calibre 24 y otra de morteros a dos tiros de fusil del Castillo, pero dentro del bosque. Siguen desembarcando tropa. Hay seiscientos hombres para la formación de las baterías de cañones y morteros. El general Cathcart ya ha desembarcado.

Para tener una idea de lo que significaba un cañón calibre 24, bástenos decir que medía algo más de 3,50 metros de largo y pesaba más de 3.000 kilos. Lezo sabía, pues, lo que se avecinaba sobre las defensas.

—¿Qué se dice de nuestro fuego? —preguntó impaciente.

—Que ha sido mortífero, por lo que se está esperando más tropa y víveres.

—Llamad a Don Pedro de Elizagarate para que conduzca a este desertor a Cartagena, adonde el Virrey, y que le den cincuenta pesos por su información —ordenó Don Blas. Y cuando llegó el requerido Don Pedro, le dijo—: Informad al Virrey sobre este particular, a ver si cae en la cuenta de mandarnos refuerzos...

El inventario que se hizo al día siguiente, miércoles 29, sobre las provisiones existentes arrojó datos perturbadores; sólo quedaban dieciséis barricas de carne y tocino para los cuatro navíos, el Castillo y las baterías, con lo cual, Lezo calculó, quedaban provisiones para veinte días de resistencia. La pólvora y proyectiles también estaban bajos; tanto que el Virrey envió balas desde la ciudad, pues ya de los navíos no se podían sacar más para abastecer el Fuerte. Los bombardeos habían desmantelado doce cañones de calibre 24 y trece de 18, los cuales tuvieron que ser remplazados. También llegaron con el capitán Pedrol sesenta hombres para aumentar la guarnición del San Luis, una suma evidentemente inferior a la necesitada; pero también las malas noticias.

El enemigo estaba desembarcando al otro lado del canal y amenazaba tomar las baterías de Varadero y Punta Abanicos que protegían el fuerte de San José que, con el de San Luis, era parte esencial de la defensa de la Boca. El fuerte de San José estaba comandado por el capitán de batallones, Don Francisco Garay, y Punta Abanicos por el teniente de navío Don Joseph Polanco, ambos competentes y valerosos comandantes. Don Blas despachó inmediatamente dos botes con soldados de infantería y de mar para sostener aquel sitio que, con el Alférez de Navío, Don Jerónimo Loyzaga, pusieron a los invasores en retirada; pero ya habían causado serios destrozos a ambas baterías. En ellas perecieron el propio Loyzaga, cinco soldados, cinco marineros y tres negros. Don Joseph Campuzano, un oficial, había sido capturado por el enemigo. Era evidente que tales baterías estaban sin suficientes soldados que las defendieran, pues con sólo trescientos hombres, los ingleses habían logrado incendiarlas en una operación «comando» llevada a cabo con habilidad y arrojo. No obstante, el enemigo había encajado treinta hombres muertos y un oficial que los comandaba. El fuerte de San José quedaba, así, sin protección alguna y en eso le comenzó a hacer compañía al San Luis. El enemigo estaba empleando una táctica de desmantelamiento progresivo, pelando la cáscara, si se quiere, para luego comerse el plátano.

Pero si los ingleses formaban operaciones «comando», los españoles no se quedaban atrás; en una maniobra relámpago, ejecutada el 30 de marzo, Don Miguel Pedrol había emboscado a los norteamericanos al otro lado, hacia San Felipe y Santiago, poniéndolos en fuga. Inmediatamente Don Blas de Lezo ordenó se ocuparan esas baterías y se desclavaran los cañones. El capitán Agresote fue el encargado de cubrir los flancos con su infantería de marina mientras se llevaba a cabo esta operación. Los enemigos no tuvieron oportuna cobertura de la Armada, por lo que pudo salvarse buena parte de la artillería allí abandonada en el rápido repliegue del Capitán de Batallones de Marina, Don Lorenzo de Alderete.

Llevábanse a cabo tales operaciones, cuando el virrey Eslava hizo su aparición en *La Galicia*. Lezo aprovechó la circunstancia para indicarle al Virrey que el éxito de la carga de Pedrol podría estar indicando que el enemigo no había podido todavía consolidar sus posiciones y que éstas parecían no estar bien defendidas. Lo instó, una vez más, a montar una ofensiva de mayor envergadura para desalojarlo de las cercanías del San Luis y aprovechar el monte para que la Armada no pudiese apoyarlos en debida forma y, de paso, demoler las obras que estaban haciendo para lanzar un posterior ataque contra el Castillo. El desertor lo había informado y ya era cosa sabida y reconocida de todos lo que tenían entre manos. El intercambio no tuvo ninguna acogida y sí, en cambio, la consabida aspereza. Lezo volvió a registrar en su diario de a bordo: «*No sé cómo conviene esta negación, cuando antes le hemos oído decir (al desertor) tratándose de estas materias, que si los enemigos formasen batería haría que se los echase encima; por eso tendrá esto el paradero que se debe esperar*».

Ese Jueves Santo hubo gran procesión de Semana Santa en Cartagena. Lezo escapó a la Plaza para asistir a la Misa solemne que se oficiaba, con presencia de los altos cargos militares y civiles. La ceremonia del *mandatum* recordaba el gesto de humilde caridad con el que Jesús había subrayado el nuevo mandamiento del amor fraterno que en aquellas costas estaba ausente. Don Blas asistió con su mujer a la ceremonia, luciendo sus mejores galas. El Virrey permanecía ensimismado y como ausente, quizás pensando en las grandes responsabilidades que estaban a su cargo y en cómo aquella batalla por el Imperio se complicaba cada día más. Su ánimo estaba por el suelo por la noticia del abandono del almirante Torres y la incontenible arremetida de los ingleses.

Ya en la mañana, doce sacerdotes, siete diáconos y siete subdiáconos, se habían dirigido procesionalmente a la sacristía de la Catedral y de ella habían extraído el óleo para el santo crisma en una gran ampolla cubierta de velo blanco y el óleo de los catecúmenos en otra ampolla, llevadas ambas por un diácono. Un subdiácono llevaba el bálsamo, una especie de ungüento perfumado, que serviría para la confección del santo crisma. En la procesión, todos en coro cantaron:

—¡Oh redentor!, acoge el canto de los que unidos te alaban... Escucha, Juez de los muertos, única esperanza de los mortales, la oración de los que llevan el don que promete la paz...

Luego el obispo, Don Diego Martínez, y tras él los doce sacerdotes, soplaron tres veces en forma de cruz sobre la ampolla del óleo y dijeron:

—Te exorcizo, criatura del óleo, por Dios Padre omnipotente, que hizo el cielo y la tierra, el mar y todo cuanto en ellos hay, que toda la fuerza del adversario, todo el ejército del diablo y todo ataque y toda ilusión de Satanás sea desarraigado y huya de ti...

La imagen de esta escena, proyectada en la mente de Don Blas, le evocaba las fuerzas imperiales británicas que, diabólicas, se estrellaban contra las crujientes fortificaciones de Cartagena. El óleo de los enfermos, materia del sacramento de la extremaunción, fue bendecido, y poco sabría Don Blas de Lezo, en aquellos solemnes momentos, que sería el mismo óleo que habría de emplearse en su propia agonía, meses más tarde...

*

Es difícil explorar la mente de Don Sebastián de Eslava y las razones que en ese momento lo movían a persistir en una política de defensa que se mostraba deficiente. El Virrey había quedado perfectamente inhabilitado para tomar decisiones de fondo, dada la trascendencia de la noticia sobre el almirante Torres. Parecía que su estado de ánimo se había venido al piso; que su voluntad se había quebrantado de tal modo que ya no atinaba qué hacer. Era algo verdaderamente lamentable, pero, como Blas de Lezo decía, «ni rajaba ni prestaba el hacha». Tal vez albergaba en lo recóndito de su mente la esperanza de que todavía alguien podría avisar a Torres de las vicisitudes de la Plaza. Ese día 31, el Virrey escribe a Don Julián de la Cuadra, marqués de Villarias, lo que ya no podía ocultarse sobre los verdaderos planes del enemigo. Dice Eslava: «*Yo estoy persuadido de que el empeño es forzar el Puerto batiendo antes a Bocachica, y esto último lo podrían lograr si se arriesgan a perder algunos de los navíos de los que atacaren...*». Y luego reconoce las fallas en la defensa: «*...Pues la muralla es endeble y el parapeto no tiene el espesor correspondiente, pero después les queda la entrada del canal en que está la cadena, defendida de los cuatro navíos que manda Don Blas de Lezo*». Entonces, el Virrey estaba persuadido de que el fuerte se forzaría y el enemigo abriría el cerrojo de la bahía. No obstante, nada hacía por impedirlo. En la misma carta el Virrey pretende una clarividencia: «*También podrán los enemigos pensar en poner batería en tierra si toman a Bocachica para apartar nuestros navíos y entrar francamente dentro del Puerto... pero como la defensa principal consiste en guardar el Puerto, se ha de hacer todo el esfuerzo posible para sostenerlo, porque de lo contrario lograrán los enemigos encerrarnos dentro de la ciudad...*». Es decir, falsear la verdad, pues, que ya habían puesto batería en tierra con todos sus pertrechos, era cosa sabida desde el 22 de marzo, toda vez que Agresote se lo había informado a Lezo y Lezo al Virrey; como Lezo constata en su diario el 25 de marzo: «*Los enemigos continúan en batir con doce morteros por tierra...*»; el Virrey estaba, entonces, en plenos antecedentes de lo que estaba ocurriendo en Bocachica.

Una mirada a otra carta suya al Secretario de Marina, Don José Quintana, fechada a 9 de mayo de 1741, nos puede dar la dimensión de su despiste, o el tamaño de sus intenciones contra el General. Dice en ella Eslava, refiriéndose a estos precisos acontecimientos:

> *...Paso a poner en su noticia cómo, no siendo suficiente todo el armamento del almirante Vernon para rendir el castillo de Bocachica, desembarcó la mayor parte de su tropa en aquel terreno, donde construye una batería de dieciséis cañones que por la espesura del monte no se pudo descubrir hasta el día 1 de abril.*

¡Esta desinformación ocultaba claramente el conocimiento que desde el 22 de marzo se tenía del desembarco enemigo con su artillería!

Si se recuerda, el desertor también había informado de los planes ingleses el día 28 y desde días antes Lezo venía insistiendo al Virrey que el enemigo había desembarcado y los estaban hostigando con morteros. ¿Qué pretendía el Virrey con esta desinformación y falta de coincidencia en las fechas? ¿Podría aseverarse que sólo el 1 de abril se había descubierto una batería en tierra? ¿Y cómo los eventuales investigadores de los hechos podrían no preguntarse si también tardaron tanto en enterarse del desembarco, o que el desembarco no tendría el propósito de traer artillería a tierra? Se necesitaría ser muy ingenuo. Pero había algo más: era evidente que Eslava ya por esas fechas estaba atrapado en sus propios y monumentales errores y era posible que se le abriera un juicio de responsabilidades, todo lo cual era preciso ocultar tras un velo de desinformaciones y aun de acusaciones contra su subalterno. Repárese también que el diario de Don Blas había sido escrito *in situ*, día a día, y reflejaba los cotidianos acontecimientos de la batalla; al contrario, la carta del Virrey al Secretario de Marina era una recordación de hechos pasados y carecía de la precisión de un diario puntual. Pero, aun así..., ¿qué pretendía el Virrey? No hay que esforzarse mucho para entender, ante todo, que pretendía exculparse de cualesquiera errores que fuesen atribuidos a su persona en la defensa de Cartagena; en segundo lugar, que Eslava, ya por entonces, aspiraba a que el triunfo sobre los ingleses le fuera totalmente concedido a él y a sus buenos oficios. Se comenzaba a configurar un cuadro de adversidades que influiría, hacia las postrimerías de su carrera, en la suerte final del heroico general de la Armada Española. Más importante aún, ¿constituía aquello la venganza del Virrey por los múltiples incidentes personales habidos con Lezo? Era posible.

Lo cierto es que el Virrey regresó a la nave de Lezo para continuar tomándole el pulso a la guerra y pasó allí la noche del 30 de marzo; regresó muy temprano a Cartagena, hacia las seis de la mañana del 31. El fuego enemigo comenzó muy temprano, hacia las seis y media, y duró todo el día hasta las diez y media de la noche; ese mismo día se reparó que ya se había puesto en funcionamiento la nueva batería y que a partir de ese momento el San Luis comenzaría a recibir los fuegos de tierra, algo realmente temido por el General y sus hombres. Este Viernes de Pasión, el día de duelo más grande de la cristiandad, Lezo volvió a Cartagena a asistir a las ceremonias correspondientes a la Semana Mayor, y aprovechó para hacer su más grande rogativa por Cartagena de Indias, crucificada como Él. Hubo una solemne Tamborrada con procesión encabezada por la Cofradía de los Cruzados de la Fe, precedida por un grupo de graves tambores y bombos, que, en fúnebre cadencia, lánguidamente gemían a lo largo del itinerario que comprendía los alrededores de la Catedral. A las tres de la tarde se hizo presente en la Catedral para escuchar el sermón de las siete palabras. Lo acompañaban Don Lorenzo de Alderete y Don Juan de Agresote, dos de sus mejores compañeros. Desnaux no pudo asistir, dadas las condiciones del castillo de San Luis: a la una de la tarde, el enemigo se había presentado a hacer un ataque general, «*destinando trece navíos, los mejores y más grandes*», según él mismo anotó en su diario.

La situación del Castillo se tornaba, pues, desesperada, ya que éste no resistiría los fuegos cruzados de tierra y mar, y cualquier brecha abierta implicaría el intento de una toma por las fuerzas de asalto. Por eso el General dispuso dotar el San Luis de veinticuatro piezas de calibre 24 y 18, poderosos cañones que en España, los primeros, medían 3,54 metros de largo y pesaban 3.013 kilogramos; los segundos medían 3,60 metros, con un peso de 3.050 kilogramos; además procedió a desmantelar parte de la artillería que tenía a bordo de sus navíos, dejándolos, como él mismo dice, «*con lo más preciso*», aunque ésta era una verdadera largueza en su apreciación, porque más adelante leemos en su diario que, si de la Plaza no se envían repuestos nos «*quedaremos todos sin ninguno*». No obstante estas penurias, Lezo se las arregla para enviar gente a construir una batería nueva, de cuya localización no estamos ciertos, pero que podría haber estado emplazada en las inmediaciones del San Luis para darle cobertura en caso de un ataque frontal. Era la misma que el Virrey había desautorizado en el pasado.

Los ingleses, viendo el despliegue de gente, enviaron botes espías a la zona y Lezo se vio precisado a reforzarla con hombres y material de guerra para evitar su desmantelamiento nocturno. Las noticias seguían siendo tan desalentadoras como alarmantes. Un correo avisaba que el enemigo había penetrado profundamente hacia el estero de Pasacaballos para cortar los suministros de víveres que llegaban a la ciudad desde el Sinú y Tolú. Rápidamente se embarcaron 120 hombres al mando de Pedro de Elizagarate para trabar combate con el invasor que se había atrevido a tanto. Los vigías de señales indicaron que el navío inglés fondeado enfrente de lo que quedaba de la batería de Santiago hacía señas de alargar sus velas de foque y contrafoque, lo cual fue interpretado como que se disponían a desembarcar más gente en La Boquilla, lo que ocurrió poco después. Lezo envió más hombres a reforzar la batería nueva. Pero esa misma noche del 1 de abril la batería nueva abrió fuego contra el invasor, algo que cogió de sorpresa a los ingleses, que respondieron el fuego sin saber exactamente de donde provenía y sin atinar a dar en el blanco.

Los días que transcurrieron fueron verdaderamente críticos; el día de Pascua de Resurrección, domingo 2 de abril, dos buques de setenta y ochenta cañones cada uno, apoyados con dieciséis cañones de tierra y doce morteros, abrieron fuego sobre el San Luis a las siete y cuarto de la mañana. Luego se fueron incorporando otros buques, como nos lo narra Desnaux en su Diario:

> *Los enemigos que experimentaban por todos medios tan vigorosa la resistencia, se determinaron a hacer un ataque general, destinando trece navíos, los mejores y más grandes; y a la una de la tarde del día de Pascua se presentaron al castillo al mismo tiempo que la batería con sus diez y seis cañones, y los morteros con granadas y bombas hacían por todas partes un terrible fuego a aquel breve recinto, hasta que entrada la noche se retiraron los navíos muy maltratados de los cuatro nuestros y del castillo, habiendo logrado únicamente arrasar los parapetos del frente del ataque y desmontar la mejor artillería.*

Lezo maniobró *La Galicia* y la atravesó de tal manera que comenzó a responder al pasaje del bosque de donde provenían los disparos de artillería. El duelo se prolongó hasta las seis de la tarde, habiendo *La Galicia* disparado 760 tiros que seriamente averiaron las baterías enemigas, precisándoles suspender la ofensiva desde la una hasta las tres y media de la tarde, hora en que se reanudó su castigo con el apoyo de otro navío que comenzó el fuego contra la batería nueva. Lezo se vio compelido a destacar trescientos hombres a reforzarla, en prevención de cualquier ataque terrestre, con lo cual había quedado ya al límite del colapso militar en cuanto a refuerzos se refiere. No teniendo más tropas de refresco, ni guarniciones a su disposición, el General debió ver que no era más que cuestión de tiempo para que se rompiera la línea. Esa noche sintió la angustia de los derrotados, que, sin haberlo merecido, han sido abandonados a su suerte. Ya no quedaba más que rezar, y esa noche lo hizo en el silencio de su camarote llevando las cuentas del rosario con los dedos de las manos hasta que se quedó dormido en la silla, deseando, quizás, que no amaneciera.

Pero amaneció de nuevo y era preciso dar orden de que se retirara la gente de la batería para no soportar el castigo de la Armada. A las seis empezó de nuevo el fuego de cañón sobre el Castillo, pero esta vez el buque atravesado fue el *San Felipe*, que respondió el cañoneo con eficacia. Nicolás Carrillo, capitán de la Compañía del Regimiento de España, hizo su aparición subiendo a bordo de *La Galicia*. Venía de Cartagena a ver si había algún parte de guerra para el Virrey. Y lo había:

—Decidle al Señor Virrey *que encuentro irregular de su parte haber permitido a los enemigos fabricar baterías sin haberle hecho oposición alguna* —interpeló Lezo, visiblemente disgustado.

—El Señor Eslava halla dificultad en proveeros de las tropas necesarias para una ofensiva, porque él mismo está deteniendo el avance del enemigo por La Boquilla; allí han desembarcado seiscientos hombres que, aunque son muy bisoños, ponen en peligro a la ciudad. Parece que son de los regimientos coloniales norteamericanos. Además, mi General, aunque a esta hora quisiera proveeros de los hombres y el material necesarios, ya no habría tiempo de trasladarlos; las condiciones del terreno tampoco son favorables.

—Es muy extraño, pues el enemigo ha usado de las mismas dificultades para lograr lo que nosotros no hemos hecho, pese a que tenemos mejor conocimiento del terreno que ellos. De otra parte, no habría sido tarde su traslado si se hubiese realizado a tiempo, cuando yo lo advertí. Podéis decirle al Virrey que es mejor morir atacando con las armas en la mano que aguardar a morir, encerrados, a manos del enemigo.

—El Virrey no quiere que se consolide una avanzada inglesa terrestre en La Boquilla, mi General.

—¿Que no quiere qué...? Si es en esto en lo que yo he venido insistiendo, ¡y ahora él es el que no quiere! —En ese momento entró el coronel Desnaux, con el rostro bastante descompuesto:

—Mi General, la fortaleza está en muy mal estado. La cortina que da al mar caerá entre hoy y mañana; se hace imperativo hacer una salida para atacar al enemigo —dijo agitado.

—Ese ha sido mi dictamen siempre, mi Coronel. Días más o días menos, esto está perdido. Sugiero que se lo digáis vos mismo al Virrey para que dé la orden de una ofensiva general. —Eran las diez y media de la mañana. En ese momento ocho navíos de dos y tres puentes, trayendo sólo el velacho y la sobremesana, cargaron con toda su furia contra el Castillo y los buques de Lezo.

—¡Barco enemigo a babor! —gritó el vigía, y acto seguido hubo toque a zafarrancho.

—¡Fuego! —respondió el jefe de artilleros. El buque se estremeció con los fuegos disparados como si estuviera movido por una fuerza descomunal. Pronto los impactos de las naves enemigas comenzaron a hacer el daño previsto: varios cañonazos golpean debajo del filo del agua; tres pasan el palo mayor y dos el trinquete y varios otros impactan en la cámara y los camarotes. Al enemigo le fue preciso remolcar uno de los navíos suyos, de tres puentes, que quedó hecho añicos por los fuegos del Castillo y la artillería naval que le fue desmantelando los mástiles y las vergas hasta hacerle perder completamente su gobierno. Los proyectiles enramados de Lezo estaban haciendo su oficio, cortando palos y aparejos y llevándose por delante cuanto podían. Habían resultado ser un arma temible por lo eficaces en desarbolar navíos. Pero estaban usando los últimos que quedaban. Los ingleses maldecían cada vez que veían alguno de aquellos extraños artefactos dar volteretas por los aires y cortar como a mantequilla las arboladuras.

—Estos son los flagelos del Rey nuestro Señor —dijo en voz baja, pensando en los artefactos que podrían parecer los viejos *flagela* romanos usados para azotar a los reos.

—¿Decís algo, Señor? —interpeló el capitán Alderete que estaba a su lado.

—No, no... es que pienso que por cada latigazo que el Rey, Dios lo guarde, se inflige en sus días de disciplina, yo les mando uno a ellos... —dijo mientras Alderete lo miraba sin comprender.

Los muertos y heridos se amontonaban en ambos bandos; en los puentes y las cubiertas se veían descolgados y apilados los cadáveres destrozados por las balas. Las cubiertas estaban resbaladizas por la sangre vertida. Pero la desventaja era grande. Los seis buques de Lezo no daban abasto para los relevos correspondientes; los ingleses, en cambio, atacaban y relevaban con buques de refresco de manera permanente. El *San Carlos* y el *San Felipe* fueron quedando lentamente desmantelados; pocos palos les quedaban en pie; sobre sus cubiertas quedaban desgarbadas velas y jarcias en tal cantidad que los marinos se enredaban con ellas y caían al correr de un lado para el otro. Algunas de sus baterías estaban inutilizadas, pero la bandera de la Armada española todavía ondeaba en los navíos. Lezo dio orden de retirar a los hombres de la batería nueva que estaba recibiendo un especial castigo y ya acusaba demasiadas bajas y destrozos. El enemigo continuaba desembarcando gente y dándole apoyo naval. También se observaron desembarcos al abrigo del cañón en la zona de Varadero, con lo cual quedaba amenazado directamente el fuerte de San José que daba apoyo al San Luis.

—¿Y es que el Rey se flagela, señor? —preguntó el Capitán, aprovechando el respiro.

—Ah, es una vieja costumbre del Rey, según se dice en los cotilleos de Palacio.

Desnaux regresó al Castillo para dirigir su defensa. El bombardeo duró toda la noche y se prolongó hasta el día siguiente; el ataque se saldaba con éxito, pues estaba logrando su objetivo primordial: debilitar hasta la inmovilidad a los españoles. El enemigo tenía ya la determinación de entrar a saco y doblegar las defensas. Nadie durmió esa noche. El mismo Virrey, anonadado por la intensidad del fuego que desde Cartagena se sentía, decidió trasladarse esa misma noche a *La Galicia* para conocer de cerca la penosa situación en que se hallaba la defensa y pudo vivir en carne propia el feroz combate. El águila española estaba herida de muerte y el león británico rondaba. Vernon lo sabía.

El día 4 de abril continuaron las arremetidas inglesas y las andanadas de artillería se sucedían una tras otra sin descanso. Lezo resistía. Solicitó a Desnaux le enviase mil balas de calibre 18 y 24 para abastecer a sus navíos. Eslava y el General permanecían en cubierta y llegó un momento en que ambos se sentaron alrededor de una pequeña mesa a considerar un plano de situación. Las balas zumbaban y caían con un ruido ensordecedor. *La Galicia* respondía el fuego enemigo y sus costados se zarandeaban ante el estallido de la pólvora. El humo del cañoneo dejaba escasa visión para contemplar los mapas y los ojos de los marinos lloriqueaban irritados. Pero era una constante en la marina española e inglesa que sus capitanes permanecieran impasibles ante el fuego enemigo; es más, muchos de sus oficiales los imitaban en la inmovilidad dando las órdenes correspondientes. Este era un signo externo de valentía y serenidad ante la muerte y el peligro. Así se calibraban los buenos marinos y hombres de guerra en España y en Inglaterra. El virrey Eslava, hombre de guerra él mismo, no cedería tampoco a la tentación de refugiarse bajo cubierta y, con Lezo, permanecía sentado, frente a frente, volcado sobre los planos, casi sin parpadear.

Los gritos de «¡Fuego!», «¡Fuego!» de los jefes artilleros eran ahogados por el estallido atronador de los cañones. Los dos jefes de la defensa permanecían impávidos como en un duelo personal para saber quién se movía primero cuando alguna bala golpeaba el cercano mástil, caía en la cubierta o rozaba sus cabezas. A lo sumo se les veía parpadear instintivamente, pero había allí un reto, un duelo tácito, para saber quién era el más valiente; quizás, porque de antemano se sabía quién era el más torpe.

Una bala, redonda como una pelota, como las que antaño se disparaban, golpeó la punta del mástil, a la altura de la vela de penguito, rebotó y cayó estruendosamente muy cerca de los pies del General, justo cerca de la pierna buena. El General la miró rodar con indiferencia, pero Eslava torció el gesto por lo cerca que también de él había caído. Otros dos cañonazos agujereaban la vela de trinquete y la vela mayor, con lo cual se podía deducir que los ingleses comenzaban a disparar más bajo, como si quisiesen entrar en el duelo. Varios otros disparos zumbaron los oídos de los militares y ambos se miraron para ver quién cedía y solicitaba bajar de la cubierta. Estaban en este desafío personal cuando otra bala golpeó la mesa directamente, haciéndola volar en pedazos por los aires; el Virrey recibía una herida en un brazo y Lezo la recibía en un muslo y en una mano. Así había quedado consignado para la Historia. Eran las nueve de la mañana. El médico de a bordo vino inmediatamente a atender a los dos destacados heridos, aunque se vio que las heridas no eran particularmente graves. Nerviosamente, por estar tan expuesto, procedió a arrancar las astillas de madera clavadas en los miembros del General y del Virrey. Los demás heridos fueron llevados a la ciudad en una balandra francesa. Se presentía el desenlace. Lezo ordenaba a Don Joseph Mozo, capitán de otra balandra, y a Don Juan de Almanza, capitán de un bergantín, cargar pólvora y llevarla a la ciudad para cubrir el asalto final que Vernon haría sobre ésta. El glorioso final del castillo de San Luis se acercaba galopante.

El saldo de la batalla había sido penoso para ambos bandos. Los ingleses perdieron cuatro navíos y los españoles tenían la mitad de su armada prácticamente inutilizada y el Castillo en ruinas. Los revellines y empalizada estaban destruidos. El Virrey se retiró a las dos de la madrugada a la ciudad a disponer de barcas, lanchas y canoas para comenzar la retirada del Castillo y de los navíos, pues ya la situación era insostenible. A esa hora cesó el fuego enemigo, que volvió a reanudarse al día siguiente, 5 de abril, fecha luctuosa, en verdad, para las armas de España. Se avecinaba el más desigual combate cuerpo a cuerpo.

A las cinco y media de la mañana comenzó, de nuevo, el baño de fuego. Las balas rojas de parte y parte trazaban surcos oblicuos en el cielo. Nuevos navíos ingleses se hicieron presentes en lo que era ya una guerra de desgaste. Cuatro navíos con 280 cañones se acercaron y comenzaron a bombardear a los navíos españoles impunemente, porque el fuego del Castillo ya no era nutrido ni efectivo. *La Galicia* prendió fuego dos veces y hubo que apagarla con cubos de agua que requirieron el esfuerzo de la marinería que en ese momento debía estar en combate. Desde la lumbre del agua hacia arriba, por la banda de babor, *La Galicia* era un solo agujero; parecía un colador. Presentaba también algunos agujeros por debajo de su línea de flotación que fue preciso tapar; el agua se achicó con bombas. Al castillo de San Luis se le había derrumbado toda la muralla desde el ángulo de tierra hasta el ángulo de mar, presentando una brecha de tal envergadura que ya el enemigo podía cargar por tierra. Así lo ordenó Cathcart al observar el colapso de la cortina. Desnaux, agitado por el desconcierto, se presentó a donde Lezo, quien estaba a bordo de *La Galicia*, y le dijo:

—General, la situación es angustiosa. No puedo resistir más. Si el enemigo carga, todo está perdido.

—Comunicádselo al Virrey, Coronel, que él os dará las providencias necesarias, siendo él, como es, vuestro jefe. Lo único que puedo deciros es que si el Virrey no toma la decisión de solicitaros la retirada, yo os proveeré las lanchas para evacuar la gente mañana, si es que el enemigo no carga durante el día de hoy.

Desnaux se aprestó para lo peor. En ese momento recordó los consejos de Lezo en el sentido de que era inútil toda resistencia y que era necesario evacuar la gente en orden mientras se pudiera. El enemigo, en efecto, tenía ya la artillería a menos de cien metros y, tras un largo castigo, terminó cargando ese mismo día; intentó penetrar por las brechas abiertas que se empeñaron en batir más y más, particularmente la del baluarte del lado derecho. Cathcart comandaba el ejército invasor y desde su cuartel general impartía órdenes precisas y sistemáticas, amparado por una cortina de fuego de la artillería naval. «¡Dad la carga!», instruyó el general Cathcart. Washington dividió su ejército de colonos en tres columnas que se fueron abriendo paso a través del nutrido fuego de fusilería que se disparaba desde las ruinas del Castillo. Los hombres que caían eran sustituidos por los que venían detrás en una sucesión incesante de autómatas decididos. Los norteamericanos habían resultado mejor de lo esperado, aunque encajaban excesivas bajas. El coronel Desnaux fue herido en diferentes partes del cuerpo con las ruinas de un cañonazo.

—Las maestranzas de artillería no tienen ya plomo para la fundición de balas, mi Coronel —se acercó una estafeta diciendo.

—Calad las bayonetas —gritó Desnaux.

—Orden de calar las bayonetas —respondieron a la voz.

Y las bayonetas fueron caladas y empleadas cuando el fuego de fusilería no fue suficiente para detener al invasor que tendía puentes sobre el foso y comenzaba a penetrar la muralla desplomada en número mayor de 2.000. El Fuerte era atacado por mar y tierra. Al Coronel le quedaban menos de trescientos soldados y la embestida era imposible de contener. Sacó bandera blanca; pero el enemigo no detuvo el fuego con la evidente intención de

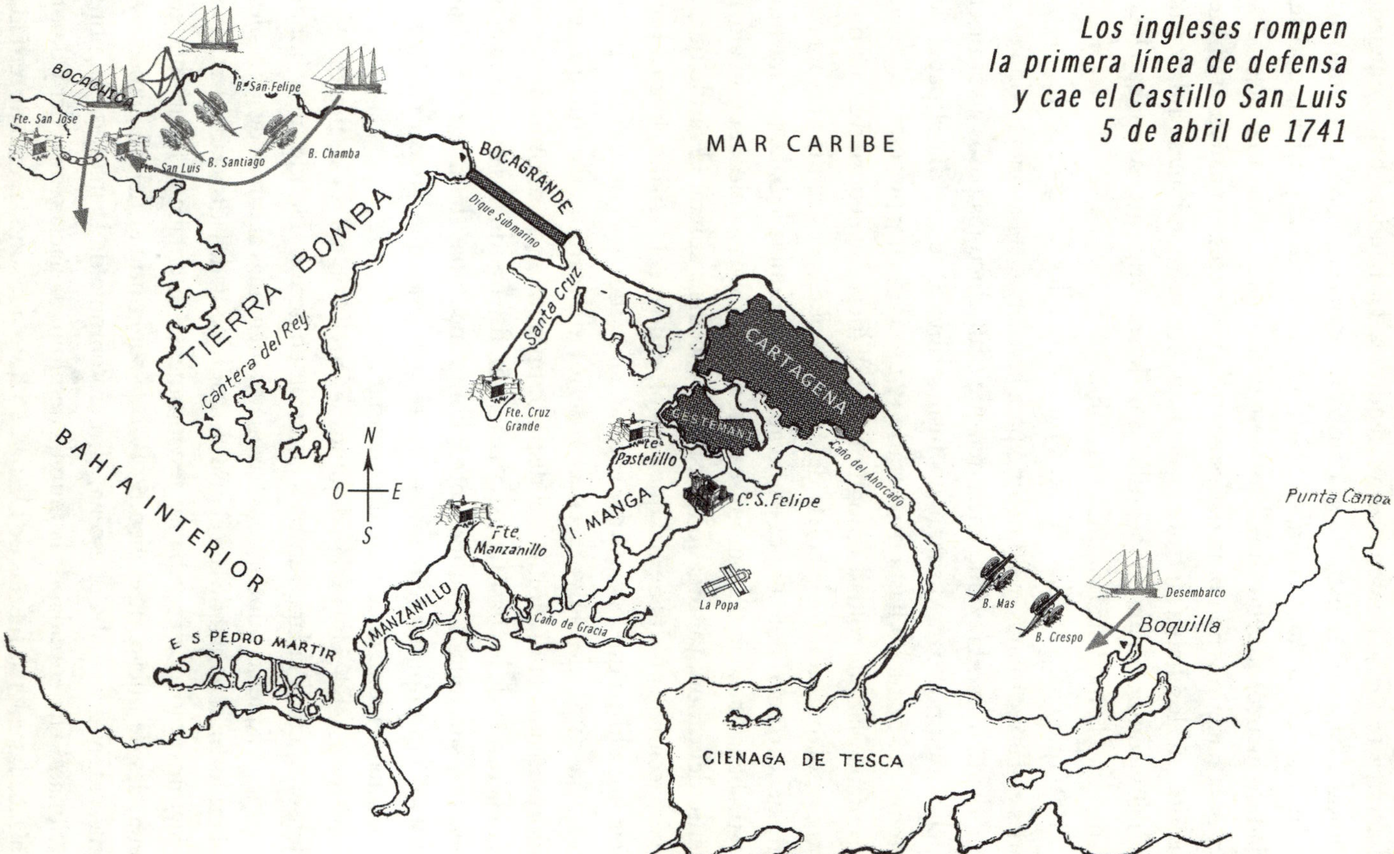

*Los ingleses rompen
la primera línea de defensa
y cae el Castillo San Luis
5 de abril de 1741*

masacrar a todos sus defensores ya rendidos. La bandera había quedado perforada. Desnaux registra en su diario que se oyeron voces de mando que decían: «*Pasad a todos a cuchillo*». Washington no quería perder la oportunidad de lucirse; aquellos hombres destrozados presentaban la mejor ocasión para hacerlo y no podía darles cuartel. Era necesario causar la impresión de que los había derrotado en franca y proporcionada lid, y una rendición condicionada por la artillería no le era suficiente. Aspiraba a lucir en su pecho la medalla británica del Valor.

El choque entre los dos ejércitos finalmente llegó. Agotadas las municiones en las recámaras, y sin tiempo para la recarga, la bayoneta brilló en la tarde diamantina. Hay que entender que eran cinco los pasos a seguir en aquellos tiempos para disparar un fusil; primero, se mordía el papel del extremo del cartucho hasta desgarrarlo (y precisamente por esta necesidad no sentaba plaza de soldado ningún mueco); luego, se depositaba una porción de pólvora sobre la cazoleta del fusil; después, se vertía la pólvora restante del cartucho por la boca de fuego y se introducía la bala; por último, se retiraba la baqueta del cañón, se tacaba, y se volvía a colocar en su alojamiento del cañón; ya cargado el fusil, se procedía a apretar el gatillo que, a su vez, accionaba un pedernal que era golpeado en el rastrillo, lo cual producía una chispa que hacía arder el cebo, cuyo fuego se comunicaba por el oído a la carga de pólvora en el interior del cañón. De allí que era importantísima la disciplina del disparo, pues mientras unos hombres seguían la rutina de los pasos, otros ya estaban disparando, los que luego eran relevados, sucediéndose unos a otros como máquinas de muerte. Por ello resultaba tan importante mantener las formaciones que, en este caso, ya se desordenaban ante el empuje del enemigo.

Así, los machetes de los jamaiquinos se estrellaron contra los fusiles de los defensores, cuyas culatas también entraron en acción. Hondo, muy hondo se clavaban aquellas puntiagudas bayonetas prendidas al cañón de los fusiles; los heridos eran rematados en el piso sin compasión de lado y lado. Las tripas de algunos soldados colgaban y se vio quienes intentaban, a grito herido, metérselas de nuevo en el vientre. Pero la superioridad del número era ya demasiada y dominaba la escena; el mero empuje de la masa de hombres presionando las entradas de la muralla desplomada hacía retroceder y desorganizaba las exiguas fuerzas de Desnaux. Hasta que sonó la señal de retirada.

Desnaux había ordenado la retirada con toque de trompeta ante la imposibilidad de una rendición honorable; los soldados huían hacia el camino de las barracas de la playa y se arrojaban al agua. Lezo hizo señales para que los botes de los navíos fueran bajados y recogieran la gente del mar. El *San Carlos, el África* y el *San Felipe* prestaron toda la colaboración a aquel pequeño Dunkerke estableciendo una cortina de fuego para que el enemigo no cayera sobre las tropas en retirada que ahora huían en desbandada. Pero por un momento el Castillo fue bombardeado por los navíos españoles y a los ingleses les tocó el turno de huir en desorden, amparándose del fuego del cañón. A las cinco de la tarde, aprovechando el respiro, se comenzó a ver la guarnición del Castillo salir por las grietas, los parapetos y cuanta ventana había, escapando del enemigo. En el interior del Castillo, algunos soldados destacados para ese propósito, detenían con fuego de fusilería a los granaderos ingleses, dando tiempo a que huyera el resto de la guarnición. Los últimos hombres de España y América que como héroes cubrían esta retirada también, infortunadamente cayeron bajo el fuego español que buscaba la protección del mayor número; la guerra era así de cruel. Pero los ingleses no daban cuartel. Concentraron su mortífero fuego en los tres aludidos navíos, hasta que el *San Carlos* y el *África* se fueron a pique; el *San Felipe* cogió fuego y muchos de sus marinos se lanzaron al agua huyendo de las llamas. Se oían los gritos de los heridos afectados por el agua salobre del mar que carcomía la carne viva de las heridas. *La Galicia* corrió en su auxilio, pero el navío estaba también ingobernable. Había llegado el fin.

—¡Abandonad el buque, General! Cartagena os necesita y no debéis caer prisionero. Los ingleses comienzan a bajar las cadenas y se aprestan a entrar a la bahía —sugirió el capitán de *La Galicia*, Don Juan de Agresote. Lezo cogió su diario de guerra, su único testimonio para la historia de aquellos acontecimientos, y abandonó el buque; pensó: «será lo único que me defenderá, y hablará de mis advertencias, si se pierde la Plaza». Lezo tenía bien presente sus antiguas dificultades con el Virrey del Perú y no quería que se repitiera la historia. Esta vez estaría armado para defenderse. Estando en estas cavilaciones, reparó en que, si el bote era alcanzado por algún proyectil, no podría salvarse nadando...; sus lesiones, nuevas y viejas, se lo impedirían. Además, ¿de qué serviría el diario hundido en las aguas?

—Bajad cuantos botes podáis y cargadlos de pólvora y munición. Echad a pique el navío, Capitán —ordenó Lezo.

—Sí, Señor, pero subid pronto al bote —gritó el Capitán. Los ingleses se aproximaban y Lezo sabía lo que le esperaba si caía prisionero.

Las lanchas fueron arrojadas al mar y cargadas con pólvora y cartuchos. Lentamente se fueron alejando del barco herido. Procedió a repartirlos a los otros navíos, los buenos y desguazados, que permanecían en las inmediaciones respondiendo, como podían, el fuego enemigo. Lezo contemplaba desde su lancha aquel espectáculo de muerte inútil, pavor y desorden, algo que él hubiese querido prevenir. También observaba cómo cincuenta botes enemigos desembarcaban más gente en la ensenada, rumbo a Varadero, al tiempo que una nueva fuerza invasora forzaba el camino hacia el fuerte de San José. Sus defensores lo abandonaron cuando vieron que en el San Luis ondeaba ya la bandera británica; sus defensores fueron recogidos por las lanchas y botes disponibles de la Armada española; o de lo que quedaba de ella. En ese momento ordenó Lezo a Don Félix Celdrán ir a bordo de la fragata el *Jardín de la Paz* y echarla a pique con sus cuarenta barriles de pólvora, pero la situación era de tal emergencia que Celdrán no pudo más que prenderle fuego. El enemigo se acercaba a zancadas. Lezo y su gente tuvieron que huir hacia Bocagrande; el Virrey también salió hacia el mismo sitio a encontrase con el General para hacer una evaluación de la grave situación, en tanto que el oficial Manuel Moreno alcanzaba a Lezo para comunicarle que *La Galicia* peligraba y que pronto sería tomada por el enemigo. Lezo ordenó el rescate de los cuarenta hombres y su capitán, quienes todavía permanecían en la nave, y volvió a dar instrucciones para que el heroico navío fuese hundido. Nada de esto se pudo lograr. El enemigo se había apoderado de la embarcación y hecho prisioneros a sus supervivientes, quienes, hasta el último momento, intentaron impedir el abordaje.

Cuando Desnaux se encontró con Lezo y el Virrey en Bocagrande, se aprestó a dar un parte de guerra.

—Señor Virrey, Señor General, como sabéis, la fortaleza ha caído.

—¿Cómo se portaron los hombres, Coronel? —preguntó el Virrey.

—Como valientes, señor. Los neogranadinos han sido tan valientes como los españoles.

—Todos son españoles, Coronel. Los de allende y aquende el mar. Es la misma raza heroica —replicó Lezo con un mohín.

—Noté que en la carga a bayoneta los ingleses retrocedieron y hubo minutos de clara confusión —añadió el Coronel.

—Temen a los nuestros, Desnaux —agregó el general Lezo, recordando sus viejos tiempos cuando abordó el *Stanhope*—. Siempre ha sido igual en los abordajes; allí nosotros hemos tenido gran ventaja a lo largo de las guerras navales... —En ese momento, también llegaba el alférez Ordigoisti, encargado de llevar las estadísticas de guerra, para dar el parte de que en Bocachica el enemigo había perdido setecientos hombres, entre ellos el Ingeniero en Jefe.

El General volvió a intercambiar recriminaciones con el Virrey, recordándole que el 24 y 25 de marzo lo había prevenido sobre la importancia de realizar una retirada ordenada del San Luis y salvar a aquellos hombres para la defensa de Cartagena, propiamente dicha. Los acontecimientos se habían precipitado de tal manera que el virrey Eslava se sentía aplastado por ellos. No obstante, pudo aún defenderse:

—Pero vos, General, por estaros ocupando en tareas de escritor y no en las tareas de la guerra, también tenéis responsabilidad en estos acontecimientos... Inclusive, habéis preferido salvar vuestro diario que a vuestros hombres… —dijo como si un rayo de maledicencia hubiese cruzado por su mente. Estas palabras, dichas al calor de los enfrentamientos, cobrarían, más adelante, una inusitada trascendencia.

El castillo de San Luis había recibido el fuego de 6.068 bombas y 18.000 cañonazos, según Lezo anotó en su diario puntual. Estas cifras provenían del alférez Ordigoisti que de manera curiosa llevaba un minucioso registro estadístico de todo cuanto acontecía; el alférez era un burócrata militar que, como ocurría en casi todos los menesteres de la América española, formaba parte del batallón de gente dispuesta a ocuparse de tales detalles. Esta manía por lo puntual había sido heredada de los tiempos de Felipe II.

Se habían logrado rescatar cuatro piquetes compuestos de artilleros, marineros y trabajadores; en total, doscientos hombres, aproximadamente. Las bajas habían sido de más de 370 hombres entre muertos, heridos y capturados. Lezo había perdido cuatro navíos, *La Galicia*, el *San Carlos*, el *San Felipe* y el *África*, de los cuales el primero había sido capturado, aunque en muy mal estado. El enemigo, por su parte, había perdido diez navíos que quedaron imposibilitados de hacer fuego o volver a entrar en combate; a juzgar por datos imprecisos, se puede calcular en cerca de 1.800 las bajas sufridas por Vernon en esta primera fase de la guerra, contando la gente perdida en los navíos.

A las cuatro de la mañana del día 6 de abril, ya todo consumado, Lezo hacía su arribo a la ciudad después de veintiún días de ausencia en Bocachica y diecisiete de combate de día y de noche. A esa hora, es verdad, poca gente había en el muelle para recibirlo; pero había una hilera de paisanos, quienes aguardaban, impacientes, las noticias que ellos mismos ya conocían. Por eso, cuando el General bajó de la embarcación, la gente le abrió calle, aunque nadie supo si para honrarlo o para mirar al vencido. Unos cuantos, más listos, aplaudieron; a otros se les vinieron las lágrimas. Atrás quedaba la otra gente de Cartagena que, aterrorizada, ni siquiera se atrevía a salir al muelle de miedo de que el inglés viniera detrás de Lezo. Los curiosos callaron sus congojas y cesaron los aplausos al paso del militar que sin gorra y sin casaca golpeaba con su *toc toc* las puertas mismas de Cartagena, que fueron abiertas para que entrara su defensor. La sangre manchaba su pantalón y su camisa. Todos confiaban en él, porque no había más remedio; pero todos callaron.

—Qué aspecto tienes, Blas —dijo Doña Josefa cuando abrió la puerta al marino—. ¿Qué es lo que ha ocurrido?

—Ruégale a Nuestra Señora de la Soledad y Desamparo para que Dios se apiade de nosotros. Se rompió la primera línea. Cartagena está perdida, Josefa, y estamos solos —dijo el General al llegar a casa, ahogando un gemido de dolor—. Debes partir.

—No partiré y descansa ahora, que es tarde y debes estar agotado. A Dios gracias, estás sano y salvo... Ah, pero estás sangrando...

—...del corazón —dijo Lezo y agregó—: Sí, es muy tarde. Tú lo has dicho, Josefa —y cayó fulminado como por un rayo de cansancio y desilusión. No alcanzó a oír lo que su mujer suspiró:

—No lo está mientras tú estés con nosotros. Lo sé; lo sé —y se dispuso a decir sola las oraciones de la noche en vista del reposo profundo de su marido...

El silencio de Dios, nuevamente, había tendido su largo manto sobre la heroica ciudad que ahora se aprestaba a vivir el día más glorioso de su historia.

Capítulo XIII
Solos

El hombre solitario es un dios o una bestia.

Aristóteles

¡Dios mío, Dios mío!, ¿por qué me has abandonado?

Salmo 22:2

Blas de Lezo durmió hasta las nueve de la mañana y a esa hora se aprestó a desayunar y salir para dar instrucciones sobre la defensa. Distribuyó la marinería con sus condestables y oficiales en los baluartes y baterías. Se redujo la tropa a piquetes de cincuenta hombres para tener mayor movilidad y poderse desplazar a donde conviniera. Fueron acuartelados en el convento de San Francisco ocho piquetes con cuatrocientos hombres y otros 250 fueron despachados para servir las piezas de artillería. Los dos navíos del Rey que quedaban indemnes, y que habían sido resguardados tras el dique submarino de Bocagrande, recibieron instrucciones de fondear entre el castillo de Cruz Grande y Manzanillo para cerrar el paso del enemigo que entraría por la bahía. Se abrieron los Reales Polvorines de la Marina, cuyas reservas de cañones, balas y pertrechos fueron sacadas y puestos a disposición del Virrey, quien los distribuyó a la artillería; también le entregó cien fusiles y cien pistolas. Del buque *El Dragón* fueron sacados pertrechos y municiones para reforzar las baterías de tierra, entendiendo que estos barcos no podrían hacer frente por mucho tiempo a la Escuadra inglesa. La idea era enfrentarla hasta donde se pudiera y luego hundirlos *in situ* para bloquear, en esa garganta, el paso de los navíos ingleses hacia la parte más interior de la bahía en las puertas mismas de Cartagena. Don Blas dispuso también que unas embarcaciones mercantes fondeadas en Cruz Grande se hundieran en la garganta, junto con dos balandras y un bergantín, con el mismo propósito. Se intentó hacer, pues, una barrera submarina que impidiera la navegación enemiga. Pero pronto se comprobó que éstos eran esfuerzos infructuosos, porque el mar allí era profundo y se engullía lo que le tiraran. Lezo se sintió descorazonado.

Había muchos heridos que estaban siendo atendidos en iglesias y conventos. Las provisiones empezaban a escasear y las autoridades tuvieron que imponer una severa restricción al consumo de alimentos. Las gentes comenzaron a cazar gatos, perros y burros para comérselos. Las autoridades tuvieron que esconder los pocos caballos que quedaban para garantizar que los oficiales pudiesen inspeccionar el campo de batalla y hacer las previsiones necesarias para la defensa. Algunas mujeres más se aprestaban a salir en la última caravana que abandonaría la ciudad rumbo a Mompox hacia las dos de la tarde del 7 de abril; en las calles se veían los carromatos cargados de enseres y efectos personales que se enviaban a esa ciudad tratando de ponerlos a salvo del enemigo; las señoras y doncellas que quedaban también debían guarecerse de unos frenéticos salvajes que entrarían a saquear y a violar. Las monjas, sin embargo, decidieron permanecer atendiendo a los heridos, aunque ya se les había dado dispensa de salir de sus claustros y tomar rumbo al interior del país para también ponerse a salvo como las demás mujeres. Algunos ancianos marcharían con las damas cartageneras. Era preciso desocupar la ciudad de personas que no contribuyeran a su defensa porque amenazaban convertirse en una carga para el resto de ciudadanos habilitados para el último combate. Los hombres más jóvenes y, en todo caso, disponibles para pelear, se quedarían prestando el servicio. Todos eran útiles; los que sabían y aun los que no sabían hacerlo. Se comenzaron a dar clases rápidas del manejo de los fusiles y del combate cuerpo a cuerpo con bayoneta calada. Se improvisaron piquetes de soldados que repartían instrucciones y organizaban cursillos de emergencia. La ciudad era un hervidero de actividad, tensión y nervios. Las madres se despedían de sus hijos y sus maridos. Vernon se aproximaba. El almirante Torres no vendría en defensa de la ciudad. Todo el mundo lo sabía. Estaban solos.

Lezo, subiendo a bordo de los únicos navíos que quedaban de su escuadra, reunió la marinería y sus oficiales y les dijo:

—Soldados de España peninsular y soldados de España americana: Habéis visto la ferocidad y poder del enemigo; en esta hora amarga del Imperio nos aprestamos para dar la batalla definitiva por Cartagena de Indias y asegurar que el enemigo no pase. Las llaves del Imperio han sido confiadas a nosotros por el Rey, nuestro Señor; habremos de devolverlas sin que las puertas de esta noble ciudad hayan sido violadas por el malvado hereje. El destino del Imperio está en vuestras manos. Yo, por mi parte, me dispongo a entregarlo todo por la Patria cuyo destino está en juego; entregaré mi vida, si es necesario, para asegurarme que los enemigos de España no habrán de hollar su suelo, de que la Santa Religión a nosotros confiada por el Destino no habrá de sufrir menoscabo mientras me quede un aliento de vida. Yo espero y exijo, y estoy seguro que obtendré, el mismo comportamiento de vuestra parte. No podemos ser inferiores a nuestros antepasados, quienes también dieron su vida por la Religión, por España y por el Rey, ni someternos al escarnio de las generaciones futuras que verían en nosotros los traidores de todo cuanto es noble y sagrado. ¡Morid, entonces, para vivir con honra! ¡Vivid, entonces, para morir honrados! ¡Viva España! ¡Viva el Rey! ¡Viva Cristo Jesús!

—¡Viva! —gritaron a una los marinos, tirando las gorras a lo alto y entonando los aires marciales de la guerra—. ¡Muerte al hereje! —exclamaban al son de los tambores que otrora hacían temblar a Europa, haciendo que huyeran despavoridos los rebeldes de Flandes.

Al otro lado de la bahía, en Bocachica, Vernon se reunía con sus soldados y oficiales en las ruinas de lo que un día había sido el poderoso castillo de San Luis; desde lo alto de sus humeantes escombros y parado sobre la bandera de guerra española, bajo el aire pestilente de los muertos, que todo lo contaminaba, se dirigió a los soldados, diciendo:

—¡Soldados de la Inglaterra invencible! Habéis coronado con éxito la empresa más difícil que hasta ahora se os había encomendado. Los colonos americanos han realizado una magnífica tarea de toma y conquista del fuerte que se erigía amenazante ante nosotros. Ahora os disponéis a conquistar la ciudad perla de las Antillas, la consentida de España, la niña de sus ojos. Heriréis el Imperio Español en su propio corazón. Pero esta tarea no será fácil. Requerirá los mejores hombres y los mayores esfuerzos. Inglaterra espera confiada que tanto sus hombres como sus colonos americanos entreguen a su Rey el glorioso tesoro de ver humillada la arrogancia de estos salvajes, de ver sus banderas arrastradas por el lodo y su osadía abatida por nuestras armas. Soldados: la hora de Inglaterra ha llegado. Las tierras americanas son nuestras. ¡Arrojad al español de ellas!

—¡Arrojémoslo! —gritaron en coro y echaron salvas de victoria anticipada. Tres descargas de artillería enmarcaron sus palabras. Washington se abrazó con Vernon y tanto el almirantazgo como el generalato británico se dieron la mano y brindaron con ron la próxima gran victoria que se avecinaba.

Los carros de la guerra se estaban preparando para el gran choque. Vernon ordenó que la fragata *Spencer* corriera a Inglaterra a avisar que la caída de Cartagena era inminente, pues ya el principal obstáculo había sido conquistado. No había tiempo que perder; Bocachica, con sus muertos, quedaría atrás mientras él avanzaría raudo hacia el interior de la bahía. Sólo dejaría un pequeño destacamento de soldados que se encargaría, tardíamente, de quemarlos en una descomunal pira que, finalmente, no ardió lo suficiente. La fragata enviada por el Almirante llegaba a Inglaterra el 17 de mayo con las alentadoras noticias de pasadas y próximas victorias; el pueblo británico rebozaba de alegría. Los vítores a Vernon no se hicieron esperar y su nombre se pronunciaba en todas las calles y hogares, en los bares de la ciudad y hasta en el Parlamento. Sus amigos políticos mandaron acuñar unas medallas y monedas conmemorativas de aquella gesta. En ellas aparecía el Almirante recibiendo la espada de Blas de Lezo, quien, arrodillado, la entregaba a su conquistador. En el Museo Naval de Madrid se conservan treinta y ocho ejemplares distintos; también en el Museo Nacional de Colombia; tienen una leyenda que dice: «*La arrogancia española humillada por el almirante Vernon*». En el reverso se ve la Armada inglesa fondeada en el puerto de Cartagena, con otra leyenda que reza: «*Los héroes británicos tomaron Cartagena, abril 1, 1741*». Los festejos en Londres, con fuegos artificiales y borracheras públicas, duraron varios días. Estaban ebrios de victorias. Inglaterra prevalecería sobre España; el Rey sobre el Papa; la materia sobre el espíritu.

Del 6 al 11 de abril el enemigo se lamió las heridas y se reorganizó para llevar a cabo el asalto final. Pero no enterró los muertos, que ya hedían y contaminaban el ambiente, las aguas y los alimentos. No había tiempo ni fuerzas para ello. Un espía informó de esto al general Lezo quien, pensativo, meditó sobre el hecho. «Quizás —pensó— la peste que caiga sobre ellos nos ayude. Dios Todopoderoso, apiádate de nosotros.»

En los días precedentes al 11 se tapiaron las puertas de entrada a la ciudad, se pusieron sacos de tierra, y se comenzó a hacer un foso alrededor del castillo de San Felipe para que, puestas las escaleras de asalto, no alcanzaran el borde superior de la muralla. También se empezaron a hacer con tierra apisonada y sacos de arena los parapetos y merlones del baluarte de Santa Isabel, y no fueron pocos los merlones que se echaron abajo para ser sustituidos con los costales repletos de tierra. Las balas del cañón enemigo encajaban mejor en el mullido elemento.

Vernon convocó un consejo de guerra para decidir sobre el curso de acción. Volcado sobre los planos de Cartagena indicó a sus oficiales los próximos rumbos. Los ingleses habían sido detenidos en La Boquilla y a estas alturas las dificultades del terreno y el fuego español habían impedido su marcha hacia La Popa. El Virrey resistía allí con solvencia, según habían sido los consejos originales de Lezo en el sentido de no permitir dejar consolidar allí una cabeza de playa. El Virrey, finalmente, había entendido la importancia de una recomendación que había sido desatendida en Bocachica y acatada, finalmente, en La Boquilla, con buenos resultados. Por lo pronto, la Plaza no peligraba por ese lado. Pero Vernon hacía planes de reforzar su desembarco en La Boquilla y lanzar, penetrando la bahía, otro desembarco en Manzanillo, asediar su fuerte, y avanzar hacia La Popa, independientemente de que sus fuerzas de La Boquilla lograran o no enlazar de norte a sur con las suyas que se aprestaban a lanzarse sobre Cartagena en la operación descrita.

Por lo pronto, trasladaba su cuartel general a Punta Perico, en la misma isla Cárex, o Tierra Bomba. Esta punta era ideal porque desde allí se podía divisar, a tres kilómetros de distancia, el castillo de Cruz Grande y el fuerte Manzanillo, que flanqueaban la entrada a la bahía interior de Cartagena. Era el sitio ideal para hacer observaciones sobre el terreno en que se desarrollarían las operaciones navales y militares.

El 10 de abril Don Sebastián de Eslava convocó un consejo de guerra en el que se discutió la posibilidad de echar a pique los navíos *El Dragón* y *El Conquistador* para mejorar la línea defensiva. A ese consejo asistieron Don Carlos Desnaux, Félix Celdrán, Pedro de Elizagarate y el propio Don Blas de Lezo, quien se opuso rotundamente a la idea. En cambio, los mencionados oficiales estuvieron de acuerdo en hacerlo, pues, según se dijo, estos navíos no podrían resistir el fuego enemigo y cumplirían un mejor papel en el fondo del mar, impidiendo el tránsito enemigo por la altura de sus mástiles.

—Los navíos deberán resistir hasta lo último, Excelencia, y luego podrán ser echados a pique. El fuego de mis navíos tendrá que hacer el mayor daño posible a la flota enemiga antes de ser liquidados. Esta es la mayor locura que yo haya oído en mi vida.

—Pues no lo será tanta, ya que estos oficiales concuerdan conmigo en que debemos hacerlo prestos, sin esperar a que sean abatidos. —Y luego, dirigiéndose a Desnaux, ordenó—: Coronel, haced un reconocimiento del castillo de Cruz Grande y dependiendo de cómo juzguéis la situación de la defensa, se tomará la decisión de echar los navíos a pique —concluyó el Virrey.

La conclusión de la visita de Desnaux era que el Castillo no podría resistir dos días de asedio. El Virrey procedió a enviar comunicación escrita a su castellano para que «*clavase la artillería, echase la pólvora en el aljibe y se retirase con su gente*», abandonando el Castillo, según ha quedado constancia en el diario de guerra del General, quien también recibió la orden de echar a pique los navíos.

—Esta es la mayor locura que se va a hacer en la defensa de Cartagena, Vueced. Me parece asombroso que decidáis echar a pique los navíos sin disparar un solo cañón de los ciento veinticuatro de que dispongo en los buques. Además, he de insistir, el punto donde han de hundirse los navíos no es el más correcto, pues la medida sobre la profundidad del mar que nos dan los escandallos en ese sitio, es excesiva, y no habrá forma de impedir que el enemigo pase por encima de ellos. ¡Con esto abriréis el segundo cerrojo de la ciudad!

—Pues, locura o no, General, todos me dicen que es el único remedio que queda para evitar la entrada del inglés. Los buques no pueden hundirse más hacia afuera porque el enemigo lo impediría. Así, los cañones de la Escuadra deben trasladarse a la ciudad antes de ejecutar la orden. Y no hay más tiempo qué perder —concluyó el Virrey.

—Haré lo que ordenéis, Señor Virrey. Vos mismo sabéis que las balandras y el bergantín no han cumplido su cometido de taponar la garganta;

por eso sabed que pienso que os habéis *declarado como el mayor enemigo de la Marina española con vuestros actos*, que no comparto. —El Virrey lo miró con furia y odio contenidos, porque sabía que aquella acusación podría convertirse en cabeza de proceso en un eventual juicio de responsabilidades. Lezo, a su vez, hacía esta misma anotación en su Diario de Guerra.

Con gran pesadumbre, Don Blas de Lezo procedió a ordenar a Don Pedro de Elizagarate que la decisión había sido tomada y que procediese a notificar a los capitanes de los navíos. Elizagarate comentó:

—Teníais razón en vuestro diagnóstico; el Virrey está loco. Allí las aguas son muy profundas.

A las siete de la noche, sin que se hubiera disparado un tiro, o precisado su hundimiento, *El Dragón* y *El Conquistador* comenzaban a ser desmantelados para ser arrojados al fondo del mar, en la garganta interior de la bahía. De los dos navíos se extrajeron unos 124 cañones que fueron trasladados a tierra, además de pólvora, municiones, pertrechos, víveres y otras vituallas. Pero baste detenernos un poco en este escenario para hacer resaltar lo ilógico del esquema: según Desnaux, el castillo de Cruz Grande no resistiría dos días de asedio y, por tanto, había que desmantelarlo e inutilizarlo; consecuentemente, los buques debían ser hundidos para evitar el paso del enemigo. Salta a la vista que si los buques hundidos iban a hacer encallar al enemigo, deteniéndolo allí, ¿para qué desmantelar un castillo cuyos fuegos cruzados con el de Manzanillo harían gran daño a un enemigo inmovilizado y atascado, sin mucha posibilidad de maniobra, en medio de la boca? ¿Y por qué no cavar trincheras y foso alrededor del Castillo para mejor defenderlo? ¿Acaso las líneas de abastecimiento no eran más cortas, dada la proximidad de la ciudad? Esta decisión combinada resulta paradójica. Ahora bien, ¿no hubiera sido más eficaz hacer resistencia con los navíos y los fuertes, lograr el mayor daño al enemigo y hundirlos justo cuando la resistencia se hiciese insostenible, logrando, simultáneamente, detener al enemigo entre dos fuegos, pero ya bastante averiado por los tres puntos de la defensa que presentarían una línea de 154 cañones? ¿Y, acaso, el hundimiento de los navíos ingleses, los que fueran, junto con los españoles, no lograrían el mismo efecto, pero con pérdidas para el enemigo? Esta había sido, sin quererlo, la mayor victoria del almirante Vernon en el sitio de Cartagena: la destrucción de lo que quedaba de la Armada española sin disparar un tiro. Pero nada de raro tenía que así fuera. Era lunes, los asombrosos lunes de la Ciudad Heroica.

El 11 de abril a las once de la mañana se acercaron dos botes ingleses navegando detrás de la fragata francesa, *El León*, que venía, tardíamente, a traer víveres para la escuadra del almirante Torres, habiendo podido eludir el cerco inglés. Los barcos ingleses pasaron por encima de los buques hundidos sin ningún tropiezo, pues el agua, tal como había sido advertido por Lezo, era allí demasiado profunda; el General estaba en el fuerte de San Sebastián del Pastelillo, distante unos cuatro kilómetros de la boca de Cruz Grande, cuando los botes ingleses se acercaron temerariamente al Fuerte. Don Blas de Lezo, en persona, apuntó los cañones e hizo fuego sobre el enemigo, que se retiró inmediatamente. La fragata francesa fue también hundida en la línea de defensa marina para ver si se mejoraba el sistema. La fallida esperanza era que los buques de gran calado no pudieran pasar la línea, una vez que los navíos de guerra españoles estuviesen en el fondo del mar, quizás apilados uno encima del otro sobre las balandras y el bergantín. Lo curioso había sido que a esa hora el fuerte Manzanillo no hubiese disparado ningún cañón y los botes hubiesen penetrado el interior de la bahía sin resistencia alguna. Lezo estaba indignado con el Virrey por la falta de control sobre los hombres que ahora manejaban la artillería de tierra y estaban bajo su jurisdicción de mando. Tanto, que, avanzando hacia el puesto de mando del Virrey, lo increpó diciendo:

—¡*Os he entregado más de cuatrocientos hombres de mar para que el capitán de artillería los dirigiese en las baterías, y ni siquiera están en sus puestos para estos casos*, Señor Virrey! ¡Estáis comprometiendo gravemente las defensas de Cartagena, Señor!

Este fue otro desencuentro fatal para su mutuo entendimiento en aquel teatro de operaciones. A esa hora otra embarcación inglesa, esta vez un navío de setenta cañones, se acercó y abrió fuego contra el castillo de Cruz Grande, que ya había sido evacuado. Cuando el enemigo vio que no respondía el fuego, se aprestó a desembarcar botes y lanchas para tomarlo. La bandera inglesa pronto ondeó en el Fuerte, con lo cual toda la Armada se fue acercando ominosamente, al son de músicas de guerra y batir de tambores, que comenzaron a causar un impacto psicológico adverso en la gente de la ciudad, particularmente en la del arrabal de Getsemaní. Lezo anotó en su diario:

> *...Lo que antes* [los ingleses] *no hicieron mientras reconocieron que había gente en él y se mantenían los navíos del Rey [...]; y con justa razón me opuse a que se abandonase el Castillo y se echasen a pique los navíos, pero he reconocido que muchos meses a esta parte ha despreciado este caballero todo cuanto he dicho.*

Al día siguiente Don Blas de Lezo recorría a caballo los parajes de la ensenada de Manzanillo y Albornoz e instruía a la tropa sobre la forma de proceder en caso de desembarco. En el tejar de Gabala dejó tres piquetes de soldados (150 hombres), uno en la quinta, uno en el desembarcadero, otro en el tejar de Gracia y otro más en las cercanías para cerrarle el paso al enemigo y proteger el fuerte en su exterior. Ese día, 12 de abril, se completaba el desmantelamiento de los navíos españoles y se aprestaban a echarlos a pique. Pero la Armada inglesa ya estaba demasiado cerca y no había quedado más remedio que incendiarlos, sin tiempo para hundirlos. Ambos quedaron barrenados y a medio incendiar. *El Conquistador* fue abordado por los ingleses, mientras un navío de setenta cañones con un pescante, virándolo, lo llevaba remolcado hacia el castillo de Cruz Grande, salvándolo así para el enemigo. El otro buque fue abrasado por las llamas y no cumplió su cometido de bloquear la boca bajo el agua. Una vez más, Lezo ganaba y Eslava perdía, pero Cartagena también perdía.

A las nueve y cuarenta y cinco de la mañana del 13 de abril comenzó el bombardeo sobre la ciudad amurallada, mientras otra escuadra asediaba, simultáneamente, a Manzanillo. Las bombas habían caído por primera vez sobre la Heroica. Lezo ordenó a sus piquetes a permanecer alerta toda la noche y retirarse al bosque antes de la madrugada para evitar las bajas causadas por la artillería. En efecto, esa mañana se abrió fuego sobre el tejar de Gracia, ya en tierra firme y tras la isla de Manga que, aunque sin tropa ni civiles, sus edificaciones encajaron el castigo del enemigo. Lo curioso fue que sólo tres cañonazos fueron respondidos desde la ciudad amurallada, según Lezo anota en su diario, lo cual podría significar que reinaba algún tipo de caos dentro de ella. Parecía evidente que la oficialidad no estaba cumpliendo con las órdenes, o que éstas eran demasiado confusas. Esto era verdaderamente sorprendente, y el General no llegaba a explicárselo. ¿Acaso faltaba pólvora y munición? ¿No habían abierto los polvorines para ese propósito? ¿Acaso no la habían suministrado a tiempo? ¿Qué clase de comandante era el Virrey?

En todo caso, Lezo entendió que la Plaza no estaba preparada, en ese momento, para una defensa efectiva y que si el enemigo se decidía a atacar en forma, la ciudad podría sucumbir. El enemigo había osado penetrar campante por la segunda línea de defensa constituida por los fuertes de Cruz Grande, ya desmantelado, y Manzanillo, situado en la boca misma de acceso a Cartagena. Pero es posible que el enemigo interpretara ésto como algún tipo de trampa encaminada a tenderle una celada y no hizo movimientos de ataque frontal, porque, si los hubiera hecho, el resultado hubiera sido catastrófico para Cartagena.

Es en ese momento cuando Lezo decide enviar un comunicado al Virrey sugiriéndole, nuevamente, que se fabricase una trinchera desde el Caño de Gracia hasta el caserío de la Quinta y de la Quinta hasta la Ciénaga de Tesca, y que se esperase al enemigo allí; esto con el propósito de que las tropas de La Popa defendieran el flanco sur, tal y como el General lo había previsto en sus primeros enfrentamientos con el Virrey. En el entretanto, los barcos seguían descargando su artillería sobre la zona de Manzanillo y hasta un paquebote de seis cañones y ocho pedreros entró dentro del Caño de Alcivia y comenzó a cañonear el puesto comandado por Joseph de Rojas, quien no permitió que otra lancha de desembarco dejara hombres en tierra. Los ingleses tenían ya prácticamente rodeado el sitio escogido de desembarque y cruzaban fuegos con las baterías apostadas en tierra y en el Fuerte. Don Sebastián de Eslava pasó revista a las tropas el día 15, pero no contestó los requerimientos y sugerencias del General; éste, reaccionando con entereza y decisión, llamó a su oficial de órdenes, Don Pedro Elizagarate, y con él envió solicitud al Virrey de relevarlo del mando, «*porque, para retirarme con ignominia, prefiero que envíen a quien quisieren, porque lo demás era vivir engañado bajo apariencias de aparentes disposiciones nada convenientes al servicio del Rey y deshonra a los hombres de mi carácter*». Entonces, el virrey Eslava procedió a relevar del mando externo al general Lezo y le ordenó entrar en la ciudad. Pedro Casellas fue el oficial encargado de remplazarlo en Manzanillo quien, como se recordará, había sido el competente comandante de las baterías de Crespo y Mas.

Ese mismo día, por la noche, desembarcaron 1.500 hombres dispuestos a consolidar una cabeza de playa desde la cual se aprestarían a lanzar una ofensiva general contra el castillo de San Felipe, localizado a unos cinco kilómetros al norte de Manzanillo, una vez tomada La Popa. Los británicos también desembarcaron en la isla de Manga y emplazaron morteros para batir el castillo de San Felipe desde su orilla, separada por el Caño de Gracia. Toda la noche las fragatas y las bombardas apoyaron el desembarco enemigo. Las bombardas eran naves cuya maniobrabilidad era lenta y pesada, pero servían muy bien de plataformas de lanzamiento de fuego de morteros. A la madrugada siguiente el castigo artillero no había cesado y ya 3.000 hombres se hacían fuertes en el Playón, entre el caserío de la Quinta y el tejar de Gabala; la Compañía de Granaderos de España, traída recientemente a la zona, huyó al ver el avance decidido de la tropa inglesa en número avasallador; sólo catorce hombres de dicha compañía permanecieron firmes y cuando llegaron los Piquetes de Marina, con 350 hombres, traídos por Don Blas, ya relevado de todo mando efectivo, y los cien hombres del Regimiento de Infantería Aragón, se unieron a ellos y se enfrentaron al enemigo. El combate fue duro; algunos heridos del bando español rasgaban la camisa y se hacían improvisados torniquetes para contener la sangre de las heridas; a otros se les veía en el suelo con apósitos en la frente, mientras otros se parapetaban detrás de los arbustos. No estaban dispuestos a rendirse, pues su general estaba allí, con ellos.

Se había visto desertar a un soldado portugués de la Compañía de Granaderos y pasarse a las filas enemigas. Este incidente le fue comunicado a Blas de Lezo al punto que llegó con sus hombres; el deber lo impulsaba a hacer caso omiso de su reciente relevo de mando.

—General —le dijeron—, tenemos entre las filas a un traidor. Es un portugués de nombre Juan Fernandinho de la Compañía de Granaderos. Lo hemos visto pasar a las filas enemigas... —Pero no hubo tiempo para más explicaciones, porque en ese momento la carga inglesa fue sobrecogedora; los españoles comenzaron a retroceder ante el feroz ataque de fusilería. Eran incontenibles. Pero, afortunadamente, la retirada se iba logrando hacer de manera pausada y ordenada.

El enemigo entró en Gabala y la Quinta, asegurando el área mientras los españoles retrocedían hasta el Playón de San Lázaro. La compañía de

Granaderos, diezmada, había quedado totalmente aislada del Cuerpo de Ejército que defendía las laderas del San Felipe. En el Playón se atrincheraron como pudieron, mientras eran cercados totalmente por el enemigo que no daba tregua. Para ellos, la situación no sólo era desesperada sino catastrófica. A Blas de Lezo lo habían logrado poner a salvo con unos cuantos soldados que lo escoltaban para que no quedara atrapado con el resto de la Compañía. La amenaza sobre San Felipe era más que evidente. El Virrey ordenó, entonces, hacer una batería nueva en las faldas del Castillo que apuntara hacia el tejar. Toda la noche prosiguió el bombardeo, mientras las tropas británicas avanzaban, imparables, hacia el cerro de La Popa. Como Lezo había previsto, las empalizadas y trincheras que se habían construido quedaban del otro lado, al costado nordeste, por donde no iban a atacar los británicos. No había nada que hacer. La Popa no podía ser defendida. Los buques enemigos apoyaban el avance muy por fuera del alcance de la artillería de tierra de los fuertes. El Virrey hizo trasladar al costado sur su ejército acantonado al nordeste del Cerro, pero a pecho descubierto, bajo el fuego de la Armada, la resistencia se desbarató.

El 17 caía el convento de La Popa y la bandera británica comenzaba a ondear en él. La situación no podía ser más sombría para la Ciudad Heroica. Se situaban a menos de un kilómetro de San Felipe y en terreno elevado. Estaban a las puertas mismas del burgo. Los cartageneros divisaron esa insignia y se aterrorizaron. Cartagena vivía momentos de inminente peligro. La ciudad amurallada estaba al borde del colapso y sólo había que apoderarse del Castillo y comenzar a batirla desde allí. El Virrey había asumido el mando efectivo y directo de todas las tropas, incluyendo las de Marina. El soldado portugués, el desertor de las filas españolas, había caído prisionero cuando se había adelantado demasiado con unos compañeros ingleses enfilados en el ataque. Había sido conducido al Castillo adonde Don Blas, después de interrogarlo, inmediatamente ordenó su ejecución:

—¿Habéis desertado de los granaderos del Rey y os habéis pasado a las filas enemigas?

—Sí, Señor —contestó el prisionero.

—Entonces, habéis traicionado al Rey. ¡Colgadlo! —ordenó Lezo.

Cuando el Virrey se enteró de que Lezo había ordenado la ejecución del soldado, hizo llamar al General. Eslava, mirando a Lezo con displicencia, dijo:

Vernon penetra al interior de la bahía y desembarca

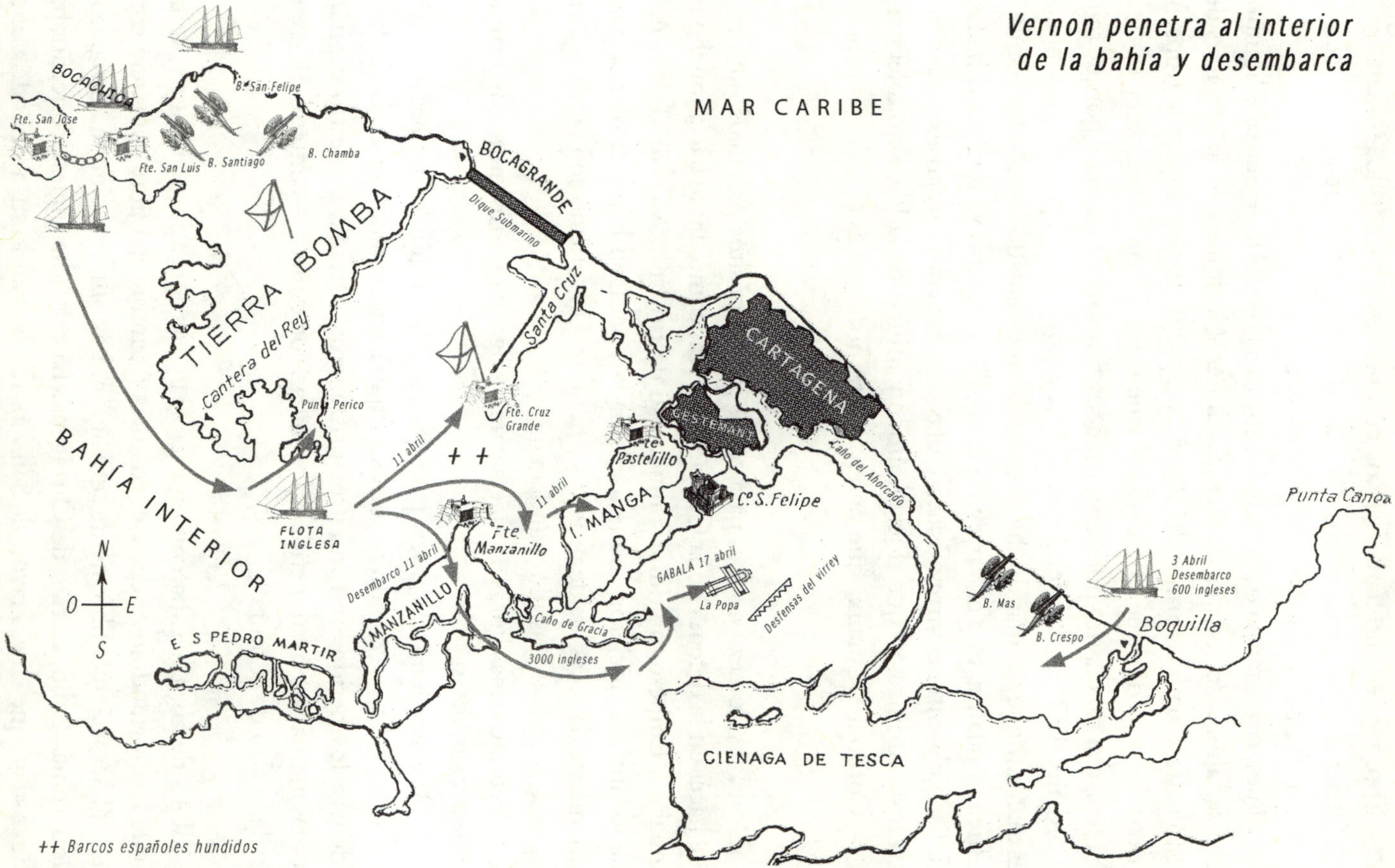

++ Barcos españoles hundidos

—El prisionero no ha de ser colgado porque está herido. En cuanto a vos, General, podéis marcharos a la ciudad, que yo me ocuparé de la defensa de San Felipe. Vos no tenéis ya mando alguno.

—Pues, con mando o sin mando, soy de la opinión de que este hombre debe ser ahorcado sin más contemplaciones. Ni siquiera en momentos de tanto peligro para las armas del Rey sois capaz de dar ejemplo a la tropa. Y en cuanto a lo de irme a la ciudad, sabed que he de permanecer en San Felipe haciendo cuanto pueda, porque soy hombre de guerra y porque tengo órdenes del Rey de defender esta plaza y, por tanto, aquí he de permanecer que, aunque sin mando, he de actuar como soldado raso. —Su respuesta fue tan tajante, que el Virrey no dijo más; las cartas ya estaban echadas. La distancia entre el virrey Eslava y Blas de Lezo era ya insalvable. Esto era una insubordinación que el jefe político y militar de la Plaza no toleraría.

—Coronel Desnaux, que curen a este hombre las heridas —ordenó Eslava.

Don Blas de Lezo estaba, para todos los propósitos prácticos, sin nada qué hacer en la defensa de la Ciudad Heroica, como desde hacía mucho la llamaban. Empero, no duraría mucho su destitución. A las 8:30 de la noche los ingleses hicieron toque de llamada y sacaron bandera blanca para parlamentar la recogida de muertos y heridos. Un soldado con tambor y un negro se acercó al Castillo, bandera en mano, y gritó:

—Pedimos unas horas de gracia para recoger a nuestros muertos y curar a nuestros heridos.

—Os concedemos la gracia para que recojáis los muertos, pues los heridos ya los hemos recogido nosotros y están siendo atendidos en la ciudad. Además, los heridos son nuestros prisioneros. Decidle a vuestro capitán que las monjas curan sus heridas y los cuidan con esmero —contestó Alderete desde lo alto de la muralla.

El 18 de abril llegaba comunicación de Vernon a los habitantes de la ciudad exhortándolos a darle obediencia a cambio del libre comercio con los ingleses y ejercer libremente su religión. La comunicación iba dirigida a Don Tomás Lobo, clérigo de Cartagena. La escuadra inglesa concentraba ahora su ataque en el Playón de San Lázaro, apoyando sus tropas de asalto con el reblandecimiento de las fortificaciones. El Castillo respondía ya con todo el fuego de que era capaz. La aparente insuficiencia de los primeros momentos del ataque había sido superada. Cartagena se veía entonces estremecida por el ruido ensordecedor de las bombas, el rugir de los cañones, el impacto de los proyectiles; la guerra había llegado a sus puertas. La población que quedaba en la ciudad se había refugiado al otro extremo de la misma mientras que cada hombre en edad de combatir estaba prestando su servicio al frente, ora atendiendo heridos, ora disparando artillería, ora fusiles, ora llevando agua para apagar los incendios que provocaban las balas incendiarias. Las casas y edificaciones de la ciudad se desbarataban con los impactos del cañón.

La lucha por consolidar el desembarco en La Boquilla también se encarnizaba; las baterías resistían, pese al cañoneo continuo de los navíos ingleses; los soldados españoles salían en piquetes a hostigar al enemigo, que se veía en dificultades para lograr el avance y acercar lo suficiente sus piezas de artillería. Finalmente, fue desalojado de sus posiciones el comandante del regimiento de Aragón, el capitán Antonio de Mola, quien se presentó al palacio virreinal esa misma madrugada a solicitar refuerzos; el virrey Eslava le concedió doscientos hombres, que marcharon inmediatamente con él hacia el frente, para cerrar la brecha que se había abierto en las defensas del litoral, al este de la ciudad. El enemigo fue contenido nuevamente y no pudo lanzarse por la brecha abierta hacia Cartagena. Pero el frente sur amenazaba derrumbarse. Allí, en La Popa, los hombres del Virrey retrocedían hasta las inmediaciones del cerro de San Lázaro donde se erguía, ciclópeo, el castillo de San Felipe. El enemigo avanzaba incontenible. Un toque de trompeta señaló la retirada que se hizo, por fortuna, en orden hacia el Castillo. Los hombres, en su ascenso, luchaban como podían para que sus posiciones no fuesen rebasadas.

Don Blas de Lezo volvió a insistir ante Eslava sobre la necesidad de reorganizar las fuerzas y reemprender un ataque para desalojar totalmente al enemigo de la zona ocupada, aprovechando la oscuridad de la noche y la desprevención de sus fuerzas, así como de la circunstancia de que los ingleses habían decidido no persistir en su persecución. Se estaban replegando hacia La Popa. Pero Eslava volvió a malgastar la oportunidad que se le brindaba. Evidentemente, el Virrey era refractario a luchar a campo traviesa y prefería parapetarse tras las murallas y los baluartes. Esto ya había quedado suficientemente claro. Los soldados del Virrey estaban a salvo dentro de las murallas, pero no así el fuerte ni la ciudad.

El enemigo no había persistido en su arremetida, porque se necesitaba el apoyo artillado de la Armada y de las baterías de tierra, particularmente las de La Popa, que no estaban listas todavía; una vez en forma, podrían tomarse el castillo de San Felipe de Barajas, último reducto de las defensas. Cartagena estaba a tiro de as.

Capítulo XIV

San Felipe, el último cerrojo

Esta escuadra sólo ha quedado para conducir carbón de Irlanda a Londres.

Carta de Lezo a Vernon

Hemos quedado libres de estos inconvenientes.

Lezo al virrey Eslava

La suerte del castillo de San Felipe de Barajas estaba prácticamente sellada. Sólo un milagro salvaría el Fuerte; con él, a Cartagena de Indias, y con Cartagena, el Imperio Español. El Castillo se encuentra en dirección sureste de la ciudad amurallada, en inmediaciones del arrabal de Getsemaní, situado a menos de un kilómetro. El Castillo estaba construido de tal manera que sus baterías ocuparan diferentes planos en la topografía, unas más altas, otras más bajas, con el fin de poder batir desde distintas alturas el terreno y al enemigo. Las baterías de San Lorenzo y Santa Bárbara, con sus reductos intermedios, por ejemplo, dominan con fuegos rasantes y laterales todo el terreno comprendido desde el Playón del Cocal hasta el pie del Cerro. Las baterías estaban dispuestas de suerte que todas se dieran apoyo mutuo y, si las más bajas caían en poder del enemigo, pronto recibirían el fuego de las más altas, dificultándose así su ocupación permanente. La batería de San Carlos era la que mejor se situaba para batir los cerros cercanos, aunque el dominio de las alturas del cerro de La Popa constituía un grave peligro para el Castillo.

Pero la penuria dentro de sus muros por la falta de provisiones era muy grande. La falta de agua se hacía sentir y no había quedado más remedio que comerse los últimos escuálidos caballos que quedaban ante la imposibilidad de darles pienso o hierba; esto era preferible a verlos perecer de hambre, aunque los comandantes sabían que aquellos animales podrían servir en un momento dado, así fuera para dar una débil carga. La carne fue cortada a tiras y salada como convenía en aquellos climas. Nuevamente se almacenó en porciones para mejor dotar de raciones a la tropa. La oficialidad española sabía que no podían resistir esa situación mucho tiempo aunque los ingleses fuesen contenidos en el campo. ¡Algo había que hacerse!

El Virrey estaba ahora encerrado en aquel Fuerte, asediado por el enemigo que acampaba en las estribaciones del cerro San Lázaro. Eslava se pasea durante horas con las manos entrelazadas en las espaldas, sin saber qué hacer ni qué camino tomar. Sentía la presión de la oficialidad que, de alguna manera, le hacía saber la necesidad de tener a Lezo al frente de las fuerzas. Todos sabían que el General, con su sola presencia, infundía respeto y ánimo a la tropa. Parecía un tigre enjaulado. Finalmente, tomando una dura decisión y en un acto de humildad reprimida, el Virrey convoca a Don Blas de Lezo y le dice:

—General, reasumid la defensa del Castillo y reincorporaos a la guerra.

—No, si antes no admitís que tenía razón en lo que os prevenía —responde Lezo con la grave serenidad de quien sabe que tiene la situación en sus manos.

—Teníais bastante razón, General —dijo el Virrey a regañadientes.

—Haré lo que pueda, Señor Virrey, pero nada os garantizo —gruñó altivo y presentando plaza de soldado. Inmediatamente, Lezo llamó a Desnaux y ordenó con pasmosa frialdad castrense que el soldado portugués fuese colgado y exhibido desde lo alto del castillo de San Felipe con un letrero que dijera: «Esto espera a los traidores». Eslava no se opuso. La muerte era el feroz disuasivo con la que los médicos y los soldados debían acostumbrarse.

Las bombas de las baterías emplazadas en la isla de Manga continuaron cayendo toda la noche sobre la ciudad y el Castillo, que también respondía el fuego. En el entretanto, Lezo ordenaba la excavación de un foso alrededor del Fuerte, tarea que fue ejemplar y aceleradamente ejecutada de noche por trescientos hombres; este foso ya había sido recomendado por Lezo, pero el ahorro de recursos que se había propuesto Eslava no había permitido completarlo a tiempo. Ahora se tenía que terminar a toda prisa y bajo el acoso del enemigo. La idea era no permitir que las escaleras del inglés alcanzasen la cima de las murallas. «Maldito Virrey —pensaba Lezo— ya se ha hecho demasiado tarde para dar una carga contra el enemigo en la playa y ahora también se hace fuerte en La Popa.»

Pero dos ideas adicionales del General decidieron la suerte de las armas españolas. En la tarde del 19 de abril ordenó completar la excavación de trincheras en la ladera sureste del Cerro con el propósito de que sus hombres salieran del Castillo y las ocuparan. Él mismo recorrió a pie el campo de lo que iba a ser el principal escenario del último combate. Se trataba de una larga y zigzagueante trinchera en forma de zeta que descendía por la ladera y que permitía cubrir varios flancos a la vez y no ser desbordada en una primera carga. Había decidido, pues, batirse con los ingleses en el campo y no permitir que lo asediaran dentro de los muros. De otro lado, esta decisión iba a permitir que la artillería enemiga se desviase de castigar las murallas, intentando abrir brecha en ellas, y se concentrase en sus hombres atrincherados. Allí esperaría a recibir la carga del enemigo. Para esa faena Lezo pidió reclutamiento voluntario de las mujeres que habían decidido quedarse con sus maridos, y hombres no aptos para la lucha, quienes fueron desplazados desde la Plaza y desde el arrabal de Getsemaní, dando un largo rodeo por el costado oriental del Castillo y al amparo de las baterías de Manga, para así ayudar a terminar de excavar las trincheras que todavía no estaban concluidas. Había que conectarlas con el foso y entre sí mismas, para facilitar el aprovisionamiento de los hombres al resguardo de sus paredes. Las mujeres se emplearon en una doble labor: cientos de ellas iban y venían cargadas con provisiones y herramientas de todo tipo desde la ciudad amurallada. Trabajaron como mulas, principalmente de noche, y a la luz de los candiles, hombro a hombro con un enjambre de viejos y de niños. Algunos voluntarios fueron alcanzados por las bombas lanzadas desde Manga, pero nadie cedió al pavor causado por el enemigo. Los neogranadinos, como lo demostrarían más tarde en las luchas independentistas, y en las guerras fratricidas del siglo XX, eran, como los peninsulares, huesos duros de roer y tenían profundo sentido del honor. Nadie quería dejar entrever a su compañero que el «macho» se le venía a menos.

La segunda idea de Lezo fue despachar dos soldados españoles a las filas enemigas a actuar como desertores; su misión era desviar el grueso del ejército hacia la cortina oriental del Fuerte bajo el engaño de que por allí la escalada de la muralla sería más fácil. Pero esta idea fue recibida con escepticismo y preocupación. El coronel Desnaux advirtió a Lezo que el ajusticiamiento del portugués no haría que los ingleses tragaran ese anzuelo.

—Ahorcarán a los supuestos desertores, mi General. No debemos tomar ese riesgo —gruñó el Coronel, incrédulo.

—Aquí ya no hay riesgos por tomar, mi Coronel. Aquí lo que hay es la certeza de que Cartagena caerá, por lo que el riesgo está en no arriesgarse —concluyó Lezo con decisión.

*

En el entretanto, la orden de ejecución del portugués se llevaba a cabo con todas las solemnidades militares correspondientes. La noche del 19 de abril los ingleses comenzaron a anunciar que se aprestaban a asaltar la enorme fortaleza haciendo un inusual y constante golpe de tambores mayores. Era un seco y permanente *bum, bum*, que anunciaba el asalto final, empleado, tal vez, para asustar y acobardar a los defensores. Desde las murallas se divisaba el campo iluminado por cientos de antorchas. El Padre Lobo fue traído especialmente para que confesara al reo y le diera la absolución, cosa que hizo después de escuchar un pormenorizado balance de sus faltas. El eco del *bum bum* sirvió de marco a una extraña conversación que surgió del fondo de un miedo terrible a la muerte:

—Creo que hice esto, Padre, porque mi país ha sido siempre aliado de los ingleses...

—Yo no sé de política, hijo, pero me parece que tú eras aliado de España.

—No creo que merezca la pena de muerte, padrecito. Cristo dice que hay que perdonar al enemigo —dijo casi lloroso y con poca disimulada angustia el soldado.

—Bueno —responde el Padre con asombro—, es mucho más complicado que eso. Cristo lo que dice es que hay que perdonar al enemigo personal, y para designarlo usa la palabra *inimicus*, que denota eso en latín; nunca dijo que había que perdonar al enemigo público, pues jamás usó la palabra *hostis*, que así lo denota. Infortunadamente, tú te convertiste en un enemigo público..., te sumaste a los enemigos, y para colmo, herejes. Mira, hijo, sé cuánto sufres, pero, si en algo te consuela, piensa que todos hemos nacido con una sentencia de muerte sobre nuestras cabezas. A ti sólo te han adelantado la fecha... —Y el cura agachó la suya en signo de reflexión.

—¿Usted cree que me iré al cielo, Padre? —fue lo único que Fernandinho atinó a preguntar, perplejo, utilizando más los ojos ansiosos que las palabras tan extrañamente acentuadas que usaba.

—Por lo menos por esta traición y pecado no te irás al infierno, pues por ello te han condenado y eso es lo único que te puedo garantizar —contestó el buen Padre, pensando en que el salario del pecado es la muerte, como estaba escrito y que, como Santo Tomás decía, la pena capital formaba parte de la caridad evangélica. Después de una breve reflexión, añadió—: Recuerda que Cristo no se rebeló ante la muerte, por más injusta que pudiese haber sido. Por el contrario —dijo recordando el Evangelio de San Juan— enseñó que Pilato no habría tenido ningún poder a menos que le hubiese sido dado desde arriba. Debes resignarte a la pena y buscar consuelo en el Cristo, que, no siendo pecador como tú, asumió con resignación la injusta sentencia impuesta, hijo mío, y con ello le otorgó esa jurisdicción al Estado… —Y el cura, ya visiblemente conmovido, y sin atinar a saber si lo había consolado, alejó su mirada del sentenciado.

Alguien entró y aconsejó al reo que primero hiciera del cuerpo, pues era sabido que a veces los ahorcados manchaban los pantalones. Luego el soldado marchó en compañía del Padre y dos guardias hacia el improvisado cadalso compuesto por una viga de madera que sobresalía de la techumbre de un puesto de guardias, arriba, en lo alto del San Felipe, que dominaba el horizonte ahora visible por las antorchas inglesas. Fernandinho pudo guardar la compostura hasta el final, aunque no podía reprimir el temblor que le sacudía todo el cuerpo. Se arrodilló junto al banco que serviría de cadalso y pidió que el Padre le diera una última bendición. La cara se la cubrieron con una improvisada capucha negra. Debajo de sus pies se puso el banco, se le ataron las manos a la espalda y se le apretó la soga al cuello. Como le temblaba el cuerpo, fue preciso sujetar sus piernas y sostener el banco para que no se volcara, ahorcándose prematuramente. Cuando el banco estuvo estabilizado, empezó el redoble rápido y monótono de tambores, mientras Lorenzo de Alderete leía la sentencia emitida por traición a sus compañeros, al Rey y a España. Con voz solemne fue leyendo despacio y cadenciosamente la sumaria sentencia, muy al estilo castrense, subrayada ahora por la cadencia unísona y sincopada de los tambores que anunciaban el luctuoso, aunque aleccionador, desenlace:

—Esta es la justicia que el Rey Nuestro Señor y sus reales ejércitos mandan a hacer a este hombre por la traición efectuada contra su persona y contra España el pasado 15 de abril de 1741. El reo fue visto pasarse al enemigo y es confeso de traición. Quien tal hizo, que tal pague.

La guarnición contemplaba sin pestañear aquella escena. En los rostros apenas se dibujaba el asentimiento a la justicia militar. Acabada la breve lectura, se suspendió de golpe el redoble y acto seguido Alderete dijo roncamente:

—Dios se apiade de tu alma —e indicó con la cabeza que el verdugo tumbara el banco, lo cual fue hecho de un puntapié.

El soldado emitió un gemido hueco, ahogado, se contorsionó por unos largos segundos y luego, incapaz de vivir, se descolgó flácido. Su cuerpo fue, entonces, suspendido desde lo alto de la muralla para que todos lo vieran, incluidos los ingleses, muchos de los cuales no llegaron a explicarse aquella extraña exhibición. Un par de antorchas iluminaron sus despojos y esa noche para todos fue evidente lo que aquello se proponía: el soldado que desertara a las filas enemigas y traicionara al Rey, sufriría las mismas consecuencias. El ominoso cartel colgado del reo lo aclaraba.

*

Así las cosas, los fingidos desertores salieron hacia el campo enemigo y, con dos raídos trapos blancos, dando voces a los ingleses, fueron inmediatamente capturados y llevados adonde el general De Guise, quien atentamente los escuchó, haciéndose traducir cada palabra de los agitados soldados. Pronto otros comandantes se enteraron del suceso. La noticia fue recibida con reservas, dudas y aprehensiones por parte de la oficialidad, sobre todo del coronel Grant, quien dijo al general De Guise:

—Esto es una trampa, *milord.*

—No lo creo. El enemigo está desmoralizado y comienzan a pasarse a nuestro campo. Empezaron los portugueses. Ahora son los españoles.

—El ahorcamiento del portugués ha tenido que servir de lección y dudo que alguien más se atreva a hacerlo —concluyó Grant.

—Por eso mismo no lo creo. No serán tan estúpidos en pensar que, tras ese ajusticiamiento, pueden tendernos una trampa tan infantil. Estos desertores son en verdad desertores, Coronel, y hay que atender las noticias que traen. Utilícelos para buen provecho de nuestras fuerzas.

Y fue así como quedó montada y creída la trampa más infantil e inverosímil en la historia de la guerra. Los supuestos desertores se aprestaron a conducir a los ingleses en la oscuridad de la madrugada hacia la ladera oriental, donde, según habían explicado al alto mando inglés, había un punto por donde escalar.

La noche del 19 de abril el enemigo continuó desembarcando más morteros y hombres. Se aprestaban, muy temprano en la madrugada, a tomar por asalto el Castillo. Pero el gran problema había sido la escasa cobertura que, a juicio de Wentworth, la Marina británica había dado a las tropas de asalto, como resultado del intenso fuego de artillería proveniente del castillo de San Felipe, del fuerte de San Sebastián del Pastelillo y el apoyo de la ciudad amurallada. Los navíos británicos habían recibido tal castigo que no les quedó más remedio que retirar los buques fuera del alcance del cañón. Se limitaron a enviar bombardas de noche para continuar lanzando bombas contra la ciudad y los castillos, cosa que provocó la prolongación de los incendios. La penuria de los cartageneros iba en aumento a causa del agua que tenían que emplear para sofocar las llamas que todo lo devoraban. Las casas de los pudientes, que tenían aljibes propios, suministraban ahora el agua para la ciudad y sus habitantes.

Durante las horas siguientes los españoles continuaron cavando el foso defensor y las trincheras; esta operación era nocturna, porque a lo largo del día los ingleses los acosaban con el fuego de los navíos y bombardas que, de todas maneras, eran también castigados por las baterías costeras. Los navíos ingleses se encontraban frente a la desventaja de la altura del castillo de San Felipe de Barajas que, cual un Coloso, dominaba el Cerro San Lázaro y desde allí batía con mayor facilidad al enemigo. Vernon pronto observó que esta desventaja obraba muy en contra suya y, por tanto, insistió en que su ablandamiento y eventual toma debía verificarse por tierra, sin importar los hombres sacrificados en la operación. Para él era más importante poner a salvo su Armada.

Los defensores, atendiendo las órdenes de Lezo, también empezaron a desbrozar el monte que había alrededor de la huerta de Belesain y Gaviria, adonde estaban las últimas avanzadas españolas que habían sido rebasadas, pero no dominadas y, por supuesto, atrincheradas en uno de los flancos de mayor peligro. Éstas quemaron las chozas y tejares para obtener una mejor visión sobre el enemigo que también estaba empeñado en hacer trincheras paralelas y reducir aquellas avanzadas que, como un bolsón, permanecían aisladas de las fuerzas principales del Castillo. El enemigo se había hecho fuerte en la isla de Manga, emplazando morteros y artillería en la orilla este de la Isla, separada del Castillo por el Caño de Gracia, desde donde disparaban sus bombas contra ambos fuertes, el de San Felipe y el de San Sebastián del Pastelillo.

El enemigo continuó desembarcando hombres, morteros, artillería y pertrechos hasta el amanecer del 20 de abril, en previsión de lo que, se suponía, iba a ser una ofensiva a gran escala. Mucha artillería inglesa fue subida al cerro de La Popa para poder batir estratégicamente el Castillo. Los hombres se iban concentrando también a lo largo de la cañada que va desde el caserío de La Quinta hasta el tejar de Gabala. Fueron bajados algunos caballos de las embarcaciones para que la oficialidad tuviera mayor capacidad de movilidad y visión sobre el terreno. Wentworth inspeccionaba la situación de las trincheras y del campo de muerte, además de conferenciar con sus oficiales y generales sobre cual sería la mejor forma de lanzar el ataque, mientras Lezo, al mando nuevamente de la situación, ordenaba que se trajesen las reservas de marinos que tenía acantonadas en Cartagena y desabasteció totalmente la ciudad; fueron introducidos al castillo de San Felipe al amparo de la noche. Cuando pidió a los civiles que se retirasen tras las murallas y ordenó volar el puente de San Anastasio que daba acceso a la ciudad amurallada desde Getsemaní, todo el mundo comprendió que la situación era verdaderamente crítica. Tras las gruesas murallas, la gente no hizo otra cosa que encender velas a la Virgen y a los Santos y rezar el Rosario, reunidos por grupos, en las esquinas, cuando no en las Iglesias, para implorar victoria sobre el enemigo y la paz sobre la ciudad. La explosión, sacudiendo los cimientos de las casas circunvecinas, se había oído en todo el recinto amurallado e interrumpió, por un instante, los rezos y las súplicas que, con más vigor, volvieron a empezar. Lezo se estaba jugando sus restos. Así también lo entendieron los ingleses.

Wentworth, no obstante su superioridad, tenía algunas reservas sobre este segundo ataque. El grave problema era la falta de un apoyo naval efectivo que derrumbara las defensas españolas, tal y como se había hecho con el castillo San Luis. Exasperado por la cautela de Vernon, quien no se atrevía a plantar cara con su flota sino que, más bien, efectuaba incursiones más o menos sostenidas contra la Plaza, se trasladó a su cuartel general y lo increpó diciendo:

—Almirante Vernon, bien sabéis que soy hombre decidido en la guerra y que valor no me falta para afrontar los más graves peligros. Pero no soy tonto. Mientras yo he dado una carga frontal contra el cerro San Lázaro, vos escondéis vuestros navíos en el mar, alejados del cañón del fuerte y de la ciudad. En estas circunstancias no puedo ser yo responsable del éxito de la operación ni su eventual fracaso puede ser atribuido a mi mando, ni a mis hombres, que ya han puesto su cuota de sangre en esta campaña.

—General, no estaréis insinuando que mi Armada no ha puesto la suya —contestó mientras observaba con el catalejo, desde Punta Perico, el desembarco y emplazamiento de la artillería.

—Nada de eso, Almirante. Bien sé que habéis puesto la vuestra. Pero no la estáis poniendo aquí, en el ataque final a Cartagena. Yo he soportado casi todas las bajas y sostenido como he podido los combates. Hemos sido detenidos en todo el frente por los españoles y nuestra carga al Cerro nos ha ocasionado más bajas de las que creíamos o de las que nos era posible encajar.

—Pero no estáis reparando en que mis posibilidades para enfrentarme a los fuegos combinados del Castillo, de la muralla y del fuerte del Pastelillo, son muy limitadas. Esto se vio en los primeros días de mi incursión con la Armada. Ya he perdido tres navíos y cuatro fragatas han sido seriamente averiadas.

—Eso es cierto, pero no vendríais aquí con la ilusión de que vuestra flota iba a regresar intacta a Inglaterra...

—¿Pero qué decís Vos del hecho de que tampoco habéis hecho progreso alguno en Manzanillo, donde no hay fuegos cruzados y mi Armada os está dando el apoyo necesario?

—Pues es evidente, Almirante, que no se puede atacar todo a la vez, sino que hay que establecer prioridades. Mi ataque en cuatro puntos distintos ha debilitado la contundencia de cualquiera de ellos, y esta imprudencia se debe a vuestra insistencia de tomárselo todo a la vez. El ataque al fuerte de Manzanillo debe suspenderse y, por el contrario, debemos concentrar tropas para reducir el fuerte de San Sebastián del Pastelillo y luego sí proceder a tomarnos el de San Felipe. Tenemos que inutilizar ese fuerte primero porque estamos cogidos entre dos fuegos. Ahora bien, el abastecimiento de pertrechos y municiones a mis fuerzas se ha convertido en un verdadero dolor de cabeza. Carecemos de los abastecimientos necesarios para sustentar los ataques de manera simultánea... Además, estamos escasos de agua y víveres y mis soldados están enfermos.

—Lo que sucede, General, es que habéis atacado a Manzanillo, pero también habéis avanzado de esa península hacia La Popa, dividiendo allí vuestras fuerzas. Después de la toma de La Popa, hemos sido detenidos en todo el frente de batalla...

—Si no hubiera dividido allí mis fuerzas no se habría podido emprender el asalto al cerro de San Lázaro, Almirante. Debéis tener en cuenta que tengo aislado y neutralizado un regimiento de España contra el playón de San Lázaro. Si no me hubiese tomado La Popa, ¿cómo diablos suponéis que estaría sitiando a San Felipe? ¿O cómo suponéis que he de cruzar el caño de Gracia desde la isla de Manga? ¿A nado? Mis maniobras han sido impecables: he aislado un regimiento y tengo acorralados a los españoles contra el Castillo. El gran problema que esquiváis con vuestras apreciaciones, Almirante, es que no me estáis dando la suficiente cobertura naval para avanzar sobre San Felipe y estáis insistiendo en mantener el ataque al Manzanillo. Yo estoy diciendo que éste debe suspenderse, que debemos concentrarnos en la toma del Pastelillo, primero, y luego arremeter contra el San Felipe. ¡También estoy insistiendo en vuestro apoyo naval!

—Mis cañones navales no llegan al Cerro, a menos que me aproxime demasiado y me meta en la boca del lobo por el caño de Gracia. Ninguna Armada puede soportar tres fuegos desde tres flancos distintos. El peligro de suspender el ataque al Manzanillo es que dejaréis vuestra espalda descubierta en vuestro avance por La Popa y eso no lo puedo consentir. Hay que reducir al enemigo para evitar un ataque por detrás. Lo que estáis insinuando es que me suicide, General.

—Lo que estoy insinuando es que me prestéis el debido apoyo para avanzar y para esto se requiere de una gran coordinación de fuerzas, pero también de un gran realismo militar en cuanto a las bajas se refiere. Es cierto que tendréis graves pérdidas, pero si no, ¿cómo rayos queréis tomaros a Cartagena? ¿O acaso creíais que esto iba a ser un paseo militar? Ya tengo desembarcados 4.000 hombres entre Manga, Manzanillo y La Popa, pero requiero de vuestro apoyo naval para escalar el cerro San Lázaro y tomar el Castillo, o de lo contrario esa gente será masacrada. Los españoles han cavado trincheras en la ladera sureste del Fuerte y se requiere algo más que el batimiento de las murallas para tomarse el Castillo: se requiere de una intensa concentración de fuego sobre murallas y trincheras, Almirante. He de concentrar el grueso de estos 4.000 hombres en el ataque a San Felipe y desde Manga apoyaré con morteros y artillería; también moveré artillería y morteros a La Popa, pero es vital vuestro apoyo, repito, para que estos hombres se tomen el Castillo.

Pero Vernon no iba a arriesgar demasiado lo que quedaba de su flota; dejaría el esfuerzo principal en manos del ejército de tierra. Por eso, cuando Wentworth se reunió con Cathcart para ultimar los detalles del ataque, éste le respondió indignado:

—Señor, yo no estoy dispuesto a llevar a mis hombres a una matanza segura con resultados inciertos. Si no hay apoyo de artillería naval, no debemos obedecer estas órdenes. El general De Guise está de acuerdo con mi parecer.

—Si no obedecéis las órdenes, General, mucho me temo que eso se llame «insubordinación», y bien sabéis que Inglaterra os ahorcará por ello. Y a todos los que os acompañen.

—Esto es lo más estúpido que haya oído jamás. Vernon quiere resguardar sus barcos a costa de nuestros hombres.

—Es cierto —respondió Wentworth—, pero es, infortunadamente, el comandante supremo de la fuerza expedicionaria y hay que obedecer. Yo encuentro que es imposible razonar con ese hombre. Está demasiado inflado de orgullo y de victorias precozmente celebradas.

Así, finalmente se acordó atacar al castillo de San Felipe por los cuatro costados; dos cuerpos de infantería al mando del general De Guise atacarían, por el sureste, mientras el grueso del ejército atacaría por el este, al mando del coronel Wynyard, al abrigo de la artillería de la ciudad, aunque aquella era la parte más empinada del Cerro; por el norte, el coronel Grant haría unas maniobras de distracción. En el entretanto, Cathcart había llamado a Washington a que liderara con sus fuerzas de colonos un ataque por el noroeste. Desde la toma del San Luis el prestigio de Lawrence Washington estaba considerablemente aumentado y ahora era un militar respetable. Sus soldados coloniales habían resultado mejor de lo esperado, pues su desempeño había sido intachable en aquellas jornadas. Esta situación era, precisamente, la que hubiesen querido evitar los ingleses que se habían reservado para ellos la carga contra Cartagena; ahora veían que su triunfo tendría que ser compartido con unos colonos a quienes en el fondo despreciaban. Pero éstas eran las realidades de la guerra que se imponían sobre el designio de los hombres. El general Wentworth dio su visto bueno al ataque de Washington, quien se entregó a organizar lo que le correspondía.

Era evidente que, nuevamente, el peso del combate se concentraría en sus tropas, pues éstas quedarían bajo cobertura del fuego del Castillo y de las baterías del Reducto de Getsemaní. Sus virginianos y resto de tropas coloniales ya habían sido reunidas. Todos estos movimientos y posicionamientos fueron hechos al abrigo de la noche. La artillería y los morteros comenzaron a ser emplazados en el sigilo de las sombras; a estas alturas, Vernon ya tenía firmemente decidido que no daría la cobertura naval pedida por Wentworth. Meterse por el Caño de Gracia era demasiado arriesgado y la flota inglesa ya estaba averiada en exceso como para arriesgar más buques. A lo sumo, maniobraría suficientemente cerca de las baterías de Getsemaní, el fuerte de Manzanillo y del Pastelillo, pero fuera del alcance de tiro del San Felipe.

El jueves 20 de abril, a las 3:45 de la madrugada las primeras avanzadas enemigas se aproximaron al Cerro por la parte que mira hacia la quebrada del Cabrero. El aire estancado de la madrugada impedía matizar el olor pestilente de los cadáveres insepultos que reptaba por la colina tras los hombres como un perro faldero. Cinco piquetes del ejército de tierra, con 250 hombres, dos de Marina, con cien, tres de Aragón, con 150, y tres de los granaderos de España, con 150 hombres, les hacían frente en las trincheras del Fuerte. A esa hora, en la quieta madrugada, muchos se ponían pañuelos para espantar el nauseabundo olor que, ahora escalando la muralla, les recordaba la miseria humana y en lo que quedaban los hombres después de tantas pretensiones y banalidades. Tras las murallas estaban desplegados otros trescientos soldados encargados de la defensa interior del Fuerte. El coronel Wynyard, poco antes, también había avanzado hacia la cortina del este guiado por los desertores españoles; pero toda la noche estuvieron dando vueltas sin encontrar el punto y, al rayar el día, fueron sorprendidos por una descarga de fusilería y metralla de artillería del Castillo que hizo estragos en sus filas.

—¡Traición!, ¡traición! —gritaban los ingleses. Pero era demasiado tarde. Los supuestos desertores españoles habían escapado. Los británicos no tuvieron más remedio que encajar el fuego e intentar desplegar sus escaleras de asalto metidos, como estaban, en la trampa mortal, mientras retiraban del campo al coronel Grant, mortalmente herido.

Cathcart, en el entretanto, comandaba el ataque central por el flanco sur del Castillo. Montado en su caballo, desenvainando el sable y poniéndolo vertical sobre su pectoral derecho, dio la señal al trompeta mayor de tocar el avance del ejército; del pulido cobre salieron los primeros sonidos de la última batalla que, estaban seguros, daría el triunfo a las armas inglesas; también serían los primeros en entrar al imponente Fuerte. «*Long live the King*», gritaron los ingleses, quienes dieron los primeros pasos del avance.

En las primeras horas, sin embargo, la avanzada del sur fue mantenida a raya. Los hombres asomaban los fusiles por la trinchera zigzagueante, lanzaban una densa carga de fusilería y se volvían a amparar para cargar de nuevo. Los ingleses, que hasta el pie mismo de la colina mantenían una perfecta formación de batalla, iban cubriendo los huecos dejados por los caídos. Oleada tras oleada marchaban incontenibles. Los cañones de La Popa bramaban. Siete horas después de iniciados los primeros combates, a las 10:45 de la mañana, 2.800 hombres avanzaban en plena formación por el sur, el oeste y el norte; los del este, en cambio, tenían serias dificultades para reagruparse dado el nutrido fuego que recibían en la trampa tendida. Los soldados defensores disparaban desde los parapetos y merlones; disparaban con todo: con la artillería, con los fusiles, las pistolas... Wynyard ordenó a sus tropas escalar la muralla, pese al nutrido fuego. Sus hombres se fueron acercando a la cortina de defensa con escaleras, cuerdas y garfios. Muchos caían, pero otros recogían los implementos de asalto, hasta que la

Situación del asedio hacia el 19 de abril de 1741

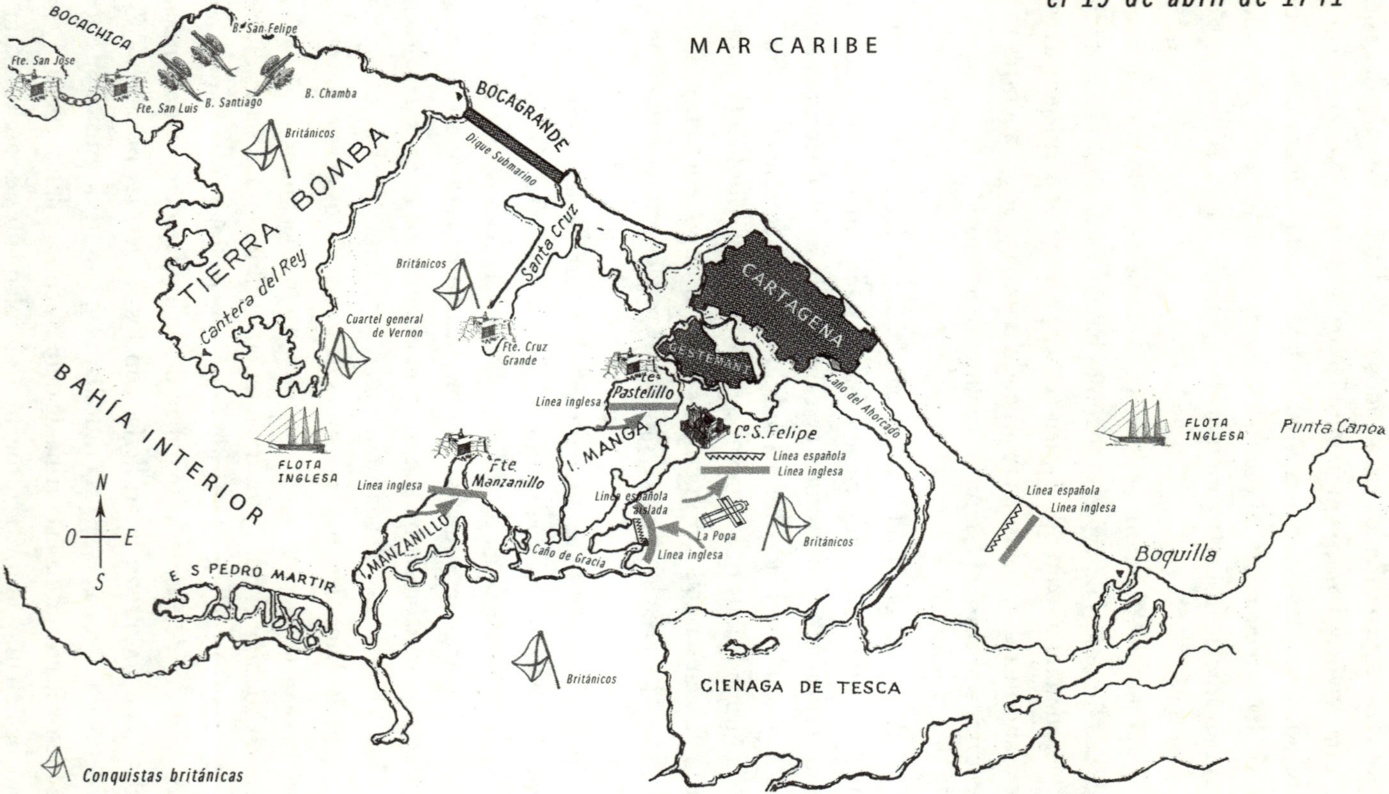

nutrida masa se acercó a la muralla y comenzó a tender las escaleras, pero éstas resultaron muy cortas, dado el foso que habían cavado los españoles. Desde lo alto se les arrojaba piedras y balas de cañón y hasta aceite hirviendo que rompían sus cráneos y calcinaba sus carnes. Pero les había quedado faltando dos metros para coronar la altura y en esas circunstancias era imposible sobrepasar el empinado obstáculo. ¿Cómo había pasado esto? Wynyard juraba que las escaleras de asalto estaban bien medidas, según los datos de inteligencia. La sorpresa fue mayúscula, pues San Felipe debía caer por el asalto directo a sus murallas por ese lado, ya que la toma por el sur iba a ser difícil, dado el atrincheramiento de los soldados de Lezo en su ladera. Con los hombres allí detenidos e imposibilitados de actuar, Wynyard dio la orden del toque a retirada. Las escaleras fueron abandonadas sobre la muralla y con sus patas dentro del foso abierto. El ataque por el este había fracasado.

Hacia las once de la mañana, mil cien hombres se enfrentaban a 650 españoles y neogranadinos que a media marcha de la cima, atrincherados por el sur, defendían el acceso al Castillo. El fuego era tan intenso que se tenían que traer al frente dosificadores de latón cargados con pólvora y reemplazar los que se iban vaciando de la tropa. Arriba, en el Castillo, las maestranzas de artillería se ocupaban en fundir plomo para moldearlo en las coquillas de bronce que automáticamente cortaban doce balas que eran rápidamente recolectadas y llevadas a las trincheras.

Tampoco pudieron las escaleras de Washington llegar a la cima de la muralla por el lado occidental. Y allí sí que el intrépido hermano del futuro libertador de las colonias norteamericanas soportó el feroz castigo de la artillería de la ciudad y del Fuerte. El destacamento del norte tampoco tuvo éxito alguno, pues su fuerza no era de mucha consideración y, además, había sido cogido entre dos fuegos: a sus espaldas tenían que soportar el duro cañoneo de las baterías del Reducto, mientras que por el frente, soportaban el castigo de la artillería del Castillo. Desnaux, en su Diario, describe la situación:

> *...Y por el frente que mira al norte llegaron hasta la batería baja; pero con el fuego continuado de la tropa y artillería que estaba apostada en el hornabeque y cortaduras, después de tres horas de porfiado combate, no adelantaron ni ganaron puesto alguno...*

Aquello había sido una carnicería. El único fuego digno de consideración era el que se hacía al Castillo desde La Popa por el flanco sureste; pero cuando los ingleses vieron los hombres de Lezo atrincherados en la pendiente de la colina, supusieron lo peor:

—¡General! —gritó el artillero mayor a De Guise—, ¡los españoles han dado el primer toque de corneta y se alistan para dar una carga sobre nuestros hombres en la planicie! ¡Es necesario reposicionar nuestra artillería contra sus trincheras y dar cobertura a nuestros soldados!

Así, las balas de la artillería inglesa comenzaron a caer sobre los soldados atrincherados, despedazando terraplenes y parapetos construidos al filo de la prisa. La colina, empero, funcionaba como una especie de glasis, o terraplén en declive, que en los fuertes se construía para protegerlos del tiro directo, pues su función era desviar o encajar los tiros. El hecho de haber sacado los hombres al campo había también desviado el poder de fuego del enemigo y la integridad del Castillo quedaba, por lo pronto, a salvo. En cambio, su propia artillería respondía bien a los atacantes y a sus baterías del sur. Los infructuosos esfuerzos de Wynyard en la cortina este dieron como resultado que el Coronel ordenara un repliegue hacia el sur para reforzar el avance del general De Guise. Tal había sido la orden dada por Cathcart ante lo crítico de la situación. Washington y Grant no tuvieron más remedio que unirse también a esta iniciativa, intentando con ella forzar el Fuerte por la ladera sur donde estaban los hombres de Lezo, atrincherados. Ahora sí, el combate se centraba en un solo flanco y liberaba tropa del interior para acometerla a la defensa. Pero los ingleses también habían liberado y concentrado la suya. Sin embargo, el avance de los ingleses por la ladera era lento y costoso en hombres, pues el zigzag de la trinchera presentaba múltiples flancos de defensa que cogía a los atacantes entre varios fuegos a la vez. Las balas zumbaban y rebotaban en los cestones de las trincheras mientras los ingleses hacían el descomunal esfuerzo de avanzar para desbordar a su enemigo.

Simultáneamente, otros tres frentes de guerra atacaban, por el litoral norte, las baterías de Crespo y Mas, con muy poco éxito y, si se quiere, muy débilmente; por el sur, el fuerte de Manzanillo, y, por el suroeste, el de San Sebastián del Pastelillo, en la isla de Manga, eran también atacados por mar y tierra. Este último fuerte estaba situado justo al sur del castillo de San Felipe, separado de él por el Caño de Gracia de tal manera que los dos fuertes se daban apoyo mutuo. Don Sebastián de Ortega, capitán de Milicias, resistía en Manzanillo con sólo veinticuatro hombres, todos neogranadinos, y mantenían a raya un enemigo que furiosamente se acercaba para tomárselo; los ingleses eran permanentemente repelidos, ora con artillería, ora con fusil, ora en combate cuerpo a cuerpo por aquellos valientes criollos. El ataque naval sobre el Manzanillo se estaba llevando a cabo con mayor solvencia y Vernon miraba complacido porque estaba debilitando paulatinamente a su enemigo y ahora sus generales no tendrían mayor queja; pero cuando observó desde Punta Perico que sus buques estaban recibiendo un fenomenal castigo de los fuegos de Getsemaní y San Sebastián del Pastelillo, envió un correo a dar la señal de que los navíos debían retroceder. Su correo, enviado en una balandra, apenas si pudo hacer señales con los banderines, pues también fue alcanzado por los certeros disparos de la artillería. Sin embargo, para los ingleses era vital reducir el fuerte del Pastelillo o el San Felipe, puesto que justo su artillería alcanzaba hasta medio camino del uno y del otro; así, el fuego de mutuo apoyo causaba grandes bajas. Pero los ingleses habían distraído mucha tropa en refuerzo de posiciones, en vez de concentrarla en reducir el San Felipe. Esta dispersión fue un grave error táctico, pues los hombres que atacaban el fuerte de Manzanillo debieron haberse empleado en vulnerar el San Sebastián del Pastelillo que apoyaba más eficazmente al San Felipe, dada la distancia que había entre aquel y éste. Así, el eje de la acción se centró en tres puntos dispersos, donde sólo uno, el San Felipe, era clave para la eventual toma de Cartagena. No obstante, el fracaso de las operaciones de los flancos había permitido concentrar más hombres en la ladera de acceso al enorme Fuerte. Pero Vernon había cometido el más importante error de la guerra que siempre la gana, no quien más aciertos tiene, sino quien menos errores comete.

*

Al mediodía los españoles hicieron toque de oración y el fuego se suspendió en la ladera del San Felipe... Cathcart, quien a prudente distancia contemplaba el frente, no salía de su asombro. Los ingleses volvieron a admirarse de aquella otra escena surrealista. Hombres con las caras cubiertas de sudor, tierra y pólvora, aprovechaban el respiro para frotarse los ojos, secarse el sudor y poner la rodilla en tierra...

—¿Qué ocurre? —preguntó Cathcart a De Guise con una sombra de desconcierto.

—El fanatismo español no tiene límites, mi General —respondió De Guise.

—Ordenad que se suspenda el fuego —dijo Cathcart sin entender del todo, pero con la caballerosidad propia de los de su rango.

El fuerte del Pastelillo, más próximo, también suspendió sus fuegos y los artilleros ingleses que lo asediaban voltearon a mirar hacia el Caño de Gracia para ver qué era lo que estaba pasando al otro lado. Apagaron sus mechas y se cruzaron de brazos; algunos removieron sus gorras para rascarse la cabeza, perplejos. Sólo se oía el rumor de los cañonazos que en la distancia anunciaban que el ataque continuaba en otros puntos, aunque también se fueron apagando lentamente. El frente había quedado sobrecogido por un silencio místico. El Padre Lobo bajó al campo de batalla y dijo:

—El ángel del Señor anunció a María...

—Y concibió por obra del Espíritu Santo —respondió Lezo y la tropa repitió.

—Dios te salve María... —contestaba luego el Padre Lobo, y así fue dicha toda la oración. Los ingleses se miraban perplejos, sin comprender totalmente la escena. Al *Ángelus* le siguió una oración especial que fue leída por Lezo en voz alta y repetida por toda la tropa arrodillada; era el salmo 69, cuyos apartes el General había escrito en un papel que sacó de la casaca y leyó:

—*Ven, Señor, en mi ayuda; apresúrate, Señor, a socorrerme. Queden corridos y afrentados los que atentan contra mi vida. Tornen atrás y queden afrentados, los que desean mi desgracia. Haz que se salven tus siervos que en ti esperan, Dios mío. Sé para nosotros, Señor, Torre inexpugnable. En cuanto a mí, pobre soy y necesitado; ayúdame, Dios mío. Tú eres mi ayuda y mi libertador; no te demores, Señor. Gloria al Padre, al Hijo y al Espíritu Santo* —a lo cual respondió la tropa—: *Como era en el principio, ahora y siempre, por los siglos de los siglos, Amén.* —Y se dio la señal de empezar de nuevo la batalla.

El clarín de la guerra tocó de nuevo. La carga empezó nuevamente. El fuego de ambos bandos volvió a devorar los hombres. Don Blas de Lezo se dirigió hacia las inmediaciones de la batalla para observar su desenvolvimiento; los ingleses habían hecho el toque de asalto, seguido de lo cual, los españoles hicieron el suyo y calaron las bayonetas. El choque de los hombres que bajaban y los que subían no se hizo esperar. Cuando Lezo vio que el ejército enemigo, con fuerte empuje, ascendía ya la ladera que conduce a San Felipe y los soldados se disparaban a boca de jarro y se hundían las bayonetas, ordenó que se suspendiera el fuego de apoyo de las baterías porque apenas se distinguía quien era quien en los dos ejércitos que chocaban. Los ingleses también tuvieron que suspender el fuego artillero. No obstante, la ventaja del terreno que obraba a favor de los defensores fue parte en determinar las numerosas bajas sufridas por los ingleses en su ascenso y llegó el momento en que el ataque perdió fuerza y contundencia. Soldados de ambos bandos rodaban cuesta abajo al ser alcanzados por el cañón. Los ingleses echaron otros cuatrocientos hombres frescos al combate para recuperar el empuje del asalto; empujados y forzados por sus oficiales, los soldados ascendían penosamente la ladera; pero todo fue en vano; el calor del mediodía estaba en pleno vigor y un sol de justicia comenzaba a hacer mella en los atacantes. Los ingleses estaban jadeantes y sin aliento por la larga lucha. La fatiga se había apoderado del enemigo y sus pérdidas en hombres y material eran grandes. Cathcart, mirando al cielo, y quitándose la gorra para con la manga de su uniforme limpiarse la frente sudorosa, exclamó al comprender que sus hombres habían sido detenidos por aquella brasa incandescente:

—El sol nos ha detenido. No han sido los hombres de Lezo.

En cambio, Lezo pensaba: «Gracias, Señor, por haber detenido el sol, que ahora los quema».

Nadie podía encajar tantas bajas sin sentirse desmoralizado y sin fuerzas. Los atacantes del fuerte del Pastelillo tampoco corrían con mejor suerte. Las baterías del Fuerte y el fuego cruzado con San Felipe impedían el avance. Ni siquiera pudieron los ingleses aproximarse a sus murallas defensivas y mucho menos intentaron escalarlas. Más al sur, el fuerte Manzanillo también resistía el ataque. Las cosas no estaban saliendo tan bien para los ingleses que ahora reparaban en sus grandes pérdidas.

Los regimientos españoles de San Lázaro se replegaron un tanto hacia arriba y la artillería del San Felipe comenzó a batir nuevamente las filas enemigas, causándoles infinidad de bajas. Lezo aprovechó el momento para enviar doscientos marinos más al frente de batalla con municiones y pertrechos de guerra para reabastecer a los soldados. Tres mil doscientos hombres habían sido, finalmente, detenidos por ochocientos hambrientos, pero valientes soldados españoles y neogranadinos. La ventaja para los ingleses era de cuatro a uno. En las trincheras arreciaba el combate cuerpo a cuerpo y los soldados hacían uso de bayonetas, dagas y pistolas, si las tenían. Pero otra vez las dos líneas de ejército quedaron muy próximas y el fuego de artillería tuvo que ser suspendido de nuevo. Similar cosa fue ordenada por los británicos. La superioridad numérica del enemigo, no obstante, amenazaba desbordar las filas españolas. La línea de combate estaba detenida casi a los pies de la muralla. Las trincheras habían sido rebasadas en algunos puntos y las casacas rojas y azules se entremezclaban, exhaustas, en la zeta zigzagueante, por dentro y por fuera de ella, en un maremagno de confusión y sangre. Y es, justo en ese momento, que Blas de Lezo ordena a Desnaux sacar las reservas del fuerte y lanzarlas al ataque:

—Coronel, ordenad abrir las puertas del Castillo y lanzad mis trescientos marinos de refresco al combate; que calen la bayoneta.

—¡Abrir las puertas del Castillo, mi General! Esto supone un grave riesgo, pues el enemigo es muy superior y el resultado del combate en el campo es muy incierto.

—Vos mismo hicisteis notar que los ingleses temen la carga española del cuerpo a cuerpo, Coronel. ¡Hay que salir con todo!

—Es cierto, pero, ¡vais a dejar sin defensas interiores el Castillo y sin quien opere las baterías!

—Abrid las puertas, como os ordeno, Coronel. No hay tiempo que perder. ¡Es ahora o nunca!

El coronel Desnaux ordenó la apertura de las puertas y se lanzaron a la carga trescientos artilleros e infantes de marina quienes, a bayoneta calada, se enfrentaron frescos y energúmenos contra un enemigo amorcillado. Todos salieron gritando, en formidable algarabía.

—¡A ellos, a ellos! ¡Matad a los perros herejes!

La carga fue de un empuje terrible. Aquellos hombres parecían enloquecidos. Sabían que los ingleses no tendrían merced con ellos si llegaban a entrar a saco. Pamplona no vio mejores toros; aquellos enfurecidos españoles y neogranadinos se lanzaron como fieras embravecidas en el encierro. Lezo los seguía detrás, espada y pistola en mano, cojeando con su pata de palo que se enterraba en la tierra suelta de las trincheras y por momentos parecía que perdía el equilibrio. El General, con su mano en el arriaz de la espada, unas veces la blandía para dar órdenes y otras la descansaba en el suelo, desafiante, ordenando avanzar sin cuartel. Las balas le zumbaban por los oídos, mientras sus hombres caían a diestra y siniestra. El ejemplo fue imitado por el resto del ejército defensor que comenzó a proferir gritos de victoria y muerte a los herejes; el campo de batalla se había convertido súbitamente en un tropel de hombres aullando como lobos, estrellándose contra la vanguardia enemiga y dando aliento a los defensores; los primeros cuatrocientos ingleses de la fuerza de choque comenzaron a retroceder, primero con asombro, luego con pánico y en desorden; pronto, esto contagió a los demás asaltantes, que detuvieron, estupefactos, el ascenso, mientras otros retrocedían queriéndose poner a salvo. Una gigantesca brecha se abrió en las filas enemigas, que no podía ser reparada: a los ingleses les flaqueaba el ánimo. La amenaza de partir en dos el cuerpo atacante se hizo evidente por momentos. La situación fue inmediatamente captada por Cathcart, quien, en un intento por reagrupar la tropa, ordenó el repliegue. Pero los acontecimientos comenzaron a rebasar las previsiones y, entonces, el enemigo, ya totalmente desconcertado por la carga y viéndose incapaz de detener aquella horda de valientes, tocó a retirada, abandonando escaleras, sacos de estopa, palas, picos y fusiles, y dejando la quebrada —por donde se verificó el ataque— repleta de los muertos y heridos que rodaban cuesta abajo cayendo en sus aguas. La retirada se había convertido en una estampida. Al ver esta escena, los combatientes de la muralla se sumaron a los alaridos de victoria. Cathcart no había visto nunca nada semejante en toda su carrera militar. Los españoles persiguieron a las tropas inglesas que, presas del pánico, corrían hacia abajo, los unos rodando, los otros tropezando y cayendo y los otros, con la punta de la bayoneta rascándoles las costillas. Los que caían eran traspasados en el suelo; los que eran alcanzados, emitían un grito de dolor y rodaban a tierra; los que no, huían despavoridos, soltando las armas para correr más rápido. Otros se arrodillaban y pedían clemencia, entregando las dagas. Algunos exclamaban: «*I am a Catholic*», intentando una oportunista aunque fallida, conversión que nadie escuchaba. Otros más eran degollados a la vista de sus compañeros, mientras los oficiales galopaban hacia el mar y eran rescatados por las pocas embarcaciones que estaban en las orillas, junto con algunos afortunados soldados que las habían alcanzado primero. Cathcart fue el último en entrar a una de las barcas, sin comprender todavía lo que había pasado. El resto de la tropa fue hecha prisionera.

Los españoles y criollos no daban tregua. Persiguieron con loca furia a los ingleses hasta La Popa, donde quedaban sólo artilleros, y de donde el enemigo también huyó despavorido. Luego se abrieron paso hasta donde estaba la compañía de Granaderos aislada e hicieron contacto con ella, salvándola de un aniquilamiento seguro. Los españoles habían roto no sólo el cerco del castillo de San Felipe, sino los anillos que cercaban a la compañía de Granaderos en el Playón y al fuerte Manzanillo. Los ingleses no pudieron evacuar mucha tropa que, arrinconada contra el mar, soltaba las armas y se rendía. Muchos se tiraron al agua, pero los barcos de Vernon estaban muy distantes para poder auxiliarlos; los ingleses jamás contaron con que podían ser arrojados al mar. En realidad, las únicas tropas que pudieron ser posteriormente evacuadas fueron las que sitiaban el fuerte de San Sebastián del Pastelillo, el cual heroicamente se defendió con el puñado de hombres que le quedaba.

Sus baterías cayeron, finalmente, en poder de los españoles y la bandera de los ejércitos reales volvió a ondear flamígera en el mástil de La Popa; Lezo ordenó a sus unidades que desde el Cerro entonaran los toques de guerra y se le rindieran honores militares a la bandera. Cartagena, por primera vez desde la invasión, respiraba con alivio, mientras los prisioneros eran conducidos a filo de bayoneta hacia el interior del Fuerte.

—Gracias a Dios —murmuró Lezo, santiguándose. Pidió agua y ordenó que se la llevara también a la tropa exhausta y sedienta. Luego pensó: «estos herejes estarán ya ardiendo en el infierno».

Cuando Vernon divisó con su catalejo aquel maremagno y supo la noticia de la derrota, lo único que atinó a murmurar, fue:

—Esto les pasó por haber dejado a esos malditos españoles invocar a sus espíritus, observar sus agüeros, rezar a sus santos y no sé qué tantas otras jodas que les han permitido hacer... *God damn you, Lezo!* —Y escupió al suelo cuando vio la bandera de su católica majestad ondear en el mástil.

Aquella noche, los ingleses volvieron a hacer toque de llamada y a sacar bandera blanca para recoger a sus muertos y solicitar intercambio de prisioneros. Los españoles concedieron. Milicianos indios y mulatos fueron enviados por el mando enemigo a levantar cadáveres y buscar heridos. Retiraron seiscientos muertos, mientras que a la ciudad habían sido llevados, por parte de los defensores cuatrocientos ingleses heridos. El salvajismo de la lucha tenía estos visos de humanidad. Cuarenta y tres oficiales ingleses habían quedado tendidos en el campo de batalla, entre ellos el coronel Grant, quien, agonizante, alcanzó a decir al aproximarse el general De Guise, cuando acudió en su socorro al saber de la trampa:

—Ya es demasiado tarde, *milord. El general debe ahorcar a los guías, y el rey debe ahorcar al general* —y expiró. De Guise no se atrevió a agregar palabra; miró con vergüenza a sus soldados.

Pero aquéllos eran los muertos que los ingleses habían retirado; el saldo completo era aterrador. El alférez Ordigoisti, encargado de llevar la macabra estadística, daba parte al Virrey de que los ingleses habían sufrido mil quinientas bajas, con lo cual se quedaban en el campo novecientos muertos, por incapacidad física de recogerlos. También informaba que, según la inteligencia hecha sobre el campo enemigo, y por relatos de prisioneros y desertores, el ejército invasor había perdido dos mil quinientos hombres más a causa de las enfermedades.

Los ingleses habían estado confiados en que aquel día caería San Felipe y nunca imaginaron que la resistencia y posterior lucha serían tan feroces. El desmoronamiento de la moral del atacante no se hizo esperar; los informes decían que había demasiados enfermos y bajas en sus filas y, además, que carecían de víveres. Aparentemente, los ingleses, en su afán por apoderarse del Castillo, habían desembarcado más hombres que víveres, ocasionando con ello un desequilibrio logístico. Pero, según se supo después, esta carencia era ya bastante generalizada en sus filas, a las que se repartía como se podía las escasas provisiones. Lezo pensó, entonces, que la imprevisión de los ingleses de no enterrar los muertos en Bocachica había sido la ayuda que Dios había mandado a los cartageneros. Ayuda que se convirtió en una especie de bendición disfrazada, pues Lezo mismo sería, eventualmente, una de sus víctimas.

—La peste —comentó— los está devorando y la Providencia tiene muchas formas de ayudar a quienes le piden por causas justas. —Pero era la misma peste que a él también devoraría.

Un consejo de guerra fue convocado, inmediatamente después de este desastre militar, por el almirante Vernon en su puesto de mando de Punta Perico. Wentworth se aproximó a él a pasos agigantados, gritando:

—¡Vos sois el culpable de esta situación, *milord*! No me habéis dado el suficiente apoyo de vuestra Armada y me habéis hecho presión para efectuar un ataque de infantería a una fortaleza amurallada. Sois responsable ante el Rey y el pueblo británico por este desastre! —espetó Wentworth.

—No podéis acusarme de negligencia alguna, General, pues yo he recibido un castigo muy grande en mis navíos. Me era imposible acercar barcos de guerra a esas aguas para apoyaros —contestó en tono menor Vernon, casi disculpándose.

—Pues la oportunidad de tomarnos a Cartagena se ha desvanecido, Almirante. Yo no cuento más que con 3.569 hombres para otro asalto y sin artillería naval esto no me es posible realizarlo.

—Pero vos tenéis artillería y morteros en tierra.

—De nada me sirven, pues los españoles se han hecho fuertes en la ladera de San Lázaro y hasta en la misma Popa, y ya es imposible desalojarlos de allí con duelos de artillería. El terreno es escarpado y nuestros tiros no son efectivos. Vos debéis derrumbar las murallas del Castillo por el lado occidental. De lo contrario, no hay caso. Además, debo informaros que la mitad de estos hombres están enfermos, con vómito negro, y parecen cadáveres ambulantes. Intentar otro desembarco y carga para recuperar posiciones es un suicidio.

—Os demostraré, General, que lo que me pedís es un imposible militar. Os haré la prueba internando *La Galicia*, la nave capitana española capturada por nuestras fuerzas, y veréis lo que pasa. Vos mismo constataréis desde aquí lo que va a suceder.

En el entretanto, los ingleses continuaban bombardeando la ciudad en rápidas operaciones que no plantaban cara ante la artillería de los fuertes. Una de esas bombas había caído en la iglesia de Nuestra Señora de los Ángeles, rompiendo el muro y rodando hacia el Altar Mayor. En ese momento la iglesia estaba atestada de gente que asistía a una Misa de rogativas por la salud de Cartagena y la aniquilación de sus enemigos. Bajo la bóveda de la capilla estaba el almacén de pólvora de Don Blas de Lezo. El fuego se propagó rápidamente y fue verdaderamente milagroso que ningún feligrés sufriera daño ni la pólvora explotara. Cartagena, a esas horas, ardía, con un fuego que se prolongó hasta el anochecer, envuelta por el resplandor rojizo de los tejados en llamas.

El 26 de abril Vernon ordenó, tal como quería demostrárselo a Wentworth, que *La Galicia* entrara a la bahía interior, vadeando por entre *El Conquistador* y *El Dragón,* que yacían a medio hundir y que para nada impedían la navegación hacia la ciudad amurallada; iba a cumplir con su demostración de impotencia. La situaron a medio tiro de cañón de la Plaza, muy cercana al carenero. A las dos de la madrugada los centinelas del baluarte de San Francisco Javier daban la voz de alarma de que la nave capitana se acercaba con las velas hinchadas (todavía tenía algunas) y desplegando la bandera inglesa. Los españoles observaban desde lo alto de los fuertes los movimientos de lo que entonces fue su nave insignia. Al amanecer del 27, la nave, apoyada con cuatro bombardas, comenzó a abrir fuego. En su mástil ondeaba, orgullosa, la bandera de guerra británica. Blas de Lezo la contemplaba con tristeza; ¡aquel había sido su barco y hoy devolvía el fuego a sus compañeros de combate! Él mismo apuntó el cañón y ordenó que todas las baterías disponibles, al primer cañonazo, cerraran sobre la heroica nave. Y así fue.

—¡Fuego! —gritó el General, encendiendo la mecha, y la boca del cañón lanzó un rugido de muerte. Acto seguido todas las baterías del ángulo suroeste de la ciudad, el baluarte de Santa Isabel y el Boquete, el fuerte de San Sebastián del Pastelillo y el de San Felipe, desgarraron el aire con sus estruendos y cegaron con el humo de sus bocas los incrédulos ojos de la marinería. «¡Fuego!», gritaban los artilleros de los baluartes del Reducto, Santa Isabel, San Francisco de Barahona y San Ignacio, y en seguida se apagaban sus voces, ahogadas por el trueno y el soplo de hierro que barría la cubierta del navío y desmantelaba sus palos. *La Galicia* respondía con gallardía suprema, mientras su cubierta se anegaba de sangre y desolación. Vernon y Wentworth miraban con sus catalejos la escena y la infernal lluvia de hierro que caía sobre la nave, hasta que el Almirante murmuró:

—*Estos españoles saben hacer barcos...*

—*Pero no hombres...* —respondió Wentworth, y esta frase hizo carrera en todo el Imperio Británico, particularmente cuando Nelson la volvió famosa en la batalla de Trafalgar. (*«The dons know how to make ships but not men»*, haciendo clara referencia al «Don» que usaban los españoles con aquello de *«dons»*. Como se sabe, en esas épocas de rivalidad imperial, a los españoles se les llamaba, indistintamente, *Dons* o *Diegos*.)

El enemigo logró hacer algún daño: un cañón en el baluarte de Santa Isabel fue desmontado, uno más partido por el tercio y otro perdió un muñón; en el reducto se reventó otro y a alguno más le saltó el grano que tenía. *La Galicia* se batió bien, pese a lo esperado por Vernon. La nave comenzó a concentrar el fuego desde la muralla de San Francisco hasta el reducto de Getsemaní, queriendo hacer brecha. Lezo dio aviso urgente a Desnaux para que organizara con doscientos hombres la rápida construcción de un trincherón con tierra para proteger la muralla, ya que los cinco cañones mejor situados habían quedado inutilizados y el resto de la artillería perdía buena parte del ángulo de tiro con la nave. Los hombres fueron retirados de San Francisco para empezar las faenas, las cuales comenzaron a ejecutarse por la noche; Don Pedro de Elizagarate envió otros ciento cinquenta hombres de la marinería para apoyar el trabajo. Pero todos sabían que aquel ataque era un pálido reflejo, un último estertor, del poderío inicial inglés.

—Lo único que me habéis demostrado, *milord*, es que sí se podía dar apoyo a mi tropa. Si hubierais puesto cuatro navíos más, habríamos abierto brecha en la muralla y el desembarco habría sido un éxito —concluyó Wentworth con una sombra de desilusión en su rostro.

Al día siguiente, hacia las once de la mañana, con el trincherón ya hecho y el nutrido fuego reiniciado, los marinos ingleses cortaron los cables a *La Galicia*, que estaba ya desarbolada y en lamentable situación, y se dejaron llevar por la brisa hacia Manzanillo; las bombardas también se pusieron a la vela y se incorporaron al resto de los navíos que permanecían fondeados por fuera del alcance del tiro.

—Almirante, debemos retirarnos. Mis hombres se mueren por docenas cada día —murmuró Wentworth—. Y los que quedan vivos se ocupan de enterrar a los muertos —concluyó.

—Y yo tiro docenas por las bordas, General —respondió Vernon—. En verdad, debemos retirarnos. Nadie está en actitud de combate.

Por el día 28 de abril los enemigos comenzaron a abandonar el caserío de la Quinta, los tejares y las trincheras; los españoles pasaron rápidamente a ocuparlas. Se hallaron muchos cartuchos, fusiles, armazones de tiendas, machetes, picos, azadas, carros y víveres. Esto desconcertó un tanto al mando español, que no entendía la razón de haber abandonado las trincheras cavadas en esa zona, ni los puestos de ejército. Algo estaba sucediendo, y era inexplicable, ya que se temía otro ataque de gran envergadura.

—Es la peste que se los está llevando —decía Lezo a sus atónitos comandantes que constataban cómo, en efecto, no había sendero, ni camino, ni lugar donde no se apilaran cadáveres y más cadáveres que se iban pudriendo con la celeridad exigida por aquellas ardientes tierras del Caribe. Nadie enterraba los muertos: los españoles por estar sitiados; los ingleses por estar exhaustos. —Es la peste que Dios les ha mandado —repetía a otros. Nunca nadie tampoco lo vio más contento.

El 29 los ingleses pidieron, y obtuvieron, un intercambio de prisioneros. Este mismo día el navío *La Galicia*, desarbolado y desguazado por el castigo recibido, llegaba a las inmediaciones de Manzanillo y allí, frente al Fuerte, los ingleses le prendían fuego; luego procedieron a volar el castillo de Cruz Grande y lo que quedaba del San Luis de Bocachica. El 1 de mayo los españoles lograban un pequeño pero significativo triunfo, y era el desbloqueo del estero de Pasacaballos por donde llegaban los suministros a la ciudad. Se tomaron muchos prisioneros. Este mismo día los ingleses comenzaron a hacer su aguada, tras el ruido de las explosiones de las ruinas de los fuertes que volaban por los aires. Era un signo definitivo de que comenzaban a retirarse y a cancelar los planes de un nuevo ataque. El 3 el almirante Vernon enviaba unas cartas abiertas al Pastelillo que, como no tenían interés militar, podían ser entregadas a sus destinatarios, Eslava y Lezo; las cartas habían sido confiscadas en dos navíos que de Cádiz se dirigían a Cartagena y que fueron apresados por la Armada británica que no dejaba entrar ni salir noticia alguna. Por el día 4 de mayo se escapó un prisionero español y comunicó la gran escasez de víveres que padecían los ingleses y las enfermedades que los agobiaban; que querían montar un nuevo ataque, pero que el prisionero lo dudaba, porque sus hombres morían por docenas todos los días. Cartagena se había convertido en un cementerio de hombres sin enterrar cuyos hedores pestilentes se elevaban al cielo y envenenaban el aire. Muchos soldados ingleses desertaban de las filas y se pasaban al bando contrario, trayendo consigo las lanchas y sereníes que lograban robar de los buques. Entre ellos había un marino escocés que se hizo llevar a donde Lezo y le dijo en mal, aunque comprensible, español:

—Señor Comandante, he huido porque quiero ser católico.

—Que llamen al padre Lobo para que bautice a este cristiano —respondió el General.

En eso estaban cuando, de repente, avisaron que un estafeta portaba un mensaje para las autoridades españolas. Lezo comprendió que la retirada de los ingleses era inminente y su derrota palpable. Leyó el mensaje que decía: «*Hemos decidido retirarnos, pero para volver muy pronto a esta Plaza, después de reforzarnos en Jamaica*». Lezo contestó a través de Oedigoisti: «*Decidle a Vernon que para venir a Cartagena es necesario que el rey de Inglaterra construya otra escuadra mayor, porque ésta sólo ha quedado para conducir carbón de Irlanda a Londres, lo cual les hubiera sido mejor que emprender una conquista que no pueden conseguir*».

Por eso, a la hora de rendir el parte de guerra al Virrey, cuadrándose con toda la solemnidad de que un militar puede hacer gala, Don Blas de Lezo, le informó:

—*Señor Virrey, hemos quedado libres de estos inconvenientes* —frase que revelaba la austeridad de sus comentarios y, a la vez, el estoicismo con que solía enfrentar los duros avatares del combate. Esta reveladora frase quedó consignada para siempre en su diario de guerra. Para Lezo aquellos habían sido apenas meros «inconvenientes». No era la primera vez que un general español daba semejante parte de guerra. Tampoco sería la última. Otro diría en Toledo, *sin novedad en el Alcázar, mi General.* Eslava, admirado, respondió con un escueto,

—Gracias —lo cual Lezo respondió:

—*Este feliz suceso no puede ser atribuido a causas humanas, sino a la misericordia de Dios*—, dio media vuelta y se marchó, dejando tras de sí el habitual *toc toc* de su pata de palo. Así mismo lo había consignado en su Diario puntual el 20 de abril de 1741.

Capítulo XV
El anochecer de las velas

Sometió a Chagres y en Cartagena conquistó hasta donde la fuerza naval pudo llevar la victoria.

Epitafio en la tumba de Vernon

Ante estas murallas fueron humilladas Inglaterra y sus colonias.

En memoria de Lezo en una placa inexistente

Anochecía en Cartagena. Los arreboles teñían el horizonte como un reflejo de sangre vertida por una causa injusta. El rojo se entreveraba a pincelazos con las aguas negruzcas que, como un pantano de hierro líquido, permanecían serenas, casi dormidas, aquel 20 de mayo de 1741. También se entremezclaban con las nubes negras y amenazantes que en mayo desatan otras tempestades en esa parte del Caribe. Las gentes miraban al cielo para ver si el «riguroso de las lluvias» lavaba las calles y los campos de tanta inmundicia y podredumbre. El sitio había durado sesenta y siete angustiosos días.

Hacía calor. El viento pestilente de cadáveres se había apiadado de la ciudad y soplaba en dirección oeste, aunque, a centenares, los muertos hinchados y hediondos, flotaban en las aguas de la bahía; similar espectáculo se observaba en todo el contorno desde La Popa hasta San Felipe y desde Manzanillo hasta el caserío de la Quinta, donde por todas partes se apilaban muertos y más muertos, destrozados por las balas y desnudados por los gallinazos que merodeaban a su alrededor. De cuando en cuando un golpe de viento en dirección contraria traía el trágico recuerdo de la guerra por el hedor de los cadáveres insepultos. Cientos de gallinazos y otras aves de rapiña circundaban el cielo y se posaban sobre los cuerpos para arrancarles las entrañas y los ojos. Docenas de ellos permanecían con los vientres abiertos y un circundante reguero de vísceras y tripas sanguinolentas. Se veían perros hambrientos saciar el hambre con las entrañas expuestas que eran, de cuando en cuando, espantados por los improvisados sepultureros. Hombres sudorosos y cansados, a pico y pala, con trapos amarrados a bocas y narices, cavaban tumbas, pero la labor superaba los medios, hasta que Lezo dio la orden de quemar los cadáveres de los ingleses y de sepultar los de los españoles y criollos:

—De todas maneras los ingleses se van al infierno y allí se queman —razonó. Y aquel razonamiento estaba más de acuerdo con lo creído por la Santa Madre Iglesia.

Pero, los campos de Cartagena, de una forma o de otra, se habían convertido en cementerios. Las bajas totales de los ingleses, por enfermedades y combates, habían sido descomunales: cerca de seis mil muertos, de los cuales dos mil quinientos habían sido causados en la lucha y tres mil quinientos por el «vómito negro» y las «fiebres carceleras»; los combates les causaron siete mil quinientos heridos, de los cuales muchos murieron en el trayecto a Jamaica. En Cartagena había sucumbido la flor y nata de la oficialidad imperial británica. También habían perdido seis navíos de tres puentes, trece de dos y cuatro fragatas, además de innumerables barcos de transporte, al punto en que los sobrevivientes tuvieron que ser apiñados, unos contra otros, porque no cupieron en las embarcaciones que los transportaban. Los navíos de guerra también fueron utilizados para la faena, y en sus cubiertas, a cielo abierto, se observaban desparramados los heridos calcinados por el ardiente sol del Caribe. Un cálculo no muy aventurado supondría la pérdida de por lo menos cincuenta barcos de una flota de 130 embarcaciones de transporte. Similarmente destruidos o caídos en poder de los defensores había unos 1.500 cañones, innumerables morteros, tiendas, palas, picos, equipos y pertrechos de todo tipo. Esto supuso una grave pérdida para la flota de guerra de la Armada británica que había quedado prácticamente desmantelada por España; tardó mucho tiempo en reponerse y alcanzar de nuevo el poderío que ostentaba en 1741. Pero España no se aprovechó de la ventaja obtenida para haber reducido militarmente a su rival de manera definitiva.

Los españoles, por su parte, habían perdido ochocientos soldados, entre neogranadinos y peninsulares, y tenían mil doscientos heridos en los hospitales de la Plaza, a más de la pérdida de seis barcos de guerra y varias embarcaciones menores; también habían experimentado la destrucción de los fuertes de San Luis de Bocachica, San José, Cruz Grande, y las baterías de Chamba, San Felipe, Santiago y Punta Abanicos; grandemente dañado quedaba el fuerte de Manzanillo y las baterías de Crespo y Mas, aunque menos lesionado había salido el castillo de San Felipe de Barajas. Calculamos la pérdida de cañones, por este concepto, en unos 395, descontados ya los 124 que se salvaron de *El Dragón* y *El Conquistador*. La ciudad también había experimentado muchos daños, particularmente en viviendas privadas, iglesias y edificaciones oficiales. La ciudad y sus fortificaciones, castillos, baterías, fuertes y trincheras, habían recibido el impacto de por lo menos 28.000 cañonazos y ocho mil bombas. Éstos, a su vez, habían disparado 9.500 tiros de cañón de todo calibre a lo largo de la duración del sitio, dato que también suministraba el alférez Ordigoisti a las autoridades locales.

Pero Inglaterra calló sus pérdidas; un silencio sepulcral, como el que habían dejado en los campos de batalla, cubrió aquellos hechos. Se prohibió escribir partes oficiales sobre la batalla contra Cartagena. La vergüenza era enorme, porque esta otra «Armada Invencible», puesta en la mar contra España, también había sido derrotada. Es sabido que la única de la cual la Historia da cuenta es la española, la de Felipe II, el odiado rey en torno al cual se había tejido la Leyenda Negra. Y era, precisamente, por lo que no convenía divulgar la derrota de esa otra grande Armada, más poderosa aún, que pudiera eclipsar aquellos episodios del Siglo de Oro en que España poseía el mayor poderío naval y militar que nación alguna pudiese ostentar. Con la estrella inglesa rumbo a su cenit, era inapropiado que un acontecimiento de éstos pudiera hacerle sombra y, menos aún, que fuera ampliamente conocido por las generaciones futuras.

Por eso, cuando el 23 de septiembre de 1742 (óigase bien, un año y cuatro meses más tarde) llegó a Jamaica la fragata *Gibraltar* con órdenes de que Vernon se presentara en Inglaterra, el Almirante sintió que un frío le recorría la columna, de la primera cervical al coxis. Allí, en Jamaica, ahora se sentía a gusto; rehuía la vergüenza de presentarse ante el Parlamento y a la Corte de Su Majestad. Se sentía acorralado y casi había decidido vivir, por un tiempo, como un ermitaño cualquiera. El capitán Fowke, le dijo:

—Es preciso que Vuestra Excelencia se presente ante el Parlamento —ante cuyas palabras Vernon, alejado mentalmente de aquel escenario, contestó:

—...Jamaica es tan hermosa, Capitán; su clima tan espléndido. En Inglaterra se acerca el invierno y aquí hay un esplendoroso verano permanente que dura años y años... —dijo secamente.

Para la llegada de Vernon las autoridades británicas dispusieron que nadie se acercara al puerto ni que el Almirante fuese recibido por simpatizantes y amigos que pudieran hacer fanfarria al respecto. Un cordón de policía espantaba a los intrusos que venían a proferirle maldiciones. Era preciso esconder los hechos, aun los de su llegada. Por eso tampoco se le juzgó. Llegó a Londres el 14 de enero de 1743. Horacio Walpole, ya ex primer ministro, fue a visitarlo a su casa y, cuando salió de ella, exclamó a su acompañante:

—*Ha sobrevivido a su popularidad... Tendremos almirante para muchos años...*

*

La retirada de los ingleses de Cartagena dio comienzo el 8 de mayo y duró hasta el 20; es decir, Vernon tardó 12 días en reembarcar sus soldados moribundos y los pertrechos que pudo. Lo que no dejaba de sorprender era el rápido colapso de la ofensiva británica; evidentemente, se habían acumulado grandes problemas, apenas disimulados por el arrojo de los atacantes. En el asalto al castillo de San Felipe se habían jugado sus últimas fuerzas, que estaban ya al límite de la resistencia. Inglaterra había sido vencida en América; sus colonias también. En su viaje de regreso, Lawrence Washington había recordado lo que su padre le había dicho aquel 22 de febrero de 1740, en el cumpleaños de su pequeño hermano:

—En primer lugar, se te olvida que esta no es una guerra nuestra. ¡Esta es la guerra de Walpole y sus secuaces! Y en cuanto a lo de «punitivo», no lo sé; no vaya a ser que los terminen castigando. —Y se había cumplido tal y como el viejo lo había presentido.

Pero no por ese fracaso Washington dejaría de admirar al Almirante, aun cuando éste lo hubiera conducido a la primera (y la última hasta el presente) derrota que Norteamérica sufriría en tierras hispanas; de todas maneras él, Washington, había alcanzado fama y buen nombre entre los ingleses; y sus hombres también.

Ese día, 8 de mayo, se observó un gran despliegue de transportes, dieciocho en total, que comenzaron a abandonar la bahía con tropa. Hacia las

16:30 la nave almiranta de Vernon levó anclas y se dirigió hacia el exterior de la bahía. Era lunes. Y los lunes sucedían cosas extraordinarias, como esta retirada del Almirante. El 9 continuaron volando las ruinas de lo que quedaba en Bocachica. Su venganza por la derrota se cebaba ahora con las ruinas, no pudiendo ya emprenderla contra los hombres. El 10 salieron otras cuarenta embarcaciones de transporte escoltadas por dos navíos de guerra; el 11 levaron anclas dieciséis, escoltadas por otros dos navíos, y el 13 de mayo cuarenta más de transporte y dos bombardas, escoltadas por seis navíos de guerra. En los días siguientes siguieron saliendo embarcaciones de todo tipo y el 17 el almirante Vernon se alejaba de Cartagena escoltado por una balandra, un bergantín y seis navíos de guerra; el Almirante ponía proa a mar abierto y cuando ya Cartagena se divisaba como un punto perdido en el horizonte, salió a cubierta y echándole una postrer mirada de odio, exclamó escupiendo en el agua:

—*God damn you, Lezo!*

El 18 y 19, por órdenes suyas, se quemaban varios navíos de guerra y diferentes tipos de embarcaciones frente a Bocachica. Las últimas velas, once en total, salieron de aquella boca de mar el día 20 de mayo; eran cuatro balandras y siete navíos y fue el último día en que se vieron los pabellones británicos flamear, derrotados y en jirones, sobre el horizonte. No se oyeron músicas marciales. Al día siguiente de esta ocurrencia, el Virrey, preocupado por todos los acontecimientos que habían rodeado aquella lucha, comenzó a entretener la idea de escribir su propio diario. No podía permitir que Lezo fuera el único que tuviera uno. Sería su legado para el Rey y para la historia.

La otra Armada Invencible del almirante Vernon tenía un aspecto patético. Los buques flotaban como espectros sobre el Mar Caribe; más perecían despojos espectrales, especies náufragas, que buques de guerra: las velas hechas jirones, los mástiles fracturados, los aparejos colgando; los unos arrastrando penosamente a los otros, los más averiados y desvalidos, pero todos dando tumbos, apenas con gobierno. Hay que recordar que la Armada Invencible de Felipe II había sido derrotada, primordialmente, por las tormentas del Mar del Norte y la inexperiencia de su comandante. La Armada inglesa fue derrotada en un colosal mano a mano, donde se pusieron a prueba el valor, la resistencia y las armas de unos y otros.

Así, los hombres de aquel despojo flotante se apiñaban en las cubiertas y camarotes de los buques sin apenas espacio para respirar. El calor de los habitáculos comunes y el sudor de los heridos provocaban unos hediondos vapores emanados de la sangre putrefacta, las heridas abiertas y el vómito de los enfermos; los quejidos de los hombres agonizantes y febriles, sin nadie quien los atendiera ni lavara sus heridas, eran conmovedores. Los enfermos tenían que soportar la presencia de los muertos durante horas, antes de que fuesen sacados y arrojados por la borda. Algunos gritaban imprecaciones contra Vernon; otros se desgañitaban pidiendo socorro para sus penas. No había agua ni medicamentos. Tampoco comida. El hambre, la peste y las infecciones abatían más pronto que las heridas sufridas en combate. Así, hacinados, fueron trasladados a Jamaica. El capitán de un barco mercante que vio aquello no pudo menos que exclamar, soltando el catalejo: «Aquello que veo no flota; es un espectro que va a la deriva...». Cartagena estaba a salvo. También el Imperio Español en América.

*

Edward Vernon murió dieciséis años después de aquellos sucesos, el 29 de octubre de 1757, y durante todo este tiempo repitió sin cesar que el culpable de sus males había sido Wentworth por su incompetencia militar. Su sobrino, lord Francis Orwell, lograba, después de su muerte, que, a regañadientes, se le erigiese un panteón en Westminster; en su lápida se lee el epitafio más escandalosamente falso y ambiguo en la Historia universal de la Guerra; todo para esconder la derrota:

> *Sometió a Chagres y en Cartagena conquistó hasta donde la fuerza naval pudo llevar la victoria.*

Frase lapidaria, en realidad, que demuestra cómo los ingleses quisieron siempre ganarlo todo, hasta lo que perdían; con España sus apuestas fueron: «*Con cara gano yo y con cruz pierdes tú*». Como se ve, también emplearon los epitafios para desviar la ira pública y cubrir aquel descalabro con eufemismos, cuando no con velos de perfidia. Así, después de tan aparatoso descalabro militar, se ocultó todo lo que pudiese significar el más leve recuerdo de la mayor de las humillaciones que nación alguna hubiese experimentado: las monedas conmemorativas de su presunta victoria se recogieron y escondieron, aunque algunas se salvaron de la destrucción; unas pocas reposan en el Museo Británico.

Cuando los ingleses se marcharon de Cartagena, no hubo alegría en la ciudad; el desánimo cundía. No obstante, Don Blas de Lezo y el virrey Eslava enviaban al capitán Don Blas de Barreda y Campuzano a dar la noticia del triunfo a España. Pero, las pérdidas materiales y la carga espiritual habían sido demasiado grandes. El hambre y la peste se enseñoreaban sobre la ciudad. La gente se ocupaba en reparar sus viviendas derruidas y escarbar en los mercadillos de barrio lo que podía. No había dinero. Había que esperar a que las riquezas escondidas en Mompox hicieran su arribo a Cartagena, lo cual comenzó a verificarse a principios de julio, cuando se vieron largas filas de carromatos, hombres blancos y negros, mujeres y niños, mulas y bueyes, cargando menajes hacia la Ciudad Heroica. Habían guardado la debida cuarentena, evitando las enfermedades. Todos marchaban en silencio, sin alegría, como en las largas procesiones del Viernes Santo. Veían las ruinas de lo que hasta ayer había sido una espléndida ciudad. Se sentían abandonados.

La Historia también había sido abandonada de la verdad; todos estaban solos.

Capítulo XVI
La muerte y olvido de un héroe

Homo homine lupus
«El hombre es lobo para el hombre.»
Hobbes

No hay amigo del amigo,
ni los deudos son ya deudos,
ni hay hermano para hermano,
si anda la ambición por medio.
José Echegaray

Después de la victoria de Lezo en Cartagena, Don Sebastián de Eslava volvió a rumiar los rencores producidos por los enfrentamientos con el General y escribía al rey de España el 1 de junio de 1741 pidiéndole castigo para éste por insubordinación e incompetencia. Le informaba que adolecía de «*achaques de escritor que le inducía el país o su situación*». Con esto quería prevenirse de cualquier conocimiento que el Rey tuviera del diario puntual de Don Blas, donde narraba, día a día, los acontecimientos de aquella batalla; también pretendía hacer aparecer a Lezo como un general en vías de locura manifestada en las letras. Fue entonces cuando solicitó a Desnaux hacer un Diario «espontáneo e independiente», ése sí sobrio y por fuera ya de los acontecimientos de la guerra, que consignara todo lo acaecido, incluyendo los desvelos y aciertos del Virrey en la defensa de la Plaza. No contento con esto, decidió escribir su propio diario para hacerlo coincidir con el encargado a Desnaux y comisionó a Don Pedro de Mur, su ayudante general, a llevarlos a su Majestad, Don Felipe V, y, de paso, hablar directamente con el marqués de Villarias para describirle la incompetencia de Lezo en el cumplimiento de su misión, así como sus desacatos a la autoridad virreinal. En particular, también quería, mediante informes verbales adicionales que fueron comunicados a las autoridades españolas, dar la impresión de que Lezo, en cierta forma y medida, había concentrado más sus esfuerzos en escribir que en guerrear, lo cual lo colocaba en una especie de decrepitud mental.

El diario de Don Sebastián de Eslava presenta varias curiosidades. En primer lugar, está formado de los pliegos remitidos al Rey por conducto del Ayudante General del Virrey. En segundo lugar, el diario está escrito en tercera persona, es decir, no como si hubiese sido elaborado, o dictado, por el propio Virrey, sino como comentarios cuya autoría proviene, presuntamente, de Don Pedro de Mur a partir de las historias referidas por el Virrey. Esto se constata en anotaciones como la que indica que «*...es forzoso el referirlas, según las expone D. Sebastián de Eslava, Virrey de Santa Fe, con fecha 21 de mayo, según las individualiza su ayudante general, D. Pedro de Mur, que ha venido a España con tan importantes noticias...*». Como se ve, el Virrey las refiere con fecha 21 de mayo, y su ayudante las hace propias, las personaliza, las «individualiza»... De lo contrario, no se podría explicar el que, si su legítimo autor hubiese sido el Virrey, éste le pudiera escribir, sin ninguna modestia o decoro, que, «*para resistir a tantas fuerzas, sólo había en la ciudad y sus fuertes la acreditada experiencia del Virrey de Santa Fe, D. Sebastián de Eslava...*». Este autoelogio es, pues, inconcebible, y tiene que provenir de la pluma de su áulico. Tercero, el diario atribuye victorias donde apenas hubo un precario contraataque que no pudo impedir el desmantelamiento de las baterías de Varadero y Punta Abanicos, dejando sin protección y apoyo al fuerte de San José, mediante una acción de «comando» británica. Eslava no menciona que fue Lezo quien impartió las órdenes del contraataque, llevado a cabo por el Alférez de Navío, Don Jerónimo Loyzaga, y que fue lo que puso a los invasores en retirada, tal como quedó registrado en el diario puntual del General. Cuarto, no precisa en qué fecha se supo que los ingleses habían desembarcado en la playa de Chamba, ni cuándo estaban desembarcando baterías de tierra, punto clave para asegurar una defensa creíble por medio de un contraataque oportuno a aquellas fuerzas. Tampoco menciona por qué no reparó en este detalle, ni cuáles eran las dificultades que encontraba para no hacerlo. Quinto, se atribuye acciones de mando que no le correspondió hacer, como cuando asegura que «*plantaron luego una batería de doce morteros para granadas reales, y el Virrey, que desvelado acudía repetidamente, así al castillo de Bocachica, como adonde lo pedía la necesidad, dispuso que saliese el capitán D. Miguel*

Pedrol, el teniente D. Carlos Gil Frontín y el alférez D. Joseph de Mola, todos tres del batallón de Aragón, con un piquete de sesenta hombres escogidos, a reconocer las operaciones de los enemigos...».

Como se recordará, dicha acción fue ejecutada el 30 de marzo por Miguel Pedrol, quien actuaba por órdenes de Blas de Lezo, y le fue comunicada al Virrey cuando éste hizo su aparición en *La Galicia*, la nave de Lezo, quien aprovechó para narrarle al Virrey el éxito de la operación y, de paso, instarlo a arremeter contra los invasores por tierra, aprovechando el hecho de que tal éxito se debía a que no había podido el enemigo consolidar todavía su cabeza de playa. Sexto, sólo menciona a Lezo en el incidente de las heridas recibidas por ambos a bordo de su nave *La Galicia*, y en la retirada del día 6 de abril, roto el primer anillo defensivo, como si el General no hubiese sido parte en la defensa de Cartagena. Séptimo, el diario es un solo bullir de elogios al Virrey, quien estaba en todas partes, impartía órdenes a diestra y siniestra, construía defensas, hornabeques, puestos de avanzada, dirigía tropas al combate... Sin embargo, por un desliz del subconsciente, dice: «*Poco antes de las tres de la mañana dieron principio los enemigos al avance por el hornabeque, sufriendo el gran fuego de nuestras baterías del castillo a metralla, y de nuestras obras con el fusil, habiendo ayudado mucho la constancia, y al acierto, la asistencia de D. Blas de Lezo a la batería de la Media Luna*», refiriéndose al ataque frontal contra el castillo de San Felipe. De esta guerra, pues, según fue narrada por el virrey Eslava, el gran ausente fue Don Blas de Lezo, Comandante del Apostadero. Seguramente, quería dar la impresión de que había permanecido todo el tiempo oculto tras los parapetos escribiendo su diario...

Pero hay un último detalle que no se nos debe escapar. El Diario de Lezo, como todo lo castrense, y lo particularmente suyo, es escueto, sobrio, seco hasta lo telegráfico; Lezo no redondea la información; no la proyecta, no le da contenido literario ni dimensión táctica. En ella denota su escasa formación académica y hasta cultural. Es abrupto, tosco. Lezo era un brillante marino, instintivo, un hombre de mar curtido en mil guerras. Tal vez esta circunstancia pudo pesar en la falta de comprensión de las autoridades españolas a la hora de evaluar uno y otro informe; uno y otro Diario.

La última vez que el Virrey vio a Lezo fue en el *Te Deum* que se ofreció por la victoria. Ese día se echaron al vuelo las campanas de todas las iglesias de la ciudad y el Virrey se mostraba particularmente desagradado porque el pueblo de Cartagena daba vítores al héroe a quien ahora, muy cariñosamente, llamaban *medio-hombre*. Don Blas estaba contento aquel día. Había aprendido finalmente a aceptar el remoquete porque ya no encontraba en él mala intención, sino que describía, más que a su cuerpo, al estado de minusvalidez que existía en la ciudad frente a la superioridad de Vernon y que, pese a éste, había logrado ganar la batalla. Pero Eslava estaba celoso. El 28 de junio volvía a escribir al Rey pidiendo de nuevo el castigo para el heroico marino. Cuando Lezo se enteró de estas misivas, cayó en un profundo abatimiento moral que determinó el debilitamiento paulatino de su cuerpo y lo hizo fácil presa de la peste que, como un lobo hambriento, iba devorando hombres. La victoria se le iba escapando de las manos como el agua que se recoge con ellas y se va escurriendo por entre los dedos. El hombre, lobo también, se engullía a otros hombres. Lezo estaba solo en su victoria y pronto se encontró muy solo en su derrota. No volvió a salir de su casa. Presa de abatimiento, y viendo próximo el desenlace, envió cartas a sus amigos en la corte de Madrid intentando salvar su reputación y solicitándoles intercedieran ante el Rey para que se le concediese un título nobiliario por sus más de cuarenta años al servicio destacado y heroico de la Marina. Deseaba que su viuda e hijos se quedasen con algo suyo, en recompensa a tantas privaciones y ausencias. También dispuso que su Diario, burlando las órdenes del Virrey, le fuese enviado al Rey, a quien escribió una carta:

> *Señor: Por el diario que acompaño reconocerá V. M. la defensa que se hizo en el asedio que padeció esta Plaza y sus castillos contra la superior fuerza de los ingleses que la atacaron y que, en conformidad con las reales órdenes de S.M., he contribuido con las fuerzas a mi cargo a la mayor custodia de este antemural... 31 de mayo de 1741.*

También le enviaba copia del Diario al marqués de Villarias, ministro del Rey, a quien decía:

> *He sabido por una copia de un diario que pude hacer a mis manos, el cual D. Sebastián de Eslava ha forzado a nombre de D. Carlos Desnaux, o para disculpar sus omisiones o para vestirse de mis triunfos..., tan siniestro y falto de verdad, como justifican los documentos que incluyo... y que el que se*

> *remitirá por D. Sebastián de Eslava en nombre del ingeniero, lleva la nota de sobornado con la esperanza que le ha dado de su adelantamiento [ascenso], porque sólo ha tirado contra mi estimación y el cuerpo de Marina para oscurecer su desempeño, habiendo llevado casi todo el peso del combate y porque no logre la gloria de que llegue a los reales oídos ser yo quien sostuvo los intentos enemigos a la entrada del puerto, ciudad y fuera de ella, como a todos es notorio...*

Desnaux, pues, también escribía un diario amañado para justificar la conducta del Virrey, haciéndolo aparecer como una espontánea narración verídica de los hechos por un tercero en discordia. Cobra relevancia el dato que arroja Lezo sobre el tema del ascenso de Desnaux aparentemente prometido por el Virrey a cambio de tan señalado favor; importa también el hecho de que el General se apoya en una evidencia que era de pública notoriedad, a saber, sus esfuerzos y desempeño en la defensa de Cartagena. El Diario y cartas de Lezo tuvieron que ser enviadas a España por el «correo de las brujas», pues el Virrey impidió que fuesen enviados por los conductos regulares y para ello dio órdenes perentorias a sus lugartenientes. Ahora Lezo era el sitiado por sus propios compañeros de armas y, por un momento, temió que sus diarios fuesen interceptados y confiscados por los agentes del Virrey.

*

La casa del General era una sobria vivienda, muy cartagenera en estilo, con portal hecho de piedra coralina y portón de dos naves, adornado con estoperoles o clavos cabezones de bronce fundido a la cera perdida. Era de un solo piso, austera, y se la había dado en alquiler el marqués de Valdehoyos, a quien por aquellas calendas adeudaba muchos meses de pagos atrasados. Pero era una vivienda digna, fresca, con un buen patio interior y solar trasero que también disponía de una pequeña huerta. Lezo y su mujer habían vivido allí los últimos cuatro años de su vida, muy felices, por lo menos hasta antes de empezar las hostilidades con los ingleses y las fricciones con el Virrey. Su casa era frecuente sitio de reunión de vecinos y gentes que estimaban a la familia Lezo y, muy particularmente, a su mujer, quien los obsequiaba con pequeños agasajos y querenduras. Los vecinos intimaron con ellos porque, además, era una forma de sentirse seguros, particularmente cuando llegó la noticia a Cartagena de que Inglaterra había declarado las hostilidades contra España; todos deseaban saber cómo Lezo estaba conduciendo las defensas y los planes que se hacían para repeler la invasión. La casa, milagrosamente, había escapado de los daños causados por el bombardeo, quizás por su proximidad a la muralla y al hecho de que los tiros sobrevolaban muy por encima de ésta.

Don Blas de Lezo no podía olvidar la última amenaza proferida por Vernon, en el sentido de que volvería sobre la Plaza para atacarla de nuevo, una vez se reforzara en Jamaica. Sus previsiones de hombre de guerra no podían dejar escapar tales palabras. Veía con preocupación que, después del sitio, no se estaban emprendiendo las obras necesarias en Cartagena para su reconstrucción y puesta en marcha de sus defensas. Esto nos da una idea de la clase de hombre que era: previsivo, visionario. Afortunadamente, la carta que dirige al marqués de Villarias nos da cabal testimonio de lo afirmado. Escribía el 30 de mayo en la misma carta el General:

> *Y por último, la ciudad se ha quedado en el mismo estado que estaba el día 28 de abril que se hizo el último fuego, sin haberse construido obra alguna para su defensa, pudiendo los enemigos a su voluntad entrar desde la boca hasta la bahía sin oposición alguna.*

Como se puede apreciar, el virrey Eslava no había desplegado ninguna actividad que valiera la pena mencionarse, ni aplicaba esfuerzos en defender una Plaza potencialmente amenazada, así fuera reorganizando, que no reconstruyendo, nuevas defensas, por débiles que fueran. Don Sebastián de Eslava no era un hombre de acción; era un burócrata.

Por eso Lezo, desilusionado, pero, más que eso, humillado, quiere ya marcharse; la vida militar, aun con todas las glorias cosechadas, llegaba ya a su final y, con éste, todos sus desencantos y abatimientos. Se siente traicionado y más solo que nunca. Termina su misiva a Villarias, diciéndole:

> *Y respecto de que en este puerto ya no me queda qué hacer, ni me quedan oficiales, tropa y gente de mar de mis navíos, por haberse reunido en D. Sebastián de Eslava casi todas mis facultades y haberme separado del encargo expedido por el Rey, suplico a Vuestra Excelencia, se sirva hacerlo conocer del Rey para que en su benignidad me permita poder pasar a Europa por*

cualquier vía... y para que por este medio no padezca las vejaciones que experimento...

En Cartagena, el contagio de la peste iba en ascenso. La muerte a diario visitaba las familias más conocidas y no respetaba rango ni condición. Con sus defensas corporales minadas por la amargura, el 15 de agosto Blas de Lezo, encerrado en su casa, agobiado por la tristeza y la decepción, comenzó a sentir fiebres y vómitos, pese a que su mujer intentaba por todos los medios mantener en alto su estado de ánimo. La fiebre se manifestó por dos semanas y luego le sobrevinieron unos dolores de cabeza. A medida que pasaban los días la fiebre iba en aumento; sin embargo, el síntoma más preeminente era el dolor de cabeza y una constante tos acompañada de náuseas. También le dolía el vientre. Luego sobrevinieron los escalofríos acompañados de variaciones en la temperatura del cuerpo. Sin embargo, la perfidia humana le resultó ser más pesada de cargar que la misma guerra y la enfermedad; aunque sus heridas estaban ya muy curadas, las de su corazón apenas comenzaban a abrirse y con ellas su vencida humanidad.

—Llamen al médico —indicaba Doña Josefa. Y allí mismo lo sangraban, con lo cual se debilitaba más su ánimo.

La noticia de la gran victoria llegaba a España y Don Felipe V, orgulloso de lo que se interpretó en la época como la venganza contra la «otra Armada Invencible», colmó de premios y distinciones a la guarnición de Cartagena. El virrey Eslava fue ascendido a Capitán General de los Reales Ejércitos; luego le fue concedido el título de Marqués de la Real Defensa de Cartagena de Indias. Carlos Desnaux fue ascendido a General de Brigada. Una mención honorífica condecoró a los soldados de todas las compañías. La ciudad se engalanó como pudo; las autoridades celebraron el hecho. Los comandantes de guarnición se daban parabienes y, abrazándose, se felicitaban mutuamente. Los altos mandos sonreían y se frotaban las manos... Eslava había salvado la ciudad; Lezo, en cambio, había perdido sus navíos. Y su honra. Y su vida.

—¿Y qué dirá de mí el Rey? —preguntaba febril y a veces delirante. Vino a verlo varias veces Don Lorenzo de Alderete, el capitán de Batallones de Marina, quien muy cerca de él había estado en el transcurso de aquellos acontecimientos. También vinieron un par de veces Don Pedro Mas y Juan de Agresote. Le daban ánimo. Y no faltó verse por allí a preguntar por su salud el alférez Goyzaga, pero su timidez y juventud lo hicieron marcharse pronto. Temió por su carrera militar. Algunos vecinos y amigos de la familia también se acercaron. Otras personas, agradecidas con el General, vinieron a su casa. Eran visitantes espontáneos que se preguntaban la razón de su ausencia en los festejos y condecoraciones.

—Todo se aclarará —le decían.

—¿Y qué había de aclararse? —se preguntaba Lezo, si todo estaba tan claro—. ¿Y el marqués de Villarias, qué dice? ¿Y mis sueldos atrasados, dónde están? Se necesitan para sostener la casa y, en el evento de mi muerte, para que mi mujer regrese a España. Mi mujer dice que los víveres están caros y escasos...

—Lorenzo —le dijo un día a Alderete, cogiéndole el brazo fuertemente—, mi última voluntad es que se erija un monumento, o una placa, que diga «*Ante estas murallas fueron humilladas Inglaterra y sus colonias*»; esto deberá quedar en un sitio visible, en la entrada de la muralla de la ciudad, o en el castillo de San Felipe. Decídselo al Virrey —concluyó con voz entrecortada. Desde entonces sus descendientes transmitieron esta información a unos y a otros, quienes siempre se preguntaron si aquella placa había sido, finalmente, puesta en Cartagena. Y cuando Alderete se lo comunicó al Virrey, éste frunció los hombros y contestó:

—Desvaría. —Tal vez pensaba que, en su último aliento, Lezo le quería robar su tan exclusiva victoria. De esta última voluntad también se sabe porque Alderete se lo narró a su familia y, aunque no quedó por escrito, sus descendientes, similarmente, la conocieron por tradición. Todavía no se ha erigido el monumento; ni la placa.

—Josefa, llámame al barbero, que quiero morir limpio y afeitado —dijo presintiendo que la vida se le escapaba...—. Ah, y entiérrame con mis patas, porque seguramente las voy a necesitar al otro lado —le dijo bromeando. Había sido una de las pocas bromas que este curtido marino había hecho en toda su vida.

Afuera llovía. El agua caía a cántaros del grisáceo cielo que escondía un sol perezoso como incandescente. Cuando la fiebre subía demasiado, Doña

Josefa le aplicaba compresas de agua fría en la frente que se secaban rápidamente. El tintineo de la lluvia sobre los tejados y las ventanas hacía temer un riguroso «invierno», como allí llamaban a la estación lluviosa, y se temía que esta circunstancia pudiera llegar a agravar al enfermo. La lluvia chorreaba por los cristales rotos de las ventanas y se colaba adentro de la casa, animada por el viento de septiembre, como si estuviesen echando baldazos de agua. En Cartagena casi no había quedado casa con cristales buenos. Por eso se tuvieron que cerrar los postigos, con lo cual aumentaba la penumbra. El cielo tronaba como si un nuevo almirante del rayo amenazara la ciudad. Era San Pedro «sacudiendo los cueros», como algunos decían.

—Josefa, dile a mis hijos cuánto los amo y que el más triste remordimiento que llevo es no haber pasado más tiempo con ellos; pero explícales que tenía que cumplir con otros deberes... —murmuró con una voz ya muy débil.

El suelo de la campiña se convertía en un lodazal sin cuento, mientras por las calles circulaban ríos incontenibles que arrastraban piedras y arena. Era una de esas lluvias que parecían querer lavar los pecados e ingratitudes de los hombres. Ni siquiera había sol, pero el calor continuaba sofocante, y Lezo empapaba las sábanas y fundas de las almohadas con un sudor de muerte. Una esclava negra lo refrescaba con un abanico gigante, de aquellos que se usan para avivar el fuego de las estufas. Los sentidos sensoriales se le fueron apagando y una como vaga expresión en la mirada se hizo cada vez más notoria. A veces se le observaba mirando fijamente las sábanas de la cama. El 4 de septiembre pidió la confesión. El obispo, Don Diego Martínez, acudió presto a dársela, junto con el Santo Viático; cuando golpeó la puerta, Doña Josefa salió a recibirlo y, después de hacer una inclinación y besar su anillo, como mandaba la costumbre, lo hizo pasar. Las criadas y visitantes ocasionales también hicieron profundas reverencias. El Obispo entró, diciendo:

—Paz a esta casa —a lo cual Doña Josefa, las criadas y los visitantes, respondieron, según el rito:

—Y a todos los que en ella moran —con lo cual el Obispo se hizo conducir a la habitación del enfermo, y rociándola con agua bendita, dijo en latín:

—*Asperges me, Domine, hysopo, et mundabor...* —mientras rociaban la habitación y al enfermo con agua bendita. A eso se respondió:

—*Miserere mei, Deus, secundum magnam misericordiam team.* —Acto seguido, abrió el ritual y entre todos recitaron el *Confiteor* y después de decir el *Misereatur* e *Indulgentiam*, invitó a los oyentes a rezar por el enfermo. Y luego, solemnemente, prosiguió:

—*En el nombre del Padre y del Hijo y del Espíritu Santo, extíngase en ti toda influencia del demonio por la imposición de nuestras manos y por la invocación de la gloriosa y Santísima Virgen María, Madre de Dios, de su ilustre esposo, San José, de todos los santos ángeles, arcángeles, patriarcas, profetas, apóstoles, mártires, confesores, vírgenes y de la gran comunidad de los santos...* —Y tomó, entonces, el santo óleo, aquel que había sido bendecido el Jueves Santo reciente, y con el dedo pulgar hizo una unción sobre cada uno de los sentidos del General quien, en ese momento, comprendió la irrenunciabilidad de su muerte. Se sintió doblemente atrapado: por el Virrey y por la muerte; ya no había salida, y un general que no la tenga lleva a la ruina a su ejército. Todos estos pensamientos cruzaban su mente, cuando el Obispo aplicó el óleo sobre los ojos, las orejas, nariz, los labios, las manos y los pies, enjugando con el algodón los restos del aceite. «*Por esta santa unción y su benignísima misericordia, te perdone el Señor lo que has pecado con la vista.*» Definitivamente, sólo le restaba morir.

Las mujeres lloraban, en silencio, la escena y de cuando en cuando volteaban la cara para enjugarse las lágrimas. Luego lo confesó y le dio la comunión. El Obispo, sin duda, salió conmovido de allí.

El 5 Lezo pidió su crucifijo y se abrazó a él con ternura. Continuaba lloviendo. Dos lágrimas le brotaron de los ojos. La enfermedad, que no la guerra, lo estaba rindiendo. Su rostro lucía demacrado, pálido como la cera. Ya no comía. Sólo pedía agua, que vomitaba con frecuencia. Luego le empezó una hemorragia interna que lo dejó sin fuerzas. Asesaba; se sentía falto de oxígeno. Se le intensificaron los dolores del abdomen. El pulso lo tenía disparado. Nadie sabía qué hacer. Fue en 1948 cuando se aprendió a tratar la fiebre tifoidea y mantener al paciente con los líquidos corporales en equilibrio. El contagio se prevenía hirviendo lo que el enfermo había usado. Su mujer y las criadas rezaban el rosario junto a su lecho de enfermo y pedían por su pronta recuperación; él lo seguía con atención y a veces con desmayo: entraba en un sopor parecido a la muerte. Pero Dios tenía otros designios...

—Josefa..., he vivido con honor. Deseo morir con valentía. Sólo me acobardo ante la idea de dejarte sola y sin recursos... Ni siquiera hay dinero para mi entierro... En el cofre que guardo en el desván, tras los tiestos que están contra la pared, hay unos pesos; apenas son suficientes para un ataúd... Dile al Obispo que permita que me entierren en la capilla de la Vera Cruz de los Militares; allí, junto al convento de San Francisco... Pídele al marqués prestado para tu sostenimiento, mientras llegan los sueldos. Luego vete a España y reúnete con los hijos...

—¿Y por qué quieres que te entierren allí, Blas? —preguntaba su mujer, con lágrimas en los ojos, presintiendo que el fin se hallaba cerca y habiéndose atrevido a pronunciar aquella terrible palabra.

—...Porque allí estoy cerca de la pólvora y del arsenal de mis navíos, que es alrededor de lo cual he vivido y el único recuerdo que dejo para la historia: pólvora, porque así ha sido mi vida... Ah, pero defendiendo a España y defendiendo a Cristo.

En las primeras horas de la tarde del 6 la criada, dando voces, llamó la atención de Doña Josefa:

—Mire —le dijo emocionada— hay una araña subiendo por la puerta de la habitación de Don Blas...

—¿Y qué tiene que ver eso? —respondió intrigada la matrona.

—Pues que es de siete patas —dijo la criada, sorprendida por tanta ignorancia—, lo que significa que va a haber una sorpresa en esta casa. A lo mejor es que Don Blas se va a restablecer —concluyó con la certeza de los que apostaban por los números que aparecían en los peces y las ranas.

—¿Sorpresa? ¿Qué dices, mujer?

—Eso siempre pasa, señora. Las arañas de siete patas anuncian acontecimientos imprevisibles...

Doña Josefa miró a la criada con escepticismo y dio la vuelta para comprobar las siete patas de la araña. «¿Cómo podía la gente fijarse en esas cosas?», pensó.

El 7 de septiembre, muy temprano, llamaron a la puerta de la casa. Sorprendió la hora porque todavía los gallos del amanecer se escuchaban en uno y otro patio. Era un mensajero con una carta lacrada que, evidentemente, había llegado el día anterior y a la que se encargó de proteger para que las alas del sombrero de jipijapa que llevaba no depositaran su contenido de agua de lluvia sobre ella. Era un oficio de alguien importante. Doña Josefa lo abrió apresuradamente; las manos le temblaban y el corazón le latía fuertemente. La lectura del oficio la heló. Se trataba de un mensaje anónimo, quizás escrito por algún amigo de su marido en la Corte, que le decía: «Lamento comunicaros que el Rey ha sido persuadido de castigaros en breve por los hechos acaecidos en la defensa de Cartagena de Indias, a pesar de los buenos oficios que varios consejeros han hecho para que tal castigo no se ejecute». Se le aflojaron las corvas y tuvo que apoyarse en la pared. Mandó traer un vaso de agua, que bebió de golpe. Se le escurrieron las lágrimas cuando releyó el oficio que, como una exhalación, cayó de sus manos. Cerró la puerta y puso la aldaba y fue, entonces, cuando rompió a llorar amargamente. Así permaneció largo rato... No volvió a recoger la carta que en el suelo estuvo, por orden suya, hasta muchos días después del deceso del General. Luego se acordó de la araña.

Los amigos a quienes Blas de Lezo se había dirigido en sus cartas debieron hacer un esfuerzo por enderezar las cosas ante el Rey y conseguir algún reconocimiento. El influyente José Patiño ya tampoco podría ayudarle pues había muerto cinco años antes, en 1736. Pero, por más que se intentó, las intrigas del Virrey no habían podido ser contrarrestadas; el daño estaba hecho y, además, los mismos métodos empleados por el General para hacer llegar sus informes carecían de ese sello especial que da la formalidad de los correos oficiales. Había una cierta e injusta clandestinidad en ellos, a más de las intrigas personales, que había obligado a las autoridades españolas a creer más la versión del Virrey y la de sus áulicos.

Ese día, 7 de septiembre de 1741, a las ocho horas, y cincuenta y dos años de edad, Don Blas dejó, sin fuerzas ya, escurrir el crucifijo de sus manos; el mismo que lo había acompañado en tantas otras batallas de su vida, de las que siempre había salido victorioso. Comprendió que de ésta no lo podría hacer. Vernon, en cambio, moriría a los setenta y tres años de edad, en 1757, y, en ese sentido, había obtenido su victoria sobre Lezo: si no lo podía vencer, por lo menos sí sobrevivir. Triple victoria, pues ni siquiera había recibido deshonores, sino, más bien, ocultamientos y cómplices silencios; además, una tumba conocida y, para el resto de ignorantes mortales, un epitafio que lo hacía entrar en el panteón de los héroes nacionales. Tampoco murió de pena, ni lo alcanzó la peste por él mismo promovida y, menos aún, la perversidad e ingratitud de los hombres...

—¿Quién era, mujer? ¿Era algún correo...? ¿Me escribió el Rey...? —preguntó lánguidamente.

—No era nadie, Blas... —Y Josefa miró el reloj. Eran las nueve. La misma hora en que habían aparecido las velas en el horizonte de Cartagena.

—...Me muero, Josefa —dijo exhalando un suspiro—. Muy seguramente el Rey me otorgará el título nobiliario que le he pedido... Pero no te olvides de cobrar mis sueldos... Mira, cómprate un billete de lotería de ésas cuyos números salen marcados en las ranas y los peces... —Y, poco más adelante, continuó—: No ha venido nadie, ¿no es cierto? Entiérrame con mi crucifijo de plata, que él me hará compañía... Ah, y con mis patas de palo... Dile a mis hijos que morí como un buen vasco, amando y defendiendo la integridad de España y del Imperio... Gracias por todo lo que me has dado, mujer... Ah, pero te ruego que no me traigas plañideras a que giman y den alaridos sobre mi cadáver...; no lo podría soportar... —Y luego murmuró casi imperceptiblemente—: ¡Fuego!, ¡Fuego...! —Fueron sus últimas palabras, como dando la orden a invisibles cañones de imposibles navíos, y sin que se tuviera certeza de cual Imperio defendía.

A los pocos minutos, después de que, primero los labios, y luego la cara, se le fueran poniendo cenicientos como una gran mancha de muerte que se iba extendiendo sobre la vida, concluyó: «Dios mío y Señor mío...», con voz agonizante, trémula, y entregó su alma aquel *medio-hombre*, el *hombre y medio*, que había defendido el Imperio de la más grave amenaza que jamás se extendiera sobre el continente hispano.

Josefa se abrazó al cadáver y se quedó allí, sobre él, vertiendo lágrimas de dolor e ira porque en su memoria, una y otra vez, aparecía aquella infame carta de advertencia. Sólo la consoló que su marido no hubiera llegado a conocerla.

Y no hubo dinero para su entierro. Ni una lápida. Ni una inscripción con su nombre. Ni siquiera un cortejo fúnebre con la presencia de sus soldados. Todos temían las represalias del Virrey. La Misa de difuntos fue pronunciada por el Obispo.

—*Requiem aeternam dona ei, Domine: et lux perpetua luceat ei* —a lo cual se contestaba:

—*Dale, Señor, el descanso eterno y brille para él tu luz perpetua.*

La iglesia estaba vacía. Lezo no tenía deudos. Sólo su mujer y unos cuantos vecinos lo acompañaron. Alderete, su amigo, también asistió al entierro y ayudó a poner el ataúd en el carromato tirado por mulas. El Obispo, conmovido por la situación en que quedaba la viuda, le dio un dinero para que sobreviviese el tiempo que hacía falta hasta que llegasen las mesadas salariales y no pidió un solo centavo por las nueve Misas que se dijeron por su alma. También garantizó al marqués de Valdehoyos el pago de los arrendamientos atrasados. Unos pocos amigos, muy íntimos de la familia, con Doña Josefa a la cabeza, marcharon llevando el féretro hacia su última morada. Era un día triste de lluvia, que milagrosamente se suspendió a la marcha de los dolientes. Tres truenos en la lejanía dieron, como salvas de honor, su último adiós a uno de los más heroicos marinos de España. Los acompañantes miraron el firmamento como en busca de explicación. Hoy ya nadie está seguro de que, en efecto, su cuerpo haya sido enterrado donde él dispuso. No hay rastro cierto. Pero nos consolamos con la posibilidad de que así fue.

El 21 de octubre de 1741 se emitía una real orden por la cual se destituía a Don Blas de Lezo de su puesto de comandante y se le ordenaba regresar a España con la intención de ser sometido a juicio de responsabilidades. La muerte lo había hecho escapar del último ultraje y vejación. Nadie nunca tampoco escribió una verdadera biografía sobre el héroe. Años más tarde, demasiado tarde, su nombre era rehabilitado y se le concedía el marquesado de Ovieco. Sus descendientes lo disfrutaron.

Casi coincidiendo con la terminación de esta biografía, España botaría al mar una fragata llamada *Blas de Lezo* el año 2003.

Requiescat in pace.

Bibliografía

BERMÚDEZ PLATA, Cristóbal, «Narración de la defensa de Cartagena de Indias contra el ataque de los ingleses en 1741: memoria leída en el acto de graduación de Doctor en la facultad de Filosofía y Letras». Tipografía de *El Correo de Andalucía*, Sevilla, 1912.

Carta de Don Blas de Lezo, solicitando se le abonen sus sueldos como Jefe de la Escuadra del Mar del Sur, fechada en Cádiz el 17 de febrero de 1732. Archivo General de Simancas, Marina, Legajo 2.

Carta de Don Blas de Lezo, solicitando se le abonen sus sueldos como Jefe de la Escuadra del Mar del Sur, fechada en Cádiz el 2 de marzo de 1734. Archivo General de Simancas, Marina, Legajo 2.

Carta de Don Blas de Lezo a Don José Patiño, Secretario de Marina, 30 de julio de 1736. Archivo General de Simancas, Marina, Legajo 393.

Carta de Don Blas de Lezo, solicitando se le abonen sus sueldos como Jefe de la Escuadra del Mar del Sur, fechada en Cádiz el 7 de septiembre de 1734. Archivo General de Simancas, Marina, Legajo 2.

Carta de Don Blas de Lezo al vicealmirante Edward Vernon en respuesta a la que éste último le envió tras la toma de Portobello. Archivo General de Indias, Sevilla, Audiencia de Santa Fe, Cartagena, correspondencia de Blas de Lezo, años 1738-1741, estante 119, cajón 2, legajo 11.

Carta del vicealmirante Edward Vernon a Don Blas de Lezo. Archivo General de Indias, Sevilla, Audiencia de Santa Fe, Cartagena, correspondencia de Blas de Lezo, años 1738-1741, estante 119, cajón 2, legajo 11.

Cartagena de Indias, Recurso electrónico. Servicio de Reproducción de documentos, Biblioteca Nacional de Madrid, 1998.

Centro de Estudios Políticos y Constitucionales, «Símbolos de España».

Declaración de Don Blas de Lezo ante escribano, fechada en Lima a 15 de noviembre de 1727. Archivo General de Simancas, Marina, Legajo 2.

DORTA, Enrique Marco, *Cartagena de Indias, Puerto y Plaza Fuerte*, Madrid, 1960.

HARTMAN, Cyril H., *The Angry Admiral. The Later Career of Edward Vernon, Admiral of the White*, London, William Heineman Ltd., 1953.

KAMEN, Henry, *Felipe V, el rey que reinó dos veces*, Ediciones Temas de Hoy, 2000.

LEMAITRE, Eduardo, *Historia general de Cartagena*, Vol. I y II de IV. Banco de la República. Bogotá, 1983.

LEZO, Blas de, *Diario de lo acaecido en Cartagena de Indias desde el día 13 de marzo de 1741 hasta el 20 de mayo del mismo año que remite a S. M. Don Blas de Lezo*. Archivo Histórico de Madrid, 2335 Estado.

LÓPEZ SANTIESTEBAN DE LEZO, Luis, «Conferencia sobre el tema «Medallas acuñadas por los ingleses en el s. XVIII conmemorativas de luchas navales en América», Madrid, 1918 (Impr. Grafica Excelsior). «Relación hecha por el coronel Don Carlos Desnaux de la defensa que hizo al castillo San Luis de Bocachica desde el día 20 de marzo hasta el 5 de abril de 1741 a los ataques de la escuadra inglesa mandada por el almirante Vernon». Prólogo del Sr. Marqués de Pílares. Documento Nº. 17.

—, documentos extraídos del Archivo de Indias, así: 1) «Expediente sobre la rendición de Portobelo. Años 1739-1743». Estante 69, Cajón 6, Legajo 48. 2) «Cartagena. Correspondencia con los gobernadores. Años 1691-1762». Estante 119, Cajón 1, Legajo 25. 3) «Cartagena. Correspondencia con Don Blas de Lezo, Comandante de la escuadra. Años 1738-1741». Estante 119, Cajón 2, Legajo 2. 4) «Cartagena. Establecimiento del gobierno y virreynato de Don Sebastián de Eslava. Años 1739-1749». Estante 116, Cajón 6, Legajo 18.

—, «Relación del virrey Don Sebastián de Eslava a Don José Quintana, informándole de todo lo ocurrido en la toma del castillo de San Luis de Bocachica y sitio de la plaza de Cartagena por los ingleses. Cartagena, mayo de 1741».

—, «Copia de la descripción hecha por Don Carlos Desnaux de la fortaleza o castillo de San Felipe de Barajas, su situación y capacidad, como de la defensa que hizo el día 20 de abril de 1741».

MADARIAGA, Salvador de, *El auge y el ocaso del Imperio español en América*, Espasa Calpe, Madrid, 1979.

MANFREDI CANO, Domingo, *Blas de Lezo,* Madrid, Publicaciones Españolas, 1956.

MAR, Ramón de la, «Los naufragios del Cardenal Cisneros, «España y Blas de Lezo»». Conferencia. Bilbao, 1932.

«Memorias que podrían servir para la historia de la ciudad de Cartagena de Indias», citado por Zapatero, Juan Manuel en *La Guerra del Caribe en el Siglo XVIII*.

MERINO NAVARRO, José, *La armada española en el siglo XVIII*, Madrid, Fundación Universitaria Española, 1981.

MICHELSEN, Gustavo, «Expedición de Vernon». Boletín de Historia y Antigüedades, Bogotá, V. XIX, 1933.

Museo Naval de Madrid, «Conmemoración bicentenaria de D. Blas de Lezo: junio de 1941».

Orden de Felipe V al Virrey del Perú para que se le paguen a Don Blas de Lezo los sueldos debidos, fechada en la Granja de San Ildefonso, el 3 de diciembre de 1731, Archivo General de Simancas, Marina, Legajo 2.

Orden de Felipe V al Virrey del Perú para que se le paguen a Don Blas de Lezo los sueldos debidos, fechada en noviembre de 1736, Archivo General de Simancas, Marina, Legajo 7.

Orden de Felipe V al Virrey del Perú para que se le paguen a Don Blas de Lezo los sueldos debidos, fechada el 9 de septiembre de 1736, Archivo General de Simancas, Marina, Legajo 8.

Partidas de bautismo: Agustín de Lezo, 5 de mayo de 1685. Libro 3.° de bautismos, folio 48; Pedro Francisco de Lezo, 28 de abril de 1687. *Ibid.,* folio 51; Blas de Lezo, 6 de febrero de 1689, *Ibid.,* folio 57; José Antonio Jacobo de Lezo, 25 de julio de 1691, *Ibid.*, folio 59; María Josefa de Lezo, 12 de diciembre de 1693, *Ibid.,* folio 64; José Antonio de Lezo, nacido el 30 de agosto y bautizado el 1 de septiembre de 1695, Libro 4.º de bautismos, folio 1; María Francisca de Lezo, nacida el 20 de marzo de 1697 y bautizada el 22, *Ibid.,* folio 7; Francisco de Lezo, nacido el 29 de julio y bautizado el 30 de julio de 1699, *Ibid.*, folio 11. Archivo Histórico Diocesano del Obispado de San Sebastián, Pasajes, Guipúzcoa.

PORRAS TROCONIS, Gabriel, *Cartagena Hispánica (1533-1810),* Bogotá, Cosmos, 1954. Testimonio de Don Blas de Lezo ante el escribano de Cádiz, Don Antonio Camacho, fechado el 1 de noviembre de 1732. Archivo General de Simancas, Marina, Legajo 2.

The Journal of American History, Vol. II, N.º II, Associated Publishers of American Records, New Haven, Conn., «The Attacks upon the Spanish Main by Admiral Vernon».

VICTOR HUGO, «Los Pirineos», José J. Olañeta, Ed., 2000.

ZAPATERO, JUAN MANUEL, «Las fortificaciones de Cartagena de Indias», Madrid, 1969.

—, «La guerra del Caribe en el siglo XVIII», Madrid, 1969.

—, «Fortalezas españolas en América, Cartagena de Indias, *Revista Geográfica Española,* 1961.

El 18 de julio de 2008 se terminó
de imprimir este libro en los
talleres de Novagráfik
de la ciudad de
Barcelona
Ω